btb

Aus Freude am Lesen

btb

Buch

Lily verzehrt sich nach ihrer Mutter, nach ihrer Fürsorge und ihrem Sanftmut. Die Räume waren hell und licht, wenn die Mutter in der Nähe war, das Haus durchflutet von ihrem herzlichen Lachen. Doch seit die Mutter vor zehn Jahren verunglückt ist, hat das Leben für Lily alle Farbe und Wärme verloren. Lilys Vater herrscht wie ein grausamer Rachegott über die inzwischen vierzehnjährige Tochter und vergällt ihr das Leben. Sie wäre schon längst verzweifelt, hätte sie nicht die Bienen, die in der Wand zu ihrem Zimmer leben und Lily manchmal nachts besuchen. Eines Tages flieht das Mädchen aus der bedrückenden Atmosphäre ihres Elternhauses, sie wandert über die staubigen Straßen der Südstaaten, um ein neues Zuhause zu finden. Drei Schwestern nehmen sich des Mädchens an und lehren Lily nicht nur die Bienenzucht …

Sue Monk Kidd bei btb

Die Meerfrau. Roman (btb-HC 75163)

Sue Monk Kidd

Die Bienenhüterin

Roman

Übersetzt von Astrid Mania

Mit einem Anhang zum
Roman und seiner Autorin

btb

Die amerikanische Originalausgabe erschien 1997 unter dem Titel »The secret life of bees« bei Viking Penguin inc., New York, N.Y.

Verlagsgruppe Random House FSC-DEU-0100
Das FSC-zertifizierte Papier *Munken Print* für Taschenbücher aus dem btb Verlag liefert Arctic Paper Munkedals AB, Schweden.

Einmalige Sonderausgabe September 2006
btb Verlag in der Verlagsgruppe Random House GmbH, München

Umschlaggestaltung: Design Team München
Satz: IBV Satz- und Datentechnik GmbH, Berlin
Druck und Einband: Clausen & Bosse, Leck
MM · Herstellung: LW
Printed in Germany
ISBN-10: 3-442-73542-4
ISBN-13: 978-3-442-73542-6

www.btb-verlag.de

Die Königin verkörpert die einigende Kraft der Gemeinschaft. Entfernt man sie aus dem Bienenkorb, spüren die Arbeitsdrohnen ihre Abwesenheit sehr rasch. Schon nach einigen wenigen Stunden zeigt ihr Verhalten eindeutige Anzeichen dafür, dass die Königin fehlt.

KAPITEL 1

Nachts lag ich im Bett und schaute zu, wie die Bienen durch die Spalten in der Wand meines Schlafzimmers schlüpften und in Kreisen durch mein Zimmer flogen, sie machten ein Geräusch wie Propeller, ein ganz hohes Ssssssss, das dicht um mich herum summte. Ich sah ihre Flügel im Dunkeln wie kleine Chromteilchen schimmern und spürte in mir eine unbestimmte Sehnsucht aufsteigen. Dass die Bienen einfach so herumflogen, ohne nach einer einzigen Blume zu suchen, allein, um den Wind unter ihren Flügeln zu spüren, das hat mich bis in die Tiefe meines Herzens berührt.

Tagsüber hörte ich zu, wie sie sich Gänge durch die Wände meines Zimmers bohrten, es klang, als würde im Nebenzimmer ein Radio rauschen, und ich stellte mir vor, wie sie die Wände von innen in Honigwaben verwandelten, aus denen satter Honig tropft, von dem ich dann kosten dürfte.

Die Bienen kamen im Sommer 1964, es war der Sommer, in

dem ich vierzehn Jahre alt wurde und von dem an mein Leben eine neue Wendung nahm, und damit meine ich eine *völlig neue Wendung.* Aus heutiger Sicht kommt es mir vor, als wären mir die Bienen gesandt worden. Ich will damit sagen, sie erschienen mir, so wie der Erzengel Gabriel die Jungfrau Maria heimsuchte. Die Bienen setzten eine Kette von Ereignissen in Gang, von denen ich niemals zu träumen gewagt hätte. Ich weiß, es ist vermessen, mein kleines unbedeutendes Leben mit dem ihren zu vergleichen, aber ich habe guten Grund zu glauben, dass sie nichts dagegen hätten – aber dazu komme ich später. Im Moment will ich nur so viel sagen: Trotz allem, was in diesem Sommer geschehen ist, hege ich für die Bienen nur gute Gefühle.

1. Juli 1964, ich liege im Bett und warte darauf, dass die Bienen kommen, und denke an das, was Rosaleen gesagt hatte, als ich ihr von den nächtlichen Besuchen erzählt hatte.

»Bienen schwärmen, bevor jemand stirbt«, hatte sie gesagt.

Rosaleen arbeitete für uns, seit meine Mutter gestorben war. Mein Daddy – den ich T. Ray nannte, weil »Daddy« einfach nicht zu ihm passte – hatte sie aus der Pfirsichplantage geholt, in der sie als Pflückerin gearbeitet hatte. Sie hatte ein großes, rundes Gesicht, und ihr Körper sah aus wie ein Zelt, das sackartig von ihrem Hals herabhing, und sie war schwarz wie die Nacht. Sie lebte ganz alleine in einem kleinen Haus, das tief im Wald kauerte, gar nicht so weit weg von uns. Sie kam jeden Tag, um zu kochen, zu waschen und um meine Ersatzmutter zu sein. Rosaleen hatte nie ein eigenes Kind gehabt, und so war ich in den letzten zehn Jahren ihr Versuchskaninchen gewesen.

Bienen schwärmen, bevor jemand stirbt. Sie hatte immer jede Menge verrückter Ideen im Kopf, denen ich sonst nicht groß Beachtung schenkte, aber jetzt lag ich doch wach und dachte über diesen Satz nach und fragte mich, ob die Bienen gekommen waren, um mich zu töten. Dieser Gedanke machte mir gar nichts aus, ehrlich nicht. Die Bienen hätten sich alle auf mir nieder lassen können, jede dabei so sanft wie ein Engel, und mich totstechen können, und es wäre nicht einmal das Schlimmste gewesen. Die Leute, die glauben, dass der Tod das Schrecklichste ist, haben keine Ahnung vom Leben.

Meine Mutter starb, als ich vier Jahre alt war. Das war nun mal so, aber immer, wenn ich auf das Thema kam, interessierten sich die Leute plötzlich für ihre eingewachsenen Nägel oder ihre Nagelhaut, oder aber sie starrten einfach in die Luft. Mich schienen sie überhaupt nicht zu hören. Nur dann und wann sagte eine mitfühlende Seele: »Denk nicht weiter darüber nach, Lily. Es war doch ein Unfall. Du hast es ja nicht mit Absicht getan.«

In jener Nacht lag ich also im Bett und dachte über das Sterben nach und dass ich zu meiner Mutter ins Paradies kommen würde. Ich würde zu ihr gehen und sagen: »Mutter, verzeih mir. Bitte verzeih mir.« Und sie würde meine Haut so lange küssen, bis sie unter ihren Küssen ganz rau würde, und sie würde mir sagen, dass mich keine Schuld trifft. Das würde sie mir während der ersten zehntausend Jahre immer wieder sagen.

In den nächsten zehntausend Jahren würde sie mir dann mein Haar zurechtmachen. Sie würde es bürsten, und es würde so schön sein, dass alle Leute im Himmel ihre Harfen weglegen würden, nur um mein Haar zu bewundern. An den Haaren eines Mädchens kann man sehen, ob es noch eine Mutter hat. Mein Haar stand immer vom Kopf ab, in alle Himmelsrichtungen, und natürlich weigerte sich T. Ray, mir Lockenwickler zu kaufen. Ein ganzes Jahr lang musste ich mir leere Saftdosen ins Haar wickeln, weshalb ich unter ständiger Schlaflosigkeit litt. Ich hatte immer nur die Wahl zwischen einer halbwegs akzeptablen Frisur bei Tage oder ungestörtem Nachtschlaf.

Ich beschloss, dass ich mir vier oder fünf Jahrhunderte lang Zeit nehmen würde, um ihr zu erzählen, wie entsetzlich es wirklich war, bei T. Ray zu leben. Missmutig war er ja das ganze Jahr über, aber im Sommer, wenn er von morgens bis abends in der Pfirsichplantage arbeitete, wurde es besonders schlimm. Ich ging ihm meistens aus dem Weg. Nett war er nur zu Snout, seinem Spürhund, der in seinem Bett schlafen durfte und dem er immer den Bauch kraulte, sobald sich der Hund auf seinen drahtigen Rücken rollte. Einmal habe ich sogar gesehen, wie Snout auf T. Rays Stiefel pinkelte, und er hat noch nicht einmal mit der Wimper gezuckt!

Ich habe Gott immer wieder gebeten, etwas wegen T. Ray zu unternehmen. Vierzig Jahre lang ist er zur Kirche gegangen, aber er wurde nur noch schlimmer. Ich finde, das sollte Gott doch eigentlich zu denken geben.

Ich schlug die Laken zurück. Im Zimmer war es vollkommen ruhig, nicht eine einzige Biene, nirgendwo. Jede Minute sah ich auf die Uhr an meinem Nachttisch und fragte mich, wo sie wohl blieben.

Endlich, kurz vor Mitternacht, als mir vor lauter Anstrengung die Augenlider beinahe zugefallen wären, setzte drüben in der Ecke ein schnurrendes Geräusch ein, dunkel und vibrierend, es klang fast, als käme es von einer Katze. Wenige Momente später huschten Schatten über die Wand. Wenn sie am Fenster vorbeikamen, fiel Licht auf sie, und ich konnte die Umrisse ihrer Flügel sehen. Das Geräusch schwoll im Dunkel an, bis das ganze Zimmer pulsierte, bis die Luft bebte und vibrierte, schwer und voll von Bienen. Sie flogen um mich herum, mein Körper lag mitten in dieser wirbelnden Wolke. Ich konnte nicht einmal mehr klar denken, so laut summten die Bienen.

Ich presste die Fingernägel gegen die Handflächen, bis sich auf meiner Haut tiefe Rillen abzeichneten. In einem Raum voller Bienen kann ein Mensch so gut wie zu Tode gestochen werden.

Und dennoch, das *war* ein unglaublicher Anblick. Auf einmal konnte ich es nicht mehr aushalten, ich musste das jemandem zeigen, selbst wenn der einzige Mensch in meiner Nähe T. Ray war. Und sollte er von Hunderten von Bienen gestochen werden, na ja, das täte mir dann wohl Leid.

Ich schlüpfte aus dem Bett und stürzte zur Tür, mitten durch die Bienen hindurch. Ich weckte ihn auf, indem ich seinen Arm mit einem Finger berührte, erst ganz sachte, dann immer fester, bis ich schließlich meinen Finger in seinen Arm stieß und staunte, wie hart er sich anfühlte.

T. Ray sprang aus dem Bett, er hatte nur seine Unterwäsche an. Ich zerrte ihn zu meinem Zimmer, während er brüllte, wehe, wenn sich das nicht lohnt, wehe, wenn nicht wenigstens das verdammte Haus in Flammen steht, und Snout bellte, als ob wir beim Taubenschießen wären.

»Bienen!«, rief ich, »in meinem Zimmer ist ein Bienenschwarm!«

Aber als wir in mein Zimmer kamen, hatten sie sich wieder in der Wand verkrochen, als ob sie gewusst hätten, dass er kommt, als ob sie ihre Flugkünste nicht an ihn verschwenden wollten.

»Verdammt noch mal, Lily, das find ich nich' komisch.«

Ich sah an den Wänden auf und ab. Ich kroch unter mein Bett und betete, dass aus dem Staub und den Sprungfedern auch nur eine Biene hervorkäme.

»Sie waren hier, sie sind hier überall herumgeflogen«, sagte ich.

»Ja klar, und so'ne dämliche Büffelherde is' hier auch noch durchgetrampelt.«

»Hör doch«, sagte ich, »du kannst sie summen hören.«

Er hielt sein Ohr an die Wand. »Ich hör überhaupt nichts summen«, sagte er und zeigte mir dabei einen Vogel. »Die sind wohl aus der Kuckucksuhr da oben rausgeflogen, die du dein Hirn nennst. Wenn du mich noch einmal weckst, Lily, hole ich die Grießflocken raus, ist das klar?«

Das mit den Grießflocken war eine Strafe, die sich nur jemand wie T. Ray ausdenken konnte. Ich machte sofort den Mund zu.

Trotzdem, das konnte ich nicht auf mir sitzen lassen – T. Ray meinte doch jetzt, ich wäre so verzweifelt, dass ich sogar eine Bienen-Invasion erfinden würde, nur um ein wenig Aufmerksamkeit zu bekommen. Und so kam mir die brillante Idee, ein paar Bienen in einem Glas einzufangen. Das könnte ich dann T. Ray zeigen und sagen: »Wer erfindet hier Geschichten?«

Meine erste und gleichzeitig einzige Erinnerung an meine Mutter stammt von dem Tag, an dem sie starb. Ich habe lange Zeit versucht, mir ein früheres Bild von ihr ins Gedächtnis zu rufen, einen Erinnerungsfetzen – wie sie abends meine Bettdecke zurechtzupft, wie sie mir die Abenteuer von »Struwwelpeter« vorliest oder wie sie an einem eiskalten Morgen meine Unterwäsche neben den Ofen hängt. Mir wäre ja selbst eine Erinnerung, in der sie einen Forsythienzweig abbricht und damit meine Beine piekst, lieb gewesen.

Sie starb am 3. Dezember 1954. Der Ofen hatte die Luft so sehr aufgeheizt, dass meine Mutter ihren Pullover ausgezogen hatte und nun kurzärmelig dastand und verzweifelt am Schlafzimmerfenster rüttelte, das völlig verkeilt war.

Schließlich gab sie auf und sagte: »Ach, zur Hölle damit, dann verglühen wir eben hier oben.«

Ihr Haar war schwarz und üppig, dicke Locken kringelten sich um ihr Gesicht, ein Gesicht, das mir niemals wirklich deutlich erscheint, obwohl alles andere so klar ist.

Ich streckte die Arme nach ihr aus, und sie hob mich hoch, sagte, dass ich für so was doch eigentlich schon viel zu groß sei, aber sie nahm mich trotzdem in den Arm. Als sie mich anhob, umgab mich ihr Duft.

Dieser Duft hat sich mir auf immer eingeprägt, es war der deutliche Geruch von Zimt. Ich ging regelmäßig ins Kaufhaus von Sylvan und roch an jeder einzelnen Parfümflasche, um diesen Duft wiederzufinden. Jedes Mal, wenn ich dort erschien, spielte die Parfümverkäuferin die Überraschte und sagte: »Sieh mal einer an, wen haben wir denn da.« Als wäre ich nicht erst letzte Woche auch schon da gewesen und hätte die Flaschen der Reihe nach durchprobiert. Shalimar, Chanel No 5, White Shoulders.

Ich sagte dann jedes Mal: »Haben Sie etwas Neues?«

Sie hatte nie etwas Neues.

Es war ein echter Schock, als ich den Geruch an meiner Lehrerin aus der fünften Klasse entdeckte, die mir sagte, es sei einfach nur gewöhnliche Ponds Creme.

An dem Nachmittag, als meine Mutter starb, lag ein offener Koffer auf dem Boden, dicht bei dem verkeilten Fenster. Sie lief ständig hin und her, in die Kleiderkammer hinein und wieder heraus, warf das eine oder andere achtlos in den Koffer, ohne es zusammenzufalten.

Ich folgte ihr in die Kammer, kroch unter Kleidersäume und Hosenbeine, ins Dunkle, über Staubfäden und kleine tote Motten, bis ganz nach hinten zu T. Rays Stiefeln, die den Matsch von Obstwiesen und den modrigen Geruch von Pfirsichen an sich hatten. Ich steckte die Hände in ein Paar weißer Stöckelschuhe und schlug sie zusammen.

Der Boden der Kammer vibrierte immer, wenn jemand unten die Treppen hoch stieg, und so wusste ich, dass T. Ray kam. Ich hörte über meinem Kopf, wie meine Mutter Sachen von Bügeln zog, Kleider raschelten, Metall klimperte. Beeil *dich*, sagte sie.

Als seine Schuhe ins Zimmer trampelten, seufzte sie tief, der Atem entwich ihr, als ob ihre Lungen sich plötzlich verkrampft hätten. Das ist das Letzte, an das ich mich ganz deutlich erinnere – ihr Atem, der zu mir herabsank wie ein kleiner Fallschirm, der spurlos zwischen Stapeln von Schuhen in sich zusammenfiel.

Ich erinnere mich nicht daran, was sie gesagt haben, nur an die Wut in ihren Worten, daran, dass die Luft rau wurde und Striemen hatte. Später musste ich dabei immer an Vögel denken, die in einem Zimmer gefangen sind und blindlings gegen Fenster, Wände und gegeneinander klatschen. Ich kroch rückwärts, immer tiefer in die Kammer, spürte die Finger in meinem Mund, den Geschmack von Schuhen, von Füßen.

Als ich herausgezerrt wurde, war mir erst gar nicht klar, wessen Hände mich zogen, dann fand ich mich in Mutters Armen und atmete ihren Geruch ein. Sie strich mein Haar glatt und sagte: »Hab keine Angst«, aber T. Ray rupfte mich von ihr los. Er trug mich zur Tür und setzte mich unten im Flur ab. »Geh in dein Zimmer«, sagte er.

»Ich will aber nicht«, weinte ich und versuchte, mich an ihm vorbeizudrängen, zurück ins Zimmer, zurück zu ihr.

»Geh in dein verdammtes Zimmer«, brüllte er und schubste mich hart zur Seite. Ich stieß gegen die Wand, fiel auf Hände und Knie. Als ich den Kopf hob und an ihm vorbeiblickte, sah ich sie im Zimmer herumlaufen. Sie stürmte auf ihn zu und schrie: »Lass sie in Ruhe!«

Ich kauerte mich auf den Boden neben der Tür und sah durch Luft hindurch, die man mit dem Messer hätte schneiden können. Ich sah, wie er sie an der Schulter packte und schüttelte, ihr Kopf fiel vor und zurück. Ich sah das Weiß seiner Lippen.

Und dann – aber von jetzt an verschwimmt in meiner Erinnerung alles – riss sie sich von ihm los, los von den Händen, die nach ihr griffen, floh in die Kammer und suchte irgendetwas oben auf dem Bord.

Als ich die Waffe in ihrer Hand sah, rannte ich auf sie zu, tollpatschig, stolpernd, ich wollte sie retten, ich wollte uns alle retten.

Danach fiel die Zeit in sich zusammen. Der Rest liegt in klaren, aber völlig unzusammenhängenden Bruchstücken in meinem Gedächtnis. Die Waffe in ihrer Hand, glänzend wie ein Spielzeug, er nimmt sie ihr weg, fuchtelt damit herum. Die Waffe auf dem Boden. Bücken, um sie aufzuheben. Das Geräusch, das um uns herum explodiert.

Was ich von mir weiß, ist das: Ich wollte nur sie. Und jetzt ist sie weg, und es ist meine Schuld.

T. Ray und ich lebten direkt außerhalb von Sylvan, South Carolina, 3100 Einwohner. Pfirsichstände und Baptistenkirchen, das ist alles, was es hier gab.

Am Eingang zu unserer Farm war ein großes Holzschild, auf dem OWENS PFIRSICHFARM in dem scheußlichsten Orange geschrieben stand, das man sich überhaupt vorstellen kann. Ich hasste das Schild. Aber das Schild war noch gar nichts, verglichen mit dem riesigen Pfirsich, der auf einem fast zwanzig Meter hohen Pfahl neben dem Tor prangte. In der Schule sprachen sie davon nur als dem Riesenarsch – und das war noch das Harmloseste. Mit seiner fleischigen Farbe, ganz zu schweigen von der Rille in der Mitte, sah er eindeutig aus wie ein Hintern. Rosaleen sagte, das wäre eben T. Rays Art, der Welt den Hintern rauszustrecken. So war T. Ray.

Er hielt absolut nichts von Pyjama-Parties oder Schulbällen, was nicht weiter schlimm war, denn zu so etwas wurde ich sowieso nie eingeladen, aber er weigerte sich auch, mich zu den Footballspielen in die Stadt zu fahren oder zu den Aufmärschen der Cheerleader oder zum Autowaschen, das die Jungen vom Beta Club immer am Samstag veranstalteten. Es kümmerte ihn auch nicht, dass ich Kleider trug, die ich in der Hauswirtschaftsklasse genäht hatte, Hemdblusen aus bedruckter Baumwolle mit schiefen Reißverschlüssen und Röcke, die viel zu lang waren. So etwas trugen nun wirklich nur die Mädchen aus der Pfingstgemeinde. Ich hätte mir auch gleich ein Schild umhängen können: ICH BIN NICHT BELIEBT UND WERDE ES AUCH NIE SEIN.

Ich hätte wirklich alle Hilfe brauchen können, die einem die Mode bieten kann, denn niemand, nicht ein einziger Mensch, hatte je zu mir gesagt: »Lily, was bist du für ein hübsches Kind.« Außer Miss Jennings in der Kirche, aber die war blind.

Ich betrachtete mich immer und überall. Ich suchte mein Spiegelbild in Schaufensterscheiben und im schwarzen Bildschirm des Fernsehers, um eine Vorstellung davon zu bekommen, wie ich eigentlich aussah. Mein Haar war zwar so schwarz wie das meiner Mutter, aber es sah aus wie Kraut und Rüben, und mich störte, dass ich kaum Kinn hatte. Ich hatte immer gehofft, wenn meine Brüste wachsen, würde mir auch ein Kinn wachsen, aber das hat so nicht geklappt. Ich hatte wohl sehr schöne Augen, meine Augen waren wie die von Sophia Loren, aber selbst die Jungs, die ihr Haar zu Pomade-triefenden Entenschwänzen frisierten und Kämme in ihre Hemdtaschen steckten, schienen sich nicht für mich zu interessieren, und die galten wirklich als das Letzte.

Vom Hals an abwärts hatten sich die Dinge gut entwickelt, aber das konnte ich natürlich nicht zeigen. Damals waren Kaschmir-Twinsets und kurze Faltenröcke in Mode, aber T. Ray sagte, eher würde die Hölle zufrieren, als dass ich so etwas tragen würde – wollte ich etwa schwanger werden wie Bitsy Johnson, deren Rock kaum über ihren Hintern reichte? Wie er überhaupt von Bitsy wissen konnte, ist mir ein völliges Rätsel, aber das mit den Röcken stimmte und das mit dem Baby war auch wahr. Nur hatte das eine mit dem anderen überhaupt nichts zu tun.

Rosaleen verstand noch weniger von Mode als T. Ray, und wenn es kalt war – gütiger Himmel –, ließ sie mich in langen Miederhosen unter meinen Nur-für-die-Mädchen-aus-der-Pfingstgemeinde-Kleidern zur Schule gehen.

Nichts hasste ich so sehr wie diese Gruppen tuschelnder Mädchen, die immer plötzlich still wurden, wenn ich vorbeiging. Ich fing an, Schorf von meiner Haut zu kratzen, und wenn ich keinen hatte, knibbelte ich die Haut um meine Fingernägel herum ab, bis ich ein hässliches, blutendes Etwas war. Ich machte mir so viele Gedanken darum, wie ich aussah und ob ich alles richtig machte, dass ich die meiste Zeit das Gefühl hatte, ich tat nur, als sei ich ein Mädchen, ohne eins zu sein.

Ich hatte gehofft, die Dinge würden endlich besser werden, als vergangenes Frühjahr ein paar Wochen lang freitagnachmittags im Frauenclub ein Benimmkurs abgehalten wurde.

Aber ich wurde gleich ausgeschlossen, weil ich keine Mutter hatte, keine Großmutter, noch nicht einmal eine mickrige Tante, die mich bei der offiziellen Abschlusszeremonie mit einer weißen Rose hätte vorstellen können. Rosaleen konnte das nicht für mich tun, es war gegen die Regeln. Ich weinte, bis mir so schlecht wurde, dass ich mich ins Waschbecken übergeben musste.

»Du hast doch wohl genug Charme und Manieren«, sagte Rosaleen und spülte das Erbrochene aus dem Waschbecken. »Du brauchst nich' zu irgend so'nem hochgestochenen Kurs zu gehen, um 'ne Lady zu werden.«

»Doch«, sagte ich, »sie bringen einem da alles bei. Wie man geht und knickst, wie man sich auf einen Stuhl setzt, die Beine richtig übereinander schlägt, wie man in ein Auto einsteigt, Tee eingießt, sich die Handschuhe auszieht ...«

Rosaleen stieß einen Seufzer aus. »Große Güte«, sagte sie.

» ... wie man Blumen in einer Vase arrangiert, mit Jungen spricht, sich die Augenbrauen zupft, die Beine rasiert, Lippenstift benutzt ...«

»Und was is' mit in Waschbecken kotzen? Bringen'se einem da vielleicht auch bei, wie man richtig kotzt?«

Manchmal hasste ich sie einfach.

Am anderen Morgen, nachdem ich T. Ray aufgeweckt hatte, stand Rosaleen in der Tür zu meinem Zimmer und sah zu, wie ich eine Biene mit einem Weckglas jagte. Sie hatte ihre Lippen so weit nach außen gestülpt, dass ich das zarte rosa Fleisch in ihrem Mund sehen konnte.

»Was machste denn mit dem Glas?«, fragte sie.

»Ich fange Bienen, um sie T. Ray zu zeigen. Er glaubt doch, ich hätte sie erfunden.«

»Lieber Gott, gib mir Kraft.« Sie hatte auf der Veranda Butterbohnen geschält, Schweiß glänzte auf den kringeligen Locken schwarzen Haars, das ihre Stirn umspielte. Sie zupfte an ihrem Kleid herum und machte ihr Vorderteil ein wenig auf, worunter ihr Busen hervorkam, der so groß und weich war wie ein Sofakissen.

Die Biene landete auf der Landkarte, die ich an die Wand geheftet hatte. Ich beobachtete, wie sie entlang der Küste von South Carolina über den Highway 17 krabbelte. Ich schlug das Glas mit der Öffnung gegen die Wand und fing die Biene zwischen Charleston und Georgetown ein. Als ich den Deckel aufsetzte, begann sie, wie verrückt im Kreis herumzufliegen, und es machte jedes Mal »plop« und »klick«, wenn sie gegen das Glas knallte – wie der Klang von Hagel, der ans Fenster schlägt.

Ich hatte das Glas so behaglich wie möglich hergerichtet, mit pelzigen Blütenblättern voller Pollen, hatte viele kleine Löcher in den Deckel gestochen, damit die Biene überleben konnte, denn ich wusste wohl, dass man, wenn man ein Tier getötet hatte, zur Strafe als genau das Wesen wieder auf die Welt zurückkommen konnte.

Ich hob das Glas auf Augenhöhe. »Komm und sieh dir an, wie das arme Ding kämpft«, sagte ich zu Rosaleen.

Als sie ins Zimmer trat, hüllte mich ihr Geruch ein, dunkel und würzig wie der Kautabak, den sie sich in die Backen stopfte. In der Hand hielt sie ihr kleines Kännchen mit dem münzgroßen Ausguss und einem Henkel, der so klein war, dass sie gerade ihren Finger hindurchstecken konnte. Ich beobachtete, wie sie es unter ihr Kinn hielt, die Lippen zu einem Kelch spitzte und dann einen Kringel aus schwarzem Saft hineinspuckte.

Sie starrte die Biene an und schüttelte den Kopf. »Wenn de gestochen wirst, komm nich' zu mir gerannt«, sagte sie, »weil, mich kümmert's nicht.«

Das war natürlich gelogen.

Ich war die Einzige, die wusste, dass sie bei ihrer ruppigen Art ein Herz hatte, das sanfter war als Blütenblätter, und dass sie mich wahnsinnig lieb hatte.

Ich hatte es nicht gewusst bis zu dem Tag – ich war damals

acht Jahre alt –, an dem sie mir ein gefärbtes Osterküken aus dem Kaufhaus mitgebracht hatte. Als sie es mir gab, saß es zitternd in einer Ecke seines Verschlages, in der Farbe tiefroter Trauben, mit kleinen, traurigen Augen, die nach seiner Mutter Ausschau hielten. Rosaleen erlaubte mir, das Küken ins Haus zu bringen, ins Wohnzimmer, wo ich ein paar Grießflocken auf den Boden streute, damit es etwas zu picken hatte, und Rosaleen erhob nicht ein Wort des Einwands.

Das kleine Hühnchen hinterließ Häufchen violett gemusterter Kleckse im ganzen Zimmer, vermutlich, weil die Farbe allmählich durch die Haut in seinen empfindlichen Körper drang. Wir hatten gerade angefangen, den Dreck wegzuwischen, als T. Ray reinplatzte und damit drohte, das Küken zu kochen und Rosaleen zu feuern, weil sie eine dumme Kuh sei. Er fing schon an, mit seinen von Traktoröl verschmierten Händen nach dem Vögelchen zu grabschen, als sich Rosaleen der Länge nach vor ihm aufbaute. »In diesem Haus gibt's weiß Gott Schlimmeres als Hühnerscheiße«, sagte sie und musterte ihn von allen Seiten. »Sie rühren mir das Küken nich' an.«

Er gab sich geschlagen und schlich in seinen Stiefeln den Flur hinunter. Ich dachte, *sie liebt mich*, und das war das allererste Mal, dass mir dieser Gedanke überhaupt gekommen war, so unvorstellbar erschien er mir.

Sie hatte keine Ahnung, wie alt sie war, denn sie besaß keine Geburtsurkunde. Sie hatte mir gelegentlich gesagt, dass sie 1909 oder 1919 geboren war, aber das hing immer davon ab, wie sie sich gerade fühlte. Aber wo sie geboren war, das wusste sie: McClellanville, South Carolina, wo ihre Mutter Körbe aus Süßgras geflochten und am Straßenrand verkauft hatte.

»Genau wie ich, wenn ich Pfirsiche verkaufe«, sagte ich zu ihr.

»Gar nich' wie du und deine Pfirsiche«, antwortete sie mir. »Du musst davon nich' sieben Kinder satt kriegen.«

»Du hast sechs Geschwister?« Ich hatte mir immer vorgestellt, sie sei ganz alleine auf dieser Welt, dass sie niemanden hatte, außer mir natürlich.

»Hatte schon, aber ich weiß nich', wo die stecken.«

Sie hatte ihren Mann nach drei Jahren Ehe aus dem Haus geworfen, weil er trank. »Sein Gehirn im Kopf eines Vogels, und der Vogel würde rückwärts fliegen«, sagte sie gerne. Ich fragte mich, was wohl ein Vogel machen würde, der Rosaleens Hirn im Kopf hätte. Entweder, so stellte ich mir vor, würde der Vogel seine Häufchen anderen Leuten auf den Kopf fallen lassen, oder aber er würde auf einem verlassenen Nest sitzen, mit weit ausgebreiteten Flügeln.

In meinen Tagträumen war Rosaleen weiß und mit T. Ray verheiratet, und sie war meine richtige Mutter. Manchmal malte ich mir aus, ich wäre ein Negerwaisenkind, das sie in einem Maisfeld fand und adoptierte. Dann wieder träumte ich, wir würden in einem fremden Land wie New York leben, wo sie mich adoptieren dürfte und wir beide unsere Hautfarbe behalten könnten.

Der Vorname meiner Mutter war Deborah. Das war der schönste Name, den ich je gehört hatte, dabei nahm T. Ray ihn niemals in den Mund. Wenn ich *Deborah sagte, benahm* er sich immer, als würde er jeden Moment losstürmen, um irgendetwas – gleich was – zu erstechen. Einmal habe ich ihn gefragt, wann ihr Geburtstag war und welche Sorte Zuckerguss sie am liebsten auf ihrer Torte hatte, aber er sagte nur, ich solle die Klappe halten, und als ich ihn noch einmal gefragt habe, hat er ein Glas Johannisbeergelee genommen und gegen den Küchenschrank geknallt. Die roten Flecken sieht man heute noch.

Es gelang mir aber doch, ein paar Sachen aus ihm herauszuholen, und so wusste ich, dass meine Mutter in Virginia, woher ihre Familie stammte, beerdigt worden war. Ich wurde damals ganz aufgeregt, weil ich glaubte, ich hätte eine Großmutter gefunden. Aber nein. Er sagte, meine Mutter wäre ein Einzelkind gewesen und ihre Mutter schon vor Ewigkeiten gestorben. Und einmal, als er auf eine Küchenschabe trat, erzählte er mir, meine Mutter hätte Stunden damit verbracht, die Schaben mit ganz klein zerbröselten Marshmellows und winzigen Kekskrümeln aus dem Haus zu locken. Sie habe sich wie eine Irre aufgeführt, wenn es darum ging, ihre blöden Schaben zu retten.

Es waren die seltsamsten Anlässe und Dinge, bei denen ich sie vermisste. Der erste Büstenhalter. Wen sollte ich bei diesem Thema um Rat fragen? Und wer außer meiner Mutter hätte verstanden, wie wunderbar es gewesen wäre, zu den Proben der Junior Cheerleader gefahren zu werden? T. Ray jedenfalls begriff es nicht. Aber, soll ich sagen, in welchem Moment ich sie am allermeisten vermisste? Das war an dem Tag, ich war zwölf, als ich wach wurde und einen rosig-roten Flecken in meiner Unterhose hatte. Ich war so stolz, dass ich endlich zur Frau erblühen würde, und hatte niemanden, dem ich den Fleck hätte zeigen können.

Bald darauf fand ich ganz hinten auf dem Speicher eine Papiertüte. Darin befanden sich die letzten Spuren meiner Mutter.

Da war die Fotografie einer Frau vor einem alten Auto. Sie hatte ein breites Grinsen im Gesicht und trug ein helles Sommerkleid mit Schulterpolstern. Ihr Gesichtsausdruck sagte: »Wag ja nicht, mich zu fotografieren«, dabei wollte sie aufs Bild, das sah man ganz deutlich. Niemand kann sich vorstellen, was für Geschichten ich in diesem Bild las, wie sie da an diesem Kotflügel lehnte und darauf wartete, der Liebe ihres Lebens zu begegnen, sie schien es verdammt eilig zu haben.

Ich legte die Fotografie neben mein Schulfoto aus der achten Klasse und suchte, ob es Ähnlichkeiten zwischen uns gab. Sie hatte kaum Kinn, so wie ich, aber trotzdem war sie überdurchschnittlich hübsch, was mich für später hoffen ließ.

Die Tüte enthielt ein Paar weißer Baumwollhandschuhe, vom Alter fleckig geworden. Als ich sie herausnahm, ging mir durch den Kopf: *Sie hat sie an IHREN Händen getragen. Heute erscheint* mir das albern, aber damals stopfte ich die Handschuhe mit Watte aus und hielt sie eine ganze Nacht lang fest.

Aber das größte Rätsel, das die Tüte barg, war ein kleines hölzernes Bild Mariens, der Mutter Jesu. Ich erkannte sie, obwohl ihre Hautfarbe schwarz war, ein wenig heller nur als Rosaleens. Es sah aus, als ob jemand das Bild der schwarzen Maria aus einem Buch herausgeschnitten, auf ein Stück Holz von etwa fünf Zentimetern geklebt und dann überlackiert hätte. Auf der Rückseite stand geschrieben »Tiburon, S. C.«.

Seit zwei Jahren schon bewahrte ich diese Dinge in einer Blechdose auf, die ich im Obstgarten vergraben hatte. Ich hatte meinen ganz besonderen Platz inmitten der langen, dichten Baumreihen, von dem niemand etwas wusste, nicht einmal Rosaleen. Ich ging schon dorthin, noch ehe ich mir selber die Schuhe zuschnüren konnte. Ganz am Anfang war es nur ein Versteck vor T. Ray und seinen Gemeinheiten gewesen und auch vor der Erinnerung an den Nachmittag, an dem die Pistole losgegangen war, aber später stahl ich mich oft dorthin, wenn T. Ray ins Bett gegangen war, ich wollte nur unter den Bäumen liegen und einfach meine Ruhe haben. Es war mein Stück Erde, meine Höhle.

Ich hatte ihre Sachen in die Blechdose gelegt und sie dort draußen eines Nachts im Schein meiner Taschenlampe vergraben, weil ich viel zu viel Angst hatte, sie in meinem Zimmer zu lassen, selbst wenn ich sie ganz hinten in einer Schublade verstecken würde. Ich hatte Angst, T. Ray würde auf den Speicher gehen und merken, dass ihre Sachen fehlten, und dann würde er mein Zimmer auf den Kopf stellen. Ich wollte gar nicht erst darüber nachdenken, was er wohl mit mir machen würde, wenn er ihre Sachen zwischen den meinen finden würde.

Hin und wieder ging ich zu meinem Platz und grub die Dose aus. Ich legte mich auf die Erde, und die Bäume hielten schützend ihre Äste über mich. Ich schlüpfte in ihre Handschuhe und lächelte ihr Foto an. Ich begutachtete den Schriftzug »Tiburon, S. C.« hinten auf dem Bild der schwarzen Maria, die komische Neigung der Buchstaben, und fragte mich, was für ein Ort das wohl sei. Ich hatte auf meiner Landkarte nachgesehen – Tiburon war kaum zwei Stunden entfernt. War meine Mutter da gewesen, hatte sie da das Bild gekauft? Ich nahm mir vor, eines Tages, wenn ich alt genug wäre, würde ich mit dem Bus dorthin fahren. Ich wollte überall hinfahren, wo sie gewesen war.

Den Nachmittag des Tages, an dem ich morgens die Biene gefangen hatte, verbrachte ich am Straßenstand und verkaufte T. Rays Pfirsiche. Es war von allen Arbeiten, die ein Mädchen während der Sommerferien tun konnte, die einsamste: Ich saß am Straßenrand fest, in einer Bude, die aus drei Wänden und einem Flachdach aus Zinn bestand.

Ich hockte auf einer Colakiste und sah den vorbeisausenden Lieferwagen hinterher, bis ich vor lauter Abgas und Langeweile fast umkam. Donnerstagnachmittag war eigentlich ein guter Pfirsichtag, weil die meisten Frauen ihre sonntägliche Obsttorte vorbereiteten, aber niemand hielt an.

T. Ray erlaubte mir nicht, Bücher mitzunehmen und zu lesen, und wenn ich trotzdem eines unter meiner Bluse raus an den Stand schmuggelte, »Der verlorene Horizont« etwa, sah mich dabei garantiert jemand wie Mrs. Watson von der Farm nebenan, die dann in der Kirche zu meinem Vater sagte: »Ich hab übrigens neulich deine Tochter beobachtet, wie sie am Pfirsichstand arbeitet. Ein ganzes Buch hat sie dabei verschlungen. Du musst ja mächtig stolz auf sie sein.« Worauf er mich dann halb umbrachte.

Wie kann man nur etwas dagegen haben, dass jemand *liest*? Ich glaube, er befürchtete, Bücher würden in mir den Gedanken ans College wecken, was er bei Mädchen natürlich für völlige Geldverschwendung hielt, selbst wenn sie, wie ich, die allerbeste Note bekamen, die man bei einem mündlichen Eignungstest überhaupt erreichen kann. Mathe ist nun nicht so mein Fall, aber man muss ja nicht in allen Fächern überdurchschnittlich gut sein.

Ich war die einzige Schülerin, die nicht murrte und knurrte, wenn Mrs. Henry noch ein Shakespeare-Drama mit uns las. Ich *tat natürlich so*, als hätte ich dazu keine Lust, aber im Innern war ich so aufgeregt, als hätte man mich zur Pfirsichkönigin von Sylvan ernannt.

Bis zu dem Tag, an dem Mrs. Henry an unsere Schule gekommen war, hatte ich immer geglaubt, die Kosmetikschule würde die Krönung meiner beruflichen Laufbahn sein. Ich hatte ihr einmal, nachdem ich ihr Gesicht genau betrachtet hatte, gesagt, wenn sie erst einmal meine Kundin wäre, würde ich ihr die Haare zu einer klassischen Banane hochstecken, das würde ihr ganz wunderbar stehen, und sie sagte – wortwörtlich: »Also bitte, Lily, das ist eine Beleidigung deiner Intelligenz. Weißt du überhaupt, wie klug du bist? Du könntest Lehrerin oder Schriftstellerin werden, deine eigenen Bücher könntest du verfassen. Aber die Kosmetikschule. Ich bitte dich.«

Ich habe einen ganzen Monat gebraucht, um den Schock zu verdauen, dass sich mir in meinem Leben so etwas wie Möglichkeiten bieten könnten. Man kennt das ja, die Erwachsenen fragen einen immer: »Na, und was willst du denn mal werden, wenn du groß bist?« Ich kann überhaupt nicht sagen, wie sehr ich diese Frage immer gehasst habe, aber auf einmal erzählte ich allen, dass ich Lehrerin werden und einmal richtige Bücher schreiben würde – ob sie es hören wollten oder nicht.

Ich sammelte alles, was ich jemals geschrieben hatte. Eine Zeit lang kamen in allem, was ich schrieb, Pferde vor. Nachdem wir in der Schule Ralph Waldo Emerson gelesen hatten, schrieb ich »Meine Lebensphilosophie«. Es sollte der Anfang zu einem Buch werden, aber ich bin nie über die ersten drei Seiten hinausgekommen. Mrs. Henry sagte mir, ich müsste schon noch etwas älter werden als vierzehn, um eine Lebensphilosophie zu haben.

Sie meinte, ein Stipendium wäre meine Chance, und lieh mir über den Sommer ihre Bücher. Jedes Mal, wenn ich eines aufschlug, sagte T. Ray: »Was denkst du eigentlich, wer du bist, Julius Shakespeare?« Er glaubte, das sei Shakespeares Vorname, aber wer jetzt meint, ich hätte ihn korrigieren sollen, der hat keine Ahnung von der Kunst des Überlebens. Er nannte mich auch Fräulein Brontë-Bücherwurm oder Eierkopf-Emily-Diktion. Er meinte natürlich Dickinson, aber, wie gesagt, an manche Dinge sollte man nicht rühren.

Ohne Bücher verbrachte ich die Zeit im Pfirsichstand oft damit, Gedichte zu erfinden, aber an diesem einen, entsetzlich langen Nachmittag war mir nicht nach Reimen zumute. Ich saß einfach nur da und dachte, wie sehr ich den Pfirsichstand hasste, wie abgrundtief ich ihn hasste.

An dem Tag, bevor ich eingeschult wurde, musste ich am Stand arbeiten, und T. Ray hatte gesehen, wie ich einen Nagel in einen seiner Pfirsiche gesteckt hatte.

Er ging auf mich zu, Daumen in den Hosentaschen, die Augen zusammengekniffen, weil die Sonne so grell war. Ich sah, wie sein Schatten über den Staub und das Unkraut immer näher glitt, und dachte, dass er kam, um mich zu bestrafen, weil ich einen Pfirsich erstochen hatte. Dabei wusste ich noch nicht einmal, warum ich das getan hatte.

Stattdessen sagte er: »Lily, du kommst morgen in die Schule, und es gibt ein paar Dinge, die du wissen musst. Über deine Mutter.«

Einen Augenblick lang war alles so ruhig und still, als ob der Wind aufgehört hätte zu wehen und die Vögel in ihrem Flug innegehalten hätten. Als er sich vor mich hockte, fühlte ich mich von einer heißen Dunkelheit umfangen, aus der ich mich nicht befreien konnte.

»Es ist an der Zeit, dass du weißt, was mit ihr passiert ist, und ich will, dass du es von mir hörst. Nicht von den anderen Leuten.«

Wir hatten niemals darüber gesprochen, und ich spürte, wie mir ein Schauer über den Rücken lief. Die Erinnerung an diesen Tag überkam mich in den merkwürdigsten Momenten. Das verkeilte Fenster. Ihr Geruch. Das Klappern der Bügel. Der Koffer. Wie sie gestritten und geschrien haben. Vor allem die Waffe auf dem Boden, ihr Gewicht in meiner Hand, als ich sie aufgehoben habe.

Ich wusste, dass die Explosion, die ich an diesem Tag gehört hatte, sie getötet hatte. Das Geräusch drang in meinen Kopf, ständig überraschte es mich. Manchmal schien es mir dann, als hätte es in dem Moment, als ich die Waffe in den Händen hielt, überhaupt keinen Knall gegeben, als wäre das Geräusch erst sehr viel später gekommen, aber manchmal, wenn ich allein auf der Treppe saß, mich langweilte und nicht wusste, was ich tun sollte, oder wenn ich mich an einem Regentag in meinem Zimmer wie eingesperrt fühlte, dann war mir, als *hätte* ich es verursacht, als wäre der Knall genau in dem Moment, als ich die Waffe aufgehoben habe, durch das Zimmer hindurchgegangen und hätte uns alle mitten ins Herz getroffen.

Es war eine dunkle Gewissheit, die in diesen Augenblicken in mir hochkam und mich völlig überwältigte, und dann rannte ich jedes Mal – selbst wenn es stark regnete, lief ich hinaus – den Hügel hinunter zu meinem Lieblingsplatz zwischen den Bäumen. Ich legte mich ganz flach auf den Boden, und das beruhigte mich.

T. Ray hatte eine Hand voll Erde aufgehoben und ließ sie aus seinen Händen rieseln. »An dem Tag, als sie starb, räumte sie die Kleiderkammer auf«, sagte er. Ich konnte mir den komischen Tonfall seiner Stimme nicht erklären, er war unnatürlich, beinahe, aber nicht wirklich, *sanft*.

Die Kleiderkammer aufräumen. Ich hatte nie darüber nachgedacht, was sie in den letzten Minuten ihres Lebens getan hatte, warum sie in der Kammer gewesen war, worüber sie eigentlich gestritten hatten.

»Ich erinnere mich«, sagte ich. Meine Stimme klang kläglich und so leise, als käme sie von weit entfernt aus dem tiefen Gang einer Ameise.

Er zog die Augenbrauen hoch und kam mit seinem Gesicht ganz nahe. Nur seine Augen verrieten, dass er verwirrt war. »*Was* tust du?«

»Ich erinnere mich«, sagte ich noch einmal. »Ihr habt euch angeschrien.«

In seinem Gesicht zuckte es. »Tatsächlich?«, sagte er. Seine Lippen wurden allmählich blass, darauf achtete ich immer, denn das war das Zeichen. Ich wich einen Schritt zurück.

»Verdammt noch mal, du warst vier Jahre alt«, brüllte er. »Du weißt doch gar nicht, an was du dich erinnerst.«

In der Stille, die dann folgte, erwog ich zu lügen und zu sagen: *Ich nehme es zurück. Ich erinnere mich an gar nichts. Erzähl mir, was passiert ist*, aber das Verlangen, das sich so lange in mir aufgestaut hatte, endlich darüber zu sprechen, endlich die Worte zu sagen, war stärker.

Ich sah auf meine Schuhe, auf den Nagel, der mir aus der Hand gefallen war, als ich ihn hatte kommen sehen. »Da war eine Waffe.«

»Gütiger Himmel«, sagte er.

Er sah mich lange an, dann ging er zu den Körben, die hinter dem Stand gestapelt waren. Er stand dort eine Minute lang mit geballten Fäusten, ehe er sich umdrehte und wieder zu mir zurückkam.

»Was noch?«, fragte er. »Du sagst mir jetzt, was du weißt.«

»Die Waffe war auf dem Boden ...«

»Und du hast sie aufgehoben«, sagte er. »Daran wirst du dich dann ja wohl auch erinnern.«

Das Geräusch der Explosion hallte in meinem Kopf wider. Ich sah zur Seite in Richtung der Plantage, ich wollte losrennen, nur weg.

»Ich erinnere mich, dass ich sie aufgehoben habe«, sagte ich. »Aber an mehr nicht.«

Er beugte sich zu mir herunter, fasste mich bei den Schultern und schüttelte mich. »Erinnerst du dich an sonst nichts? Sicher? Los, denk nach.«

Er beäugte mich misstrauisch..

»Nein, Sir, das ist alles.«

»Hör gut zu«, sagte er, und presste dabei seine Finger in meine Arme. »Wir haben uns gestritten, wie du sagst. Wir haben dich gar nicht gesehen. Aber dann drehten wir uns um, und da standst du, mit der Waffe in der Hand. Du hattest sie vom Boden aufgehoben. Und dann ging sie einfach los.«

Er ließ von mir und rammte seine Hände in die Taschen. Ich hörte, wie er dabei mit seinen Schlüsseln und ein paar Münzen klimperte. Ich wollte mich so gerne an sein Bein klammern und spüren, wie er sich zu mir herabbeugen und mich hochheben, an seine Brust drücken würde, aber ich war wie gelähmt, und er auch. Er starrte über mich hinweg in die Gegend, und das tat er sehr lange und ausgiebig.

»Die Polizei hat 'ne ganze Reihe Fragen gestellt, aber es war halt nur eine dieser scheußlichen Geschichten. Du hast es ja nicht absichtlich getan«, sagte er sanft. »Aber wenn jemand fragt, so und nich' anders war's.«

Dann ging er zurück zum Haus. Er war erst ein kleines Stück weg, da drehte er sich noch einmal um. »Und steck keine Nägel mehr in meine Pfirsiche.«

Es war nach 18.00 Uhr, als ich den Pfirsichstand verließ und zum Haus zurück ging – ich hatte nichts verkauft, nicht einen einzigen Pfirsich –, wo ich Rosaleen im Wohnzimmer vorfand. Um diese Zeit war sie normalerweise längst bei sich zu Hause, aber stattdessen kämpfte sie am Fernseher mit der Antenne, die mich immer an die Ohren von meinem Kaninchen erinnerte, gegen den Schnee auf dem Bildschirm. Präsident Johnson erschien und verschwand gleich wieder irgendwo im Schneegestöber. Ich hatte noch niemals erlebt, dass sich Rosaleen für ein Fernsehprogramm so sehr interessierte, dass sie dafür körperliche Energie aufbringen würde.

»Was ist passiert?«, fragte ich. »Haben sie die Atombombe abgeworfen?«

Seitdem wir an der Schule mit den Übungen für den Ernstfall begonnen hatten, glaubte ich, meine Tage seien gezählt. Alle bauten in ihren Gärten Schutzhütten gegen radioaktiven Niederschlag, legten Wasservorräte an, bereiteten sich auf das Ende aller Zeiten vor. Dreizehn Schüler aus meiner Klasse bauten in ihrem Wissenschaftskurs Modelle für Schutzbunker, was zeigt, dass nicht nur ich mir Sorgen machte. Wir waren von Herrn Chruschtschow und seinen Raketen geradezu besessen.

»Nein, die Bombe ist nich' losgegangen«, sagte sie. »Komm hier rüber und guck mal, ob du die Glotze hinkriegst.« Sie hatte ihre Fäuste so tief in die Hüften gestemmt, dass sie darin zu verschwinden schienen.

Ich wickelte Aluminiumfolie um die Antenne. Immerhin konnten wir jetzt einigermaßen deutlich sehen, wie Präsident Johnson an einem Schreibtisch Platz nahm, um den herum lauter Leute standen. Ich mochte den Präsidenten nicht besonders, weil er seine Beagles immer an den Ohren festhielt. Aber ich bewunderte seine Frau, Lady Bird, die mir immer vorkam, als ob sie am liebsten ihre Flügel ausbreiten und davonfliegen wollte.

Rosaleen schob den Schemel vor den Fernseher und setzte sich hin. Der Hocker verschwand völlig unter ihr. Sie beugte sich vor, hielt einen Rockzipfel in den Händen und spielte damit herum.

»Was ist denn los?«, fragte ich, aber sie war derart gefesselt von dem, was da vor sich ging, dass sie mir nicht antwortete. Im Fernsehen unterzeichnete der Präsident ein Papier, wofür er ungefähr zehn Füller brauchte.

»Rosaleen ...«

»Pst«, machte sie und wedelte mit der Hand, ich solle ruhig sein.

Ich musste es also vom Nachrichtensprecher hören: »Heute, am 2. Juli 1964«, sagte er, »hat der Präsident der Vereinigten Staaten im Ostzimmer des Weißen Hauses das Bürgerrechtsgesetz in Kraft gesetzt ...«

Ich sah hinüber zu Rosaleen, wie sie da saß und den Kopf schüttelte. »Allmächtiger«, stammelte sie und sah dabei so fassungslos und glücklich aus wie die Leute im Fernsehen, wenn sie die 64 000-Dollar-Frage beantworten können.

Ich wusste nicht, ob ich mich mit ihr freuen oder mir Sorgen machen sollte. Wenn wir aus der Kirche kamen, ging es immer nur um ein Thema, nämlich um die Neger und ob sie ihre Bürgerrechte bekommen würden. Wer würde gewinnen – das Team der Weißen oder der Farbigen? Als wäre es ein todernster Wettkampf. Als dann dieser Geistliche aus Alabama, Reverend Martin Luther King, letzten Monat in Florida verhaftet worden war, weil er in einem Restaurant essen wollte, benahmen sich die Männer in der Kirche, als ob das Team der Weißen das Finale beim Baseball gewonnen hätte. Mir war klar, von dieser Nachricht würden sie sich nicht in die Knie zwingen lassen, im Leben nicht.

»Halleluja, Jesus«, sagte Rosaleen auf ihrem Schemel.

Rosaleen hatte das Abendessen auf dem Herd stehen lassen, es gab ihr berühmtes Huhn in Soße. Ich fixierte T. Rays Teller und überlegte dabei, wie ich das heikle Thema meines Geburtstags anschneiden könnte, ein Thema, dem T. Ray noch nie in meinem Leben Beachtung geschenkt hatte, und trotzdem hatte ich Trottel jedes Jahr die Hoffnung, in *diesem* Jahr wäre es anders.

Mein Geburtstag fiel auf den Nationalfeiertag, und das machte es noch schwieriger, Beachtung zu finden. Als ich klein war, hatte ich geglaubt, die Raketen und Knaller würden meinetwegen abgefeuert – Hurra! Lily hat Geburtstag! Doch die Illusion verflog, wie so viele.

Ich hatte vor, T. Ray zu sagen, dass sich alle Mädchen ein silbernes Armband mit Anhängern wünschen und dass ich das einzige Mädchen an der Sylvan Junior High School war, das keins hatte, und dass die Mittagspause doch sowieso nur dazu da war, in der Schlange der Cafeteria zu stehen und mit dem Handgelenk herumzuwedeln und die Armbänder klimpern zu lassen, damit auch wirklich alle die Sammlung von Anhängern begaffen konnten.

»Nun«, sagte ich und schob ihm seinen Teller hin, »diesen Samstag ist mein Geburtstag.«

Ich sah zu, wie er das Hühnerfleisch mit seiner Gabel von den Knochen löste.

»Und ich hätte doch so gerne eines dieser silbernen Armbänder, die es im Kaufhaus gibt.«

Das Haus gab ein Knarren von sich. Draußen vor der Tür bellte Snout, und dann wurde es so still, dass ich hören konnte, wie T. Ray sein Essen zermalmte.

Er aß die Hühnerbrust auf und schnitt den Schenkel an, und dabei sah er mich hin und wieder scharf an.

Ich wollte gerade sagen, *Also, was ist denn nun mit dem Armband?*, aber mir wurde klar, dass seine Antwort bereits feststand, und in dem Moment stieg in mir ein ganz frischer Kummer auf, der nichts, aber wirklich gar nichts mit dem Armband zu tun hatte. Heute glaube ich, es war der Kummer über den Klang, den seine Gabel machte, wenn sie über den Teller kratzte, darüber, wie das Geräusch in dem Abstand, der zwischen uns herrschte, anschwoll, und wie mich jeder Kratzer noch weiter von T. Ray entfernte, für den ich doch sowieso nur Luft war.

In jener Nacht lag ich im Bett und lauschte dem Klacken, Sirren und Summen im Bienenglas und wartete, bis es spät genug war, in den Obstgarten zu schlüpfen und die Blechdose mit den Sachen meiner Mutter auszugraben. Ich wollte unter den Bäumen liegen und mich in ihrem Schutz geborgen fühlen.

Als es so dunkel war, dass der Mond schon ganz nach oben an den Himmel gewandert war, stieg ich aus dem Bett, zog meine kurze Hose und eine ärmellose Bluse an und schlich leise an T. Rays Zimmer vorbei, vielmehr glitt ich in weit ausholenden Bewegungen, wie ein Schlittschuhläufer. Seine Stiefel hatte ich nicht gesehen, er hatte sie mitten im Flur abgestellt. Als ich fiel, gab es ein solches Getöse, dass T. Rays Schnarchen verschreckt seinen Rhythmus änderte. Zuerst hörte es ganz auf, aber dann setzte es mit drei leisen Ferkelgrunzern wieder ein.

Ich kroch die Treppe hinunter, durch die Küche. Als die Frische der Nacht mein Gesicht streifte, hätte ich laut lachen mögen. Der Mond leuchtete als vollkommener Kreis, so hell, dass er einen bernsteinfarbenen Schimmer über alle Konturen legte. Der Gesang der Zikaden schwoll an, und ich lief barfuß über das Gras.

Um zu meinem Platz zu kommen, musste ich zur achten Baumreihe links vom Traktorschuppen gehen, dann dort entlang und abzählen, bis ich bei Zweiunddreißig angekommen war. Die Blechdose war in der weichen Erde neben dem Baum vergraben, gerade so tief, dass ich sie mit bloßen Händen wieder herausbuddeln konnte.

Ich rieb den Dreck von der Dose und hob den Deckel ab, und dann fiel mein Blick zuerst auf das Weiß ihrer Handschuhe, dann auf die Fotografie, die in Wachspapier eingewickelt war, so wie ich sie hineingelegt hatte. Und zuletzt auf das komische Holzbild der Maria mit dem dunklen Gesicht. Ich nahm alles heraus und streckte mich zwischen den Pfirsichen aus, die vom Baum gefallen waren, und legte sie mir auf den Bauch.

Als ich durch das feine Geäst der Bäume gen Himmel sah, war mir, als käme die Nacht über mich, einen Moment lang verlor ich mich, war plötzlich eins mit ihr, der Himmel war meine Haut und der Mond mein Herz, das da oben in der Dunkelheit schlug. Ein Blitz erschien am Himmel, kein scharf gezackter, eher ein sanftes, goldenes Leuchten. Ich öffnete meine Bluse, denn ich wollte die Nacht auf meiner Haut spüren, und so schlief ich dann ein. So lag ich dort also mit den Sachen meiner Mutter, meine Brust feucht von der kühlen Luft und der Himmel überzogen von Schwaden von Licht.

Das Geräusch von jemandem, der durch die Bäume drischt, weckte mich auf. T. Ray! Ich setzte mich voller Panik auf und begann, meine Bluse zu schließen. Ich hörte seine Schritte und das schnelle, schwere Keuchen seines Atems. Dann sah ich nach unten, auf die Handschuhe meiner Mutter und die beiden Bilder. Ich hörte sofort auf, mich weiter zuzuknöpfen, griff nach den Sachen, fingerte an ihnen herum, unfähig, klar zu denken, was ich tun, wie ich sie verbergen könnte. Ich hatte die Blechdose wieder in ihr Loch gelegt, sie war viel zu weit weg, unerreichbar.

»Liliiiiiiii!«, schrie er, und ich sah seinen Schatten am Boden auf mich zustürzen.

Ich stopfte die Handschuhe und Bilder unter meinen Hosenbund und fasste mit zitternden Fingern nach den restlichen Knöpfen.

Noch ehe ich alle zumachen konnte, traf mich sein Licht, und da stand er, mit bloßem Oberkörper, eine Taschenlampe in der Hand. Das Licht zuckte unruhig, es blendete mich, wenn es in meine Augen traf.

»Wer war hier bei dir?«, brüllte er und leuchtete auf meine Bluse, die immer noch halb offen war.

»N-Niemand«, sagte ich und schlang die Arme um meine Knie, völlig aufgelöst bei der Vorstellung, was er jetzt wohl denken musste. Ich konnte ihm nicht lange ins Gesicht sehen, es war so groß und lodernd wie das Antlitz Gottes.

Er strahlte mit der Taschenlampe in die Dunkelheit. »Wer ist da?«, rief er.

»T. Ray, ehrlich, es ist niemand bei mir gewesen.«

»Steh sofort auf und komm da raus«, schrie er.

Ich folgte ihm zurück zum Haus. Beim Gehen stampfte er so hart mit den Füßen auf, dass mir der schwarze Boden Leid tat. Er sprach kein Wort, bis wir in die Küche kamen und er ein Paket Grießflocken aus dem Schrank holte. »Von Jungs erwarte ich nichts andres, Lily – kann man denen einfach nich' verübeln –, aber von dir erwarte ich mehr. Du führst dich auf wie eine Schlampe.«

Er schüttete einen Haufen Grieß von der Größe eines Maulwurfhaufens auf den Holzboden. »Knie dich da hin.«

Ich hatte auf Grieß gekniet, seit ich sechs Jahre alt war, aber niemals hatte ich mich an dieses Gefühl zerborstener Glassplitter auf meiner Haut gewöhnen können. Ich bewegte mich mit trippelnden, federleichten Schritten vorwärts, so wie es von einem Mädchen in Japan erwartet wird, und hockte mich auf den Boden, fest entschlossen, nicht zu weinen, aber der stechende Schmerz ging direkt von meinen Knien in die Augen und ließ meine Tränen anschwellen.

T. Ray saß in einem Stuhl und reinigte sich die Nägel mit seinem Taschenmesser. Ich verlagerte mein Gewicht von einem Knie auf das andere in der Hoffnung, ein oder zwei Sekunden lang eine kleine Erleichterung zu verspüren, aber der Schmerz schnitt sich tief in meine Haut. Ich biss mir auf die Lippen, und dann auf einmal spürte ich das hölzerne Bild der schwarzen Maria an meinem Hosenbund. Ich spürte das Wachspapier, das ihr Bild enthielt, und ihre Handschuhe an meinem Bauch, und auf einmal war mir, als wäre meine Mutter da, ich spürte sie auf meiner Haut, so als würde sie mich schützen, als hätte sie ein Isolierband um mich herumgewickelt, um all seine Gemeinheit zu dämpfen.

Am nächsten Morgen wurde ich erst spät wach. Ich hatte mich noch nicht ganz aufgesetzt, als ich sofort unter der Matratze nachsah, unter die ich die Sachen meiner Mutter gestopft hatte – nur ein vorübergehendes Versteck, bis ich sie wieder zwischen den Bäumen vergraben könnte.

Beruhigt darüber, dass sie dort sicher waren, ging ich in die Küche, wo Rosaleen die Grießflocken zusammenkehrte.

Ich strich Butter auf eine Scheibe Brot.

Sie stieß den Besen beim Kehren und machte ordentlich Wind. »Was ist passiert?«, fragte sie.

»Ich war letzte Nacht bei den Obstbäumen. T. Ray glaubt, ich hätte mich mit einem Jungen getroffen.«

»Und, hast du?«

Ich verdrehte die Augen. »Nein.«

»Wie lang mussteste hier hocken?«

Ich zuckte mit den Schultern. »Eine Stunde vielleicht.«

Sie sah auf meine Knie und stellte den Besen weg. Sie waren geschwollen und übersät mit Hunderten roter Nadelstiche, winzig kleine Flecken, die sich zu einem blauen Stoppelfeld auswachsen würden. »Sieh dich doch mal an, mein Kind. Sieh nur, was der dir angetan hat«, sagte sie.

Meine Knie waren auf diese Weise schon so oft malträtiert worden, dass ich darüber gar nicht weiter nachdachte, es war etwas ganz Normales, das ich eben von Zeit zu Zeit ertragen musste, so wie eine Erkältung. Aber plötzlich drang der Ausdruck in Rosaleens Gesicht durch all das zu mir hindurch. *Sieh nur, was der dir angetan hat.*

Genau das tat ich – ich sah mir meine Knie ganz genau an –, als T. Ray durch die Hintertür hereintrampelte.

»Oh, schau mal, wer schon aufgestanden ist.« Er riss mir das Brot aus der Hand und schmiss es in Snouts Futtertrog. »Wär's zu viel verlangt, wenn du jetzt raus zum Pfirsichstand gehst und arbeitest? Heut ist schließlich nicht dein Feiertag.«

Das klingt jetzt sicher völlig verrückt, aber bis zu diesem Moment hatte ich immer geglaubt, T. Ray würde mich doch sicher ein ganz klein wenig lieb haben. Ich habe nie sein Gesicht vergessen, als er mich damals in der Kirche anlächelte, weil ich beim Singen das Liederbuch verkehrt herum hielt.

Auch jetzt sah ich in sein Gesicht. Es war voller Verachtung und Wut.

»Solange du in meinem Haus lebst, wird getan, was ich sage«, brüllte er.

Dann suche ich mir eben ein anderes Haus, dachte ich.

»Haben wir uns verstanden?«, fragte er.

»Ja, Sir, ich habe verstanden«, sagte ich.

Später am Nachmittag des gleichen Tages fing ich noch zwei Bienen ein. Ich lag auf dem Bauch auf meinem Bett und beobachtete, wie sie im Glas Runde um Runde flogen, unentwegt, als ob sie den Ausgang nicht finden würden.

Rosaleen steckte den Kopf zur Tür herein.

»Biste in Ordnung?«

»Alles bestens.«

»Ich geh jetzt. Sag deinem Vater, ich geh morgen in die Stadt und komm nich' zu euch.«

»Du gehst in die Stadt? Nimm mich mit«, sagte ich.

»Warum willste denn mit?«

»Rosaleen, bitte.«

»Du musst den ganzen Weg laufen.«

»Das macht mir nichts aus.«

»Es wird nichts auf sein, nur die Feuerwerksbuden und der Gemüseladen.«

»Ist mir egal. Ich will nur an meinem Geburtstag aus dem Haus.«

Rosaleen sah mich lange an, ihr gewaltiger Körper sackte langsam in sich zusammen. »Na schön, aber du fragst deinen Vater. Ich werd morgen ganz früh hier sein.«

Sie war schon zur Tür hinaus. Ich rief ihr nach: »Wieso gehst du in die Stadt?«

Sie blieb einen Moment lang unbeweglich stehen, mir den Rücken zugewandt. Als sie sich umdrehte, wirkte ihr Gesicht verändert, irgendwie weicher, sie war auf einmal eine ganz andere Rosaleen. Sie griff in ihre Tasche und wühlte darin herum. Schließlich zog sie ein gefaltetes Stück Papier, das aus einem Notizbuch stammte, heraus und setzte sich neben mich aufs Bett. Ich rieb mir die Knie, während sie das Blatt auf ihrem Schoß glättete.

»Rosaleen Daise«, ihr Name, stand dort mindestens fünfundzwanzig Mal geschrieben, in großen, sorgfältigen Buchstaben, es sah aus wie die allererste Seite des Schreibhefts, das man seiner Lehrerin zeigen muss, wenn man gerade in die

Schule gekommen ist. »Das ist mein Übungsblatt«, sagte sie. »Am vierten Juli wird eine Wahlversammlung in der Kirche für die Farbigen abgehalten. Ich trag mich ins Wählerverzeichnis ein.«

In meinem Magen regte sich ein ungutes Gefühl. Am Abend vorher hatte es im Fernsehen geheißen, im Staat Mississippi wäre ein Mann getötet worden, weil er sich ins Wählerverzeichnis eintragen wollte, und ich selbst hatte zufällig gehört, wie Mr. Bussey, einer unserer Diakone, zu T. Ray gesagt hatte: »Mach dir da mal keine Sorgen, Mann, die lassen die ihre Namen doch schön und brav hinschreiben und werden ihnen die Registrierung verweigern, wenn die auch nur'n I-Tüpfelchen vergessen.«

Ich sah mir genau an, wie Rosaleen ihr R geschrieben hatte. »Weiß T. Ray, was du vorhast?«

»T. Ray?«, sagte sie, »T. Ray weiß gar nix.«

Bei Sonnenuntergang kam er angeschlurft, verschwitzt von der Arbeit. Ich wartete auf ihn an der Küchentür, die Arme vor der Brust verschränkt. »Ich dachte, ich geh morgen mit Rosaleen in die Stadt. Ich muss ein paar Hygieneartikel kaufen.«

Das akzeptierte er kommentarlos. T. Ray hasste die weibliche Pubertät mehr als alles andere.

In dieser Nacht sah ich in das Glas auf meinem Nachttisch. Die armen Geschöpfe saßen auf dem Boden. Sie rührten sich kaum noch, sie sehnten sich danach zu fliehen. Ich erinnerte mich daran, wie sie aus den Ritzen in meinen Wänden gekrochen und aus reiner Lust in meinem Zimmer umhergeflogen waren. Und ich dachte daran, dass meine Mutter Köder aus Kräckern und Marshmellows ausgelegt hatte, um die Schaben aus dem Haus hinauszulocken, anstatt sie zu zertreten. Ich nahm an, sie wäre wohl auch kaum damit einverstanden gewesen, Bienen in einem Glas gefangen zu halten. Ich schraubte den Deckel ab und legte ihn beiseite.

»Ihr seid frei«, sagte ich.

Aber die Bienen blieben am Boden hocken wie Flugzeuge auf einer Rollbahn, die nicht wissen, dass sie Starterlaubnis haben. Sie krabbelten auf ihren langen Beinen entlang der endlos runden Wand des Glases, zu dem ihre Welt zusammengeschrumpft war. Ich klopfte ans Glas, legte es sogar auf die Seite, aber diese verrückten Bienen blieben drin.

Am nächsten Morgen, als Rosaleen kam, waren die Bienen immer noch da. Rosaleen brachte einen Biskuitkuchen mit vierzehn Kerzen.

»So, der is' für dich. Herzlichen Glückwunsch zum Geburtstag«, sagte sie. Wir setzten uns und aßen jeder zwei Stücke und tranken ein Glas Milch. Die Milch hinterließ auf ihrer dunklen Oberlippe einen weißen Halbmond, den sie nicht wegwischte. Später erinnerte ich mich, wie sie damit ausgesehen hatte – gezeichnet von Anfang an.

Sylvan war Meilen weit weg. Wir gingen auf dem Seitenstreifen am Rand des Highways entlang. Rosaleen bewegte sich so schwerfällig wie eine Elefantenkuh, das Kännchen, in das sie ihren Kautabak spuckte, am Finger. Unter den Bäumen hing noch der Dunst, und jeder Zentimeter Luft war getränkt von dem schweren Geruch der Pfirsiche.

»Humpelst du?«, fragte Rosaleen.

Meine Knie schmerzten so sehr, dass ich Mühe hatte, mit ihr Schritt zu halten. »Ein bisschen.«

»Na, warum setzen wir uns dann nich' an den Straßenrand und verschnaufen was?«

»Ist schon gut«, antwortete ich ihr. »Es geht schon.«

Ein Auto rauschte vorbei und wirbelte verbrannte Luft und Staub auf. Rosaleen war schweißnass vor Hitze. Sie tupfte ihr Gesicht ab und atmete schwer.

Wir kamen zur Eben-Ezer Kirche der Baptistengemeinde, in die T. Ray und ich gingen. Der Kirchturm ragte durch eine Gruppe schützender Bäume; die roten Dachziegel versprachen Schatten und Kühlung.

»Komm mit«, sagte ich und bog in die Auffahrt.

»Wohin gehst du?«

»Wir können uns in der Kirche ausruhen.«

Die Luft im Innern war gedämpft und ruhig, durchdrungen von dem Licht, das durch die Seitenfenster fiel, aber nicht etwa schöne, farbige Glasfenster, sondern milchige Scheiben, durch die man nicht richtig hindurchsehen kann.

Ich führte uns nach vorne und setzte mich auf den zweiten Sitz, um Platz für Rosaleen zu lassen. Sie nahm einen der Papierfächer, die neben den Gebetbüchern lagen, und betrachtete das Bild darauf – eine weiße Kirche mit einer lächelnden weißen Dame davor.

Rosaleen fächelte sich Luft zu, und ich lauschte den kleinen Windstößen, die sie dabei machte. Sie selber ging niemals in die Kirche, aber bei den wenigen Malen, bei denen mir T. Ray erlaubt hatte, zu ihrem Haus hinten im Wald zu gehen, hatte ich ihr kleines Heiligtum gesehen, ein Bord, auf dem ein Kerzenstumpen, Flusssteine, eine rötliche Feder und ein Stück einer Zauberwurzel lagen, und genau in der Mitte hatte sie das Bildnis einer Frau aufgestellt.

Als ich es zum ersten Mal gesehen hatte, hatte ich Rosaleen gefragt: »Bist du das?« Denn, ehrlich, die Frau auf dem Bild sah genau aus wie Rosaleen, mit schweren Zöpfen, blauschwarzer Haut, kleinen Augen und einem Körper, der sich nach unten hin ausbuchtet, so wie eine Aubergine.

»Das is' meine Mama«, sagte sie.

Die Oberfläche des Bildes war an den Stellen, an denen sie es angefasst hatte, ganz abgerieben. Ihr kleiner Hausaltar gehörte irgendwie zu der Religion, die sie für sich selber erfunden hatte, so eine Mischung aus Natur- und Ahnenkult. Sie ging schon seit Jahren nicht mehr in ihre Kirche, das House of Prayer Full Gospel Holiness, weil es da morgens um zehn Uhr losging und bis drei Uhr nachmittags dauerte, und das war, wie Rosaleen immer sagte, mehr Religion, als ein Erwachsener verkraften kann.

T. Ray sagte, Rosaleens Religion sei kompletter Schwachsinn, und ich solle mich bloß davon fern halten. Aber mir gefiel, dass sie Flusssteine und Spechtfedern liebte und dass sie ein Bild von ihrer Mutter hatte, genau wie ich.

Eine der Kirchentüren öffnete sich, und Bruder Gerald, unser Pastor, trat in den Altarraum.

»Ach du liebe Güte, Lily, was machst du denn hier?«

Dann sah er Rosaleen und fing an, sich vor lauter Aufregung die kahle Stelle auf seinem Kopf so stark zu reiben, dass ich dachte, er würde die Haut bis auf den Schädelknochen wegrubbeln.

»Wir sind auf dem Weg in die Stadt und machen hier Pause, um uns etwas abzukühlen.«

Sein Mund formte sich zu einem »Oh«, aber es kam nicht über seine Lippen, denn er war vollkommen abgelenkt und viel zu sehr damit beschäftigt, Rosaleen anzustaunen, die in seiner Kirche saß und gerade diesen Moment wählte, ihren Kautabak auszuspucken.

Es ist schon komisch, dass ich manchmal alle Regeln einfach so vergessen kann. Sie durfte natürlich überhaupt nicht hier sein. Jedes Mal, wenn das Gerücht aufkam, eine Gruppe von Negern wäre auf dem Weg, um mit uns am Sonntag die Messe zu feiern, stellten sich die Diakone mit verschränkten Armen auf die Kirchenstufen, um sie zu verjagen. Wir lieben sie im Herrn, sagte Bruder Gerald immer, aber sie gehören an den ihrigen Ort und nicht hierher.

»Heute ist mein Geburtstag«, sagte ich in der Hoffnung, seine Gedanken in eine andere Richtung zu lenken.

»Tatsächlich? Na, dann herzlichen Glückwunsch, Lily. Wie alt wirst du denn?«

»Vierzehn.«

»Frag ihn doch, ob wir zu deinem Geburtstag nich' ein paar von den Fächern haben können«, sagte Rosaleen.

Er gab ein schwaches Geräusch von sich, das wohl ein Lachen werden sollte. »Na, wenn wir hier jedem erlauben würden, einen Fächer zu leihen, dann hätten wir ja bald keine mehr.«

»Sie hat nur einen Scherz gemacht«, sagte ich und stand auf. Er lächelte zufrieden und ging den ganzen Weg zur Tür neben mir her, während Rosaleen uns langsam folgte.

Draußen waren weiße Wolken am Himmel aufgezogen, und es lag ein grelles Licht über der Straße und den Dächern. Als wir den Hof des Pfarrhauses durchquert hatten und wieder auf der Hauptstraße waren, zog Rosaleen zwei der Fächer aus ihrem Kleid hervor und machte nach, wie ich vor Angst schwitzend zum Pastor aufgesehen hatte: »Oh, Bruder Gerald, sie hat nur einen Scherz gemacht.«

Wir erreichten Sylvan von der hässlichsten Seite aus. Alte Häuser aus nackten Betonsteinen. Verkeilte Ventilatoren in Fensterrahmen. Schmutzige Hinterhöfe. Frauen mit rosa Lockenwicklern. Streunende Hunde.

Nach ein paar Blöcken kamen wir zur Esso-Tankstelle an der Ecke West Market und Park Street, die berüchtigt war als Treffpunkt von Männern, die sich dort die Zeit totschlugen.

Mir fiel auf, dass nicht ein einziges Auto zum Tanken da war. Drei Männer saßen in Wohnzimmerstühlen neben der Werkstatt und balancierten ein Stück Sperrholz auf ihren Knien. Sie spielten Karten.

»Gib her«, sagte einer von ihnen, und der Kartengeber, der eine Kappe trug, knallte eine Karte vor ihn. Er hob den Kopf, und dann sah er uns – mich und die fächelnde, schlurfende Rosaleen, die von einer Seite auf die andere wogte. »Na, was kommt denn da«, rief er, »wo geht's denn hin, Nigger?«

In der Ferne gab es ein Krachen von Feuerwerkskörpern. »Geh weiter«, flüsterte ich, »achte nicht auf die Kerle.«

Aber Rosaleen sagte in einem Tonfall, in dem man einem Kindergartenkind etwas richtig Kompliziertes erklärt: »Ich geh mich ins Wählerverzeichnis eintragen, damit ich wählen kann, drum bin ich hier.«

»Wir sollten machen, dass wir hier wegkommen«, sagte ich, aber sie trabte gemächlich weiter.

Der Mann, der neben dem Kartengeber saß und glatt nach hinten gekämmtes Haar hatte, legte sein Blatt weg und sagte: »Habt ihr das mitbekommen? Da haben wir ja mal 'ne richtig gute und vorbildliche Bürgerin.«

Ich hörte, wie hinter uns in der Straße und im Rinnstein ganz sacht das Rauschen eines sanften Windes anhob. Wir gingen weiter, die Männer räumten ihren provisorischen Tisch beiseite und kamen hinunter an die Straßenecke, um auf uns zu warten, so als wären sie Zuschauer bei einer Parade und wir die Hauptattraktion.

»He Leute, guckt mal, die ist ja echt pechschwarz«, sagte der Kartengeber.

Und der Mann mit den glatt gekämmten Haaren sagte: »Ja, und unglaublich fett ist die auch.«

Jetzt musste der dritte Mann natürlich auch etwas sagen. Und als Rosaleen dann völlig unbeeindruckt an ihm vorbeischritt, den Fächer mit der weißen Dame darauf in der Hand, sagte er: »Wo haste den Fächer denn her, Nigger?«

»Aus 'ner Kirche geklaut«, sagte sie. Einfach so.

Ich war einmal bei einer Bootsfahrt mit meiner Kirchengruppe den Chattooga Fluss hinab gedriftet, und genau das gleiche Gefühl verspürte ich jetzt – als würde mich eine Strömung erfassen und emporheben, als geriete ich in einen Strudel von Ereignissen, deren Verlauf ich nicht aufhalten konnte.

Als Rosaleen auf gleicher Höhe mit den Männern war, hob sie ihr Kännchen, das voller schwarzer Spucke vom Kautabak war, und goss es seelenruhig über deren Schuhe, wobei ihre Hand einen Bogen beschrieb, als folge sie ihrem Namenszug – »Rosaleen Daise« – genau so, wie sie es geübt hatte.

Eine Sekunde lang starrten die Männer fassungslos auf die Flüssigkeit, die ihre Schuhe wie Motoröl verdreckt hatte. Sie blinzelten, versuchten zu begreifen, was geschehen war. Als sie wieder hoch blickten, sah ich, wie sich der Ausdruck in ihren Gesichtern allmählich veränderte – von Verblüffung in Ärger, und dann in grenzenlose Wut. Sie stürzten sich auf Rosaleen, und dann fing alles an zu trudeln. Rosaleen wurde hin und her gezerrt, und sie schwenkte die Männer herum, als wären sie riesige Handtaschen, die an ihrem Arm baumelten. Die Männer brüllten, sie solle sich entschuldigen und ihnen die Schuhe sauber machen.

»Wisch es ab!« Mehr konnte ich nicht hören. Immer wieder. Und dann der schrille, spitze Schrei von Vögeln über uns, die von den niedrigen Ästen der Bäume rauschten und einen Kieferngeruch aufwirbelten, und in diesem Moment war mir klar, dass ich diesen Geruch für den Rest meines Lebens verabscheuen würde.

»Ruf die Polizei!«, schrie der Kartengeber einem anderen Mann in einem der Häuser zu.

Zu dem Zeitpunkt lag Rosaleen schon der Länge nach auf dem Boden und hatte ihre Finger um ein paar Grasbüschel geschlungen. Blut tropfte aus einer Schnittwunde unter ihrem Auge. Es lief an ihrem Kinn entlang, wie Tränen.

Als der Polizist kam, sagte er, wir müssten ins Auto steigen, auf den Rücksitz.

»Sie sind verhaftet«, sagte er Rosaleen, »wegen Körperverletzung, Diebstahls und Ruhestörung.« Dann sagte er zu mir: »Wenn wir zur Wache kommen, ruf ich deinen Vater an, und dann kann der sich um dich kümmern.«

Rosaleen kletterte ins Auto, rutschte rüber. Ich folgte ihr, rutschte in den Sitz wie sie, setzte mich genau wie sie.

Die Autotür wurde geschlossen. So ruhig, dass es nur ganz sachte Klapp machte, und das war das eigentlich Merkwürdige, dass ein so leises Geräusch die ganze Welt erschüttern konnte.

Wenn ein Volk sein angestammtes Nest verlässt, fliegt der Schwarm normalerweise nur einige Meter weit und lässt sich dann nieder. Kundschafterbienen suchen darauf nach einem geeigneten Platz, um eine neue Kolonie zu gründen. Wenn die Wahl dann schließlich auf einen Ort gefallen ist, erhebt sich der gesamte Schwarm wieder in die Luft.

KAPITEL 2

Der Polizist, der uns zum Gefängnis fuhr, hieß Avery Gaston, aber die Männer von der Esso-Tankstelle nannten ihn »Schuh«. Das war ein komischer Spitzname, denn – soweit ich sehen konnte – war an seinen Schuhen überhaupt nichts Besonderes, noch nicht einmal an seinen Füßen. Das einzig Merkwürdige an ihm waren seine Ohren, weil sie so winzig waren wie die Ohren eines Kindes und aussahen wie verschrumpelte Aprikosen. Ich fixierte sie vom Rücksitz aus und fragte mich, warum er nicht »Öhrchen« genannt wurde.

Die drei Männer folgten uns in einem grünen Transporter, mit dem üblichen Gewehr im Heck. Sie fuhren dicht auf unsere Stoßstange auf und hupten alle paar Sekunden. Ich schrak jedes Mal zusammen, und Rosaleen tätschelte beruhigend mein Bein. Als wir bei dem Autohandel vorbeikamen, zogen die Männer dann mit dem Polizeiauto auf gleiche Höhe auf und riefen uns etwas zu, das wir aber nicht verstehen konnten, weil unsere Scheiben hochgekurbelt waren. Mir fiel auf, dass Leuten, die auf dem Rücksitz eines Polizeiautos gefahren werden, das Extra von Türgriffen oder Fensterkurbeln nicht vergönnt war, und so hatten wir das Vergnügen, in einem stickig heißen Auto zum Gefängnis gefahren zu werden und die Männer dabei zu beobachten, wie sie ihre Lippen zu Worten formten, die wir zum Glück nicht verstehen konnten.

Rosaleen sah geradeaus und tat so, als ob die Männer lästige Fliegen wären, die vor unserer Gittertür herumsummten. Aber ich konnte fühlen, wie ihre Schenkel zitterten, der gesamte Rücksitz vibrierte.

»Mr. Gaston«, sagte ich, »diese Männer kommen doch nicht etwa mit uns, oder?«

Ein Lächeln erschien im Rückspiegel. »Ich weiß nich', was Männer tun, die so was von stinksauer sind.«

Bevor wir endlich Main Street erreichten, hatten sie den Spaß an der Sache verloren und rasten davon. Ich atmete auf, aber als wir auf den freien Parkplatz hinter der Polizeiwache bogen, warteten sie schon an der Hintertreppe. Der Mann, der die Karten ausgeteilt hatte, hielt jetzt eine Taschenlampe in der Hand, die er drohend in die andere Handfläche schlug. Die beiden anderen hatten die zwei Fächer aus der Kirche in ihren Händen und wedelten damit herum.

Als wir aus dem Auto stiegen, legte Mr. Gaston Rosaleen hinter dem Rücken Handschellen an. Ich ging so dicht hinter ihr, dass ich die dampfende Hitze spüren konnte, die aus ihrer Haut drang.

Sie blieb einige Meter vor den Männern stehen und weigerte sich, auch nur einen weiteren Schritt zu machen. »So, jetzt aber mal halblang, bringen Sie mich nicht dazu, meine Waffe zu ziehen«, sagte Mr. Gaston. Eigentlich benutzte die Polizei in Sylvan ihre Waffen nur dann, wenn sie gerufen wurde, um bei irgendjemandem im Garten eine Klapperschlange zu erschießen.

»Komm, los, Rosaleen«, sagte ich. »Was können die denn schon machen, es ist doch ein Polizist dabei!«

In dem Moment hob der Kartengeber den Arm mit der Taschenlampe hoch und schlug sie mit voller Wucht gegen Rosaleens Stirn. Sie fiel auf die Knie.

Ich kann mich nicht mehr erinnern, ob ich geschrien habe, aber ich weiß noch, dass Mr. Gaston seine Hand auf meinen Mund presste. »Scht«, machte er.

»Vielleicht möchtest du dich ja jetzt entschuldigen«, sagte der Kartengeber.

Rosaleen versuchte, wieder auf die Füße zu kommen, aber es ging nicht, weil sie ihre Hände nicht zu Hilfe nehmen konnte. Mr. Gaston und ich mussten sie hochziehen.

»Du wirst dich mit deinem schwarzen Arsch schon noch entschuldigen, so oder so«, sagte der Kartengeber und trat auf Rosaleen zu.

»Lass gut sein, Franklin«, sagte Mr. Gaston und schob uns zur Tür. »Jetzt ist nicht die Zeit dafür.«

»Ich geb nich' eher Ruhe, bis sie sich entschuldigt.«

Das war das Letzte, was ich ihn brüllen hörte, ehe wir ins Innere kamen und ich von dem Impuls überwältigt wurde, niederzuknien und den Fußboden des Gefängnisses zu küssen.

Meine einzige Vorstellung von Gefängnissen überhaupt stammte aus den Western, die ich im Kino gesehen hatte, aber dieses hier war vollkommen anders: Die Wände waren rosa und vor dem Fenster hingen Gardinen mit Blumenmuster. Allerdings stellte sich heraus, dass wir in der Wohnung des Gefängniswärters waren. Seine Frau kam in die Küche und fettete eine Backform ein.

»Hab hier noch zwei Mäuler, die gestopft werden müssen«, sagte Mr. Gaston, und sie ging wieder an ihre Arbeit, ohne uns auch nur ein mitleidiges Lächeln zu schenken.

Mr. Gaston führte uns durch den Raum nach vorne; dort gab es zwei Reihen Gefängniszellen, die alle leer waren. Er löste Rosaleens Handschellen und gab ihr ein Handtuch aus dem Badezimmer. Sie presste es an ihren Kopf, während er am Schreibtisch Papiere ausfüllte, und dann suchte er ziemlich lange in einer Schublade nach den Schlüsseln.

In den Zellen stank es nach Alkohol. Wir wurden in die erste Zelle in der ersten Reihe gesteckt, wo jemand die Worte »Scheiß-Thron« in eine Bank geritzt hatte, die an einer der Wände angebracht war. *Wir sind im Gefängnis, dachte* ich. *Wir sind tatsächlich im Gefängnis.*

Als Rosaleen das Handtuch wegnahm, sah ich ihre Wunde, sie klaffte drei Zentimeter lang über ihrer geschwollenen Augenbraue. »Tut es sehr weh?«, fragte ich.

»Etwas«, sagte sie. Sie ging zwei oder drei Mal im Kreis in der Zelle umher, ehe sie sich auf der Bank niederließ.

»T. Ray holt uns hier raus«, sagte ich.

»Mmm.«

Sie sagte kein einziges Wort mehr, bis Mr. Gaston eine halbe Stunde später endlich die Zellentür aufschloss. »Komm«, sagte er. Rosaleen sah ihn einen Moment hoffnungsvoll an. Sie machte sogar Anstalten aufzustehen. Er schüttelte den Kopf. »Du gehst nirgendwo hin. Nur das Mädchen.«

An der Tür klammerte ich mich an einem der Gitterstäbe fest, als ob er Rosaleens Armknochen wäre. »Ich komm zurück. Verstanden? ... Verstanden, Rosaleen?«

»Na geh, los, ich komm schon klar.«

Der schicksalsergebene Ausdruck in ihrem Gesicht brachte mich fast um.

Die Tachonadel in T. Rays Laster zitterte so heftig, dass ich nicht erkennen konnte, ob sie Sechzig oder Siebzig anzeigte. Er hängte sich über das Lenkrad und stieg auf das Gaspedal, ging vom Gas, trat wieder drauf. Der arme Laster rappelte so sehr, dass ich erwartete, jeden Moment würde das Dach wegfliegen und ein paar Kiefern köpfen.

Ich malte mir aus, dass T. Ray nur nach Hause raste, damit

er sogleich im ganzen Haus Pyramiden aus Grießflocken aufschütten könnte, auf denen ich dann der Reihe nach endlos lange knien müsste. Trotzdem konnte ich an nichts anderes denken als an Rosaleen im Gefängnis.

Ich warf ihm einen Blick von der Seite zu. »Was ist mit Rosaleen? Du musst sie da rausholen ...«

»Du kannst von Glück sagen, dass ich dich rausgekriegt hab«, brüllte er.

»Aber da kann sie doch nicht bleiben ...«

»Sie hat ihre schwarze Spucke über drei weiße Männer gekippt. Was verdammt hat sie sich dabei gedacht? Und noch dazu über Franklin Posey, Herrgott. Hätte sie sich dafür nicht 'nen halbwegs Normalen aussuchen können? Der Kerl ist der mieseste Nigger-Hasser in ganz Sylvan. Der würd sie doch am liebsten umbringen, nur weil sie atmet!«

»Aber doch nicht wirklich«, sagte ich. »Du meinst doch nicht, dass er sie *wirklich umbringen würde*.«

»Ich wär nicht überrascht, wenn er sie umbringen würde.«

Meine Arme erschlafften. Franklin Posey war der Mann mit der Taschenlampe, und er würde Rosaleen umbringen. Aber das hatte ich eigentlich auch schon gewusst, noch ehe T. Ray es gesagt hatte.

Er folgte mir die Treppen hinauf. Ich ging absichtlich langsam. In mir stieg allmählich Wut auf. Wie konnte er Rosaleen einfach so im Gefängnis lassen?

Als ich in mein Zimmer ging, blieb er im Türrahmen stehen. »Ich muss die Löhne für die Pflücker klar machen«, sagte er. »Wag ja nicht, dein Zimmer zu verlassen. Verstanden? Du bleibst hier sitzen und denkst darüber nach, was ich mit dir machen werde, wenn ich zurückkomm. Und denk gut darüber nach.«

»Du machst mir keine Angst«, sagte ich leise und atemlos.

Er hatte sich schon umgedreht, um zu gehen, aber jetzt fuhr er zurück. »Was hast du gesagt?«

»Du machst mir keine Angst«, wiederholte ich diesmal etwas lauter. In mir bahnte sich eine Art von Verwegenheit ihren Weg, ein mutiges Etwas, das bisher tief in meinem Innern verschüttet gewesen war.

Er trat auf mich zu und hob die Hand, als ob er mich ins Gesicht schlagen wollte. »Pass bloß auf, was du sagst.«

»Na los, versuch's doch, schlag mich!«, rief ich.

Als er ausholte, drehte ich den Kopf zur Seite. Er verfehlte mich.

Ich lief zum Bett und kauerte mich in dessen Mitte. Ich atmete schwer. »Meine Mutter wird nicht zulassen, dass du mich auch nur noch einmal anfasst!«, schrie ich.

»*Deine Mutter?*« Sein Gesicht war puterrot. »Glaubst du, dieses verdammte Weib hätte sich einen Scheißdreck um dich gekümmert?«

»Meine Mutter hat mich geliebt!«, rief ich.

Er warf den Kopf zurück und gab ein gequältes, bitteres Lachen von sich.

»Das, das ist nicht komisch«, sagte ich.

Er schritt auf das Bett zu, stemmte seine Fäuste in die Matratze und kam mir mit seinem Gesicht so nahe, dass ich die kleinen Öffnungen sehen konnte, aus denen seine Bartstoppeln wuchsen. Ich rutschte rückwärts zu den Kissen und presste meinen Rücken gegen das Kopfende.

»Nicht komisch?«, brüllte er. »*Nicht komisch?* Ha, das is' ja wohl das verdammt Komischste, was ich je gehört hab: Du glaubst im Ernst, deine Mutter ist dein Schutzengel.« Er lachte wieder. »Die Frau hat sich 'nen Dreck um dich geschert.«

»Das ist nicht wahr!«, sagte ich. »Das ist *nicht* wahr.«

»Und woher willst du das wissen?«, sagte er und beugte sich zu mir. Seine Mundwinkel waren noch immer vom Lachen nach oben gezogen.

»Ich hasse dich!«, schrie ich.

Das Lächeln verschwand augenblicklich. Sein Körper verspannte sich. »Du verdammtes Miststück«, sagte er. Die Farbe wich aus seinen Lippen.

Plötzlich war mir eiskalt, als ob etwas Bedrohliches ins Zimmer geglitten wäre. Ich sah zum Fenster und spürte, wie mir ein Schauer den Rücken hinunterlief.

»Jetzt hör mir mal gut zu«, sagte er, und seine Stimme war entsetzlich ruhig. »Die Wahrheit ist, deine lausige Mutter ist abgehauen und hat dich hier gelassen. An dem Tag, an dem sie gestorben ist, kam sie nur zurück, um ihre Sachen zu holen, und sonst gar nichts. Du kannst mich hassen, soviel du willst, aber *sie*, sie hat dich im Stich gelassen.«

Im Zimmer wurde es vollkommen still.

Er zupfte etwas von seinem Hemd und ging zur Tür.

Als er weg war, saß ich völlig regungslos da. Ich zeichnete nur die Lichtstrahlen auf meinem Bett mit den Fingern nach. Das Donnern seiner Stiefel auf den Treppenstufen wurde schwächer, und ich zog die Kissen unter der Decke hervor und stopfte sie um mich, als ob ich mir eine Burg bauen wollte, die mich vor seinem Ansturm schützen würde. Ich konnte ja verstehen, dass sie ihn verlassen wollte. Aber *mich*? Den Gedanken könnte ich nicht ertragen.

Das Bienenglas stand auf dem Tisch neben dem Bett, es war leer. Irgendwann im Laufe des Tages waren die Bienen wohl weggeflogen. Ich griff hinüber und nahm das Glas in meine Hände, und endlich kamen mir die Tränen, die ich so lange unterdrückt hatte, jahrelang, wie mir schien.

Deine lausige Mutter ist abgehauen und hat dich hier gelassen. An dem Tag, an dem sie gestorben ist, kam sie nur zurück, um ihre Sachen zu holen, und sonst gar nichts.

Lieber Gott, mach, dass er das zurücknimmt.

Die Erinnerung überfiel mich. Der Koffer auf dem Boden. Sie streiten. Meine Schultern fingen an, komisch und unbeherrscht zu zucken. Ich presste das Glas an meine Brust, weil ich hoffte, es würde mich beruhigen, aber ich konnte nicht aufhören zu zittern und zu weinen. Ich bekam Angst, ich fühlte mich, als ob ich von einem Auto angefahren worden wäre, das ich nicht gesehen hatte, und als ob ich jetzt am Straßenrand läge und versuchte zu verstehen, was eigentlich passiert war.

Ich saß auf der Bettkante, seine Worte gingen mir immer wieder im Kopf herum. Jedes Mal gab es einen Stich an der Stelle, wo ich mein Herz vermutete.

Ich weiß nicht mehr, wie lange ich dort gekauert und mich gefühlt hatte, als ob ich in tausend Stücke zerbrochen wäre. Schließlich ging ich ans Fenster und sah die Pfirsichbäume entlang, die fast bis North Carolina reichten und die flehentlich ihre beblätterten Arme ausstreckten. Darüber waren nur noch der Himmel und die Luft und eine einsame Leere.

Ich merkte, dass ich das Glas immer noch umklammert hielt. Ich stellte es weg und wischte mir die Tränen ab. Dann öffnete ich das Fenster und wrang das Taschentuch aus. Eine Brise trug meine Tränen davon und schüttelte sie über verbranntem Gras aus. *Wie hätte sie mich je im Stich lassen können?* Ich stand dort eine ganze Zeit lang, sah hinaus und versuchte zu begreifen. Einige Vögel sangen, es klang wunderschön.

Da auf einmal kam mir der Gedanke: *Was, wenn meine Mutter mich gar nicht verlassen hatte? Was, wenn T. Ray das nur erfunden hatte, um mich zu bestrafen?*

Mir wurde fast schwindelig vor Erleichterung. So war es. So musste es sein. Schließlich war mein Vater ein zweiter Thomas Edison, wenn es darum ging, sich eine neue Art auszudenken, wie er mich bestrafen konnte. Einmal, als ich ihm widersprochen hatte, erzählte er mir, mein Kaninchen Mademoiselle wäre gestorben, und ich hatte die ganze Nacht lang geweint, bis ich es am nächsten Morgen gesund und munter in seinem Stall entdeckte. Er musste auch das hier erfunden haben. Manche Dinge kommen auf dieser Welt einfach nicht vor. Kein Kind hatte gleich zwei Elternteile, die sich weigerten, es zu lieben.

Es musste einfach genauso gewesen sein, wie er es früher immer erzählt hatte: An dem Tag, an dem der Unfall passiert war, hatte sie die Kleiderkammer aufgeräumt. Alle Leute räumen doch ständig irgendetwas auf.

Ich atmete tief durch, um mich zu beruhigen.

Ich hatte noch niemals eine echte religiöse Erfahrung gehabt, eine, bei der man sicher ist, dass eine fremde Stimme zu einem spricht, eine Stimme, die so wirklich ist, dass man ihre Worte am Himmel strahlen sieht. Aber eine solche Erfahrung machte ich jetzt, genau in dem Moment, genau hier, mitten in meinem Zimmer. Ich hörte, wie eine Stimme zu mir sprach: *Lily Melissa Owens, auch du hast Flügel.*

Innerhalb von Sekunden war mir klar, was ich zu tun hatte – ich musste weg. Ich musste weg von T. Ray, der wahrscheinlich schon auf dem Weg war, um mir weiß-der-Himmel-was anzutun. Nicht zu vergessen, dass ich Rosaleen aus dem Gefängnis holen musste.

Die Uhr zeigte 14.40 Uhr. Ich brauchte einen gut durchdachten Plan, aber ich hatte keine Zeit, mich hinzusetzen und einen zu entwickeln. Ich schnappte mir meinen rosa Leinensack, den ich benutzen wollte, wenn ich einmal bei Freunden übernachten würde – wenn mich nur endlich mal jemand einladen würde. Ich nahm die 38 Dollar, die ich beim Pfirsich-Verkaufen verdient hatte, und stopfte sie in meine Tasche, zusammen mit meinen sieben schönsten Unterhosen, auf denen die Wochentage standen. Ich packte Socken, fünf kurze Hosen, Oberteile, ein Nachthemd, Shampoo, Bürste, Zahnpasta, Zahnbürste, Haargummis, aber ich behielt dabei immer das Fenster im Auge. *Was noch?* Mein Blick fiel auf die Landkarte, ich riss sie von der Wand, ohne vorher die Heftzwecken herauszuziehen.

Ich griff unter die Matratze und holte das Foto meiner Mutter, ihre Handschuhe und das hölzerne Bild der schwarzen Maria hervor und verstaute all das ebenfalls in meiner Tasche.

Ich riss ein Blatt aus meinem Englischheft vom letzten Schuljahr heraus und schrieb eine Nachricht, die kurz und eindeutig war: »Lieber T. Ray, such nicht nach mir. Lily. P. S: Leute, die lügen, sollen in der Hölle schmoren.«

Als ich noch einmal aus dem Fenster schaute, sah ich T. Ray gerade aus der Plantage auf das Haus zustürmen, mit geballten Fäusten und dem gesenkten Haupt eines blutrünstigen Bullen, der alles aufspießt, was ihm in die Quere kommt.

Ich legte den Zettel auf meine Kommode und blieb einen Augenblick lang in der Mitte meines Zimmers stehen und fragte mich, ob ich jemals hierhin zurückkommen würde. »Auf Wiedersehen«, sagte ich, und mich beschlich ein Hauch von Wehmut.

Draußen suchte ich nach der Lücke in dem Gitterwerk, das sich um das Fundament des Hauses zog. Ich quetschte mich hindurch und versteckte mich in violettem Licht und Luft, die voller Spinnfäden hing.

T. Rays Stiefel stampften über die Veranda.

»Lily! Li-liiiiiii!« Ich hörte, wie seine Stimme über die Dielen des Hauses getragen wurde.

Plötzlich entdeckte ich Snout, der an der Stelle herumschnüffelte, durch die ich gekrochen war. Ich verbarg mich tiefer in der Dunkelheit meines Schlupflochs, aber der Hund hatte meinen Geruch aufgenommen und fing an, aus schäbiger Kehle lauthals zu bellen.

T. Ray erschien mit meinem jetzt völlig zerknitterten Zettel in der Hand und schrie Snout an, verdammt noch mal die Schnauze zu halten, und raste in seinem Laster davon, von dem ich bald nur noch die Abgaswolken sah.

Als ich zum zweiten Mal an diesem Tag den Gras bewachsenen Seitenstreifen des Highways entlangging, hatte ich das Gefühl, viel älter als vierzehn geworden zu sein.

Innerhalb weniger Stunden war ich vierzig geworden.

Die Straße lag, so weit ich sehen konnte, vollkommen leer vor mir, und in der flimmernden Hitze schien die Luft an einigen Stellen Wellen zu schlagen. Selbst falls ich Rosaleen frei bekommen würde – und das »Falls« war mindestens so groß wie der Planet Jupiter – wohin sollten wir dann bloß gehen?

Plötzlich blieb ich stehen. Tiburon, *South Carolina. Natürlich!* Die Stadt, deren Namen hinten auf dem Bild der schwarzen Maria stand. Hatte ich nicht sowieso vorgehabt, eines Tages dorthin zu gehen? Es machte vollkommen Sinn: Meine Mutter war dort gewesen. Oder aber sie kannte dort Leute, die sich ihretwegen die Mühe gemacht hatten, ihr ein schönes Bild der Mutter Jesu zu schicken. Und wer würde uns da schon vermuten?

Ich hockte mich neben die Straße und breitete die Landkarte aus. Tiburon war ein kleiner Punkt neben dem großen Stern, der für Columbia stand. T. Ray würde sicher an der Bushaltestelle nach uns suchen, also müssten Rosaleen und ich per Anhalter fahren. Das konnte so schwierig ja wohl kaum sein: Man stellt sich an den Straßenrand und hält den Daumen hoch, dann wird sich schon irgendjemand erbarmen und anhalten.

Als ich kurz hinter der Kirche war, sauste Bruder Gerald in seinem weißen Ford vorbei. Ich sah seine Bremslichter aufleuchten. Er setzte zurück.

»Ich dachte doch, dass du das bist«, sagte er durch das Fenster. »Wo geht's hin?«

»In die Stadt.«

»Schon wieder? Und wozu brauchst du die Tasche?«

»Ich ... ich bringe Rosaleen ein paar Sachen. Sie ist doch im Gefängnis.«

»Ja, ich weiß«, sagte er und öffnete die Beifahrertür. »Steig ein, ich fahr auch da hin.«

Ich hatte noch nie im Auto eines Geistlichen gesessen. Ich hatte nicht erwartet, dass da ein Stapel Bibeln auf dem Rücksitz liegen würde, aber ich war doch überrascht, dass es genauso aussah wie jedes andere gewöhnliche Auto.

»Sie wollen Rosaleen besuchen?«, fragte ich.

»Die Polizei hat mich angerufen und gebeten, Anklage wegen Diebstahls von Kircheneigentum zu erheben. Es heißt, sie hätte sich ein paar von unseren Fächern genommen. Weißt du was davon?«

»Aber es waren doch nur zwei Fächer ...«

Seine Stimme nahm augenblicklich ihren Predigerton an. »In den Augen des Herrn spielt es keine Rolle, ob es zwei Fächer sind oder aber deren hundert. Diebstahl ist Diebstahl. Sie hatte mich gefragt, ob sie die Fächer haben dürfte, und ich habe deutlich Nein gesagt. Aber sie hat sie trotzdem genommen. Das ist eine Sünde, Lily.«

Fromme Leute sind mir schon immer auf die Nerven gegangen.

»Aber sie ist doch auf einem Ohr taub«, sagte ich. »Sie muss das falsch verstanden haben. Das macht sie ständig. T. Ray sagt zu ihr ›Bügle meine blauen Hemden‹, und sie bügelt die grauen.«

»Schwerhörig. Na, das habe ich natürlich nicht gewusst«, sagte er.

»Rosaleen würde niemals stehlen.«

»Die Polizei sagt auch, sie hätte ein paar Männer von der Esso-Tankstelle beleidigt.«

»So war es nicht«, sagte ich. »Sehen Sie, sie sang ihr liebstes Kirchenlied ›Herr Jesu, meine Zuversicht‹. Ich glaube nicht, dass diese Männer Christen sind, Bruder Gerald, denn sie riefen, sie solle mit diesem dämlichen Jesus-Singsang aufhören. Rosaleen sagte dann: ›Mich könnt ihr beschimpfen, aber lästert mir nicht Jesus, meinen Herrn.‹ Aber sie gaben keine Ruhe. Da hat sie ihnen die Spucke von ihrem Kautabak über die Schuhe gegossen. Das war sicher nicht richtig, aber sie glaubte doch, sie würde es für Jesus tun.« Meine Bluse war klatschnass und der Schweiß lief mir von hinten die Beine hinunter.

Bruder Gerald kaute nachdenklich auf seiner Lippe herum.

Mr. Gaston war alleine in der Polizeiwache und aß an seinem Schreibtisch Erdnüsse, als Bruder Gerald und ich durch die

Tür traten. Jemand wie Mr. Gaston warf natürlich die Schalen einfach auf den Boden.

»Deine Farbige is' nicht hier«, sagte er und sah mich an. »Ich hab' sie ins Krankenhaus gebracht, weil sie genäht werden musste. Sie ist gefallen und hat sich den Kopf aufgestoßen.«

Gefallen, das glaubte er doch selber nicht.

Am liebsten hätte ich seine Nüsse an die Wand geknallt.

Ich konnte mich einfach nicht beherrschen und schrie ihn an. »Was meinen Sie mit, sie ist hingefallen und hat sich den Kopf aufgestoßen?«

Mr. Gaston sah Bruder Gerald mit diesem wissenden Blick an, den Männer aufsetzen, wenn sie finden, dass eine Frau sich auch nur ein bisschen hysterisch benimmt. »Nun beruhige dich mal«, sagte er zu mir.

»Ich beruhige mich erst, wenn ich weiß, ob es ihr gut geht«, sagte ich etwas gefasster, aber mit immer noch zittriger Stimme.

»Es geht ihr gut. Nur eine kleine Gehirnerschütterung. Ich denke, sie wird heute Abend noch wieder hier sein. Der Doktor wollte sie nur ein paar Stunden zur Beobachtung dabehalten.«

Während Bruder Gerald erklärte, er könne den Haftbefehl nicht unterschreiben, jetzt, wo er wisse, dass Rosaleen nahezu taub sei, ging ich Richtung Tür.

Mr. Gaston warf mir einen warnenden Blick zu. »Wir haben einen Wächter bei ihr im Krankenhaus, und er lässt niemanden zu ihr, also geh zurück nach Hause, verstanden?«

»Ja, Sir, ich gehe nach Hause.«

»Mach das«, sagte er. »Denn wenn ich hör, dass du auch nur in der Nähe des Krankenhauses warst, ruf ich wieder deinen Vater an.«

Das Krankenhaus von Sylvan war ein niedriges Gebäude aus Ziegeln, mit einem Flügel für weiße und einem für schwarze Patienten.

Ich betrat einen menschenleeren Korridor, in dem es nach zu vielen Dingen gleichzeitig stank – Nelken, alte Leute, Alkoholtinkturen, Duftsprays, Wackelpudding. Im Trakt der Weißen waren Klimaanlagen an den Fenstern, aber hier gab es lediglich ein paar elektrische Ventilatoren, die einfach nur die heiße Luft von dem einen ins andere Zimmer wirbelten.

Am Schwesternzimmer lehnte ein Polizist am Empfangstisch. Er sah aus, als hätte er gerade erst die Schule beendet, wie einer, der in Sport durchfällt und mit den anderen Jungs in der Pause raucht. Er sprach zu einem Mädchen in Weiß. Sie musste eine der Krankenschwestern sein, obwohl sie nicht viel älter aussah als ich. »Ich hab um sechs Uhr frei«, hörte ich ihn sagen. Sie lächelte und schob sich eine Haarsträhne hinters Ohr.

Am anderen Ende des Gangs stand ein leerer Stuhl vor einem der Zimmer. Die Mütze des Polizisten lag darunter. Ich huschte schnell den Korridor entlang, dann sah ich das Schild an der Tür: ZUTRITT VERBOTEN. Ich ging hinein.

Im Zimmer standen sechs Betten, von denen keins belegt war, außer dem Bett direkt am Fenster, das am weitesten von der Tür entfernt war. Dessen Laken wölbten sich und hatten alle Mühe, die Person darunter zu bedecken. Ich ließ meine Tasche auf den Boden fallen. »Rosaleen?«

Ein Mullverband von der Größe einer Babywindel war um ihren Kopf gewickelt, und ihre Handgelenke waren am Bettrahmen gefesselt.

Als sie mich da stehen sah, fing sie an zu weinen. In all den Jahren, in denen sie sich um mich gekümmert hatte, hatte ich nie auch nur eine einzige Träne in ihrem Gesicht gesehen. Jetzt brach der Damm. Ich tätschelte ihren Arm, ihr Bein, ihre Wange, ihre Hand.

Als ihre Tränendrüsen endlich erschöpft waren, sagte ich: »Was ist mit dir passiert?«

»Als du weg warst, hat der Polizist, dieser Schuh, die Männer reingelassen, sich ihre Entschuldigung holen.«

»Haben sie dich wieder geschlagen?«

»Zwei ham mich an den Armen festgehalten, der andere hat mich geschlagen – der mit der Taschenlampe. Der hat gesagt: ›Nigger, du sagst jetzt, es tut dir Leid.‹ Aber ich hab's nich' gemacht, und da is' er auf mich losgegangen. Er hat auf mich eingedroschen, bis der Polizist dann gemeint hat, jetzt is' gut. Aber entschuldigt hab ich mich nicht.«

Ich wünschte, diese Männer würden in der Hölle brennen und vor Durst um Wasser betteln müssen, aber auf Rosaleen war ich auch wütend. Warum konntest *du dich nicht einfach entschuldigen? Dann hätte Franklin Posey dich vielleicht jetzt in Ruhe gelassen.* Aber sie hatte dafür gesorgt, dass sie nun bestimmt noch einmal kommen würden.

»Du musst hier raus«, sagte ich und löste ihre Handfesseln.

»Ich kann nicht einfach *weg*«, sagte sie. »Ich bin noch im Gefängnis.«

»Wenn du hier bleibst, kommen diese Kerle zurück und bringen dich um. Und das meine ich ernst. Sie werden dich umbringen, so wie die Farbigen in Mississippi. Selbst T. Ray sagt das.«

Als sie sich aufsetzte, rutschte das Hemd, das man ihr im Krankenhaus gegeben hatte, die Beine hoch. Sie zog es wieder über die Knie, aber es flutschte zurück, als wäre es aus Gummiband. Ich fand ihr Kleid im Schrank und gab es ihr.

»Das ist verrückt ...«, sagte sie.

»Zieh das Kleid an. Mach es einfach, kapiert?«

Sie zog es über den Kopf, dabei verrutschte ihr Verband.

»Der Verband muss auch ab«, sagte ich. Ich wickelte ihn los, und zum Vorschein kamen zwei Reihen grober Stiche. Ich machte ihr ein Zeichen, ruhig zu sein, und öffnete die Tür einen Spalt weit, um nachzusehen, ob der Polizist wieder auf seinem Stuhl saß.

Natürlich saß er da. Es wäre ja auch zu viel verlangt gewesen, er würde lange genug wegbleiben und flirten, damit wir Zeit hätten zu entkommen. Ich stand einige Minuten lang da und versuchte, mir einen guten Plan zurechtzulegen, dann öffnete ich meine Tasche, griff nach meinem Pfirsichgeld und nahm einige Münzen heraus. »Ich versuch, ihn loszuwerden. Geh ins Bett, nur falls er hier reinguckt.«

Sie starrte mich an, ihre Augen schrumpften zu kleinen Punkten. »Gütiger Jesus«, sagte sie.

Als ich in den Gang trat, sprang er auf. »Da hättest du aber nicht reingehen dürfen!«

»Ich wusste es doch«, sagte ich. »Ich suche nämlich meine Tante. Ich könnte schwören, dass man mir gesagt hat, Zimmer Eins-Null-Zwei, aber da drin ist eine Farbige.« Ich schüttelte den Kopf und gab mir Mühe, verwirrt auszusehen.

»Du hast dich also verlaufen, na schön. Du musst zur anderen Seite des Gebäudes gehen. Du bist in der Sektion für die Farbigen.«

Ich lächelte ihn an. »Ach so.«

Auf der anderen Seite im Flügel für die Weißen gab es ein öffentliches Telefon direkt neben dem Wartebereich. Ich bekam die Nummer des Krankenhauses von der Auskunft, wählte und verlangte das Schwesternzimmer im Trakt für die Farbigen.

Ich räusperte mich. »Hier spricht die Frau des Gefängniswärters, drüben von der Polizeiwache«, sagte ich dem Mädchen, das den Hörer abgenommen hatte. »Mr. Gaston möchte, dass Sie den Polizisten, der bei Ihnen ist, zurück zur Wache schicken. Sagen Sie ihm, der Priester ist auf dem Weg, um die Papiere zu unterzeichnen, und Mr. Gaston kann nicht auf ihn warten, er muss weg. Wenn Sie ihm also sagen würden, er soll gleich kommen …«

Ich sprach zwar diese Worte, aber gleichzeitig hörte ich mir selber dabei zu und dachte, dass ich in eine Besserungsanstalt oder ein Heim für straffällig gewordene Mädchen gehörte.

Sie wiederholte die Nachricht noch einmal, um sicherzugehen, dass sie alles verstanden hatte. Sie seufzte durchs Telefon. »Ich sag's ihm.«

Sie sagt's ihm. Ich konnte es kaum glauben.

Ich huschte zurück in den Flügel für die Farbigen und beugte mich über den Wasserspender, während das Mädchen in Weiß meine Nachricht überbrachte und dabei wild gestikulierte. Ich sah, wie der Polizist seine Mütze aufsetzte, den Gang hinunter und durch die Tür hinausging.

Als Rosaleen und ich das Zimmer verließen, sah ich erst einmal nach rechts, dann nach links. Wir mussten, um zur Tür zu gelangen, am Empfang der Krankenschwester vorbei, aber das Mädchen in Weiß schien beschäftigt, sie hatte den Kopf gesenkt und schrieb.

»Geh wie eine Besucherin«, befahl ich Rosaleen.

Als wir fast an ihr vorbei waren, legte das Mädchen den Stift beiseite und stand auf. »Verdammter Mist«, sagte ich. Ich griff Rosaleens Arm und zog sie in eines der Krankenzimmer.

In einem der Betten hockte einem Vögelchen gleich eine winzige, alte Frau, mit einem runden Gesicht wie eine schwarze Johannisbeere. Als sie uns sah, machte sie den Mund auf, und ihre Zunge kam daraus hervor wie ein verunglücktes Komma. »Ich brauche einen Schluck Wasser«, sagte sie. Rosaleen ging zu ihr hin, schüttete etwas Wasser aus einem Krug und gab der Frau ein Glas, während ich meinen Beutel an die Brust gedrückt zur Tür hinausspähte.

Ich sah, wie das Mädchen ein paar Türen weiter mit einer Art Glasflasche in einem anderen Zimmer verschwand. »Los jetzt«, sagte ich zu Rosaleen.

»Sie gehn schon?«, fragte die kleine Frau.

»Ja, aber ich bin sicher wieder hier, noch eh' es Abend wird«, sagte Rosaleen, mehr an mich als an die kleine Frau gerichtet.

Dieses Mal gingen wir nicht so ruhig, als wären wir Besucher, wir machten, dass wir wegkamen.

Draußen nahm ich Rosaleens Hand und zog sie den Bürgersteig hinunter. »Wo du doch alles geplant hast, weißt du ja sicher auch, wohin wir jetzt gehen«, sagte sie, und in ihrer Stimme war ein komischer Unterton.

»Wir gehen zum Highway 40 und fahren per Anhalter nach Tiburon, South Carolina. Zumindest versuchen wir's.«

Ich führte uns über Seitenwege, durch den Stadtpark, eine kleine Gasse hinunter zur Lancaster Street, dann drei Häuserblocks weiter rüber zur May Pond Road, wo wir durch das leere Grundstück hinter Glenns Gemüseladen schlüpften.

Wir stapften durch wilde Möhren und fleischige, purpurrote Blumen, durch Libellen und den Geruch von Jasmin, der so stark war, dass man ihn beinahe als einen goldenen Dunst in der Luft sehen konnte. Sie fragte mich nicht, warum wir nach Tiburon gingen, und ich sagte es ihr nicht. Was sie mich aber fragte, war: »Seit wann sagste denn ›verdammter Mist‹?«

Ich hatte niemals Schimpfwörter benutzt, obwohl ich jede Menge davon aus dem Mund von T. Ray gehört hatte, und auch in öffentlichen Toiletten hatte ich welche gelesen. »Ich bin jetzt vierzehn. Jetzt kann ich so was wohl sagen, wenn mir danach ist.« Und mir war danach, in genau dieser Minute. Also sagte ich: »Verdammter Mist.«

»Verdammter Mist, Scheiße, Ausgeburt der Hölle und alter Hurensohn«, sagte Rosaleen, und sie ließ sich die Worte auf der Zunge zergehen wie Süßkartoffeln.

Wir standen am Highway 40 in dem Fleckchen Schatten, den ein verblichenes Werbeposter für Lucky Strike Zigaretten spendete. Ich hielt meinen Daumen hoch, und alle Fahrer gaben Gas, sobald sie uns sahen.

Ein Farbiger in einem zerbeulten Laster, der Honigmelonen transportierte, hatte schließlich ein Einsehen. Ich kletterte zuerst rein und musste rüberrutschen, weil sich Rosaleen ans Fenster setzte.

Der Mann sagte, dass er auf dem Weg nach Columbia sei, um seine Schwester zu besuchen, und dass er die Melonen zum dortigen Bauernmarkt brächte. Ich erzählte ihm, ich wäre auf dem Weg nach Tiburon, um meine Tante zu besuchen, und dass Rosaleen mitkäme, um ihr bei der Hausarbeit zu helfen. Keine besonders gute Geschichte, aber er fragte nicht weiter.

»Ich kann euch drei Meilen vor Tiburon rauslassen«, sagte er.

Das Licht bei Sonnenuntergang ist das traurigste überhaupt. Wir fuhren lange im Abendglühen, alles war still außer den Grillen und den Fröschen, die in der Dämmerung erst so richtig aufdrehen. Ich beobachtete durch die Windschutzscheibe, wie die längst erloschenen Lichter der Sterne am Himmel erschienen.

Der Farmer drehte das Radio an, und die Supremes schmetterten »Baby, baby, where did our love go?« durch unser Laster-Taxi. Ich glaube, ein Lied über unglückliche Liebe reicht, damit man spürt, wie schnell einem all die wertvollen Dinge, mit denen man sich eingerichtet hat, entgleiten können. Ich lehnte meinen Kopf an Rosaleens Arm. Ich wollte, dass sie mein Leben wieder zurecht streichelt, aber ihre Hände blieben im Schoß liegen.

Neunzig Meilen, nachdem er uns aufgesammelt hatte, hielt der Farmer mit seinem Laster am Straßenrand an, direkt neben einem Schild, auf dem »Tiburon, 3 Meilen« stand. Es zeigte nach links in Richtung einer Straße, deren Kurven in der silbrigen Dunkelheit verschwanden. Als wir aus dem Laster kletterten, fragte Rosaleen, ob wir eine seiner Melonen zum Abendessen haben könnten.

»Nehmt euch zwei«, sagte er.

Wir warteten, bis seine Rücklichter zu kleinen Pünktchen geworden waren, kaum größer als Leuchtkäfer, ehe wir wieder sprachen oder uns rührten. Ich versuchte, den Gedanken wegzuschieben, wie verlassen und einsam wir wirklich waren. Ich war mir nicht so sicher, ob das hier besser war als das Leben mit T. Ray oder selbst das Gefängnis. Es war niemand da, der uns hätte helfen können. Dennoch fühlte ich mich so lebendig, dass es geradezu wehtat, es war, als ob jede Zelle meines Körpers in Flammen stünde und lichterloh brannte.

»Wenigstens ist Vollmond«, sagte ich zu Rosaleen.

Wir gingen los. Wer nun aber glaubt, auf dem Land wäre es still, hat nie da gelebt. Schon allein die Laubfrösche machen einen solchen Radau, dass man sich Ohrstöpsel wünscht.

Wir gingen weiter und taten, als wäre ein ganz normaler Tag. Rosaleen sagte, der Farmer, der uns mitgenommen hatte, schien eine gute Ernte gehabt zu haben. Ich sagte, es wäre erstaunlich, dass es hier keine Mücken gab.

Als wir zu einer Brücke kamen, unter der ein breiter Bach floss, beschlossen wir, zum Flussbett hinunter zu klettern und dort die Nacht über zu rasten. Dort lag eine andere Welt, Sprenkel bewegten Lichts schimmerten auf dem Wasser, und wilder Wein spannte sich wie riesige Hängematten zwischen Kieferbäumen. Ich fühlte mich an einen Wald aus den Erzählungen der Gebrüder Grimm erinnert, und in mir machte sich die Unruhe breit, die mich jedes Mal überkam, wenn ich in einem Märchen versank, wo die unwahrscheinlichsten Dinge möglich waren – man konnte ja nie wissen.

Rosaleen schlug die Melonen an einem scharfen Stein auf. Wir aßen sie bis auf die blanke Schale auf, dann schöpften wir mit bloßen Händen Wasser aus dem Bach und tranken, ohne uns weiter Gedanken wegen Algen oder Kaulquappen zu machen – oder darüber, ob Kühe den Bachlauf vielleicht als Toilette benutzten. Dann saßen wir am Ufer und sahen einander an.

»Ich will nur eins wissen, warum von allen Orten auf dieser Welt hast du ausgerechnet Tiburon ausgesucht«, sagte Rosaleen. »Ich hab noch nich' mal davon gehört.«

Obwohl es dunkel war, zog ich das Bild der schwarzen Maria aus meiner Tasche und gab es ihr. »Es gehörte meiner Mutter. Auf der Rückseite steht ›Tiburon, South Carolina‹.«

»Nur, damit ich das verstehe. Wir gehn nach Tiburon, weil deine Mutter ein Bild hatte, auf dem das hinten drauf steht. *Das ist der Grund?*«

»Na ja, denk mal darüber nach«, sagte ich. »Sie muss ja irgendwann in ihrem Leben da gewesen sein, um überhaupt an das Bild zu kommen. Und wenn sie da war, wird sich vielleicht jemand an sie erinnern, wer weiß.«

Rosaleen hielt das Bild ins Mondlicht, damit sie besser sehen konnte. »Wer soll'n das sein?«

»Die Jungfrau Maria«, sagte ich.

»Na, falls es dir noch nich' aufgefallen ist, die hier ist farbig«, sagte Rosaleen, und ich konnte sehen, das machte Eindruck auf sie, so wie sie mit halb offenem Mund das Bild ansah. Ich konnte ihre Gedanken lesen: *Wenn die Mutter Jesu schwarz ist, warum erzählt man uns dann nur von einer weißen Maria?* Das wäre so, als ob die Frauen eines Tages herausfinden würden, dass Jesus eine Zwillingsschwester hatte, die zwar die Hälfte von Gottes Genen abbekommen hatte, nichts aber von Seiner Pracht und Herrlichkeit.

Sie gab es mir zurück. »Na, dann kann ich ja jetzt beruhigt sterben, was soll mich jetzt noch erschüttern.«

Ich steckte das Bild wieder in meine Tasche. »Weißt du, was T. Ray über meine Mutter sagt?«, fragte ich, denn ich wollte ihr endlich erzählen, was passiert war. »Er sagt, sie hätte mich und ihn verlassen, lange, bevor sie starb. Dass sie an dem Tag, an dem der Unfall passiert ist, nur zurückgekommen wäre, um ihre Sachen zu holen.«

Ich wartete, dass Rosaleen sagen würde, wie albern das sei, aber sie blickte geradeaus und schien die Möglichkeit zu erwägen.

»Aber das ist nicht wahr«, sagte ich ein wenig zu schrill, so als ob sich etwas um meine Stimme gelegt und sie meinen Hals rauf gequetscht hätte. »Aber wenn er glaubt, dass ich ihm die Geschichte abnehme, dann fehlt ihm doch was an seinem so genannten Hirn. Er hat das doch nur erfunden, um mich zu bestrafen. Da bin ich sicher.«

Ich hätte hinzufügen können, dass Mütter Instinkte und Hormone haben, die sie daran hinderten, ihre Babys zu verlassen, dass selbst Schweine und Opossums ihren Nachwuchs nicht einfach im Stich ließen, aber Rosaleen hatte die Angelegenheit endlich erwogen und sagte: »Hast sicher Recht. So wie ich deinen Vater kenn, der könnt so was tun.«

»Und meine Mutter könnte eben nie tun, was er gesagt hat«, fügte ich hinzu.

»Ich kannte deine Mama nicht«, sagte Rosaleen. »Aber ich hab sie manchmal von weitem gesehen, wenn ich aus der Plantage vom Pflücken kam. Beim Wäsche Aufhängen oder Blumen Gießen, und du warst immer an ihrer Seite und hast gespielt. Ich hab sie nur ein einziges Mal gesehen, wo du nich' an ihr gehangen hast.«

Ich hatte nicht gewusst, dass Rosaleen meine Mutter überhaupt jemals gesehen hatte. Mir war plötzlich ganz schwindelig, aber ich wusste nicht, ob das vom Hunger oder der Müdigkeit kam oder von dieser überraschenden Neuigkeit. »Was hat sie gemacht, als du sie damals allein gesehen hast?«, fragte ich.

»Sie war hinterm Traktorschuppen, saß auf dem Boden und starrte vor sich hin. Als wir vorbeikamen, hat sie uns nich' mal bemerkt. Ich weiß noch, dass ich damals gedacht habe, sie sieht irgendwie traurig aus.«

»Na, wenn man mit T. Ray zusammenleben muss, kann man ja nur traurig sein«, sagte ich.

Ich sah, wie bei Rosaleen der Groschen fiel.

»Oh«, sagte sie. »Jetzt versteh ich. Du bist weggelaufen wegen dem, was dein Vater über deine Mutter gesagt hat. Das hatte nichts mit mir zu tun, dass ich im Gefängnis war. Und ich mach mich verrückt, weil ich denk, du bist wegen mir weggerannt und kommst wegen mir in Schwierigkeiten, aber du wärst sowieso weggelaufen. Na, das is' aber nett von dir, mich auch mal aufzuklären.«

Sie schob ihre Lippe vor und sah rauf zur Straße, und ich fragte mich, ob sie drauf und dran war, auf gleichem Wege zurückzugehen. »Was hast du denn vor?«, sagte sie. »Willst du von Stadt zu Stadt ziehn und nach deiner Mutter fragen? Is' das dein toller Plan?«

»Wenn ich jemand brauchen würde, der mich die ganze Zeit nur kritisiert, dann hätte ich auch gleich T. Ray mitnehmen können«, rief ich. »Und nur zu deiner Information, ich hab keinen genauen Plan.«

»Na, du hattest aber doch sicher einen im Krankenhaus, als du da reingeplatzt bist und gesagt hast, wir machen dies, wir machen das, und ich gehorchen musste wie dein Hündchen. Du benimmst dich, als wärste meine Aufpasserin. Als ob ich so'n dämlicher hilfloser Nigger wär!« Ihre Augen waren kalt und eng.

Ich stand auf. »Das ist ungerecht!« Wut sog mir die Luft aus den Lungen.

»Du hast es ja gut gemeint, und ich bin froh, da weg zu sein. Aber haste einmal daran gedacht, mich zu fragen?«, sagte sie.

»Aber du *bist* dämlich«, rief ich. »Du musst doch total dämlich sein, diesen Männern deine Spucke über die Schuhe zu kippen. Und noch dämlicher, nicht zu sagen, dass es dir Leid tut, wenn das dein Leben retten kann. Die kommen doch zurück, um dich zu töten, oder noch Schlimmeres. Ich hab dich da rausgeholt, und so dankst du's mir. Na, wunderbar.«

Ich zog meine Turnschuhe aus, griff meine Tasche und watete in den Creek. Die Kälte des Wassers schnitt sich in meine Waden. Ich wollte nicht mit ihr auf demselben Planeten sein, und schon gar nicht auf der gleichen Seite des Flusses.

»Du kommst ja jetzt alleine klar«, rief ich ihr über die Schulter zu.

Am anderen Ufer ließ ich mich auf die moosige Erde fallen. Wir fixierten uns über den Fluss hinweg. Im Dunkeln sah sie aus wie ein Felsblock, der fünfhundert Jahre lang von Wind und Wetter geformt worden war. Ich legte mich hin und schloss die Augen.

In meinem Traum war ich wieder auf der Pfirsichfarm, saß

hinter dem Traktorschuppen, und obwohl es taghell war, konnte ich einen riesigen, runden Mond am Himmel sehen. Er sah so wunderschön aus dort oben. Ich sah ihn eine Weile an, dann lehnte ich mich an den Schuppen und schloss die Augen. Dann hörte ich ein Knacken, als ob Eis bricht, und als ich aufblickte, sah ich, wie der Mond zerbarst und stürzte. Ich musste um mein Leben rennen.

Ich wachte auf, und mir tat die Brust weh. Ich suchte den Mond und fand ihn in einem Stück, er goss noch immer sein Licht über den Flusslauf. Ich sah hinüber zu Rosaleen. Sie war weg.

Mein Herz tat einen Satz.

Bitte, lieber Gott, ich wollte sie doch nicht wie einen Hund herumkommandieren. Ich wollte sie doch bloß retten.

Als ich mich abmühte, mir die Schuhe anzuziehen, spürte ich den gleichen Kummer, der mich jedes Jahr am Muttertag in der Kirche heimsuchte. Mutter, verzeih *mir.*

Rosaleen, wo bist du? Ich nahm meine Tasche und lief den Fluss entlang zur Brücke, ich merkte kaum, dass ich weinte. Ich stolperte über einen toten Ast und fiel der Länge nach in die Dunkelheit, ich bemühte mich nicht einmal aufzustehen. Ich konnte mir Rosaleen genau vorstellen, wie sie Meilen von hier den Highway entlang wankt und dabei verdammter *Mist, du verrücktes Huhn* murmelt.

Ich sah hoch und merkte, dass ich unter einem Baum hingefallen war, der fast kahl war. Bis auf ein wenig Grün hier und da und viel graues Moos, das auf den Boden reichte. Selbst im Dunkeln konnte ich sehen, dass er starb, ganz allein inmitten dieser gleichgültigen Kiefern.

Ein Summen drang durch die Nacht. Es war zwar kein Kirchenlied, klang aber genau wie eins. Ich folgte dem Klang, und da war Rosaleen, mitten im Fluss, nicht einen Fetzen ihrer Kleider am Leib. Von ihren Schultern perlten Wassertropfen, die wie Milch schimmerten, und ihre Brüste wogten im Strom. Diesen Anblick werde ich nie vergessen. Ich konnte nicht anders, ich wollte zu ihr gehen und die Milchtropfen von ihren Schultern lecken.

Ich machte den Mund auf. Ich wollte etwas. Etwas, aber ich wusste nicht genau, was. *Mutter, verzeih mir.* Das war alles, was ich fühlte. Die vertraute Sehnsucht breitete sich um mich herum aus und hielt mich fest wie in einem großen Schoß.

Weg mit den Schuhen, der Hose, meinem Oberteil. Bei den Unterhosen zögerte ich, aber auch die zog ich aus.

Das Wasser fühlte sich an, als ob ein Gletscher an meinen Beinen schmelzen würde. Ich muss vor Kälte gekeucht haben, denn Rosaleen blickte auf und sah mich nackt durchs Wasser kommen und fing an zu lachen. »Sieh mal, wie du hier rumstolzierst, wie Fräulein Wackelbusen.«

Ich ließ mich neben ihr nieder und hielt in der stechenden Kälte des Wassers den Atem an. »Es tut mir Leid«, sagte ich.

»Ich weiß«, sagte sie, »mir auch.« Sie streckte ihre Hand aus und tätschelte die Rundung meines Knies, als ob sie Kuchenteig kneten müsste.

Im Mondlicht konnte ich ganz deutlich bis zum Grund des Wassers sehen, zu einem Teppich aus Kieseln. Ich hob einen Stein auf – er war rötlich, rund, ein sanftes Wasserherz. Ich steckte ihn mir in den Mund und lutschte daran, um an das Mark in seinem Innern zu kommen.

Ich lehnte mich zurück auf die Ellbogen und glitt hinab, bis mein Kopf ganz unter Wasser war. Ich hielt den Atem an und hörte, wie der Fluss an meinen Ohren entlangstrich und sank, so tief es ging, in diese dunkle, glitzernde Welt. Aber ich musste an einen Koffer denken, der auf dem Boden liegt, an ein Gesicht, dass ich nie ganz erkennen konnte, und an den süßen Geruch von Sahne.

Die Königin ist im Stock schwer zu finden. Jungen Imkern bringt man daher bei, dass es einfacher ist, zuerst den inneren Kreis ihres Gefolges zu lokalisieren.

KAPITEL 3

Nach Shakespeare war Thoreau mein Lieblingsschriftsteller. Mrs. Henry las mit uns ein paar Auszüge aus »Walden oder Leben in den Wäldern«, und von da an träumte ich von einem geheimen Garten, in dem ich für T. Ray unauffindbar wäre. Thoreau öffnete mir die Augen für die Schätze, die Mutter Natur dieser Welt geschenkt hatte. Ich stellte sie mir vor wie Eleanor Roosevelt.

Am anderen Morgen, als ich am Flusslauf auf meinem Bett aus wildem Wein wach wurde, kam mir das alles wieder in den Sinn: Eine Barke aus Nebel glitt über das Wasser, irisierend blaue Libellen schossen in der Luft vor und zurück, als würden sie ein unsichtbares Gespinst weben. Der Anblick war so schön, dass ich für einen kurzen Moment die Schwermut vergaß, die ich in mir trug, seit mir T. Ray das mit meiner Mutter erzählt hatte. Jetzt war ich am Walden Pond. *Heute ist der erste Tag in meinem neuen Leben, sagte* ich mir.

Rosaleen schlief mit offenem Mund, ein langer Speichelfaden hing von ihrer Unterlippe herab. Ich erkannte an der Art und Weise, wie sie die Augen unter ihren Lidern hin und her rollte, dass in ihrem Kopf gerade ein Traum abgespult wurde. Ihr verschwollenes Gesicht schaute schon etwas besser aus, aber jetzt bei Tageslicht entdeckte ich auch auf ihren Armen und Beinen blau-violette Flecke. Gemessen am Stand der Sonne mussten wir schon den halben Morgen verschlafen haben.

Ich wollte Rosaleen nicht aufwecken, also zog ich das hölzerne Bild der Maria aus meiner Tasche und lehnte es an einen Baumstamm, um es in Ruhe zu betrachten. Ein Marienkäfer krabbelte darüber und blieb auf der Wange der Heiligen Mutter Gottes sitzen – wie ein Schönheitsfleck. Ich fragte mich, ob Maria wohl gerne draußen in der Natur gewesen war und ob sie Bäume und Insekten eigentlich lieber gemocht hätte als diesen Heiligenschein, den ihr die Kirche verpasst hatte.

Ich lehnte mich zurück und versuchte, eine einleuchtende Erklärung dafür zu finden, warum meine Mutter eigentlich das Bild einer schwarzen Maria besessen hatte. Mir fiel nichts Sinnvolles ein, aber das lag wahrscheinlich auch daran, dass ich überhaupt nichts von Maria wusste, denn bei uns in der Kirche spielte sie keine besonders große Rolle. Und über Katholiken sagte Bruder Gerald immer, dass ihnen die Feuer der Hölle sicher seien. In Sylvan gab es ja auch keine – nur Baptisten und Methodisten –, aber wir hatten sicherheitshalber Regeln bekommen, falls sich doch eines Tages unser Weg mit irgendwelchen Katholiken kreuzen würde: Wir sollten ihnen einen Plan, der aus fünf einfachen Schritten bestand, zur Errettung ihrer Seelen vorschlagen. Allerdings war nicht sicher, ob sie ihn dann auch annehmen würden. Wir hatten in der Kirche einen Plastikhandschuh bekommen, auf dessen Fingern die einzelnen Schritte erklärt standen. Man musste am kleinen Finger anfangen und sich bis zum Daumen vorarbeiten. Einige Frauen hatten ihren Rettungshandschuh immer in der Handtasche.

Die einzige Geschichte mit Maria, über die bei uns gesprochen wurde, war die von dieser Hochzeit – als sie ihren Sohn sozusagen gegen seinen Willen dazu gebracht hatte, in der Küche einfaches Wasser in Wein zu verwandeln. Das hatte mich schon sehr verwirrt, denn in unserer Kirche gab es keinen heiligen Wein und erst recht keine Frauen, die etwas zu sagen hatten. Aber irgendwie musste meine Mutter ja wohl mit Katholiken zu tun gehabt haben, und den Gedanken fand ich ziemlich aufregend!

Ich steckte das Bild wieder in meine Tasche. Rosaleen schlief noch immer und gab kleine Luftstöße von sich, die ihre Lippen leicht beben ließen. Sie würde wahrscheinlich noch bis zum Jüngsten Tag schlafen, also schüttelte ich ihren Arm, bis mich ihre Augen endlich anblinzelten.

»Gütiger Gott, bin ich steif«, sagte sie. »Ich fühl mich, als hätt mich wer mit 'nem Stock verprügelt.«

»Aber du bist doch auch verprügelt worden!«

»Aber nich' mit 'nem Stock«, sagte sie.

Ich wartete, bis sie sich mühsam aufgerappelt hatte – es dauerte endlos, bis sie ihre Glieder zum Leben erweckt hatte, und dabei gab sie zahlreiche Grunzer und Seufzer von sich.

»Was hast du geträumt?«, fragte ich sie, als sie endlich auf den Beinen war.

Sie blickte in die Baumwipfel und rieb sich die Ellenbogen. »Na, lass mich mal nachdenken. Ich hab geträumt, dass Reverend Martin Luther King Jr. vor mir kniet und mir die Fußnägel mit Spucke lackiert, und meine Nägel warn so rot, als hätt er vorher rote Pfefferschoten gegessen.«

Ihr Traum ging mir im Kopf herum, als wir uns auf den Weg nach Tiburon machten. Rosaleen bewegte sich tatsächlich, als ob sie auf gesalbten Füßen ginge und als ob sie mit ihren roten Zehen über die ganze Landschaft herrschte.

Wir kamen an verblassten Scheunen vorbei, an fast vertrockneten Maisfeldern, an Hereford-Kühen, die gemächlich wiederkäuten und dreinschauten, als wären sie mit ihrem Schicksal ganz zufrieden. In der Ferne konnte ich Farmhäuser mit großen Toren erspähen und Gärten mit Schaukeln, die aus

Traktorrädern gemacht waren und an Seilen von Ästen herabbaumelten. Daneben wuchsen Windmühlen empor, deren gewaltige silberne Blätter leise quietschten, sobald ein Lufthauch aufkam. Die Sonne hatte alles durchgebacken, die Stachelbeeren an den Hecken waren zu Rosinen verschmort.

Der Asphalt wurde zu Schotter. Ich lauschte dem Knirschen, das er bei jedem Schritt unter unseren Schuhen machte. In der Mulde zwischen Rosaleens Schlüsselbeinen sammelte sich ein Pfuhl aus Schweiß. Ich wusste nicht, wessen Magen lauter nach Essen verlangte, ihrer oder meiner, aber mir war unterwegs eingefallen, dass heute Sonntag war und die Geschäfte natürlich geschlossen hatten. Ich fürchtete, wir müssten am Ende noch Löwenzahn und wilde Rüben essen oder Wurzeln aus dem Boden graben, um überhaupt am Leben zu bleiben.

Dann und wann wehte der Gestank von frischer Jauche von den Feldern herüber und dämpfte meinen Hunger zum Glück ein wenig, aber Rosaleen sagte: »Ich könnt ein ganzes Maultier aufessen.«

»Wenn wir in der Stadt einen Laden finden, der offen ist, geh ich rein und besorg uns etwas zu essen«, sagte ich ihr.

»Und was is' mit 'nem Bett?«, fragte sie.

»Wenn es da kein Motel gibt, müssen wir uns eben ein Zimmer mieten.«

Sie lächelte mich an. »Lily, Kind, da wird's kein Haus geben, in dem sie 'ne Farbige nehmen. Und wenn sie die Jungfrau Maria selber is', niemand wird ihr'n Bett geben, solang sie farbig is'.«

»Na, und was ist dann der Sinn von diesem ganzen Bürgerrechtsgesetz?«, sagte ich und blieb mitten auf der Straße stehen. »Heißt das denn nicht, dass dich die Leute jetzt in ihren Motels übernachten und ihren Restaurants essen lassen müssen, wenn du das willst?«

»Klar, das heißt's, aber da wirste die Leute wohl zu zwingen müssen.«

Die nächste Meile grübelte ich in tiefe Sorgen versunken vor mich hin. Einen Plan hatte ich nicht, ich hatte mir eigentlich überhaupt keine richtigen Gedanken gemacht. Ich hatte einfach bis dahin mehr oder weniger gehofft, wir würden irgendwo auf ein offenes Fenster stoßen, durch das wir dann in ein neues Leben klettern könnten. Rosaleen aber wartete nur darauf, dass man uns finden würde – für sie war es eine Art Sommerurlaub vom Gefängnis.

Was ich brauchte, war ein Zeichen. Ich brauchte eine Stimme, die zu mir sprach, so wie gestern in meinem Zimmer: *Lily Melissa Owens, auch du hast Flügel.*

Ich gehe neun Schritte, und dann seh ich nach oben. Was ich dann sehe, das ist mein Zeichen. Als ich hoch blickte, sah ich einen Schädlingsbekämpfer, dessen kleines Flugzeug im Sturzflug auf ein Feld voller Keime zuschoss und eine pilzförmige Wolke aus Pestiziden hinter sich herzog. Mir war nicht klar, welchen Teil dieser Szenerie ich wohl darstellte: die Pflanzen, die von Ungeziefer befreit wurden, oder aber die Käfer, die dieser tödliche Regen umbrachte. Vielleicht, aber nur vielleicht, war ich ja auch das Flugzeug, sauste über die Erde und brachte Rettung und Verderben, wo immer ich hinkam.

Ich fühlte mich elend.

Die Hitze war noch stärker geworden, sie tropfte als Schweiß von Rosaleens Gesicht.

»Zu dumm, dass hier keine Kirche is', wo wir'n paar Fächer stehlen können«, sagte sie.

Der Laden am Stadtrand sah von weitem aus, als wäre er schon hundert Jahre alt, aber als wir näher kamen, sah ich, dass er sogar noch älter war. Über der Tür hing ein Schild, auf dem FROGMORE STEW KAUFMANNSLADEN UND RESTAURANT. SEIT 1854 stand.

Hier war sicher schon General Sherman auf seinem Marsch durch Carolina vorbeigeritten und hatte sich wohl entschlossen, den Laden wegen seines komischen Namens zu verschonen, denn besonders schön war er nicht. Die Ladenfront sah aus wie ein riesiges Schwarzes Brett aus uralten Zeiten. Darauf war zu lesen: Studebaker Service, lebende Würmer, Buddys Angelturnier, Rayford Brothers Kühlhaus, Jagdgewehre 45 $. Dazwischen hing auch noch die Reklame mit dem Mädchen und dem Coca-Cola-Deckel als Hut. Ein anderes Schild kündigte ein Gospelsingen in der Baptistenkirche vom Berg Zion an, das im Jahr 1957 stattgefunden hatte – könnte ja sein, dass es noch jemanden interessiert.

Am spannendsten aber fand ich die Nummernschilder aus all den verschiedenen Staaten, die zur Ansicht sorgsam an die Außenfassade angenagelt waren. Wenn ich Zeit gehabt hätte, hätte ich gerne jedes Einzelne von ihnen in Ruhe gelesen.

Auf dem Hof neben dem Laden hob ein Farbiger gerade den Deckel von einem Grill, der aus einem alten Ölfass gemacht worden war, und der Geruch von gepfeffertem Schweinefleisch in Essigmarinade ließ mir dermaßen das Wasser im Mund zusammenlaufen, dass es auf meine Bluse tropfte.

Ein paar Autos und Laster standen direkt vor dem Laden, vermutlich von Leuten, die sich den Gottesdienst schenkten und direkt von der Sonntagsschule herkamen.

»Ich geh rein und guck mal, ob ich was zu essen kaufen kann«, sagte ich.

»Und Kautabak. Ich brauch Kautabak!«, sagte Rosaleen.

Sie ließ sich auf eine Bank neben dem Grillfass plumpsen. Ich öffnete die Fliegentür, und der Geruch von eingelegten Eiern und Sägemehl schlug mir entgegen. Ich trat unter Dutzende gezuckerter Schinken, die zum Trocknen unter der Decke hingen. Das Restaurant lag im hinteren Bereich, während der vordere Teil des Ladens dem Verkauf eines reichhaltigen Sortiments vorbehalten war, das von Zuckerrohrstangen bis hin zu Terpentin reichte.

»Kann ich helfen, junge Dame?« Ein kleiner Mann, der eine Fliege trug, stand am anderen Ende der Theke, fast verdeckt von einer Barrikade aus Traubengelee und süß-scharfen Pickles. Seine Stimme war sehr hoch, und er hatte ein sanftes, empfindsames Aussehen. Ich konnte mir nicht vorstellen, dass so jemand Jagdgewehre verkaufte.

»Ich glaub nicht, dass ich dich hier schon einmal gesehen habe«, sagte er.

»Ich bin nicht von hier. Ich besuche meine Großmutter.«

»Ich mag es, wenn Kinder Zeit mit ihren Großeltern verbringen«, sagte er. »Man kann von ihnen sehr viel lernen.«

»Das stimmt, Sir«, sagte ich. »Ich habe von meiner Großmutter mehr gelernt als in der ganzen achten Klasse.«

Er lachte, als ob dies der beste Witz wäre, den er seit Jahren gehört hatte. »Bist du zum Essen hier? Unser Tagesgericht ist heute Schweinefleisch vom Grill.«

»Zweimal zum Mitnehmen«, sagte ich, »und zwei Coca Cola bitte.«

Während ich auf das Mittagessen wartete, ging ich im Geschäft hin und her, um für das Abendessen einzukaufen: ein paar Päckchen gesalzener Erdnüsse, Buttermilchkekse, zwei verpackte Chili-Käse-Sandwichs, saure Drops und eine Dose Red Rose Kautabak. Ich baute alles auf der Theke auf.

Als er mit den Tellern und den Flaschen zurückkam, schüttelte er den Kopf. »Tut mir Leid, heute ist Sonntag. Ich darf nichts aus dem Laden verkaufen, nur aus dem Restaurant. Deine Großmutter sollte das doch wissen. Wie heißt sie eigentlich?«

»Rose«, sagte ich. Ich las es einfach von der Tabakdose ab.

»Rose Campbell?«

»Ja, Sir, Rose Campbell.«

»Ich dachte immer, ihre Enkel seien alles Jungs.«

»Nein, Sir, sie hat auch eine Enkelin.«

Er nahm den Beutel mit den sauren Drops. »Lass es einfach hier liegen. Ich räum es schon weg.«

Die Kasse machte »Ping«, und die Schublade fuhr aus. Ich kramte das Geld aus meiner Tasche hervor und bezahlte.

»Könnten Sie mir die Flaschen bitte aufmachen?«, fragte ich, und während er zurück in die Küche ging, ließ ich den Red Rose Kautabak in meine Tasche gleiten und zog sie zu.

Rosaleen war zusammengeschlagen worden, musste mit leerem Magen herumlaufen, auf dem nackten Boden schlafen, und wer konnte schon sagen, wie lange es dauern würde, bis sie wieder im Gefängnis war oder sogar umgebracht würde? Sie hatte sich ihren Tabak wirklich verdient.

Ich stellte mir gerade vor, wie ich Jahre später einen Dollar in einen Umschlag stecken und hierher schicken würde, um eine Schuld zu begleichen, die, so würde ich schreiben, mein Leben fortan bestimmt hatte, als mir auf einmal bewusst wurde, dass ich auf das Bild der schwarzen Maria sah. Also, nicht auf irgendein Bild von irgendeiner schwarzen Maria. Sondern auf *genau* das gleiche, genau das Bild, das meine Mutter gehabt hatte! Die dunkle Maria blickte mich von den Etiketten Dutzender Honiggläser an. HONIG DER SCHWARZEN MADONNA stand darauf.

Die Tür ging auf, und eine Familie kam herein, direkt von der Kirche. Mutter und Tochter waren gleich angezogen, beide in blauen Kleidern mit weißen, niedlichen Rundkragen. Durch die Tür strömten Wellen verschwommenen Lichtes, mit Sprenkeln von Gelb. Das kleine Mädchen nieste, und seine Mutter sagte: »Komm her und putz dir die Nase.«

Ich sah noch einmal auf die Honiggläser, auf die bernsteinfarbenen Lichter, die darin schwammen, und zwang mich, ruhig zu atmen: Hinter der grauen Fassade unserer mühseligen Tage verbergen sich lauter prächtige Wunder, wir ahnen es nur nicht.

Ich dachte an die Bienen, die bei Nacht in mein Zimmer gekommen waren, sie waren Teil dieses Wunders hier. Genauso wie die Stimme, die ich am Tag zuvor gehört hatte: *Lily Melissa Owens, auch du hast Flügel,* und die so klar und deutlich gesprochen hatte wie gerade die Frau in Blau zu ihrer Tochter.

»Hier sind deine Colas«, sagte der Mann mit der Fliege.

Ich zeigte auf die Honiggläser. »Woher haben Sie denn die?«

Er nahm wohl an, dass ich so verstört klang, weil ich völlig fassungslos wäre. »Ach ja, ich weiß, was du meinst. Viele Leute kaufen den Honig nicht, weil da die Jungfrau Maria als Farbige drauf ist, aber die Frau, die den Honig macht, ist selber 'ne Farbige.«

»Wie heißt sie?«

»Augusta Boatwright«, sagte er. »Sie hat ihre Bienen hier überall in der Gegend.«

Ruhig weiter atmen, ganz ruhig weiter atmen. »Wissen Sie, wo sie wohnt?«

»Aber sicher, es ist das irrste Haus, das du je gesehen hast! Angemalt ist es – sieht aus, als wär's aus quietschrosa Kaugummi. Deine Großmutter kennt es ganz bestimmt – du musst durch die Stadt durch, und bleib aber auf der Main Street, bis sie dann auf den Highway nach Florence trifft.«

Ich ging zur Tür. »Danke.«

»Und grüß deine Großmutter von mir!«, sagte er.

Rosaleens Schnarcher ließen die Bank erzittern. Ich schüttelte sie. »Wach auf. Hier ist dein Kautabak, aber steck ihn schnell in deine Tasche, denn ich hab nicht wirklich dafür bezahlt.«

»Du hast ihn gestohlen?«, fragte sie.

»Na, musste ich ja wohl, sie dürfen sonntags doch nichts aus dem Laden verkaufen.«

»Dein Leben führt geradewegs in die Hölle«, sagte sie.

Ich breitete unser Mittagessen wie ein Picknick auf der Bank aus, brachte aber keinen Bissen herunter, erst musste ich ihr von der schwarzen Maria auf dem Honigglas und dieser Imkerin namens Augusta Boatwright erzählen.

»Glaubst du nicht auch, dass meine Mutter sie gekannt hat?«, sagte ich. »Das kann doch kein Zufall sein!«

Sie antwortete nicht, also sagte ich etwas lauter: »Rosaleen? Meinst du nicht auch?«

»Ich weiß nich', was ich denken soll«, sagte sie. »Ich will ja nur nich', dass du dir zu große Hoffnungen machst, das is' alles.« Sie beugte sich zu mir und strich mir zärtlich durchs Gesicht. »Oh Lily, wir sitzen ganz schön in der Tinte.«

Tiburon war ungefähr wie Sylvan ohne Pfirsiche. Vor dem Gerichtsgebäude mit seiner Kuppel stand eine Kanone, in deren Mündung jemand eine Fahne der Konföderation gesteckt hatte. South Carolina, das waren zunächst einmal die Südstaaten und dann erst die Vereinigten Staaten von Amerika. Wir waren immer noch stolz auf die Eroberung von Fort Sumter, egal, wie der Bürgerkrieg ausgegangen war.

Rosaleen und ich bummelten die Main Street hinunter, im Schutz langer, blauer Schatten, den die zweistöckigen Gebäude entlang der Straße warfen. Wir gingen vorbei an der Worth Versicherungsagentur, am Büro der Tiburon Regional-Stromversorgung und dem Wohltätigkeitsladen, der Hula-Hoop-Reifen, Taucherbrillen und Tüten mit Wunderkerzen im Schaufenster hatte, auf dessen Scheibe SOMMERFREUDEN stand. In manchen Fenstern, wie bei der Farmers Trust Bank, hingen Schilder mit WÄHLT GOLDWATER ZUM PRÄSIDENTEN und manchmal auch Aufkleber mit JA ZU VIETNAM!.

An der Post von Tiburon ließ ich Rosaleen auf dem Bürgersteig stehen und ging hinein zu den Postfächern, wo es auch die Sonntagszeitungen gab. So weit ich sehen konnte, hingen keine Fahndungs-Poster von mir und Rosaleen aus, und die Schlagzeile der Tageszeitung von Columbia galt Castros Schwester, die für die CIA spionierte. Kein Wort über ein weißes Mädchen, das mit einer Negerin aus dem Gefängnis von Sylvan ausgebrochen war!

Ich steckte eine Münze in den Schlitz, nahm mir eine der Zeitungen und fragte mich, ob die Geschichte irgendwo im Innenteil stand. Rosaleen und ich hockten uns auf den Boden in einer Seitenstraße und breiteten die Zeitung aus, Seite für Seite. Es standen jede Menge Geschichten darin über Malcolm X,

Saigon, die Beatles, das Tennisturnier in Wimbledon und ein Motel in Jackson, Mississippi, das lieber geschlossen hatte als Neger zu beherbergen, aber über mich und Rosaleen – nichts.

Ich war kurz davor, auf die Knie zu fallen und dem lieben Gott im Himmel dafür zu danken, dass die Zeitungen auch nicht alles wissen.

Honigbienen sind soziale Insekten und leben in Staaten. Jeder Staat wird von einer Familie gebildet, mit einer einzigen, weiblichen Biene, die Eier legen kann – der Königin, und ihren vielen sterilen Töchtern – den Arbeiterinnen. Die Arbeiterinnen kooperieren bei der Futtersuche, dem Nestbau und der Brutpflege. Männliche Bienen werden nur zu ganz bestimmten Zeiten während des Jahres aufgezogen, wenn sie im Stock benötigt werden.

KAPITEL 4

Sie schritt eine Reihe weißer Kästen ab, die am Waldrand hinter dem rosa Haus standen. Das Haus war so rosa, dass es mir noch immer in den Augen brannte, selbst als ich schon längst meinen Blick abgewandt hatte. Die Frau war groß, ganz in Weiß gekleidet und trug einen Tropenhelm mit einem Schleier, der ihr Gesicht bedeckte und bis auf den Rücken reichte. Sie sah aus wie eine afrikanische Braut.

Sie hob die Deckel von den Kästen, blickte hinein und schwang dabei ein Blechgefäß mit Rauch hin und her. Bienen stiegen in Wolken auf und umkreisten ihren Kopf. Zweimal verschwand sie völlig hinter diesen nebeligen Schwaden, dann nahm sie ganz allmählich wieder Gestalt an wie ein Traum, der aus den Tiefen der Nacht aufsteigt.

Rosaleen und ich standen auf der anderen Straßenseite. Es hatte uns die Sprache verschlagen – mir vor lauter Ehrfurcht vor dem Mysterium, das sich dort vor meinen Augen abspielte, und Rosaleen, weil sie sich so viel Red Rose Kautabak in den Mund gestopft hatte.

»Das ist die Frau, die den Honig der schwarzen Madonna macht«, sagte ich. Ich konnte meine Augen nicht von ihr lösen – dort war sie, die Herrscherin der Bienen, die Hüterin des Tores in das Leben meiner Mutter.

Rosaleen spie endlich schwarze Spucke aus und wischte sich den Schweißbart auf ihrer Oberlippe ab. »Ich hoff nur, sie hat'n bess'ren Geschmack bei Honig als bei Farbe.«

»Also, mir gefällt es«, stellte ich klar.

Wir warteten, bis sie ins Haus ging, überquerten dann die Straße und öffneten das Tor in einem Lattenzaun, der unter dem Gewicht von Jasmin fast zusammenbrach. Um das Haus herum wuchsen auch noch Schnittlauch, Dill und Zitronenmelisse. All diese Düfte waren fast zu viel für mich.

Wir standen auf der Veranda, umstrahlt von rosa Licht. Junikäfer flogen umher, und aus dem Inneren wehte Musik zu uns heraus. Es klang wie eine Geige, nur noch viel trauriger.

Mein Herz machte einen Satz. Ich fragte Rosaleen, ob sie es schlagen hören konnte, so laut pochte es.

»Ich hör gar nix, nur die Stimme des Herrn, der mich fragt, was um Himmels Willen ich hier mach.« Sie spie wieder aus, und ich hoffte inständig, dass jetzt damit Schluss wäre.

Ich klopfte an die Tür, während sie heftig atmend Wortfetzen vor sich hin murmelte: »Gib mir Kraft … Kind Gottes … den Verstand verloren …«

Die Musik brach ab. Aus den Augenwinkeln erfasste ich eine kleine Bewegung am Fenster, eine Jalousie wurde einen Spalt weit auseinander geschoben, dann wieder geschlossen.

Als die Tür geöffnet wurde, stand dort nicht die Frau in Weiß. Die hier trug Rot und hatte ihr Haar so kurz geschnitten, dass es aussah, als hätte sie sich eine graue Badekappe mit kleinen Wellenriffeln ganz eng über den Kopf gezogen. Ihr Gesicht war starr, und sie blickte uns misstrauisch und ernst an. Mir fiel auf, dass sie ihren Instrumentenbogen unter den Arm geklemmt hatte, als wäre er eine Reitgerte. Gut möglich, schoss es mir durch den Kopf, dass sie uns damit eine überziehen würde.

»Ja?«

»Sind Sie Augusta Boatwright?«

»Nein, ich bin June Boatwright«, sagte sie und musterte die Stiche auf Rosaleens Stirn. »Augusta Boatwright ist meine Schwester. Sind Sie ihretwegen hier?«

Ich nickte, und im gleichen Moment erschien noch eine andere Frau. Sie war barfuß, trug ein grün-weiß gemustertes, ärmelloses Kleid und hatte kurze Zöpfe, die ihr vom Kopf abstanden.

»Ich bin May Boatwright«, sagte sie. »Augusta ist auch meine Schwester.« Sie lächelte uns an, und ich konnte an diesem merkwürdigen Grinsen sehen, dass sie nicht ganz dicht war.

Ich wünschte, June mit der Peitsche würde auch lächeln, aber sie sah einfach nur verärgert aus.

»Erwartet Augusta Sie?«, fragte sie in Richtung Rosaleen.

Natürlich legte Rosaleen sofort los: »Nee, aber wissen'se, Lily hier hat da so'n Bild ...«

Ich unterbrach sofort. »Ich habe im Laden die Honiggläser gesehen, und der Mann meinte ...«

»Ach, Sie kommen, um Honig zu kaufen. Warum sagen Sie das denn nicht gleich? Kommen Sie nach vorne in den Salon. Ich hole Augusta.«

Ich warf Rosaleen einen Blick zu, der sagte: *Bist du verrückt? Erzähl ihnen bloß nichts von dem Bild!* Wir mussten uns absprechen, das war klar.

Manche Menschen haben den siebten Sinn, andere dagegen sind vollkommen tumb. Ich muss ihn wohl besitzen, denn in dem Moment, in dem ich das Haus betrat, fühlte ich, wie ein Zittern meine Haut entlang kroch, wie ein Beben und Pulsieren meine Wirbelsäule hinauf wanderte, die Arme hinunter, bis in die Fingerspitzen. Ich stand förmlich unter Strom. Der Körper weiß eben manches schon, bevor der Geist es erfasst. Welches Wissen hatte mein Körper mir voraus?

Es roch nach Möbelpolitur. Jemand hatte den ganzen Salon damit gewachst. Ein großer Raum mit Fransenteppichen, einem alten Klavier, auf dem ein Läufer aus Spitze lag, und Schaukelstühlen aus Rohrgeflecht, über die Häkeldecken drapiert waren. Vor jedem der Stühle stand ein Hocker aus Samt. *Samt.* Ich ging hinüber und strich mit der Hand über den weichen Stoff.

Dann ging ich zu einem Tisch mit herunter klappbaren Seitenteilen, und schnupperte an einer Kerze aus Bienenwachs, die genauso roch wie die Möbel. Sie stand in einem sternförmigen Kerzenhalter, neben einem halb fertigen Puzzle, allerdings kam ich nicht drauf, welches Bild es ergeben würde. Eine große Milchflasche voller Gladiolen stand auf einem anderen Tisch direkt unter dem Fenster. Die Vorhänge waren aus Organza, aber nicht in gewöhnlichem Weiß, sondern in einem Silbergrau, so dass das Licht, das von draußen kam, einen leicht rauchigen Schimmer hatte.

Und die Wände – es war unglaublich. Sie waren über und über mit Spiegeln behangen. An einer Wand zählte ich allein fünf, und jeder von ihnen war in einem Messingrahmen.

Dann drehte ich mich um und sah zur Tür. In der Ecke daneben stand eine geschnitzte Frauenfigur, die fast einen Meter groß war. Sie war eine von diesen Figuren, die ganz früher einmal vorne an Schiffen angebracht waren, und sie sah so alt aus, als stammte sie noch von der Santa Maria von Columbus.

Sie war tiefschwarz, schwärzer ging es nicht, dabei verzogen und verbogen wie ein großes Stück Treibholz, und an ihrem Gesicht konnte man all die Stürme und Reisen ablesen, die sie durchlebt hatte. Ihr rechter Arm war erhoben, so als ob sie den Weg zeigen wollte, aber ihre Finger waren zu einer Faust geschlossen.

Obwohl sie nicht bekleidet war wie Maria sonst und auch dem Bild auf dem Honigglas nicht ähnelte, wusste ich doch: Sie war es. Auf ihrer Brust war ein verblichenes rotes Herz aufgemalt, und an der Stelle, an der ihr Körper in den hölzernen Leib des Schiffes übergegangen wäre, befand sich eine gelbe, verwitterte Mondsichel. Eine Kerze, die in einem großen roten Glas schien, warf einen Schimmer über sie. Sie war gleichzeitig machtvoll und demütig. Ich wusste nicht, was ich denken sollte, aber ich *fühlte etwas,* das war so gewaltig wie der Mond und es schmerzte, als ob meine Brust zerspringen müsste.

So stark hatte ich erst ein einziges Mal empfunden, und das war, als ich eines Tages vom Pfirsichstand nach Hause gegangen war und gesehen hatte, wie sich die Sonne über den späten Nachmittag ergossen und die Wipfel des Obstgartens in Flammen gesetzt hatte, unter denen sich schon die Dunkelheit sammelte. Stille war ringsum gewesen, die Luft durchdrungen von Schönheit, und mir schien es damals, als könnte ich durch die Bäume hindurch tief in ihr reinstes Inneres sehen. Damals hatte meine Brust auch so wehgetan, genau auf die gleiche Weise.

Den Mund der Statue umspielte ein kleines Lächeln, sanft, schön und gleichzeitig auch ein wenig anmaßend. Ich legte unwillkürlich die Hände um meinen Hals. Alles an diesem Lächeln sagte: *Lily Owens, ich kenne dich bis in die Abgründe deines Herzens.*

Ich spürte, sie wusste genau, wer ich wirklich war, nämlich eine Lügnerin und Mörderin, und sie wusste auch, wie sehr ich T. Ray und die Mädchen in der Schule hasste, am meisten aber mich selbst, weil ich meine Mutter auf dem Gewissen hatte.

Ich hätte weinen mögen, aber gleichzeitig war mir auch zum Lachen zumute, weil mir die Statue auch ein gütiges Lächeln schenkte, als ob sie in mir Liebenswürdigkeit und Schönheit sähe, als ob ich all die Gaben in mir trüge, von denen Mrs. Henry immer sprach.

Ich stand im Angesicht der Statue und liebte und hasste mich zugleich. Die schwarze Maria löste etwas in mir aus, das mich meine Größe und meine Scham zugleich spüren ließ.

Ich trat näher an sie heran und nahm entfernt den Geruch von Honig wahr, der aus dem Holz zu dringen schien. May kam herüber und stellte sich neben mich, und dann konnte ich nur noch Pomade in ihrem Haar riechen, Zwiebeln an ihren Händen und Vanille in ihrem Atem. Ihre Handflächen waren so rosa wie ihre Fußsohlen, ihre Ellbogen dunkler als der Rest, und ihr Anblick erfüllte mich mit Zärtlichkeit.

Augusta Boatwright kam herein, mit einer randlosen Brille und einem limonengrünen Schal, den sie um ihren Gürtel geknüpft hatte. »Und wer seid ihr beide?«, fragte sie, und der Klang ihrer Stimme holte mich zurück in die Wirklichkeit.

Ihr Gesicht schimmerte von Schweiß und Sonne wie Mandelbutter, es war durchfurcht von Tausenden von Falten aus dunklem Karamell, und ihr Haar sah aus, als wäre es mit Mehl bestäubt. Trotzdem wirkte sie jung.

»Ich bin Lily, und das ist Rosaleen«, sagte ich und zögerte, als June hinter ihr in der Tür erschien. Ich öffnete den Mund wieder, ohne recht zu wissen, was ich als Nächstes sagen sollte. Was dann herauskam, hat mich selbst völlig überrascht: »Wir sind von zu Hause weggelaufen und wissen nicht, wohin.«

An jedem anderen Tag hätte ich ohne weiteres einen Wettbewerb im Lügenerzählen gewinnen können, aber ausgerechnet *jetzt* sagte ich die Wahrheit! Ich beobachtete, was sich in ihren Mienen abspielte. Besonders bei Augusta. Sie nahm ihre Brille ab und rieb sich die kleinen Dellen an ihrer Nase. Es war so still, dass ich eine Uhr in einem Zimmer nebenan ticken hören konnte.

Augusta setzte ihre Brille wieder auf, ging zu Rosaleen und besah sich die Stiche auf ihrer Stirn, den Schnitt unter ihrem Auge, die blauen Flecken entlang von Schläfe und Armen. »Sie sehen aus, als seien Sie geschlagen worden.«

»Sie ist die Treppen hinuntergefallen, als wir aufgebrochen sind«, warf ich ein und kehrte wieder zu meinen üblichen Flunkereien zurück.

Augusta und June tauschten einen langen Blick, während sich Rosaleens Augen verengten und mir bedeuteten, dass ich es schon wieder getan hatte, dass ich schon wieder für sie gesprochen hatte, als wäre sie selber gar nicht da.

»Nun, ihr könnt erst einmal hier bleiben, bis ihr wisst, was ihr tun werdet. Wir können euch ja wohl nicht auf der Straße schlafen lassen«, sagte Augusta.

June holte so tief Luft, als wollte sie den ganzen Raum in sich aufsaugen. »Aber, Augusta ...«

»Sie bleiben hier!«, wiederholte sie in einer Art und Weise, die sehr deutlich machte, wer hier die ältere Schwester war und das Sagen hatte. »Das geht schon in Ordnung. Wir haben ja die Feldbetten im Honighaus.«

June drehte sich pikiert auf dem Absatz um, ihr roter Rock fegte um die Tür.

»Danke«, sagte ich zu Augusta.

»Ist schon gut. Komm, setz dich, ich hol ein paar Gläser Orangeade.«

Wir wurden in die Rohr-Schaukelstühle gesetzt, während May Wache stand und ihr verrücktes Grinsen grinste. Mir fiel auf, dass sie gewaltige Armmuskeln hatte.

»Wieso heißt ihr alle nach dem Kalender?«, fragte Rosaleen sie.

»Unsere Mutter liebte Frühling und Sommer«, sagte May. »Wir hatten auch eine April, aber ... sie starb, als sie noch jung war.« Mays Grinsen verschwand, und mit einem Mal fing sie an, »O Susanna« zu summen, als ob ihr Leben davon abhinge.

Rosaleen und ich starrten sie an. Dann ging ihr Summen in bitteres Geheul über. Sie weinte, als ob April gerade erst in dieser Sekunde gestorben wäre.

Endlich kam Augusta mit einem Tablett und vier Gläsern

zurück, die sie mit Orangenstückchen an den Rändern garniert hatte. »Oh Mary, Liebes, geh hinaus zu deiner Wand und wein dich da aus«, sagte sie, zeigte zur Tür und gab ihr einen leichten Stups.

Augusta benahm sich, als sei ein solches Verhalten in einer jeden Familie und einem jeden Heim in South Carolina an der Tagesordnung. »So, hier ist eure Orangeade ...«

Ich nippte daran. Rosaleen allerdings kippte ihre derart schnell hinunter und musste danach so laut aufstoßen, dass die Jungs in meiner alten Schule vor Neid geplatzt wären. Es war ungeheuerlich.

Augusta tat so, als ob sie nichts gehört hätte, während ich auf den samtenen Hocker starrte und mir wünschte, Rosaleen wäre ein wenig kultivierter.

»So, ihr seid also Lily und Rosaleen«, sagte Augusta. »Habt ihr auch Nachnamen?«

»Rosaleen ... Smith und Lily ... Williams«, log ich und fuhr fort: »Wissen Sie, meine Mutter starb, als ich noch klein war, und dann ist mein Vater letzten Monat bei einem Traktorunfall gestorben. Ich hab sonst keine näheren Verwandten in der Gegend, und daher soll ich jetzt in ein Heim gesteckt werden.«

Augusta schüttelte den Kopf. Rosaleen auch, aber natürlich aus einem anderen Grund.

»Rosaleen war unser Hausmädchen«, schwindelte ich weiter. »Sie hat keine Familie außer mir, und so haben wir uns entschlossen, nach Virginia zu gehen, um meine Tante zu suchen. Wir haben kein Geld, aber wenn Sie irgendeine Arbeit für uns hätten, solange wir hier sind? Vielleicht könnten wir ja etwas verdienen, ehe wir weiter ziehen. Wir haben es nicht besonders eilig, nach Virginia zu kommen.«

Rosaleen glotzte mich an. Eine Minute lang geschah überhaupt nichts, nur das Eis in unseren Gläsern zersprang mit einem leisen Klingeln. Ich hatte gar nicht bemerkt, wie glühend heiß es in diesem Zimmer war und wie viel Schweiß aus meinen Poren kam. Ich konnte ihn sogar selbst riechen. Ich sah zu der schwarzen Maria drüben in der Ecke und wieder zurück zu Augusta.

Sie stellte ihr Glas ab. Ich hatte noch niemals Augen in einer solchen Farbe gesehen, wie goldfarbener Ingwer.

»Ich stamme selbst aus Virginia«, sagte sie, und aus irgendeinem Grund erweckten diese Worte das Kribbeln wieder zum Leben, das in meine Glieder gefahren war, als ich den Raum zum ersten Mal betreten hatte. »Na schön, Rosaleen kann May im Haus zur Hand gehen, und du kannst mir und Zach mit den Bienen helfen. Ich habe eigentlich mit Zach schon eine Aushilfe, ich kann dir also nichts bezahlen, aber du bekommst Kost und Logis, bis wir deine Tante anrufen können und sehen, ob sie uns nicht Geld für den Bus schicken kann.«

»Ich weiß noch nicht einmal genau, wie sie heißt«, sagte ich. »Mein Vater nannte sie nur Tante Bernie, aber ich hab sie selber nie kennen gelernt.«

»Soso, und willst du nun an jede Tür in ganz Virginia klopfen, Kind?«

»Nein, Madam, nur in Richmond.«

»Ich verstehe«, sagte Augusta.

An diesem Nachmittag staute sich die Hitze im Himmel, bis sie endlich einem Gewitter wich. Augusta, Rosaleen und ich standen auf der Veranda hinter der Küche und sahen zu, wie sich tiefviolette Wolken über den Baumwipfeln zusammenballten und wie der Wind die Äste peitschte. Wir warteten darauf, dass der Regen nachließ, damit uns Augusta unser neues Heim im Honighaus zeigen konnte, eine umgebaute Garage im hinteren Ende des Gartens, die in dem gleichen, knalligen Flamingo-Rosa gestrichen war wie das Wohnhaus.

Hin und wieder sprühte etwas Regen in unsere Gesichter. Ich unterließ es aber, die Nässe abzuwischen.

Augusta ging zurück in die Küche und kam mit drei Aluminiumpfannen zurück. »Na los, dann lasst uns rüberlaufen. Die werden zumindest unsere Köpfe vor dem Regen schützen.«

Augusta und ich rannten durch den prasselnden Regen und hielten die Pfannen über unsere Köpfe. Als ich mich umdrehte, sah ich, dass Rosaleen ihre Pfanne in der Hand hielt – sie hatte nichts begriffen.

Nachdem Augusta und ich das Honighaus erreicht hatten, mussten wir uns in den Türrahmen quetschen und auf Rosaleen warten. Sie stolzierte durch den Regen und fing in der Pfanne Tropfen auf, so wie es kleine Kinder tun. Rosaleen ging durch die Pfützen, als schritte sie über Perserteppiche, und als ein Donner um uns herum grollte, sah sie empor zu dem tief hängenden Wolkenhimmel, machte ihren Mund weit auf und ließ den Regen hineinfallen. Seit diese Kerle sie zusammengeschlagen hatten, war ihr Gesicht so verhärmt und erschöpft gewesen, ihre Augen so stumpf, als ob das Feuer darin ausgetreten worden wäre. Jetzt aber schien sie langsam wieder sie selbst zu werden. Sie sah aus wie eine Wetterfee, der kein Sturm etwas anhaben kann.

Wenn sie doch bloß auch ein paar Manieren hätte.

Das Innere des Honighauses bestand aus einem großen Zimmer, das angefüllt war mit seltsamen Maschinen zum Honigmachen – Gefäße, Gasbrenner, Tröge, Stangen, weiße Kästen und Gestelle, in denen sich Honigwaben voll Wachs stapelten. Ich war überwältigt von so viel süßem Duft.

Rosaleen hinterließ riesige Pfützen auf dem Boden, während Augusta uns Handtücher holte. Ich starrte auf eine Wand, die überzogen war mit Regalen voller Einmachgläser. Neben der Eingangstür hingen Tropenhelme mit Netzen, allerlei Geräte und Wachskerzen, und über allem lag eine hauchdünne Schicht aus Honig. Meine Schuhsohlen klebten leicht beim Gehen.

Augusta führte uns nach hinten in das kleine Eckzimmer, das ein Waschbecken, einen großen Spiegel, ein Fenster ohne Vorhänge und zwei hölzerne Feldbetten hatte, die mit frischen, weißen Laken bezogen waren. Ich stellte meine Tasche auf das erste Bett.

»May und ich schlafen hier manchmal während der Honigernte«, sagte Augusta. »Es kann hier drinnen sehr heiß werden, ihr müsst euch den Ventilator anstellen.«

Rosaleen langte nach oben, wo der Ventilator auf einem Bord stand und schaltete ihn ein. Er blies die Staubfäden, die an ihm gehangen hatten, durch das ganze Zimmer. Rosaleen musste sie sich sogar aus dem Gesicht wischen.

»Du musst deine Kleider trocknen«, sagte Augusta zu Rosaleen.

»Ich trockne an der Luft«, sagte Rosaleen und streckte sich auf dem Bett aus, dessen Beine bedenklich nachgaben.

»Ihr müsst ins Haus kommen, wenn ihr das Bad benutzen wollt«, sagte Augusta. »Wir schließen nie ab, kommt also einfach rein.«

Augusta erklärte noch dies und das, aber Rosaleen waren die Augen zugefallen. Sie war bereits eingeschlummert und schnaubte leise vor sich hin.

Augusta senkte die Stimme. »Sie ist also die Treppe heruntergefallen?«

»Ja, Madam, kopfüber. Sie hatte sich mit dem Fuß in dem Teppich oben am Treppenansatz verfangen, und das war ausgerechnet der Teppich, den meine Mutter selbst geknüpft hat.«

Das Geheimnis einer guten Lüge ist, man darf nicht zu viel erklären, aber so eine kleine interessante Nebensächlichkeit macht sie glaubwürdiger.

»Nun, Miss Williams, Sie können morgen mit der Arbeit anfangen«, sagte sie. Ich stand da und fragte mich, mit wem sie bloß sprach, wer wohl Miss Williams war, aber dann fiel mir ein, *ich* war jetzt Lily Williams. Das war das zweite Geheimnis einer guten Lüge – man braucht ein gutes Gedächtnis.

»Zach ist für eine Woche weg«, sagte sie. »Seine Familie ist nach Pawley's Island gefahren, um die Schwester seiner Mutter zu besuchen.«

»Wenn ich fragen darf, was genau soll ich denn tun?«

»Du wirst mit mir und Zach arbeiten, Honig machen und einfach tun, was immer getan werden muss. Komm, ich führ dich ein bisschen herum.«

Wir gingen zurück in den großen Raum mit all den Maschinen. Sie führte mich zu einer Säule aus weißen Kisten, die übereinander gestapelt waren. »Das hier sind Zargen«, sagte sie, stellte eine davon vor mich und nahm den Deckel ab.

Von außen wirkte sie wie eine gewöhnliche alte Schublade aus einer Kommode, aber im Innern waren lauter Rahmen mit Honigwaben, die in einer ordentlichen Reihe hingen. Jeder Rahmen war voller Honig und mit Wachs versiegelt.

Sie zeigte in eine andere Richtung. »Das dort drüben ist der Entdeckler, damit lösen wir das Wachs von den Waben. Dann geht es in die Wachsschmelze hier drüben.«

Ich folgte ihr über kleine Bruchstückchen von Honigwaben, die hier überall dort herumlagen, wo andere Leute Wollmäuse hatten. Sie hielt an einem großen Metallgefäß in der Mitte des Raums.

»Dies ist die Schleuder«, sagte sie und tätschelte die Außenhaut der Maschine, als ob sie ein braver Hund wäre. »Geh rauf und sieh hinein.«

Ich stieg eine zweistufige Leiter empor und blickte über den Rand, während Augusta einen Schalter anknipste. Am Boden fing ein alter Motor an zu stottern und zu ruckeln. Die Schleuder setzte sich langsam in Bewegung und wurde dann allmählich schneller, so wie die Zuckerwattemaschine auf dem Jahrmarkt, bis sie himmlische Gerüche von sich gab.

»Sie trennt den Honig«, sagte sie. »Holt das schlechte Zeug heraus, das gute bleibt drin. Ich hab immer gedacht, wie schön es wäre, so eine Schleuder für Menschen zu haben. Wirf sie einfach dort hinein, und die Schleuder tut das Ihrige.«

Sie starrte mich mit ihren Ingwerbonbon-Augen an. Litt ich schon an Verfolgungswahn, oder war ich gemeint, als sie Menschen gesagt hatte?

Sie stellte den Motor ab, und das Gesumme hörte nach einer Reihe tickender Geräusche wieder auf. Sie beugte sich über eine braune Röhre, die aus der Schleuder kam, und sagte: »Von hier geht es in das Klärbecken, dann in die Wärmepfanne und schließlich in ein Setzgefäß. Das ist die Abfüllkanne, hier befüllen wir die Eimer. Du wirst den Dreh schon rauskriegen.«

Das bezweifelte ich. Ich hatte noch nie im Leben etwas so Kompliziertes gesehen.

»Na, ich kann mir denken, dass du dich wohl auch noch ein bisschen ausruhen willst. Abendessen ist um sechs. Magst du Süßkartoffel-Plätzchen? Das ist Mays Spezialität.«

Nachdem sie fort war, legte ich mich auf das Feldbett, während der Regen auf das Blechdach trommelte. Mir kam es vor, als wäre ich schon seit Wochen unterwegs, als hätte ich eine gefährliche Safari durch den Dschungel unternommen, immer auf der Hut vor Tigern und Löwen, auf der Suche nach einer versunkenen, sagenhaften Stadt im Dschungel des Kongo – das war in der letzten Matinee vorgekommen, als ich noch in Sylvan gewesen war. Ich fühlte mich zwar wohl, aber trotzdem war mir alles auch so fremd, als wäre ich tatsächlich im Kongo. In einem Haus mit lauter farbigen Frauen zu wohnen, von ihren Tellern zu essen, auf ihren Laken zu liegen – nicht, dass ich was dagegen gehabt hätte, es war mir nur so völlig neu, und meine Haut war mir noch nie so weiß erschienen.

T. Ray hielt schwarze Frauen für dumm. Und, wenn ich ganz ehrlich bin, muss ich gestehen, dass auch ich damals dachte, sie könnten zwar durchaus klug sein, aber eben nicht so klug wie ich, eine Weiße. Doch als ich nun auf dem Feldbett im Honighaus lag, dachte ich, *Augusta ist so intelligent, so kultiviert.*

Als Rosaleen aus ihrem Schlummer erwachte, und noch bevor sie dazu kam, ihren Kopf auch nur vom Kissen zu heben, fragte ich: »Gefällt es dir hier?«

»Ich denke schon«, sagte sie und mühte sich, ihren Körper in eine Sitzhaltung zu bringen. »Bisher jedenfalls.«

»Nun, mir gefällt es hier auch«, sagte ich. »Und daher möchte ich nicht, dass du irgendetwas sagst, was das hier verpfuscht, klar?«

Sie verschränkte die Arme vor ihrem Bauch und runzelte die Stirn. »So wie was denn?«

»Sag bloß nichts von dem Bild der schwarzen Maria, das ich in meiner Tasche hab, verstanden? Und erwähn auch bloß nicht meine Mutter.«

Sie griff nach ihrem Haar und flocht einige ihrer losen Zöpfe wieder zusammen. »Und warum willste das so unbedingt für dich behalten?«

Ich hatte keine Zeit, ihr alle meine Gründe zu erklären. Ich wollte sagen: *Weil ich eine Zeit lang mal einfach nur normal sein will – nicht die Ausreißerin, die ihre Mutter sucht, sondern ein ganz normales Mädchen, das seine Sommerferien in Tiburon, South Carolina, verbringt. Ich will Augusta für mich gewinnen, damit sie mich nicht zurückschickt, wenn sie herausfindet, was ich wirklich getan habe.*

Ich ging zu Rosaleen und half ihr mit den Zöpfen. Mir fiel auf, dass meine Hände ein wenig zitterten. »Versprich mir nur, dass du nichts sagst.«

»Es is' dein Geheimnis«, sagte sie. »Mach damit, waste willst.«

Am nächsten Morgen wurde ich früh wach und ging nach draußen. Es hatte aufgehört zu regnen, und die Sonne glühte hinter einer Wolkenbank.

Kiefernwälder erstreckten sich hinter dem Honighaus in alle Richtungen. Ich konnte in der Ferne etwa vierzehn Bienenkörbe ausmachen, die dicht unter den Bäumen standen und deren eckige Deckel wie weiße Postkarten schimmerten.

Am Tag vorher hatte Augusta während des Abendessens gesagt, dass ihr achtundzwanzig Morgen Land gehörten, die sie von ihrem Großvater geerbt hatte. In einer kleinen Stadt wie dieser hier könnte ein Mädchen wie ich doch wohl auf achtundzwanzig Morgen Land untertauchen! Es könnte doch eine Falltür öffnen und sich einfach so in Luft auflösen.

Licht drang durch einen Spalt in einer rot-geränderten Wolke, und ich ging über einen Pfad, der von dem Honighaus zum Wald führte, darauf zu. Ich kam an einem Kinderkarren vorbei, der voller Gartengerät war. Er stand neben einem Beet, in dem Tomaten wuchsen, die mit Nylonschnur an hölzernen Stangen angebunden waren. Dazwischen standen orange Zinnien und violette Gladiolen, die sich bis auf den Boden neigten.

Die Schwestern liebten ganz offensichtlich Vögel. Es gab ein Vogelbad aus Beton und jede Menge Futterplätze. Ausgehöhlte Flaschenkürbisse und große Tannenzapfen lagen im ganzen Garten herum, und in jeden hatten sie ein Stück Erdnussbutter hineingetan.

An der Stelle, wo die Wiese in den Wald überging, stieß ich auf eine steinerne Wand, die grob zementiert und noch nicht einmal kniehoch war, dafür aber etwa vierzig Meter lang. Sie folgte der Grundstücksgrenze und hörte ganz plötzlich auf. Sie schien überhaupt keinen Zweck zu haben. Dann bemerkte ich kleine Stückchen gefalteten Papiers, die in den Fugen zwischen den Steinen steckten. Ich ging die Wand der Länge nach ab, und es war überall das gleiche Bild, ich sah Hunderte dieser Papierschnipsel.

Ich zog eins heraus und faltete es auseinander, aber die Schrift war vom Regen so verwaschen, dass ich nichts lesen konnte. Ich nahm ein anderes. Birmingham, *15. Sept. Vier kleine Engel tot.*

Ich faltete es wieder zusammen und legte es zurück. Ich hatte das Gefühl, etwas Verbotenes getan zu haben.

Ich stieg über die Mauer, ging in den Wald und suchte mir einen Weg zwischen kleinen Farnkräutern mit ihren blau-grünen Büscheln und gab Acht, nicht die kunstvollen Muster zu zerstören, an denen die Spinnen den ganzen Morgen gewebt hatten. Es war, als hätten Rosaleen und ich tatsächlich die versunkene Stadt entdeckt.

Als ich weiterging, hörte ich Wasser rauschen. Unmöglich, diesen Klang zu hören und nicht nach seiner Quelle zu suchen! Ich ging tiefer in den Wald. Das Unterholz wurde dichter, und dornige Büsche zerkratzten mir die Beine, aber ich fand, was ich suchte – einen Fluss, nicht wesentlich größer als der Wasserlauf, in dem Rosaleen und ich gebadet hatten. Ich sah zu, wie sich das Wasser durch sein Bett schlängelte und wie Wellen hin und wieder die Wasseroberfläche durchbrachen.

Ich zog mir die Schuhe aus und stieg hinein. Der Grund war glitschig, und Matsch quoll zwischen meinen Zehen hervor. Eine Schildkröte plumpste von einem Stein direkt vor mir ins Wasser und erschreckte mich so sehr, dass ich laut aufschrie und »Jesus« fluchte. Gott weiß, was hier draußen sonst noch kreuchte und fleuchte – Schlangen, Frösche, Fische, ein Heer stechender Insekten, aber es kümmerte mich überhaupt nicht.

Als ich mir die Schuhe wieder anzog und zum Haus zurückging, strömte das Licht geradezu vom Himmel, und ich wünschte mir, es könnte immer so bleiben – kein T. Ray, kein Mr. Gaston, niemand, der Rosaleen besinnungslos schlagen würde. Nur die vom Regen erfrischten Wälder und das erwachende Licht.

Wenn man winzig genug wäre, einer Biene in ihren Stock zu folgen, dann müsste man sich zuallererst einmal an vollständige Dunkelheit gewöhnen …

KAPITEL 5

Die erste Woche bei Augusta war tröstende Linderung. Manchmal wird einem im Leben so eine Aus-Zeit gewährt, eine kleine Pause; der Gong ertönt, und man kann kurz aus dem Ring, weg von dem anderen Prügelknaben.

Während dieser Woche wurden weder mein Vater, der ja angeblich bei einem Traktorunfall gestorben war, noch meine verschollene Tante Bernie erwähnt. Die Schwestern des Sommers hatten uns einfach bei sich aufgenommen.

Als Erstes kümmerten sie sich um Kleidung für Rosaleen. Augusta stieg in ihren kleinen Laster und fuhr zum Wohltätigkeitsladen, wo sie für Rosaleen vier Unterhosen, ein hellblaues Nachthemd, drei sackartige Kleider mit hawaiianischen Mustern kaufte und einen Büstenhalter, der eine ganze Hügellandschaft hätte verhüllen können.

»Das is' aber nich' geschenkt«, sagte Rosaleen, als Augusta die Kleider vor ihr auf dem Küchentisch ausbreitete. »Das zahl ich zurück.«

»Du kannst es ja abarbeiten«, sagte Augusta.

May kam mit Zauberhasel und Wattebällchen herein und begann, Rosaleens Wunde zu säubern.

»Du bist ja ganz grün und blau geschlagen worden«, sagte sie, und kurz darauf fing sie wieder an, in ihrem wahnwitzigen Tempo »O Susanna« zu summen.

June wandte sich vom Tisch ab, wo sie die Einkäufe begutachtet hatte. »Du summst dein Lied ja schon wieder«, sagte sie zu May. »Warum ziehst du dich nicht ein wenig zurück?«

May legte den Wattebausch hin und verließ das Zimmer. Ich sah Rosaleen an, und sie zuckte ratlos mit den Schultern. June reinigte die Wunde dann selber; aber es war ihr zuwider, das konnte ich daran sehen, wie sie ihren Mund zu einem schmalen Spalt verzog.

Ich ging hinaus, um May zu suchen. Ich wollte ihr sagen: *Ich singe »O Susanna« mit dir, von der ersten bis zur letzten Strophe,* aber ich konnte sie nicht finden.

May war es gewesen, die mir das Lied vom Honig beigebracht hatte:

Stell einen Bienenkorb auf mein Grab,
Auf dass ich mich an Honig lab.
Bin ich erst tot und fern von hier
Dann wünsch ich nur das eine mir.
Die Straßen des Himmels sind voller Licht,
Doch vom güldenen Honig lasse ich nicht.
Stell einen Bienenkorb auf mein Grab,
Auf dass ich mich an Honig lab.

Ich mochte das Lied, weil es irgendwie albern war. Außerdem fühlte ich mich beim Singen so wie ein ganz normaler Mensch. May sang das Lied in der Küche, wenn sie Teig ausrollte oder Tomaten schnitt, und Augusta summte es, wenn sie Etiketten auf die Honiggläser klebte.

Wir lebten von und für Honig. Wir schluckten einen Löffel

am Morgen, um wach zu werden, und einen am Abend, um besser einzuschlafen. Wir aßen Honig zu jeder Mahlzeit, zur Beruhigung, zur Kräftigung und zur Vorbeugung gegen schwere Krankheiten. Wir trugen ihn auf unsere Haut auf, um Verletzungen zu desinfizieren oder aufgesprungene Lippen zu heilen. Honig kam in unser Badewasser, unsere Hautcreme, unseren Johannisbeertee und den Kuchen. Nichts, wozu nicht Honig gereicht wurde. Schon nach einer Woche wurden meine dünnen Arme und Beine runder, und mein sonst so krauses Haar lag in seidigen Wellen um meinen Kopf. Augusta sagte, Honig sei die Ambrosia der Götter und das Shampoo der Göttinnen.

Ich verbrachte die meiste Zeit mit Augusta im Honighaus, während Rosaleen May im Haushalt half. Ich lernte, wie man ein Messer, das zuvor über Wasserdampf erhitzt wird, über den Entdeckler führt und die Wachsversiegelung von den Waben löst und wie man sie dann richtig in die Schleuder einsetzt. Ich regulierte die Flamme unter dem Dampfgenerator und wechselte die Nylonstrümpfe aus, die Augusta benutzte, um den Honig im Setztank zu filtern. Ich lernte so schnell, dass sie sagte, mit mir wäre es ein wahres Wunder. Das waren ihre Worte: Lily, *mit dir ist es ein wahres Wunder.*

Am liebsten füllte ich Wachs in die Kerzenformen. Augusta benutzte ein Pfund Wachs pro Kerze und verzierte sie mit getrockneten Veilchen, die ich im Wald sammelte. Sie betrieb sogar einen Handel über Postversand bis in so entlegene Orte wie Maine und Vermont. Dort wurden so viele ihrer Kerzen und so viele Honiggläser gekauft, dass sie mit der Arbeit kaum nachkam. Für ihre besonders guten Kunden gab es Dosen mit Schwarze-Madonna-Allzweck-Bienenwachs. Augusta sagte, es würde Angelschnüre leichter und Knopfgarn stärker machen, Möbel würden damit glänzen und klemmende Fenster und Türen wieder gleiten, und unreine Haut machte es so glatt und strahlend wie einen Babypopo. Bienenwachs war die Wunderkur für und gegen alles.

May und Rosaleen verstanden sich von Anfang an blendend. Wann immer ich in die Küche kam, standen sie Seite an Seite an der Spüle mit Maiskolben in den Händen, die sie vor lauter Quatschen vergessen hatten zu schälen. Oder sie strichen einen Klecks Erdnussbutter in die Tannenzapfen für die Vögel.

Rosaleen war es auch, die schließlich das Rätsel um »O Susanna« löste. Sie sagte, wenn man über fröhliche Dinge sprach, ging es May gut, aber wenn man auf ein unerfreuliches Thema kam – wie etwa die Wunde an Rosaleens Kopf oder faulende Tomaten –, dann fing May an, »O Susanna« zu summen. Es schien ihre ganz eigene Methode zu sein, gegen das Weinen anzukämpfen. Es schien allerdings nur bei faulen Tomaten zu helfen.

Einige Male musste sie so heftig weinen und sich die Haare raufen, dass Rosaleen zu uns ins Honighaus kommen und Augusta holen musste. Augusta sprach ganz ruhig mit May und schickte sie zu ihrer Steinmauer. Dorthinaus zu gehen schien das Einzige zu sein, das sie wieder beruhigen konnte.

May erlaubte nicht, dass im Haus Rattenfallen aufgestellt wurden, denn sie konnte den Gedanken an eine leidende Ratte nicht ertragen. Aber was Rosaleen wirklich wahnsinnig machte, war, dass May Spinnen fing und in der Kehrschaufel nach draußen trug. Mir gefiel das, denn es erinnerte mich daran, wie sich meine Mutter um das Leben von Käfern und Schaben gesorgt hatte. Ich ging im Haus herum und half May, Schneider zu fangen, nicht nur, weil der Anblick eines zertretenen Insekts sie aus dem Gleichgewicht brachte, sondern auch, weil ich das Gefühl hatte, es wäre im Sinne meiner Mutter gewesen.

May aß jeden Morgen eine Banane, aber die Banane durfte keinen einzigen braunen Fleck haben. Eines Morgens beobachtete ich, wie sie sieben Bananen nacheinander schälte, ehe sie eine gefunden hatte, die ihre Reise durch den Lebensmittelhandel unbeschadet überstanden hatte.

Rosaleen machte Bananenkuchen, Bananencremetörtchen, Bananenwackelpeter und legte sogar Bananenscheiben auf Salatblätter, bis Augusta dann meinte, nun wäre es gut, sie solle die verflixten Dinger einfach wegwerfen.

Diejenige, die es einem wirklich schwer machte, war June. Sie unterrichtete Englisch und Geschichte an der Highschool der Farbigen, aber ihre eigentliche Liebe galt der Musik. Wenn ich früh genug im Honighaus fertig war, ging ich immer in die Küche, um Rosaleen und May beim Kochen zuzusehen, aber in Wirklichkeit wollte ich June beim Cello Spielen zuhören.

Sie spielte für Menschen, die im Sterben lagen. Sie ging in ihre Häuser und sogar ins Spital, um sie auf dem Weg in ihr nächstes Leben mit Musik zu begleiten. Ich hatte noch niemals von so etwas gehört, und ich saß oft am Küchentisch mit einem gesüßten Eistee und fragte mich, ob das der Grund war, warum June so selten lächelte. Vielleicht war sie einfach zu viel vom Tod umgeben.

Ich wusste, dass sie noch immer vergrätzt darüber war, dass Rosaleen und ich hier bleiben durften, das war der einzige Schatten, der auf unser Leben hier fiel.

Eines Abends, als ich durch den Garten ging, um das Badezimmer im rosa Haus zu benutzen, bekam ich ein Gespräch zwischen ihr und Augusta mit. Als ich ihre Stimmen hörte, blieb ich hinter dem großen Hortensienbusch stehen und lauschte.

»Du weißt, dass sie lügt«, sagte June.

»Natürlich«, sagte Augusta. »Aber sie stecken in irgendwelchen Schwierigkeiten und sie brauchen ein Dach über dem Kopf. Wer sonst würde sie denn bei sich aufnehmen – ein weißes Mädchen und eine Farbige? Hier ganz bestimmt niemand.«

Eine Sekunde lang sprach keine von beiden. Ich hörte, wie Motten gegen die Glühbirne auf der Veranda klatschten.

June sagte: »Wir können doch nicht einfach eine Ausreißerin beherbergen, ohne irgendjemandem Bescheid zu sagen.«

Augusta wandte sich zur Fliegentür und sah hinaus in den Garten. Ich wich zurück und presste meinen Rücken gegen die Hauswand. »Wem Bescheid sagen?«, fragte sie. »Der Polizei? Die würden sie doch nur in ein Heim stecken. Vielleicht ist ihr Vater ja wirklich gestorben. Und falls ja, wo wäre sie dann besser aufgehoben als bei uns?«

»Und was ist mit der Tante, von der sie gesprochen hat?«

»Es gibt keine Tante, und das weißt du so gut wie ich«, sagte Augusta.

Junes Stimme klang verärgert. »Was aber, wenn ihr Vater *nicht* bei diesem so genannten Traktorunfall ums Leben gekommen ist? Glaubst du nicht, er ist verrückt vor Sorge und sucht nach ihr?«

Eine Pause folgte. Ich kroch näher an die Veranda heran. »Es ist nur so ein Gefühl, June. Ich möchte sie nicht dahin zurückschicken, wo sie nicht sein will. Noch nicht, jedenfalls. Es gibt einen guten Grund, warum sie fortgegangen ist. Vielleicht hat er sie ja misshandelt. Ich glaube einfach, dass wir ihr helfen können.«

»Warum fragst du sie nicht einfach gerade heraus, in was für Schwierigkeiten sie eigentlich steckt?«

»Alles zu seiner Zeit«, sagte Augusta. »Das Letzte, was ich will, ist, sie mit zu vielen Fragen zu verschrecken. Sie wird es uns schon sagen, wenn sie bereit ist. Lass uns ein wenig Geduld haben.«

»Aber, Augusta, sie ist *weiß*.«

Das war nun allerdings eine ganz neue Erfahrung – nicht, dass ich weiß war, sondern dass June mich wegen meiner Hautfarbe nicht hier haben wollte. Ich hatte nicht gewusst, dass man abgelehnt werden kann, weil man *weiß* ist. Eine Hitzewelle fuhr durch meinen Körper. »Gerechter Zorn«, so nannte Bruder Gerald so was. Jesus war in gerechtem Zorn entbrannt, als er die Tische im Tempel umgeworfen und die diebischen Geldwechsler verjagt hatte. Ich wollte auf der Stelle losstürzen, auch ein paar Tische umwerfen und sagen: »*Ent-*

schuldigen Sie bitte, June Boatwright, aber Sie kennen *mich doch gar nicht richtig.«*

»Lass uns abwarten, ob wir ihr nicht helfen können«, sagte Augusta, als June aus meinem Blickfeld entschwand. »Das schulden wir ihr.«

»Ich bin nicht der Meinung, dass wir ihr irgendetwas schuldig sind«, sagte June. Eine Tür schlug. Augusta drehte das Licht aus, und die Dunkelheit trug einen Seufzer fort.

Ich ging zurück zum Honighaus. Ich war beschämt, dass Augusta mich durchschaut hatte, aber auch erleichtert, dass sie nicht vorhatte, die Polizei zu rufen oder mich zurückzuschicken – noch nicht. *Noch nicht*, hatte sie gesagt.

Am meisten aber war ich über Junes Einstellung verärgert. Ich hockte mich am Waldrand ins Gras und spürte beim Pinkeln den warmen Strahl zwischen meinen Beinen. Ich sah, wie er zu einer Pfütze wurde, und sein Geruch stieg in der Nacht auf. Zwischen meiner und Junes Pisse gab es keinen Unterschied. Als ich auf den nassen Kreis am Waldboden sah, dachte ich einfach nur, Pisse ist Pisse.

Jeden Abend nach dem Essen saßen wir in dem gemütlichen Zimmer um den Fernseher herum, auf dem ein Keramikübertopf mit Bienen darauf stand. Man konnte hinter all den Philodendronzweigen, die um den Bildschirm herum rankten, kaum die Nachrichtenbilder erkennen.

Ich mochte den Nachrichtensprecher mit seinem schwarzen Brillengestell und einer Stimme, die alles Wissenswerte zu wissen schien. Das war mal jemand, der nichts gegen Bücher hatte, ganz eindeutig. Wenn man sich alles, was T. Ray nicht war, in einer einzigen Person versammelt vorstellte, dann hatte man den Nachrichtensprecher.

Er berichtete uns von der feierlichen Parade der Schwarzen in St. Augustine, die von einem Mob Weißer angegriffen worden war, von der weißen Bürgerwehr, von Feuerwehreinsätzen und Tränengas. Er hatte die Ergebnisse: Drei Menschenrechtler tot. Zwei Bombenexplosionen. Drei schwarze Studenten mit Äxten verjagt.

Seit Mr. Johnson dieses Gesetz unterzeichnet hatte, schien es, als wäre das Leben in Amerika völlig aus den Fugen geraten. Wir sahen die Gouverneure der Reihe nach vor den Fernsehkameras aufmarschieren und um »Ruhe und Besonnenheit« bitten. Augusta sagte, sie hätte Angst, dass es nur eine Frage der Zeit sei, bis ähnliche Dinge auch in Tiburon geschehen würden.

Ich kam mir, wie ich dort so bei den Schwestern des Sommers saß, sehr weiß vor. Besonders, wenn June im Zimmer war. Ich fühlte mich in meiner Haut sehr unwohl.

Normalerweise sah sich May die Nachrichten nicht an, aber eines Abends kam sie doch dazu und fing mittendrin an, »O Susanna« zu summen. Was sie diesmal verstört hatte, war, dass ein Neger aus Georgia, ein Mr. Raines, durch einen Gewehrschuss aus einem fahrenden Auto heraus getötet worden war. Sie zeigten ein Bild seiner Witwe mit ihren Kindern auf dem Arm, und augenblicklich fing May an zu schluchzen. Wir sprangen alle sofort auf, als wäre sie eine entsicherte Handgranate. Aber es war schon zu spät.

May wankte vor und zurück, schlug mit den Armen um sich und zerkratzte ihr Gesicht. Sie riss sich die Bluse auf, und die blassgelben Knöpfe flogen wie gegrillte Maiskörner durch das Zimmer. Ich hatte sie noch niemals so gesehen, und es machte mir Angst.

Augusta und June fassten je einen von Mays Ellbogen und führten sie ganz sanft und ruhig aus dem Zimmer, und es war klar, dass sie darin Übung hatten. Einige Momente später hörte ich, wie die Badewanne, die auf kleinen Tierfüßen stand und in der ich schon zwei Mal in Honigwasser gebadet hatte, gefüllt wurde. Augusta holte ein Paar roter Socken, die sie den Wannenfüßen anziehen musste – warum auch immer. Es war bestimmt wegen May, und die brauchte keinen vernünftigen Grund.

Rosaleen und ich schlichen zur Badezimmertür. Sie stand einen Spalt weit offen, so dass wir sehen konnten, wie May von einer Dampfwolke umgeben in der Wanne saß und ihre Knie umschlungen hielt. June schöpfte Wasser mit den Händen und ließ es sanft über Mays Rücken rieseln. Ihr Geheule war jetzt zu einem leisen Schnüffeln geworden.

Augustas Stimme drang durch den Türspalt. »Das ist gut so, May. Lass all den Kummer von dir abgleiten. Lass ihn einfach los.«

Jeden Abend nach den Nachrichten knieten wir gemeinsam auf dem Teppich im Salon vor der schwarzen Maria und beteten, das heißt, eigentlich knieten nur die drei Schwestern und ich, Rosaleen musste in einem Stuhl sitzen. Augusta, June und May nannten die Statue Unsere Liebe Frau der Ketten, aber mir war nicht klar, warum.

Gegrüßet seist Du, Maria. Du bist voll der Gnade; der Herr ist mit dir. Du bist gebenedeit unter den Frauen … Die Schwestern hielten dabei Schnüre mit hölzernen Perlen in den Händen und ließen sie langsam durch ihre Finger gleiten. Anfangs weigerte sich Rosaleen mitzumachen, aber ziemlich bald schon schloss sie sich uns an. Schon nach dem ersten Abend wusste ich die Worte auswendig. Das lag daran, dass wir sie so oft aufsagten, bis sie sich von selbst in meinem Kopf wiederholten, noch Stunden danach.

Es schien so etwas wie eine katholische Sitte zu sein, aber als ich Augusta fragte, ob sie Katholiken seien, sagte sie: »Nun, ja und nein. Meine Mutter war eine gute Katholikin – sie ging zwei Mal in der Woche in die Marienkirche in Richmond, aber mein Vater war orthodoxer Eklektiker.«

Ich hatte keine Ahnung, was die orthodoxen Eklektiker wohl sein mochten, aber ich nickte bedeutsam, als ob es auch in Sylvan eine große Gemeinde davon geben würde.

Sie sagte: »May, June und ich mischen unsere eigenen Zutaten in den Katholizismus unserer Mutter. Ich könnte dir nicht sagen, wie man unseren Glauben genau nennen soll, aber für uns ist er genau das Richtige.«

Als wir mit den ungefähr dreihundert »Gegrüßet seist Du, Marias« fertig waren, sprachen wir im Stillen unsere eigenen Gebete, was meistens sehr schnell ging, denn zu dem Zeitpunkt schmerzten unsere Knie schon ganz entsetzlich. Ich sollte mich eigentlich nicht beklagen, denn das war schließlich gar nichts, verglichen mit den Grießflocken, auf denen ich sonst knien musste. Zum Schluss machten die Schwestern ein Kreuz von der Stirn hinunter zum Bauch, und dann war es vorbei.

Eines Abends, als sie sich bekreuzigt hatten und alle außer Augusta und mir den Raum verlassen hatten, sagte Augusta: »Lily, wenn du Maria um Hilfe bittest, dann wird sie dir ihren Beistand gewähren.«

Ich wusste nicht, was ich darauf sagen sollte, also zuckte ich bloß mit den Schultern.

Sie winkte mich zu sich herüber in den anderen Schaukelstuhl. »Ich will dir eine Geschichte erzählen«, sagte sie. »Es ist eine Geschichte, die unsere Mutter uns immer erzählt hat, wenn wir die Hausarbeit leid waren oder wenn wir mit unserem Leben unzufrieden waren.«

»Ich bin meine Arbeit aber nicht leid«, sagte ich.

»Ich weiß, aber es ist eine gute Geschichte. Hör einfach zu.«

Ich wippte vor und zurück und lauschte dem Knarzen und Knarren, für das Schaukelstühle ja so berühmt sind.

»Vor langer Zeit, auf der anderen Seite des Ozeans, in Deutschland, gab es eine junge Nonne namens Beatrix, die Maria sehr liebte. Sie war es dennoch eines Tages müde, Nonne zu sein, mit all den Pflichten und Regeln, die ihr auferlegt waren. Und eines Nachts, als ihr alles zu viel wurde, warf sie ihr Nonnengewand ab, faltete es zusammen und legte es auf ihr Bett. Dann kletterte sie aus dem Fenster und lief aus dem Kloster davon.«

Mir schwante, worauf sie hinaus wollte.

»Sie glaubte, von nun an würde ihr Leben wundervoll sein«, sagte Augusta. »Aber das Leben einer entflohenen Nonne war nicht so einfach, wie sie sich das vorgestellt hatte. Sie irrte umher, war sehr einsam und musste auf der Straße betteln. Nach einer Weile wünschte sie sich sehnlichst, ins Kloster zurückzukehren, aber sie wusste, dass man sie dort nicht mehr aufnehmen würde.«

Wir sprachen nicht über die Nonne Beatrix, das war ja wohl offensichtlich. Hier ging es um mich.

»Was geschah dann mit ihr?«, fragte ich und bemühte mich, einigermaßen interessiert zu klingen.

»Nun, eines Tages, nach Jahren der Wanderung und des Leidens, verkleidete sie sich und ging zurück zu ihrem alten Kloster, um es ein letztes Mal zu besuchen. Sie ging in die Kapelle und fragte eine ihrer ehemaligen Mitschwestern: ›Erinnerst du dich an die Nonne Beatrix, die fortgelaufen ist?‹ ›Was sagst du denn da?‹, fragte die Schwester. ›Die Nonne Beatrix ist doch nicht fortgelaufen. Sie ist da drüben am Altar, dort, mit dem Besen.‹ Nun, du kannst dir sicher vorstellen, wie verblüfft die wahre Beatrix war. Sie ging hinüber zu der Frau, die den Kirchenboden fegte, um sie anzusehen, und stellte fest, es war niemand Geringeres als Maria selbst. Maria lächelte Beatrix an, führte sie dann zurück in ihre Zelle und gab ihr das Gewand zurück. Siehst du, Lily, die ganze Zeit hatte Maria ihren Platz eingenommen.«

Das Knarren meines Schaukelstuhls ließ allmählich nach, bis ich schließlich ganz still saß. Was genau wollte mir Augusta sagen? Dass Maria meinen Platz zu Hause in Sylvan eingenommen hatte, damit T. Ray nicht bemerkte, dass ich fort war? Die Vorstellung war etwas zu wunderlich, selbst für Katholiken. Wahrscheinlich wollte sie mir sagen, dass Maria mir beistehen würde.

Ich entschuldigte mich, heilfroh, ihrem Augenmerk zu entkommen. Aber ich fing tatsächlich an, Maria um Hilfe zu bitten – nicht etwa, mich wieder nach Hause zu führen, so wie die arme Nonne Beatrix. Nein, ich bat sie, sich darum zu kümmern, dass ich niemals wieder dahin zurück müsste. Ich bat sie, einen Vorhang vor das rosa Haus zu ziehen, damit uns hier niemand finden würde. Ich bat sie jeden Tag darum, und ich konnte kaum glauben, dass es tatsächlich half. Niemand klopfte an die Tür und zerrte uns zurück ins Gefängnis. Maria hatte ihren schützenden Schleier über uns geworfen.

An unserem ersten Freitagabend bei den Schwestern ging ich, nachdem wir unsere Gebete beendet hatten, mit Augusta in den Bienengarten. Rosa- und orangefarbene Wirbel hingen noch am Himmel, die letzten Farben des Sonnenuntergangs. Ich war noch nie bei den Bienenkörben gewesen, also gab sie mir zunächst einmal eine Lektion in »Etikette bei Bienenhof«, wie sie es nannte. Sie erinnerte mich daran, dass die ganze Welt in Wirklichkeit ein großer Bienenhof sei und dass die Regeln für die Bienen eigentlich überall galten: Hab keine Angst, denn keine Biene, der ihr Leben lieb ist, wird dich stechen. Aber sei auch kein Dummkopf; trag lange Ärmel und lange Hosen. Schlag bloß nicht um dich. Denk noch nicht einmal daran. Wenn du wütend bist, dann pfeife. Wut regt die Bienen auf, während Pfeifen sie beruhigt. Benimm dich so, als wüsstest du ganz genau, was du tust, selbst wenn das nicht stimmt. Und vor allem, schick den Bienen Liebe. Jedes noch so kleine Ding auf dieser Welt will geliebt werden.

Augusta war schon so viele Male gestochen worden, dass sie inzwischen immun war. Sie spürte den Schmerz kaum. Sie sagte sogar, die Stiche wären gut gegen ihre Arthritis, aber da ich keine Arthritis hatte, sollte ich mich besser bedecken. Sie gab mir eines ihrer langärmeligen weißen Hemden, setzte mir einen ihrer weißen Helme auf und zupfte das Netz zurecht.

Als ich in meinem Bienenschleier hinter Augusta her ging, kam ich mir vor wie der Mond, der hinter einer nächtlichen Wolke schwebt.

Augusta besaß allein 48 Stöcke, die im Wald um das rosa

Haus herum standen, und weitere 280 waren verteilt auf mehrere Farmen, auf Flussläufe und das Hochmoor. Die Farmer liebten Augustas Bienen, weil sie alles befruchteten und weil die Wassermelonen so röter und die Gurken dicker wurden. Sie hätten die Bienen auch umsonst bei sich willkommen geheißen, aber Augusta bezahlte jeden der Farmer mit fünf Gallonen Honig.

Sie kontrollierte unentwegt ihre Stöcke, fuhr im Landkreis Tiburon in ihrem offenen Laster hin und her. Sie nannte ihn den »Honigwagen«. Und sie brauchte ihn für ihre Bienen-Kontrollfahrten

Ich sah zu, wie sie den roten Karren, den ich schon früher im Hinterhof gesehen hatte, mit Bruträhmchen belud, die in die Körbe eingelassen werden, damit die Bienen dort ihren Honig ablagern.

»Wir müssen sichergehen, dass die Königin viel Platz hat, ihre Eier abzulegen, sonst schwärmen die Bienen«, sagte sie.

»Was heißt das, sie schwärmen?«

»Nun, wenn eine Königin sich mit einer Gruppe anderer Bienen unabhängig macht und vom Stock löst, um an einem anderen Ort zu siedeln, dann schwärmen sie aus. Sie ballen sich dann meistens irgendwo an einem Ast zusammen.«

Es war deutlich, dass sie das nicht guthieß.

»Daher«, sagte sie und kam zum Kern der Sache, »daher müssen wir die vollen Honigwaben entnehmen und durch leere ersetzen.«

Augusta zog den Karren, ich folgte mit dem Raucher, der voller getrockneter Tannenzweige und Tabakblätter war. Zach hatte auf jeden der Stöcke einen Ziegelstein so gelegt, dass Augusta daran erkennen konnte, was zu tun war. Wenn der Ziegelstein vorne lag, hatte die Kolonie die Waben fast vollständig gefüllt, und sie benötigten neue Zargen. Lag der Stein hinten, gab es Probleme wie Wachsmotten oder eine kränkliche Königin. Lag der Ziegel auf der Seite, kündete er von einer glücklichen Bienenfamilie – weit und breit kein

Mann im Haus, nur Königin Viktoria und ihre zehntausend Töchter.

Augusta zündete ein Streichholz an und setzte die trockenen Blätter im Raucher in Brand. Ich sah, wie ihr Gesicht kurz aufstrahlte und dann wieder in die Dunkelheit zurück sank. Sie schwenkte das Gefäß und blies Rauch in die Stöcke. Der Rauch, sagte sie, wirkte besser als jedes Sedativum.

Aber als Augusta die Deckel abhob, flogen die Bienen trotzdem in Scharen dicker, schwarzer Taue heraus, die sich in einzelne Stränge auflösten, es war ein einziges, aufgeregtes Gestöber kleiner Flügelschläge um uns herum. Die Luft war erfüllt von Bienen, und ich schickte ihnen Liebe, genau wie Augusta es mir gesagt hatte.

Sie zog ein Bruträhmchen heraus, eine Leinwand, übervoll mit kreiselndem Schwarz und Grau, dazwischen Tupfer aus Silber. »Hier ist sie, Lily, siehst du sie?«, sagte Augusta. »Das ist die Königin, die Große hier.«

Ich knickste, so wie die Leute vor der Königin von England knicksen, worüber Augusta herzhaft lachen musste.

Ich wollte, dass sie mich liebte, damit sie mich für immer bei sich behielte. Wenn ich sie dazu brächte, mich zu lieben, würde sie vielleicht das mit der Nonne Beatrix, die wieder ins Kloster zurückgekehrt war, vergessen, und ich dürfte bleiben.

Als wir zum Haus zurückgingen, hatte sich die Dunkelheit schon ausgebreitet, und um uns herum blitzten Leuchtkäfer auf. Ich konnte durch das Küchenfenster sehen, wie Rosaleen und May den Abwasch machten.

Augusta und ich setzten uns in die klappbaren Gartenstühle neben einer Myrte, deren Blüten überall auf dem Boden verstreut lagen. Aus dem Haus klang Cellomusik, deren Töne höher und höher wurden, bis sie die Erde verließen und hinauf zur Venus stiegen.

Ich konnte mir gut vorstellen, dass diese Musik es den Seelen der Sterbenden leichter machte, ihre Körper zu verlassen, und sie in ein anderes Leben führte. Ich wünschte, Junes Musik hätte meine Mutter begleitet.

Ich starrte auf die Steinwand, die den Garten begrenzte.

»In der Wand dort stecken lauter kleine Zettel«, sagte ich, als ob Augusta das nicht wüsste.

»Ja, ich weiß, das ist Mays Mauer. Sie hat sie selbst gebaut.«

»May?« Ich versuchte mir vorzustellen, wie sie Zement mischt und in ihrer Schürze Steine herumträgt.

»Die meisten Steine kommen von dem Fluss, der hinten im Wald fließt. Sie hat über zehn Jahre daran gearbeitet.«

Daher hatte sie also diese kräftigen Armmuskeln – vom Steine Schleppen. »Was bedeuten denn alle diese Zettel, die in der Mauer stecken?«

»Ach, das ist eine lange Geschichte«, sagte Augusta. »Es ist dir ja sicher aufgefallen – May ist speziell.«

»Sie regt sich leicht auf, allerdings«, sagte ich.

»Das liegt daran, dass May die Dinge anders sieht als wir alle.« Augusta streckte den Arm aus und legte ihre Hand auf meinen Arm. »Weißt du, Lily, wenn du oder ich von all dem Elend hören, das es auf dieser Welt gibt, dann macht uns das sicher für eine Weile sehr betroffen, aber es zerstört doch nicht unser Leben. Es ist, als hätten wir eine natürliche Schutzmauer um unsere Herzen, die uns davor bewahrt, von zu viel Schmerz überwältigt zu werden. Aber May, May hat so etwas nicht. Alles dringt bis tief zu ihr durch – all das Leiden in dieser Welt –, es ist, als ob es ihr selber widerfahren würde. Sie kann es nicht unterscheiden.«

Bedeutete das, wenn ich May von T. Ray erzählen würde, von den Grießflocken und von seinen unzähligen kleinen Grausamkeiten und davon, dass ich meine Mutter getötet hatte, dass sie all das dann auch fühlen würde? Würde der Schmerz nur noch halb so schwer sein, würde er leichter zu ertragen sein, so wie geteilte Freude angeblich doppelte Freude war?

»War sie denn schon immer so?«, fragte ich.

»Nein, sie war ein wirklich glückliches und zufriedenes Kind.«

»Was ist denn mit ihr passiert?«

Augusta sah hinüber zur Steinmauer. »May hatte eine Zwillingsschwester. Unsere Schwester April. Die beiden waren eins, ein Herz und eine Seele. Im wahrsten Sinne. Ich habe noch niemals so etwas gesehen. Wenn April Zahnschmerzen hatte, schwoll Mays Zahnfleisch auch rot an. Und als unser Vater ein einziges Mal April mit seinem Gürtel geschlagen hat, bekam auch May Striemen an ihren Beinen – das schwöre ich. Es schien, als wenn die beiden überhaupt nicht zwei Personen wären, sondern eine Einheit, wie ein Körper.«

»An dem Tag, als wir gekommen sind, hat uns May erzählt, dass April gestorben ist.«

»Ja, und danach fing das mit May alles an«, sagte sie und sah mich an, als ob sie überlegte, ob sie weiter reden sollte oder nicht. »Es ist keine besonders schöne Geschichte, weißt du.«

»Meine ist auch nicht gerade schön«, sagte ich, und sie lächelte.

»Nun gut. Als April und May elf Jahre alt waren, gingen sie zusammen zum Markt, um sich Eis zu kaufen. Sie hatten im Eissalon die weißen Kinder gesehen, die ihr Eis schleckten und dabei Cartoons lasen. Der Mann, dem die Eisdiele gehörte, gab ihnen zwar ein Eis, sagte aber, sie müssten es draußen essen. April war ein starker Charakter und sehr eigensinnig, also sagte sie ihm, sie wolle aber auch die Cartoons haben. Sie stritt mit dem Mann um ihr Recht, so wie sie es mit unserem Vater immer getan hatte, und schließlich packte der Mann sie am Arm und zog sie zur Tür, und ihr Eis kleckerte auf den Boden. Sie kam nach Hause und schrie, wie ungerecht das sei. Unser Vater war der einzige farbige Zahnarzt in ganz Richmond, und er hatte in seinem Leben mehr als eine Ungerechtigkeit erdulden müssen. Und so sagte er zu April: ›Die Welt ist nun einmal ungerecht. Am besten, du merkst dir das gleich hier und jetzt und ein für alle Mal.‹«

Das hatte ich allerdings auch schon gemerkt, und zwar lange, bevor ich elf Jahre alt geworden war. Ich pustete mir eine Strähne aus dem Gesicht und legte den Kopf zurück, um am Himmel den Großen Wagen zu suchen. Junes Cello klang zu uns hinaus, sie spielte uns eine Nachtmusik.

»Ich glaube, die meisten Kinder hätten das wohl so hingenommen, aber bei April hat es irgendetwas ausgelöst«, sagte Augusta. »Es war eine ungeheure Ernüchterung für sie. Es hat sie völlig desillusioniert. Es hat ihr geradezu die Freude am Leben genommen, anders kann man es nicht sagen. Es öffnete ihr die Augen für Dinge, die sie sonst in dem frühen Alter sicher nicht wahrgenommen hätte. Sie wurde krank, wenn sie nicht zur Schule gehen wollte oder etwas einfach nicht erledigen wollte. Als sie dreizehn war, bekam sie schwere Depressionen, und gleich, was April hatte, May bekam und fühlte es natürlich auch. Und als April dann fünfzehn war, nahm sie die Waffe unseres Vaters und erschoss sich.«

Darauf war ich nicht vorbereitet gewesen. Ich hielt mir die Hand vor den Mund und unterdrückte einen kleinen Schrei.

»Ich weiß«, sagte Augusta. »Es ist schrecklich, so etwas zu hören.« Sie hielt kurz inne. »Als April starb, starb auch etwas in May. Danach war sie vollkommen anders, nie mehr so wie früher. Es schien, als hätte danach die ganze Welt den Platz ihrer Zwillingsschwester eingenommen.«

Augustas Gesicht verschwand im Dunkel der Bäume. Ich rutschte in meinem Stuhl nach vorne, damit ich sie besser sehen konnte.

»Unsere Mutter sagte, May wäre wie die Marienstatue, sie trüge ihr empfindsames Herz auch außerhalb des Körpers. Mutter hat sich sehr um May gekümmert, und als sie starb, fiel die Aufgabe June und mir zu. Wir haben über Jahre versucht, May zu helfen. Wir haben Ärzte konsultiert, aber ihnen fiel nichts anderes ein, als sie in eine Anstalt zu stecken. Dann kam June und mir die Idee mit der Klagemauer.«

»Mit der was?«

»Mit der Klagemauer«, sagte sie noch einmal. »Wie in Jerusalem. Die Juden gehen dorthin, um zu trauern. Es ist für sie eine Möglichkeit, ihr Leid zu ertragen. Sie schreiben ihre Gebete auf kleine Zettel und stecken sie in die Wand.«

»Und das macht May hier auch?«

Augusta nickte. »Alle diese Papierstückchen, die da zwischen den Steinen stecken, sind Dinge, die May niedergeschrieben hat – all das Leiden, das sie mit sich herumträgt. Es scheint das Einzige zu sein, das ihr hilft.«

Ich sah in Richtung der Mauer, die im Dunkeln verborgen lag. *Birmingham, 15. Sept., vier kleine Engel tot.*

»Arme May«, sagte ich.

»Ja«, sagte Augusta. »Arme May.« Und so saßen wir eine Weile in unseren Kummer versunken da, bis die Moskitos herumschwirrten und uns nach drinnen vertrieben.

Im Honighaus lag Rosaleen bereits auf ihrem Feldbett, völlig im Dunkeln und mit dem Ventilator auf höchster Stufe. Ich zog meine Hosen und mein ärmelloses Oberteil aus. Es war hier drin noch zu heiß, um sich überhaupt zu bewegen.

Mein ganzer Körper schmerzte, weil ich von so vielen Gefühlen bedrängt wurde. Ich fragte mich, ob T. Ray wohl im Haus unruhig hin und her wandern würde und so sehr litt, wie ich hoffte. Vielleicht dachte er ja sogar darüber nach, was für ein mieser Vater er gewesen war, mich so schlecht zu behandeln. Aber so richtig konnte ich mir das nicht vorstellen. Wahrscheinlich dachte er eher darüber nach, auf welche Weise er mich umbringen könnte.

Ich drehte mein Kissen immer wieder um, damit ich auf der kühlen Seite liegen konnte. Ich dachte an May und ihre Mauer und daran, in was für einer Welt wir lebten. Die Mauer erinnerte mich an die blutigen Fleischstücke, die Rosaleen früher gekocht hatte, ich musste daran denken, wie sie das Fleisch von beiden Seiten eingeschnitten hatte, um es mit Stückchen bitteren, wilden Knoblauchs zu spicken.

Am schlimmsten aber war, dass ich mir so sehr meine Mutter herbeiwünschte. Es war schon immer so gewesen, dass mich die Sehnsucht nach ihr mitten in der Nacht überfiel, wenn ich mich sowieso verwundbar und schutzlos fühlte. Ich zog an den Laken und wünschte mir, ich könnte zu ihr ins Bett kriechen und den Geruch ihrer Haut atmen. Mir ging so viel durch den Kopf. Ob sie wohl dünne Nylonnachthemden getragen hatte? Hatte sie nachts ihr Haar festgesteckt? Ich sah sie vor mir, wie sie im Bett thronte. Meine Lippen fingen an zu zittern, als ich mir ausmalte, wie ich neben sie klettern, meinen Kopf an ihre Brust legen und ihrem Herzschlag lauschen würde. Mama, würde ich sagen. Und sie würde zu mir heruntersehen und sagen: *Aber mein Baby, ich bin ja da.*

Ich hörte, wie Rosaleen versuchte, sich auf ihrem Feldbett umzudrehen. »Bist du wach?«, fragte ich.

»Wer kann in so'nem Backofen schon schlafen«, sagte sie.

Ich wollte eigentlich sagen: *Du schon*, denn schließlich war sie ja auch an dem Tag draußen vor dem Frogmore Stew eingeschlafen, und da war es sogar noch heißer gewesen als jetzt. Sie hatte ein neues Pflaster auf ihrer Stirn. Zuvor hatte Augusta Pinzette und Nagelschere mit heißem Wasser abgekocht und Rosaleen die Fäden gezogen.

»Was macht dein Kopf?«

»Dem geht's gut.« Die Worte klangen tonlos und abgehackt.

»Bist du sauer, oder was ist los?«

»Warum soll ich sauer sein? Wenn du immer mit Augusta zusammen bist, geht's mich ja nix an. Du suchst dir halt aus, mit wem du redest, is' ja nich' meine Sache.«

Ich konnte es kaum glauben – Rosaleen war eifersüchtig.

»Ich verbringe nicht die *ganze* Zeit mit ihr.«

»So ziemlich aber«, sagte sie.

»Na, was soll ich denn machen? Ich arbeite schließlich mit ihr zusammen. Ich muss doch Zeit mit ihr verbringen.«

»Und was is' mit heut Abend? Haste auch Honig gemacht, als ihr da im Garten gesessen habt?«

»Wir haben uns unterhalten.«

»Schon klar«, sagte sie und drehte sich zur Wand, und ihr Rücken war ein großes Schweigen.

»Rosaleen, bitte hab dich nicht so. Augusta weiß vielleicht etwas über meine Mutter.«

Sie drehte sich zu mir und sah mich an. »Lily, deine Mutter ist tot«, sagte sie sanft. »Und sie kommt auch nich' zurück.«

Ich setzte mich auf. »Woher willst du eigentlich wissen, ob sie nicht doch noch lebt, und zwar genau hier in dieser Stadt? Vielleicht hat T. Ray ja gelogen, und sie ist gar nicht tot, er lügt ja auch sonst immer so viel.«

»Oh, Lily, Liebes, du musst damit aufhörn, Kind.«

»Aber ich kann sie hier spüren«, sagte ich. »Sie ist hier gewesen, ich weiß es einfach.«

»Vielleicht war sie ja hier. Was weiß ich. Ich weiß nur eins – an manche Dinge rührt man besser nich'.«

»Was meinst du denn damit? Dass ich nicht versuchen soll, alles, was geht, über meine Mutter herauszufinden?«

»Was aber ...« Sie verstummte und rieb sich den Nacken. »Was, wenn du was rausfindest, was du lieber nich' wissen willst?«

Was sie eigentlich sagen wollte, war: *Deine Mutter hat dich im Stich gelassen, Lily. Finde dich damit ab.* Ich wollte sie anschreien, wie dumm das war, aber mir blieben die Worte im Hals stecken. Stattdessen bekam ich Schluckauf.

»Du glaubst, T. Ray hat die Wahrheit gesagt, dass sie mich wirklich verlassen hat, nicht wahr?«

»Ich weiß echt gar nix darüber«, sagte Rosaleen. »Ich will nur nich', dass du leidest.«

Ich legte mich wieder hin. Mein Schluckauf hallte durch das Zimmer.

»Halt den Atem an, klopf dir leicht auf'n Kopf und reib deinen Bauch«, sagte Rosaleen.

Ich ignorierte sie. Schließlich hörte ich, wie ihr Atem ruhiger wurde.

Ich zog meine Hosen und Sandalen wieder an und schlüpfte rüber zu dem Schreibtisch, an dem Augusta ihre Bestellungen erledigte. Ich nahm ein Stück Papier von einem Stapel und schrieb den Namen meiner Mutter darauf. Deborah Owens.

Als ich nach draußen sah, war es schon stockdunkel, und so musste ich im Licht der Sterne hinaus. Ich schlich über das Gras, zurück zum Waldrand, zu Mays Mauer. Den ganzen Weg über hatte ich Schluckauf. Ich legte meine Hände auf die Steine. Ich wollte bloß, dass mein Schmerz ein wenig nachließ.

Ich wollte für eine Weile von meinen Gefühlen in Ruhe gelassen werden, einen Schutzwall um mich herum bauen. Ich steckte das Papier mit ihrem Namen in einen Spalt, der mir passend erschien, und übergab sie der Klagemauer. Irgendwann hörte mein Schluckauf endlich auf.

Ich saß auf dem Boden mit dem Rücken gegen die Steine, den Kopf im Nacken, so dass ich die Sterne und all die Spionagesatelliten am Himmel sehen konnte. Vielleicht machte ja gerade einer von mir eine Aufnahme. Sie konnten mich selbst im Dunkeln erfassen. Ich war nirgendwo sicher. Das musste ich mir immer wieder in Erinnerung rufen.

Ich entschied, dass es besser wäre, so viel wie möglich über meine Mutter herauszufinden, ehe T. Ray und die Polizei uns holen kamen. Aber wo sollte ich anfangen? Ich konnte ja wohl kaum einfach das Bild mit der schwarzen Maria herausholen und es Augusta zeigen, ohne dass die Wahrheit alles ruinieren würde, denn dann würde sie sicher beschließen – oder auch nur vielleicht, das konnte ich nicht sagen –, dass sie gezwungen wäre, T. Ray anzurufen, damit er mich abholt. Und wenn sie herausfand, dass Rosaleen tatsächlich aus dem Gefängnis geflohen war, *musste* sie dann nicht sogar die Polizei rufen?

Ich sah in die Dunkelheit und versuchte, irgendwo einen Silberstreif zu entdecken.

Die Königin produziert eine Substanz, die offenbar die Arbeiterinnen in ihre Nähe lockt, da sie nur durch direkten Kontakt mit der Königin übertragen wird. Diese Substanz stimuliert und reguliert das Arbeitsverhalten und Leben im Stock. Dieser chemische Botenstoff wird »Königinnensubstanz« genannt.

KAPITEL 6

Am nächsten Morgen weckte mich ein Hämmern aus dem Garten. Als ich aus dem Bett gekrabbelt war und nach draußen ging, stand dort der größte Neger, den ich je gesehen hatte. Er war über den Motor des Lasters gebeugt, rings um seine Füße lag Werkzeug verstreut. June reichte ihm Schraubenschlüssel und alle möglichen anderen Zangen und was-weißich noch. Sie hatte den Kopf auf die Seite gelegt und strahlte ihn an.

In der Küche machten May und Rosaleen Pfannkuchenteig. Ich mochte Pfannkuchen nicht besonders, aber das sagte ich natürlich nicht. Ich war nur froh, dass es keine Grießflocken gab. Nachdem ich mein halbes Leben lang auf ihnen knien musste, war ich nicht so wild darauf, sie auch noch zu essen.

Der Mülleimer war voller Bananenschalen, und die elektrische Kaffeemaschine blubberte vor sich hin. *Blubb, blubb,*

blubb, ich mochte das Geräusch, und ich liebte den Kaffeegeruch.

»Wer ist denn der Mann da draußen?«, fragte ich.

»Das ist Neil«, sagte May. »Er ist in June verknallt.«

»Sieht so aus, als wäre June auch in ihn verknallt.«

»Ja, aber das gibt sie nicht zu«, sagte May. »Sie hält den armen Kerl schon seit Jahren hin. Will ihn nicht heiraten, lässt ihn aber auch nicht gehn.«

May goss Teig in die Pfanne und machte ein großes L. »Das ist deiner«, sagte sie. »L wie Lily.«

Rosaleen deckte den Tisch und wärmte Honig in einer Schüssel mit heißem Wasser. Ich goss Orangensaft in die Gläser.

»Warum will June ihn denn nicht heiraten?«, fragte ich.

»Sie sollte mal einen Anderen heiraten, vor langer Zeit«, sagte May. »Aber er ist nicht zur Hochzeit erschienen.«

Ich sah hinüber zu Rosaleen, voller Angst, diese Geschichte einer unerfüllten Liebe könnte dramatisch genug sein, um bei May einen ihrer Anfälle hervorzurufen, aber sie war ganz auf meinen Pfannkuchen konzentriert. Mir fiel da überhaupt zum ersten Mal auf, wie merkwürdig es doch war, dass keine der Schwestern verheiratet war.

Ich hörte, wie Rosaleen so etwas wie *Hmhmhm* vor sich hin brummte, und ich wusste, dass sie gerade an ihren eigenen dämlichen Ehemann dachte und sich wünschte, er wäre niemals zu *ihrer* Hochzeit erschienen.

»June hat den Männern abgeschworen und gesagt, dass sie niemals heiraten würde, aber dann hat sie Neil kennen gelernt, als er der neue Direktor an ihrer Schule geworden ist. Ich weiß nicht, was mit seiner Frau passiert ist, aber er hatte schon keine mehr, als er hierher gezogen ist. Er hat alles versucht, damit June ihn endlich heiratet, aber sie will einfach nicht. Augusta und ich können sie auch nicht überzeugen.«

Ein Keuchen kam aus Mays Brust, und dann fing das »O Susanna« an. Da hatten wir die Bescherung.

»Großer Gott, nich' schon wieder«, sagte Rosaleen.

»Es tut mir Leid«, sagte May, »ich kann doch nichts dafür.«

»Warum gehst du nicht zu deiner Mauer?«, sagte ich und nahm ihr den Pfannenwender aus der Hand. »Es ist schon in Ordnung.«

»Genau«, sagte Rosaleen, »tu, wasde tun musst.« Wir sahen durch die Fliegentür, wie May an June und Neil vorbeieilte.

Einige Minuten später kam June herein, dicht gefolgt von Neil. Ich hatte Angst, er würde sich den Kopf am Türrahmen stoßen.

»Was war es denn diesmal?«, wollte June wissen. Ihr Blick folgte einer Kakerlake, die sich in einer Ritze neben dem Kühlschrank verkroch. »Ihr habt doch nicht etwa vor ihren Augen eine Kakerlake zertreten?«

»Nein«, sagte ich. »Wir haben die Kakerlake noch nicht einmal gesehen.«

Sie öffnete das Schränkchen unter der Spüle und langte nach ganz hinten, um eine Sprühflasche mit Insektengift herauszuholen. Ich war einen Augenblick lang versucht, ihr die brillante Methode meiner Mutter zu erklären, wie man Kakerlaken aus dem Haus bekommt – nämlich mit Kekskrümeln und Marshmellows –, aber dann dachte ich: *Das hat bei June sowieso keinen Zweck, also lass es lieber.*

»Na, was hat sie denn dann so aufgeregt?«, fragte June.

Das wollte ich ihr natürlich auf keinen Fall sagen, und schon gar nicht vor Neil, aber Rosaleen hatte damit überhaupt kein Problem. »Sie is' traurig, weil Sie Neil nich' heiraten wollen.«

Bis zu diesem Moment wäre ich nie auf die Idee gekommen, dass auch Farbige erröten können, aber vielleicht war es ja auch nur Wut, die Junes Gesicht und Ohren anlaufen ließ wie reife Pflaumen.

Neil lachte. »Da hast du's. Du solltest mich endlich heiraten und aufhören, deine arme Schwester so aufzuregen.«

»Ach, verschwinde doch einfach«, sagte sie und gab ihm einen sanften Knuff.

»Du hast mir Pfannkuchen versprochen, und wenigstens die will ich haben«, sagte er. Er trug Bluejeans und ein ölverschmiertes Unterhemd, dazu eine Hornbrille. Er sah wie ein sehr belesener Mechaniker aus.

Er lächelte mich und dann Rosaleen an. »Will uns vielleicht jemand vorstellen ...?«

»Das sind Lily und Rosaleen«, sagte sie. »Sie sind hier eine Weile zu Besuch.«

»Woher kommst du denn?«, fragte er mich. Das ist die Frage, die in ganz South Carolina am häufigsten gestellt wird. Wir möchten eben gerne wissen, ob unser neuer Bekannter einer von uns ist, ob vielleicht seine Cousine unseren Cousin kennt, ob seine kleine Schwester mit unserem großen Bruder zur Schule gegangen ist, oder ob der neue Bekannte in dieselbe Baptistenkirche geht wie unser ehemaliger Chef. Wir suchen nach Berührungspunkten, an denen unsere Lebensgeschichten zusammenlaufen. Es kam jedoch nicht so oft vor, dass ein Neger Weiße fragte, woher sie kamen, denn viel konnte da ja wohl nicht bei rauskommen – wo sollten sich denn unsere Lebenslinien wohl überkreuzen?

»Aus Spartanburg County«, sagte ich und musste kurz überlegen, was ich sonst noch so alles erzählt hatte.

»Und Sie?«, sagte er zu Rosaleen.

Rosaleen starrte auf die kupfernen Backformen, die neben dem Fenster über der Spüle hingen. »Auch daher.«

»Was brennt denn hier an?«, sagte June.

Rauch stieg aus der Pfanne auf. Der L-förmige Pfannkuchen war völlig verkohlt. June riss mir den Pfannenwender aus der Hand, kratzte die schwarzen Überreste zusammen und warf sie in den Müll.

»Wie lange wollt ihr denn bleiben?«, fragte Neil.

June fixierte mich. Sie wartete gespannt. Mit zusammengepressten Lippen.

»Noch eine kleine Weile«, antwortete ich und sah hinüber zum Mülleimer. L wie Lily.

Ich konnte spüren, wie die Neugierde in Neil brodelte, und wusste, ich würde seine Fragestunde nicht durchstehen.

»Ich hab keinen Hunger«, sagte ich und ging durch die Hintertür hinaus.

Als ich über den Hof lief, hörte ich Rosaleen zu ihm sagen: »Ham Sie sich schon ins Wählerverzeichnis eingetragen?«

Sonntags, hatte ich gedacht, würden die Schwestern zur Kirche gehen. Aber nein, sie feierten eine besondere Art Messe in ihrem rosa Haus. Die Leute kamen zu ihnen, eine kleine Gemeinschaft, die sich die Töchter Mariens nannte und die Augusta ins Leben gerufen hatte.

Die Töchter Mariens erschienen gegen zehn Uhr der Reihe nach am Sonntagmorgen im Salon. Als Erste kam eine alte Frau namens Queenie mit ihrer erwachsenen Tochter Violet. Sie waren gleich angezogen, mit hellgelben Röcken und weißen Blusen, aber sie trugen unterschiedliche Hüte. Immerhin. Als Nächste erschienen Lunelle, Mabelee und Cressie, die alle drei die elegantesten Hüte auf dem Kopf balancierten, die ich jemals erblickt hatte.

Es stellte sich heraus, dass Lunelle Hutmacherin war, und dazu eine recht unerschrockene, die von Nüchternheit rein gar nichts hielt. Ich sehe ihn noch heute vor mir – ein purpurner Filzhut, so groß wie ein Sombrero, mit künstlichen Früchten dekoriert. Das war Lunelles Hut.

Mabelee trug eine Kreation aus Tigerfell, die mit einer goldenen Kordel umwickelt war.. Aber den Vogel schoss Cressie ab mit einem scharlachroten Schornstein, der mit schwarzem Tüll und Straußenfedern verziert war.

Und als ob das nicht schon beeindruckend genug gewesen wäre, nein, sie trugen auch noch glitzernde Ohrclips aus verschieden farbigen Strasssteinen, und auf ihre Wangen hatten sie Rouge aufgetragen. Ich fand sie alle atemberaubend schön.

An diesem Morgen erfuhr ich auch, dass Maria außer den Töchtern und natürlich Jesus noch einen Sohn hatte: einen

Mann namens Otis Hill, der Zahnstumpen im Mund hatte und in einem übergroßen blauen Anzug erschien. Streng genommen also bestand die Gruppe aus den Töchtern und dem Sohn Mariens. Er war mit seiner Frau gekommen, die von allen nur Sugar-Girl genannt wurde. Sie trug ein schneeweißes Kleid, türkisfarbene Handschuhe aus Baumwolle und einen smaragdgrünen Turban.

Daneben wirkten Augusta und June, ohne Hut, ohne Handschuhe, ohne Ohrclips, geradezu ärmlich, aber May, die gute alte May hatte sich einen hellblauen Hut aufgesetzt, dessen Krempe sie auf der einen Seite hoch und auf der anderen herunter geklappt hatte.

Augusta hatte Stühle in den Salon geholt und in einem Halbkreis um die hölzerne Statue der Maria herum aufgestellt. Als wir alle Platz genommen hatten, zündete sie eine Kerze an, und June spielte Cello. Wir sagten gemeinsam die »Gegrüßet Seist Du, Marias« auf, und Queenie und Violet ließen dabei Schnüre hölzerner Perlen durch ihre Finger gleiten.

Augusta stand auf und sagte, sie sei sehr froh, dass Rosaleen und ich heute bei ihnen seien, dann öffnete sie die Bibel und las: »Maria sprach: ... Denn siehe, von nun an werden mich selig preisen alle Geschlechter. Denn Großes hat an mir getan der Mächtige ... zerstreut die Hochmütigen in ihres Herzens Sinne ... Gewaltige hat er vom Thron gestürzt und Niedrige erhöht. Hungrige hat er erfüllt mit Gütern und Reiche leer davongeschickt.«

Sie legte die Bibel in den Stuhl und sagte: »Es ist schon eine Weile her, dass wir die Geschichte Unserer Lieben Frau der Ketten gehört haben, und da heute Besucher unter uns sind, die noch niemals die Geschichte unserer Statue gehört haben, dachte ich, heute erzählen wir sie noch einmal.«

Eins war mir schon klar geworden, Augusta liebte es, Geschichten zu erzählen.

»Und es ist auch für uns alle gut, sie erneut zu hören«, sagte sie. »Geschichten müssen erzählt werden, denn sonst sterben sie, und wenn sie sterben, versinkt mit ihnen unsere Erinnerung daran, wer wir sind und warum wir hier sind.«

Cressie nickte, dass die Straußenfedern rauschten, als wäre ein echter Vogel im Zimmer. »Das ist wohl wahr. Erzähl uns die Geschichte«, sagte sie.

Augusta zog ihren Stuhl nahe an die Statue der schwarzen Maria und setzte sich uns genau gegenüber. Als sie dann anfing, klang es, als ob jemand sprechen würde, der aus einer anderen Zeit und von einem anderen Ort kam. Dabei sah sie fortwährend durch das Fenster nach draußen, als ob sich ihre Geschichte jetzt dort am Himmel vor ihren Augen abspielen würde.

»Nun denn«, sagte sie, »damals, zu Zeiten der Sklaverei, als die Menschen erniedrigt und wie Eigentum gehalten wurden, beteten sie jeden Tag und jede Nacht um ihre Erlösung. Es war auf den Inseln nahe Charleston, dort gingen sie in das Gotteshaus, und sie sangen und sie beteten, und jedes Mal flehten sie den Herrgott an, ihnen Rettung zu senden. Ihnen Trost zu spenden. Ihnen die Freiheit zu schenken.«

Ich begriff sofort, dass sie diese ersten Zeilen schon Tausende Male wiederholt hatte und genauso aufsagte, wie sie die Worte aus dem Mund einer alten Frau gehört hatte, die sie wiederum von den Lippen einer noch älteren gehört hatte. Die Worte kamen heraus wie ein Gesang, in einem Rhythmus, in dem wir uns vor und zurück wiegten, bis wir nun selber auf den Inseln von Charleston waren und Hilfe erflehten.

»Eines Tages aber«, sagte Augusta, »lud ein Sklave namens Obadja Ziegel auf ein Boot, das den Fluss Ashley hinunter segeln sollte, als er etwas sah, das ans Ufer gespült worden war. Als er näher kam, sah er, was es war, dass es die hölzerne Figur einer Frau war. Der Körper wuchs aus dem Holz heraus. Eine schwarze Frau mit erhobenem Arm und die Faust geballt.«

Jetzt stand Augusta auf und machte die Pose nach. Sie sah genau aus wie die Statue, ihren rechten Arm erhoben und die Hand zu einer Faust geschlossen. Sie stand dort so eine ganze

Weile lang, unbeweglich, und wir saßen vor ihr, völlig in ihrem Bann.

»Obadja zog die Figur aus dem Wasser«, fuhr sie dann fort, »und mühte sich, sie aufrecht zu stellen. Er erinnerte sich, wie sie den Herrn gebeten hatten, ihnen Hilfe zu schicken. Ihnen Trost zu spenden. Obadja wusste, der Herr hatte ihnen diese Figur gesandt, doch er wusste nicht, wer sie war.

Er kniete vor ihr nieder auf dem sumpfigen Ufer und hörte ihre Stimme, sie sprach ganz deutlich in seinem Herzen. Sie sprach: ›Fürchte dich nicht. Nun bin ich da. Ich will für dich sorgen.‹«

Das hier war um Klassen besser als die Geschichte mit der Nonne Beatrix. Augusta schritt, während sie sprach, im Zimmer auf und ab. »Obadja versuchte, die Frau zu heben, die Gott ihm gesandt hatte, aber sie war mit Wasser voll gesogen, und sie war ihm zu schwer. So ging er und holte zwei weitere Sklaven, und gemeinsam trugen sie die Statue zu ihrem Gebetshaus und stellten sie dort auf.

Als der nächste Sonntag kam, hatte ein Jeder schon von der Statue gehört, die an ihr Land gespült worden war, und wie sie zu Obadja gesprochen hatte. Das Gebetshaus war voller Menschen, sie drängten sich vor der Tür, sie saßen auf den Fensterbänken. Obadja erzählte ihnen, er wusste, der Herr hatte sie ihnen geschickt, doch wusste er nicht, wer sie war.«

»Doch wusste er nicht, wer sie war!«, rief Sugar-Girl mitten in die Geschichte hinein. Dann fielen all die anderen Töchter Mariens ein und riefen immer wieder: *»Und es war niemand unter ihnen, der sagen konnte, wer sie war.«*

Ich sah hinüber zu Rosaleen und erkannte sie kaum wieder, wie sie dort in ihrem Stuhl nach vorne gebeugt saß und mit in den Chor einfiel.

Als wieder Stille eingekehrt war, sagte Augusta: »Aber die Älteste unter den Sklaven war eine Frau namens Pearl. Sie hatte einen Stock, und wenn sie sprach, hörte ein Jeder ihr zu. Nun stand sie auf und sprach: ›Dies hier ist die Mutter Jesu.‹

Jeder unter ihnen wusste, dass die Mutter Jesu Maria hieß und dass sie viele Leiden hatte erdulden müssen. Dass sie stark und beständig war und das Herz einer wahren Mutter hatte. Und nun war sie hier, war ihnen auf dem gleichen Wasser gesandt, das sie selbst in Ketten hierher geführt hatte. Es war ihnen, als kannte sie all ihre Qualen.«

Ich starrte die Statue an und spürte den Schmerz in meinem Herzen.

»Und so geschah es«, sagte Augusta, »dass alle riefen und tanzten und in die Hände klatschten. Sie gingen der Reihe nach zu ihr und legten die Hand auf ihre Brust, das trostspendende Herz zu berühren.

Dies taten sie nun jeden Sonntag dort im Gebetshaus, sie tanzten und legten ihre Hände auf die Statue, und schließlich malten sie ein rotes Herz auf die Brust Mariens, damit sie ein Herz hatten, das sie anfassen konnten.

Unsere Liebe Frau erfüllte ihre Herzen mit Tapferkeit und flüsterte ihnen Fluchtpläne ein. Die Kühnen unter ihnen flohen, gen Norden, und die aber, die blieben, lebten fortan mit einer geballten Faust in ihrem Innern. Und wann immer Schwäche sie überkam, so mussten sie lediglich das Herz der Maria berühren.

Sie wurde so mächtig, dass es dem weißen Herren zu Ohren kam. Eines Tages schleppte er die Statue fort auf einem Karren und kettete sie im Kutschhaus an. Aber dann, ohne die Hilfe eines Menschen, entkam sie des Nachts und fand den Weg zurück ins Gebethaus. Der Herr kettete sie im Schuppen gar fünfzig Male an, und fünfzig Male löste sie die Ketten und kehrte zurück. Endlich gab er auf, und sie konnte bleiben.«

Der Raum wurde still, als Augusta eine Minute lang ruhig da stand, damit wir uns besinnen konnten. Als sie wieder sprach, hob sie ihre Arme hoch. »Sie nannten sie Unsere Liebe Frau der Ketten. Aber nicht, weil sie Ketten getragen hatte ...«

»*Nein, nicht, weil sie Ketten getragen hatte*«, sangen die Töchter.

»Sie nannten sie Unsere Liebe Frau der Ketten, weil sie *die Ketten gesprengt hatte.*«

June klemmte das Cello zwischen ihre Beine und spielte »Amazing Grace«, und die Töchter Mariens standen auf und wogten hin und her wie Seetang am Grunde des Meeres.

Ich hatte geglaubt, das wäre jetzt das große Finale, aber dann ging June hinüber zum Klavier und spielte eine jazzige Version von »Go Tell It on the Mountain«. Das war das Signal für Augusta. Sie tanzte hinüber zu Lunelle, die sich an Augustas Taille festhielt. Cressie hakte sich bei Lunelle ein, gefolgt von Mabelee, und los ging es durch das ganze Zimmer, so schwungvoll, dass Cressie ihren scharlachroten Hut festhalten musste. Als sie wieder zurück tanzten, machten auch Queenie und Violet mit, dann schließlich Sugar-Girl. Ich wollte auch dabei sein und mitmachen, aber ich sah nur zu, genau wie Rosaleen und Otis.

Junes Spiel schien immer schneller zu werden. Ich fächelte mir Luft zu, mir wurde ein wenig schwindelig.

Als der Tanz vorbei war, stellten sich die Töchter heftig atmend in einem Halbkreis um die Liebe Frau der Ketten, und was dann geschah, das raubte mir den Atem. Sie gingen eine nach der anderen zur Statue und berührten das verwitterte rote Herz.

Queenie und ihre Tochter traten gemeinsam vor und rieben ihre Handflächen über das Holz. Lunelle drückte ihre Finger an das Herz, küsste dann jeden einzelnen so langsam und so bedächtig, dass mir die Tränen in die Augen stiegen.

Otis beugte sich vor und lehnte seine Stirn gegen das Herz. Er stand dort am längsten von allen, sein Kopf an ihrer Brust, so als ob er ganz viel Kraft sammeln müsste.

June spielte weiter, während sie der Reihe nach vortraten, bis nur noch ich und Rosaleen übrig blieben. May nickte June zu, dass sie mit der Musik fortführe, und nahm Rosaleens Hand, zog sie zur Lieben Frau der Ketten, damit Rosaleen ihr Herz berühren konnte.

Auch ich wollte ihr blass-rotes Herz berühren, es drängte mich geradezu hin zu ihr. Als ich aufstand, drehte sich alles ein wenig vor meinen Augen. Ich ging auf die schwarze Maria zu, mit erhobener Hand. Aber als ich sie gerade berühren wollte, hörte June auf zu spielen. Mitten im Lied hörte sie auf, ließ mich mit ausgestrecktem Arm in der Stille stehen.

Ich zog den Arm zurück. Ich sah um mich. Mir war, als nähme ich alles durch die dicken milchigen Scheiben eines fahrenden Zuges wahr. Dann verschwamm alles. Wurde zu einer wogenden Menge von Farben. *Ich gehöre nicht zu euch*, dachte ich.

Mein Körper fühlte sich taub an. Ich wünschte mir nur, ich könnte kleiner und kleiner werden, bis ich zu Nichts zusammengeschrumpft wäre.

Ich hörte Augusta schimpfen: »June, was ist bloß in dich gefahren?«, aber ihre Stimme klang weit entfernt.

Als ich wieder zu mir kam, lag ich auf Augustas Bett am anderen Ende der Eingangshalle und hatte einen eiskalten Waschlappen auf meiner Stirn. Augusta und Rosaleen sahen zu mir herab. Rosaleen wedelte mir mit hochgehobenem Rock Luft zu.

»Seit wann fällste denn in Ohnmacht?«, sagte sie und setzte sich zu mir auf das Bett. Die Matratze gab nach, und ich rollte gegen ihre Hüfte. Sie nahm mich in den Arm. Aus irgendeinem Grund erfüllte mich das mit mehr Traurigkeit, als ich aushalten konnte, und so machte ich mich los und behauptete, ich müsste unbedingt ein Glas Wasser trinken.

»Vielleicht war es ja die Hitze«, sagte Augusta. »Ich hätte die Ventilatoren anstellen sollen. Hier drin war es bestimmt über 30 Grad.«

»Mir geht es gut«, sagte ich, aber ehrlich gesagt war ich vollkommen durcheinander.

Mir war, als wäre ich über ein unglaubliches Geheimnis gestolpert – es war möglich, die Augen zu schließen und das Leben hinter sich zu lassen, ohne dabei sterben zu müssen. Man musste einfach nur in Ohnmacht fallen. Ich wusste nur nicht, wie ich das auslösen konnte, welchen Stecker ich ziehen musste, um für eine Weile abzuschalten.

Durch meinen Ohnmachtsanfall hatte sich die Zeremonie der Töchter Mariens aufgelöst, und May musste zu ihrer Mauer geschickt werden. June war nach oben in ihr Zimmer gegangen, während sich die Töchter in die Küche zurückgezogen hatten.

Wir schoben es auf die Hitze. Es war bloß die Hitze, sagten wir. Es passieren merkwürdige Dinge, wenn es heiß ist.

Man kann sich überhaupt nicht vorstellen, was für einen Wirbel Rosaleen und Augusta den Rest des Abends um mich machten. Möchtest du etwas Malzbier, Lily? Wie wäre es mit einem anderen Kopfkissen? Hier, iss einen Löffel Honig, Lily.

Wir saßen in dem kleinen kuscheligen Fernsehraum, wo ich mein Abendessen auf einem Tablett bekam, was an sich schon eine große Ehre war. June war noch immer in ihrem Zimmer und reagierte auch nicht, als Augusta an ihre Tür klopfte, und May, die gar nicht erst in die Nähe des Fernsehers durfte, weil sie ohnehin schon genug Zeit an ihrer Mauer verbracht hatte, war in der Küche und schnitt Kochrezepte aus einer Frauenzeitschrift aus.

Im Fernsehen erklärte der Nachrichtensprecher, dass eine Rakete zum Mond geschickt werden sollte. »Am achtundzwanzigsten Juli werden die Vereinigten Staaten von Amerika von Cape Kennedy in Florida aus die Ranger Seven Rakete starten«, sagte er. Die Rakete würde 384 405 Kilometer weit fliegen, ehe sie dann auf der Oberfläche des Mondes eine Bruchlandung machen würde. Der Sinn des Ganzen bestand darin, Fotos von der Oberfläche zu machen und zur Erde zurückzuschicken.

»Du liebe Güte«, sagte Rosaleen. »'ne Rakete zum Mond.«

Augusta schüttelte den Kopf. »Als Nächstes werden sie doch noch dort oben herumlaufen.«

Wir hatten alle geglaubt, Präsident Kennedy hätte den Verstand verloren, als er erklärte, wir würden einen Menschen zum Mond schicken. Die Zeitung von Sylvan hatte von »Kennedys Höhenflug« geschrieben. Ich hatte den Artikel mit zur Schule genommen und an das Schwarze Brett gehängt. Wir sagten alle: Ein Mensch auf dem Mond. *Wo gibt es denn so was.*

Aber wir wollten schließlich die Russen schlagen – das war unser Antrieb. Und jetzt sah es tatsächlich so aus, als lägen wir vorne.

Augusta schaltete den Fernseher aus. »Ich brauche frische Luft.«

Wir gingen alle nach draußen, Rosaleen und Augusta stützten mich, für den Fall, dass ich wieder umkippen würde.

Es war zur blauen Stunde, bevor der Tag zu Ende geht und die Nacht kommt. Die Dämmerung hat mich immer berührt wegen der Traurigkeit, die in diesem Moment zwischen Kommen und Abschied liegt. Augusta sah hinauf zum Himmel, an dem eine große und gespenstisch schimmernde Mondsichel silbern glomm.

»Sieh dir Frau Luna gut an«, sagte sie, »denn ihr Reich versinkt.«

»Meinst du wirklich?«

»Ja, das meine ich. Solange wir Menschen auf der Erde gelebt haben, ist uns die Macht des Mondes ein Rätsel gewesen. Denk doch einmal darüber nach. Sie ist stark genug, die Meere zu heben, und wenn ein Mondzyklus zu Ende ist, beginnt ein neuer. Meine Mama hat immer gesagt, dass Unsere Liebe Frau dort oben lebt, und ich solle tanzen, wenn ihr Gesicht hell erstrahlt, und ruhen, wenn es dunkel ist.«

Augusta sah einen Moment lang in den Himmel, dann drehte sie sich zum Haus und sagte: »Jetzt wird es nie mehr so sein. Nicht, nachdem sie dort oben gelandet und herumgelaufen sind.«

Ich dachte an den Traum, den ich in der Nacht gehabt hatte,

als Rosaleen und ich bei dem Teich geschlafen hatten, als es mir schien, als wäre der Mond in Teile zerborsten.

Augusta verschwand im Haus, und Rosaleen ging Richtung Honighaus, aber ich blieb noch und starrte in den Himmel und stellte mir vor, wie Ranger 7 Kurs dorthin nahm.

Und ich würde eines Tages zurück in den Salon gehen, wenn niemand dort war, und das Herz der Lieben Frau berühren. Und dann würde ich Augusta das Bild meiner Mutter zeigen und warten, ob der Mond vom Himmel stürzen würde.

Wie ist es eigentlich dazu gekommen, dass Bienen mit Sex in Verbindung gebracht werden? Bienen haben nun ganz und gar kein ausgeprägtes Sexualleben. In einem Bienenkorb geht es weit eher zu wie in einem Kloster als in einem Bordell.

KAPITEL 7

Ich fuhr jedes Mal zusammen, wenn ich irgendwo eine Sirene hörte. Egal, ob es nun ein Krankenwagen in der Ferne war oder eine Verfolgungsjagd im Fernsehen. Unterschwellig war ich immer darauf gefasst, dass T. Ray oder Mr. »Schuh« Gaston vorfahren und mich aus meinem Traum reißen würden. Wir waren jetzt seit acht Tagen im Haus von Augusta. Ich hatte keine Ahnung, wie lange die schwarze Maria ihren schützenden Schleier noch über uns halten würde.

Am Montagmorgen, dem 13. Juli, ging ich nach dem Frühstück zurück zum Honighaus, als ich einen merkwürdigen schwarzen Ford in der Auffahrt stehen sah. Mein Herz setzte einen Moment lang aus, aber dann fiel mir ein, dass Zach ja heute zur Arbeit zurückkommen sollte.

Von jetzt an würden wir Augusta und ich *und Zach* sein. Das ehrt mich nicht gerade, aber ich war wütend, weil er in unsere kleine verschworene Gemeinschaft eindringen würde.

Er war allerdings nicht so, wie ich ihn mir vorgestellt hatte.

Als ich reinkam, hielt er einen Honigspender in der Hand, als wäre er ein Mikrofon und sang »I found my thrill on Blueberry Hill«. Ich sah ihm von der Tür aus zu und gab keinen Mucks von mir. Er hatte mich noch nicht bemerkt. Aber als er dann zu »Viva Las Vegas« überging und dabei seine Hüften so wie Elvis kreisen ließ, musste ich laut loslachen.

Er fuhr herum und stieß einen Stapel Bruträhmchen um. Es gab ein heilloses Durcheinander. Überall auf dem Boden klebte Honig.

»Ich singe gerade ein wenig«, sagte er. Als ob ich das nicht bemerkt hätte. »Wer bist du denn eigentlich?«

»Lily«, sagte ich. »Ich bleibe ein bisschen bei Augusta und den anderen.«

»Zachary Taylor«, sagte er.

»Zachary Taylor war Präsident«, gab ich an.

»Ja, das hab ich auch schon gehört.« Er zog eine Hundemarke heraus, die an einer Kette unter seinem Hemd baumelte, und hielt sie mir unter die Nase. »Siehst du, hier steht's. Zachary Lincoln Taylor.« Dann lächelte er, und mir fiel auf, dass er auf einer Seite ein Grübchen hatte. Grübchen fand ich schon immer gut.

Er holte einen Lappen und machte den Boden sauber. »Augusta hat mir gesagt, dass du hier bist und ihr hilfst, aber sie hat mir nichts davon gesagt, dass du … weiß bist.«

»Jawoll, ich bin weiß«, sagte ich, »weißer geht's nicht.«

An Zachary Lincoln Taylor war nun allerdings gar nichts weiß. Selbst das Weiß seiner Augen war nicht wirklich weiß. Er hatte breite Schultern und eine schmale Taille und trug ganz kurze Haare, so wie die meisten Negerjungs. Aber ich musste die ganze Zeit in sein Gesicht starren. Wenn er völlig verstört war, weil ich weiß war, dann war ich es noch mehr, weil er unheimlich gut aussah.

An meiner Schule machten sie sich immer über die Lippen und Nasen von Farbigen lustig. Ich hatte selber über solche Witze gelacht. Jetzt wünschte ich mir, ich könnte meiner

Schule einen Brief schreiben, der öffentlich in der Schulversammlung vorgelesen werden würde und in dem stehen würde, dass sie völlig Unrecht hatten. Wenn ihr Zachary Taylor sehen könntet, dachte ich.

Ich fragte mich, wie Augusta bloß vergessen konnte, ihm zu sagen, dass ich weiß bin. *Mir* hatte sie jede Menge von *ihm* erzählt. Ich wusste, dass sie seine Patentante war. Dass sein Vater ihn verlassen hatte, als er noch klein war, und dass seine Mutter in der Cafeteria der Schule arbeitete, an der June unterrichtete. Er würde jetzt ins vorletzte Jahr an seiner High School kommen, hatte nur Einser und war Stürmer im Footballteam. Sie sagte, er renne so schnell wie der geölte Blitz, und das könnte seine Fahrkarte nach Norden, zu einem der Colleges dort sein. Das klang alles weit besser als das, was ich jemals erreichen würde, denn mir blieb jetzt ja wohl nur die Kosmetikschule.

Ich sagte: »Augusta ist raus zur Satterfield Farm gefahren, um die Stöcke zu kontrollieren. Sie hat mir gesagt, dass ich dir hier helfen soll. Was soll ich denn machen?«

»Nimm dir doch ein paar von den Rähmchen aus den Kästen hier und hilf mir, sie in den Entdeckler zu tun.«

»Und, wen findest du besser, Fats Domino oder Elvis?«, fragte ich und setzte das erste Rähmchen ein.

»Miles Davis«, sagte er.

»Ich hab keine Ahnung, wer das ist.«

»Natürlich nicht. Dabei ist er der beste Trompeter der Welt. Ich würde alles drum geben, spielen zu können wie der Typ.«

»Du würdest sogar das Football-Spielen aufgeben?«

»Woher weißt du, dass ich Football spiele?«

»Ich weiß so einiges«, sagte ich und lächelte ihn an.

»Das sehe ich.« Er versuchte, sich ein Grinsen zu verkneifen.

Ich dachte bei mir: *Wir können Freunde werden.*

Er knipste den Schalter an, und die Schleuder fing an, sich zu drehen, wurde immer schneller. »Und warum bist du eigentlich hier?«

»Rosaleen und ich sind auf dem Weg nach Virginia, da werde ich bei meiner Tante leben. Mein Vater ist bei einem Traktorunfall gestorben, und ich habe schon ganz lange keine Mutter mehr. Und so geh ich lieber zu meiner Familie, ehe ich noch ins Waisenhaus muss oder so.«

»Aber wieso bist du gerade *hier*?«

»Ach so, du meinst bei Augusta. Wir sind per Anhalter gefahren und mussten bei Tiburon aussteigen. Dann haben wir an Augustas Tür geklopft, und sie hat uns aufgenommen. So einfach war das.«

Er nickte, als ob das vollkommen einleuchtend klänge.

»Und wie lange arbeitest du schon hier?«, fragte ich, froh darüber, das Thema wechseln zu können.

»Seit ich auf der High School bin. Ich komme jeden Samstag und den Sommer über gleich nach der Schule, außer wenn Football ist. Mit dem Geld, das ich hier verdiene, hab ich mir letztes Jahr ein Auto gekauft.«

»Den Ford da draußen?«

»Ja, das ist ein 59er Ford Fairlane«, sagte er.

Er knipste den Schalter wieder aus, und die Schleuder kam grummelnd zum Stehen. »Komm mit, ich zeig ihn dir.«

Der Lack glänzte – ich konnte mein Gesicht darin spiegeln. Er hatte das Auto bestimmt Nächte lang mit seinem Unterhemd poliert. Ich ging um das Auto herum und strich mit einem Finger über die Kühlerhaube, als würde ich mit einem weißen Handschuh prüfen, ob es auch makellos sauber wäre.

»Du kannst mir Fahrunterricht geben«, sagte ich.

»Aber nicht in dem Auto.«

»Warum nicht?«

»Weil du aussiehst wie eins dieser Mädchen, die immer irgendwas kaputt machen.«

Ich fuhr herum und sah, dass er grinste. Und da war auch dieses kleine Grübchen wieder.

»Du ganz bestimmt«, sagte er. »Du machst alles kaputt.«

Zach und ich arbeiteten jeden Tag im Honighaus. Augusta und Zach hatten den Honig schon aus fast allen Stöcken herausgeholt, aber es standen noch immer stapelweise Zargen herum.

Wir machten die Wärmepfanne an und fingen das Wachs in einem Zinntrog auf, dann stellten wir die Rähmchen in die Zentrifuge und filterten den Honig durch einen nagelneuen Nylonschlauch. Augusta ließ immer noch ein wenig Pollen im Honig, weil das gesund war, und so achteten wir natürlich auch darauf. Manchmal brachen wir Wabenstückchen ab und legten sie unten in die Gläser, bevor wir Honig hineinfüllten. Wir mussten aufpassen, dass es neue Waben ohne Eier waren, schließlich will ja niemand in seinem Honig Bienenmaden haben.

Und wenn wir damit fertig waren, füllten wir die Kerzenformen mit Bienenwachs und wuschen Einmachgläser aus, bis meine Hände so rissig wurden wie die Schalen von Maiskolben.

Die einzige Zeit des Tages, der ich nicht gerne entgegensah, war das Abendessen, wenn ich mit June an einem Tisch sitzen musste. Eigentlich sollte jemand, der für Sterbende musiziert, doch ein richtig lieber Mensch sein. Ich konnte nicht verstehen, warum sie mich so wenig leiden konnte.

»Und wie läuft es bei dir, Lily?«, fragte sie mich jeden Abend beim Essen. So, als ob sie es vor dem Spiegel eingeübt hätte.

Ich sagte dann immer: »Bei mir läuft es bestens. Und wie läuft es bei Ihnen, June?«

Sie sah dann zu Augusta hinüber, die das Ganze mit verfolgte wie ein unglaublich interessantes Tischgespräch. »Wirklich gut«, sagte June dann immer.

Nachdem wir das hinter uns hatten, falteten wir die Servietten auseinander und bemühten uns nach Leibeskräften, uns während des Essens zu ignorieren. Ich wusste, dass Augusta versuchte, Junes barsches Benehmen mir gegenüber auszugleichen, aber am liebsten hätte ich zu ihr gesagt: *Das wird sowieso nie was mit June Boatwright und mir. Gib's doch einfach auf.*

Eines Abends sagte Augusta nach den »Gegrüßet Seist Du, Marias«: »Lily, wenn du gerne das Herz Unserer Lieben Frau berühren möchtest, kannst du das natürlich machen, nicht wahr, June?«

Ich sah hinüber zu June, die sich ein Lächeln abrang.

»Ein andermal vielleicht«, sagte ich.

Sollte ich je in meinem Bett im Honighaus im Sterben liegen, und wäre June die Einzige, die mich retten könnte, ich würde mir eher die Zunge abbeißen, als nach ihr zu rufen. Ich würde lieber sterben und direkt in den Himmel fahren. Oder aber in die Hölle. Da war ich mir inzwischen nicht mehr so sicher.

Die beste Mahlzeit war das Mittagessen, das Zach und ich unter dem kühlen Schatten der Kiefern einnahmen. May machte uns fast jeden Tag Wurst-Sandwichs. Oft brachte sie uns auch Kerzensalat: eine halbe Banane in einer Ananasschale. »So, jetzt machen wir eine Kerze für dich an«, sagte sie dann und tat so, als würde sie ein Streichholz anzünden. Und ganz oben auf der Banane steckte immer eine Cocktailkirsche mit einem Zahnstocher. Als ob Zach und ich noch in den Kindergarten gingen. Aber wir machten das Spiel natürlich mit und taten so, als fänden wir das unheimlich aufregend, wenn sie die Banane anzündete. Und zum Nachtisch aßen wir klein gestoßenes Eis aus Zitronenwasser, das sie für uns gemacht hatte.

Eines Tages saßen wir nach dem Essen im Gras und hörten zu, wie der Wind die Laken klatschen ließ, die Rosaleen auf die Wäscheleine gehängt hatte.

»Was ist eigentlich dein Lieblingsfach in der Schule?«, fragte Zach.

»Englisch.«

»Ich wette, du schreibst auch noch gern Aufsätze«, sagte er und verdrehte die Augen.

»Wo du ja sowieso alles weißt: Ich schreib gern Aufsätze. Ich wollte eigentlich Schriftstellerin werden und in meiner Freizeit Englisch unterrichten.«

»*Wollte*?«

»Ich glaub nicht, dass ich noch groß was werden kann, wo ich doch jetzt keine Eltern mehr hab.« Was ich meinte, war, wo ich doch jetzt von der Polizei gesucht werde. In Anbetracht meiner Lage war es fraglich, ob ich überhaupt jemals wieder auf die High School zurückgehen könnte.

Er sah auf seine Finger. Ich nahm den scharfen Geruch von seinem Schweiß wahr. Sein Hemd war voller Honigflecken, die Scharen von Fliegen anzogen, die er ständig verscheuchen musste.

Nach einer Weile sagte er: »Ich auch nicht.«

»*Was* auch nicht?«

»Ich weiß auch nicht, ob aus mir was werden kann.«

»Warum das denn nicht? *Du* hast doch noch Eltern.«

»Das schon«, sagte er. »Aber als Farbiger ist es schwierig.«

Ich fühlte mich unbehaglich. »Aber du könntest doch in ein College Footballteam und dann Profi werden.«

»Warum meint ihr Weißen eigentlich alle, dass Sport das Einzige ist, womit wir Erfolg haben können? Ich will nicht Football spielen«, sagte er. »Ich will Rechtsanwalt werden.«

»Von mir aus«, sagte ich ein wenig verärgert. »Ich hab halt nur noch nie von einem Neger gehört, der Rechtsanwalt ist, deshalb. Man muss so was ja zuerst mal gehört haben, ehe man sich das vorstellen kann.«

»Schwachsinn. Du musst dir im Gegenteil genau das vorstellen, was es noch nicht gibt.«

Ich schloss die Augen. »Na gut, dann stelle ich mir eben einen Neger-Anwalt vor. Du bist der schwarze Perry Mason. Zu dir kommen sie aus dem ganzen Bundesstaat, alles Leute, die fälschlicherweise angeklagt sind, und du bekommst in letzter Sekunde die Wahrheit heraus, weil du den wahren Schuldigen in den Zeugenstand lockst.«

»Genau«, sagte er. »Ich werd ihnen die Wahrheit vor die Birne knallen.« Er lachte, und seine Zunge war giftgrün vom Eis.

Ich fing an, ihn Zach, den knallharten Anwalt zu nennen. »Oh, sieh mal, wer da kommt. Der knallharte Zach«, sagte ich von da an.

So um diese Zeit herum fing Rosaleen an, mich zu fragen, ob ich mich darum bewarb, von den Schwestern des Sommers adoptiert zu werden. Sie sagte, ich würde in einer Traumwelt leben. Traumwelt wurde ihr Lieblingswort.

Ja, ich lebte in einer Traumwelt, denn ich wollte einfach so tun, als hätten wir ein ganz normales Leben, obwohl uns die Polizei suchte, ich wollte glauben, wir könnten für immer hier bleiben, und vor allem wollte ich glauben, ich würde irgendetwas Wissenswertes über meine Mutter herausfinden.

Jedes Mal gab ich scharf zurück: *Was ist denn so schlimm daran, in einer Traumwelt zu leben? Worauf* sie immer sagte: *Du musst endlich aufwachen.*

Eines Nachmittags, als ich allein im Honighaus war, kam June herein, auf der Suche nach Augusta. Behauptete sie zumindest. Sie verschränkte die Arme vor der Brust. »Nun«, sagte sie, »ihr seid jetzt wie lange schon hier? Zwei Wochen?«

Noch deutlicher ging es kaum.

»Also, wenn Sie wollen, dass wir gehen, machen Rosaleen und ich uns natürlich sofort auf den Weg«, sagte ich. »Ich schreibe meiner Tante, damit sie uns das Geld für den Bus schickt.«

Sie zog die Augenbrauen hoch. »Ich dachte, du könntest dich an den Nachnamen deiner Tante gar nicht mehr erinnern, und jetzt auf einmal weißt du ihren Nachnamen *und* ihre Adresse.«

»Das hab ich die ganze Zeit gewusst«, sagte ich. »Ich hatte nur gehofft, wir dürften ein bisschen hier bleiben, ehe wir weg müssen.«

Mir schien, als wäre ihr Gesichtsausdruck ein ganz klein wenig weicher geworden, als ich das sagte, aber vielleicht wünschte ich mir das ja auch nur so sehr.

»Du große Güte, wer spricht denn davon, dass ihr gehen müsst?«, sagte Augusta, die plötzlich in der Tür stand. Keine von uns beiden hatte sie kommen sehen. »Niemand möchte, dass du gehst, Lily, bevor du nicht mit dir im Reinen bist und selber gehen willst.«

Ich stand neben Augustas Schreibtisch und fummelte an einem Stapel Papier herum. June räusperte sich. »Na, ich muss dann mal zurück, üben«, sagte sie und rauschte aus der Tür.

Augusta kam herüber und setzte sich in ihren Bürostuhl. »Lily, du kannst dich mir anvertrauen. Das weißt du doch, oder?«

Als ich nicht antwortete, nahm sie meine Hand und zog mich zu sich runter auf ihren Schoß. Ihr Schoß war nicht wie die dicke und weiche Matratze von Rosaleen, sondern dünn und kantig.

Ich wünschte mir nichts mehr, als offen mit ihr zu sprechen. Endlich die Tasche unter meinem Bett hervorzuziehen und die Sachen von meiner Mutter herauszuholen. Ich wollte so gerne das Bild der schwarzen Maria vorzaubern und sagen: *Das hier hat meiner Mutter gehört, und das ist genau das Bild, das du auf deine Honiggläser klebst. Und hinten drauf steht Tiburon, South Carolina, also muss sie ja wohl hier gewesen sein.* Ich wollte das Foto hoch halten und sagen: *Hast du sie jemals hier gesehen? Lass dir Zeit. Denk gut nach.*

Aber ich hatte noch nicht meine Hand auf das Herz der schwarzen Maria gelegt, und deshalb hatte ich zu viel Angst, ihr all das zu sagen. Ich lehnte mich an Augustas Brust und schob meinen innigsten Wunsch beiseite. Die Angst war zu groß, sie würde sagen: *Nein, diese Frau habe ich noch nie im Leben gesehen.* Und das wäre es dann. Dann wusste ich lieber gar nicht Bescheid.

Ich stand wieder auf. »Ich glaub, ich geh mal in die Küche

und helfe da.« Ich ging durch den Garten, ohne mich auch nur ein einziges Mal umzusehen.

Nachts, als über allem eine Dunkelheit lag, erfüllt vom Zirpen der Grillen vor dem Fenster und dem Schnarchen von Rosaleen direkt neben mir, musste ich schlimm weinen. Ich weiß gar nicht, warum eigentlich. Wohl wegen allem. Weil ich es hasste, Augusta zu belügen, wo sie so gut zu mir war. Weil Rosaleen Recht hatte mit der Traumwelt. Und weil ich ziemlich sicher war, dass die Jungfrau Maria nicht auf der Pfirsichfarm erschienen war, um meinen Platz einzunehmen, so wie sie es für Beatrix getan hatte.

Neil kam fast jeden Abend herüber und saß mit June im Salon, während wir anderen in dem kuscheligen Fernsehzimmer »Auf der Flucht« guckten. Augusta sagte, sie wünschte sich, der Kerl würde endlich voran machen, den einarmigen Mann finden und die Sache zum Abschluss bringen.

Während der Werbepausen tat ich immer so, als wollte ich ein Glas Wasser trinken, aber stattdessen schlich ich rüber zum Salon und versuchte zu hören, was June und Neil sprachen.

»Ich will, dass du mir endlich sagst, warum nicht«, hörte ich Neil eines Abends sagen.

Darauf June: »Weil ich nicht kann.«

»Das ist kein Grund.«

»Das ist aber der einzige, den ich dir geben kann.«

»Ewig werde ich nicht warten«, sagte Neil.

Ich war gespannt, was June darauf sagen würde, als Neil ohne jegliche Vorwarnung aus der Tür kam und mich dabei erwischte, wie ich an der Wand stand und ihre intimsten Gespräche belauschte. Einen Augenblick sah er drein, als würde er mich bei June verpetzen, aber dann ging er einfach und knallte die Tür hinter sich zu.

Ich machte, dass ich zurück ins Fernsehzimmer kam, aber ich hörte gerade noch, wie June anfing, heftig zu schluchzen.

Eines Morgens schickte Augusta Zach und mich sechs Meilen raus aufs Land, um die letzten Zargen für die Honigernte zu holen. Es war unerträglich heiß, und jeder Millimeter Luft war voller Mücken.

Zach fuhr den Honigwagen, so schnell es ging, und das waren ungefähr dreißig Meilen. Der Wind wirbelte durch mein Haar und blies den Geruch von frisch gemähtem Gras ins Innere des Lasters.

Die Straßenränder waren mit frisch gepflückter Baumwolle bedeckt, die von den Lastern geweht war, die auf dem Weg zur Entkernungsmaschine nach Tiburon waren. Zach sagte, die Farmer hätten ihre Baumwolle dieses Jahr wegen der Rüsselkäfer sehr früh gepflanzt und auch geerntet. Wie sie so am Straßenrand dalag – das sah genauso aus wie Schnee, und ich wünschte mir sehnlichst, es würde einen Schneesturm geben, der Kühlung bringen würde.

Ich versank in einen Tagtraum, in dem Zach den Laster am Straßenrand anhielt, weil er vor lauter Schneegestöber nichts mehr sehen konnte, und wir machten eine Schneeballschlacht, bewarfen uns gegenseitig mit weißer, weicher Wolle aus Schnee. Ich stellte mir vor, wie wir uns eine Schneehöhle bauen und dicht aneinander gekuschelt einschlafen würden, um uns zu wärmen, Arme und Beine ineinander verschlungen wie schwarz-weiße Zöpfe. Bei dem Gedanken durchfuhr es mich so sehr, dass ich anfing zu zittern. Ich klemmte meine Hände unter die Arme, mein Schweiß war so kalt wie Eiswasser.

»Alles klar bei dir?«, fragte Zach.

»Sicher, warum?«

»Du zitterst.«

»Mir geht's gut. Das passiert schon mal.«

Ich drehte mich weg und sah aus dem Fenster, aber dort gab es nichts zu sehen außer Feldern und hin und wieder einer verfallenen Scheune oder einem alten, verlassenen Haus. »Wie weit ist es denn noch?«, sagte ich in einem Ton, als ob mir die Fahrt nicht schnell genug zu Ende gehen würde.

»Was ist denn los? Bist du sauer?«

Ich antwortete nicht, guckte stattdessen geradeaus durch die dreckige Windschutzscheibe.

Als wir vom Highway in eine Schotterstraße voller Schlaglöcher abbogen, sagte Zach, wir wären jetzt auf dem Grundstück von Mr. Clayton Forrest, der Gläser mit Honig der schwarzen Madonna und Bienenwachskerzen in sein Wartezimmer stellte und an seine Klienten verkaufte. Zu Zachs Arbeiten gehörte es, herumzufahren und überall dahin frischen Nachschub an Honig und Kerzen zu bringen, wo sie im Auftrag von Augusta verkauft wurden.

»Ich darf immer ein bisschen bei Mr. Forrest im Büro bleiben«, sagte er.

»Hm-hm.«

»Er erzählt mir dann von all den Fällen, die er gewonnen hat.«

Wir kamen über eine tiefe Furche und wurden dabei so stark von unseren Sitzen geschleudert, dass wir uns die Köpfe am Dach des Lasters stießen. Aus irgendeinem Grund kippte meine Stimmung völlig. Ich musste so sehr lachen, als ob mich jemand festhalten und auskitzeln würde. Je öfter mein Kopf an das Dach schlug, umso schlimmer wurde es, bis ich einen regelrechten Lachanfall hatte. Ich lachte so, wie May weinte.

Anfangs fuhr Zach absichtlich in Rillen und Löcher, um mich zum Lachen zu bringen, aber dann wurde er ein bisschen unruhig, weil ich nicht mehr aufhören konnte. Er räusperte sich und fuhr dann immer langsamer, bis es nicht mehr ruckelte.

Endlich beruhigte ich mich. Es schien alles aus mir herausgekommen zu sein, was immer das auch gewesen war. Ich erinnerte mich an den Tag, als sich die Töchter Mariens versammelt hatten und ich in Ohnmacht gefallen war, wie schön das gewesen war, und dachte, wie gerne ich jetzt hier in dem kleinen Laster umkippen würde. Ich beneidete die Schildkröten um ihre Panzer, in denen sie jederzeit verschwinden konnten.

Ich musste immerzu Zach ansehen, wie er atmete, wie sich das T-Shirt über seiner Brust spannte, wie er einen Arm auf das Lenkrad gelegt hatte. Seinen dunklen, starken Arm. Wie sich wohl seine Haut anfühlen würde …

Ich war ja so dumm gewesen zu glauben, man könnte sich gar nicht zu Negern hingezogen fühlen. Ich hatte allen Ernstes geglaubt, das wäre einfach nicht möglich, so wie Flüsse nicht aufwärts fließen und Salz niemals süß schmeckt. Ein Naturgesetz. Aber vielleicht fühlte ich mich ja auch nur deshalb zu ihm hingezogen, weil es nicht sein durfte. Oder aber Gefühle meldeten sich einfach, ohne Rücksicht auf die Regeln, nach denen wir leben und sterben mussten. *Du musst dir im Gegenteil genau das vorstellen, was es noch nicht gibt*, hatte Zach gesagt.

Er hielt den Honigwagen bei einer Gruppe von zwanzig Stöcken, die unter einer Reihe von Bäumen standen, wo die Bienen im Sommer vor zu viel Sonne und im Winter vor Wind geschützt waren. Bienen waren viel empfindlicher, als ich jemals gedacht hatte. Wenn sie nicht gerade Würmer hatten, dann setzten ihnen bestimmt Pestizide zu oder einfach nur das schlechte Wetter.

Er kletterte aus dem Wagen und zerrte unsere Ausrüstung von der Ladefläche – Helme, neue Zargen, frische Bruträhmchen und den Raucher, den er mir reichte, damit ich ihn anzünden konnte. Ich ging durch wilden Kampfer und Azaleen, schritt über die Hügel von Feuerameisen und schwang den Raucher hin und her, während er die Deckel abnahm und in den Stöcken nachsah, ob es versiegelte Rähmchen gab.

Er bewegte sich dabei, als wäre er von wahrer Liebe für die Bienen erfüllt. Ich konnte kaum glauben, wie sanft und behutsam er sein konnte. Aus einem der Rähmchen, die er herauszog, tropfte Honig in der Farbe von Pflaumen.

»Der ist ja violett«, sagte ich.

»Wenn es heiß wird und die Blumen vertrocknen, saugen die Bienen den Nektar von Holunder. Dadurch wird der Honig violett. Für ein Glas violetten Honigs bekommt man zwei Dollar.«

Er tauchte einen Finger in die Waben, lüftete meinen Schleier und hielt den Finger an meine Lippen. Ich öffnete den Mund, ließ seinen Finger hinein und leckte ihn ab. Ein Strahlen erschien auf seinem Gesicht, und mir fuhr eine Hitzewelle durch den Körper. Er beugte sich zu mir. Ich wollte, dass er den Schleier zurückschlug und mich küsste, und ich wusste, er wollte es auch, so wie er mir in die Augen sah. Wir blieben eine Weile unbeweglich so stehen, während rings um uns die Bienen wirbelten, mit einem Geräusch, das wie brutzelnder Schinken klang und überhaupt nicht mehr gefährlich. Gefahr, hatte ich gelernt, ist etwas, an das man sich gewöhnt.

Aber anstatt mich zu küssen, wandte er sich zum nächsten Stock und fuhr mit seiner Arbeit fort. Der Raucher war ausgegangen. Ich folgte ihm, und keiner von uns sagte ein Wort. Wir beluden den Laster mit Stapeln von Zargen, die schwer von Honig waren, so wie unsere Zungen schwer von Blei, und wir sprachen beide nicht, bis der Honiglaster die Stadtgrenze erreichte, an der das Straßenschild stand:

TIBURON, 6502 EINWOHNER
Geburtsort von Willifred Marchant

»Wer ist Willifred Marchant?«, fragte ich, verzweifelt bemüht, das Schweigen zu durchbrechen und so zu tun, als wäre alles normal.

»Wie bitte, du hast noch nie von Willifred Marchant gehört?«, sagte er. »Sie ist eine weltberühmte Schriftstellerin, die mit ihren Büchern über die Laubbäume von South Carolina drei Pulitzer-Preise gewonnen hat.«

Ich kicherte. »Sie hat keinen einzigen Pulitzer-Preis gewonnen.«

»Das sagst du aber besser nicht laut, denn hier in Tiburon kommen die Bücher von Willifred Marchant direkt nach der

Bibel. Jedes Jahr feiern wir den Willifred-Marchant-Tag, dann werden an den Schulen feierlich Bäume gepflanzt. Sie kommt dann immer mit einem riesigen Strohhut auf dem Kopf und einem Korb voller Rosenblätter, die sie über die Kinder streut.«

»Das ist nicht wahr«, sagte ich.

»Oh doch, Miss Willie ist sehr wunderlich.«

»Laubbäume sind bestimmt ein interessantes Thema, aber ich würde natürlich lieber über Menschen schreiben.«

»Ach, stimmt ja, das hab ich ja ganz vergessen«, sagte er. »Du willst ja Schriftstellerin werden. So wie Miss Willie.«

»Du tust gerade so, als glaubst du nicht, dass ich das schaffe.«

»Das hab ich nicht gesagt.«

»Aber gemeint.«

»Was redest du denn da? Das habe ich nicht gemeint.«

Ich drehte mich weg und konzentrierte mich auf die Gebäude, die vor den Wagenfenstern vorbeiglitten. Die Freimaurerloge, der Gebrauchtwagenhandel und der Reifenmarkt.

Zach bremste vor einem Stoppschild neben dem Dixie Café, das sozusagen im Vorgarten des Carolina Viehvertriebs war, und aus irgendeinem Grund machte mich das wütend. Ich hätte gerne gewusst, wie man mit dem Gestank von Kühen – oder schlimmerem – in der Nase frühstücken, Mittag und Abend essen kann. Ich hätte am liebsten aus dem Fenster hinaus geschrien: »Esst eure Frühstücksflocken verdammt noch mal woanders! Hier stinkt's nach Kuhscheiße!«

Es machte mich krank, dass die Leute so leben konnten, dass sie Frühstücksflocken mit Kuhmist einfach so hinnahmen. Meine Augen brannten.

Zach fuhr über die Kreuzung. Ich spürte seinen Blick in meinem Nacken. »Bist du sauer auf mich?«, sagte er.

Ich wollte sagen: *Ja, allerdings bin ich sauer, weil du meinst, dass ich es nie zu irgendetwas bringen werde.* Aber natürlich quetschte ich wieder etwas ganz anderes heraus, und das war noch dazu unglaublich peinlich und dumm. »Ich werd niemals Rosenblätter auf irgendwelche Leute streuen«, sagte ich. Und dann fing ich an, wie verrückt zu weinen, es war so ein Weinen, bei dem man keine Luft bekommt und nach Atem schnappt, als ob man ertrinken würde.

Zach fuhr an den Straßengraben und sagte: »Mädchen, was ist denn los mit dir?« Er legte einen Arm um mich und zog mich zu sich rüber auf seinen Sitz.

Ich hatte gedacht, ich müsste um meine Zukunft weinen, an die Mrs. Henry mich ermutigt hatte zu glauben, indem sie mich mit Büchern und Leselisten und großartigem Gerede über Stipendien für das Columbia College überhäufte, aber als ich da so nahe bei Zach saß, wusste ich, dass ich weinen musste, weil er dieses Grübchen hatte, das ich so liebte, weil mich jedes Mal, wenn ich ihn ansah, diese Hitzewelle durchfuhr, von meinem Magen bis in die Knie, und weil ich in der einen Minute völlig normal und ich selbst war, und in der nächsten von Verzweiflung heimgesucht wurde. Ich weinte wegen Zach.

Ich legte meinen Kopf an seine Schulter und fragte mich, wie er mich bloß ertragen konnte. An diesem kurzen Morgen hatte ich ihm schon viel geboten: irres Lachen, schnippisches Benehmen, Selbstmitleid und hysterisches Geheule. Wenn ich *versucht hätte,* mich ihm von meiner schlechtesten Seite zu zeigen, hätte ich es wohl kaum besser machen können.

Er drückte mich und sprach in mein Haar: »Es wird schon alles gut. Du wirst eine großartige Schriftstellerin.« Ich bemerkte, wie er sich umdrehte und nach hinten sah, dann die Straße entlang. »So, jetzt rutsch wieder rüber auf deinen Sitz und wisch dir das Gesicht ab«, sagte er und gab mir einen Lappen, der nach Benzin roch.

Als wir wieder am Honighaus ankamen, war es völlig verlassen. Bis auf Rosaleen, die ihre Sachen zusammenpackte, um in Mays Zimmer zu ziehen. Ich war gerade mal zwei Stunden weg gewesen, und schon war unser geregeltes Zusammenleben völlig auf den Kopf gestellt.

»Wieso schläfst du jetzt drüben im Haus?«, fragte ich sie.

»Weil May Angst hat, nachts so allein.«

Rosaleen würde also in einem großen Doppelbett schlafen, bekam die untere Schublade in Mays Kommode für ihre Sachen und hatte das Badezimmer direkt nebenan.

»Ich glaub einfach nicht, dass du mich hier alleine lässt!«, schrie ich. Zach griff sich den kleinen Handkarren und rollte ihn, so schnell es ging, hinaus, um die Zargen vom Honigwagen abzuladen. Er hatte offensichtlich genug von weiblichen Gefühlsausbrüchen.

»Ich verlass dich doch nich', aber ich kann da auf 'ner Matratze liegen«, sagte sie und stopfte ihre Zahnbürste und den Red Rose Kautabak in ihre Tasche.

Ich verschränkte die Arme vor meiner Brust, meine Bluse war immer noch feucht von all den Tränen. »Na schön, dann geh doch. Macht mir doch nichts aus.«

»Lily, die Liege hier is' Gift für meinen Rücken. Und falls du's noch nich' gesehn hast, die Beine stehen auch schon ganz schief. Noch 'ne Woche, und das Ding bricht zusammen. Du kommst schon klar ohne mich.«

In meiner Brust zog sich alles zusammen. Ohne sie klar kommen. Hatte sie den Verstand verloren?

»Ich will aber nicht aus meiner Traumwelt erwachen«, sagte ich, und mitten im Satz brach meine Stimme.

Sie saß auf dem Feldbett, das ich jetzt von ganzem Herzen hasste, weil es Rosaleen vertrieben hatte, rüber in Mays Zimmer. Sie zog mich zu sich hinunter. »Ich weiß, du brauchst mich, Kind, aber ich bin doch da. Ich schlaf oben bei May, aber ich geh doch nich' weg.«

Sie tätschelte mein Knie so wie früher. Sie streichelte mich, und wir sprachen kein Wort. Wir hätten auch wieder auf dem Rücksitz des Polizeiautos auf dem Weg zum Gefängnis sitzen können, so elend fühlte ich mich.

Ich folgte Rosaleen, als sie ihre paar Sachen rüber zum Haus trug, in der Absicht, ihr neues Zimmer zu begutachten. Wir kletterten die Stufen der Veranda hoch. Augusta saß auf der Schaukel, die mit zwei Ketten an der Decke befestigt war. Sie schwang ein wenig vor und zurück. Sie machte gerade eine Orangeadepause und las in einem neuen Buch, das sie aus der fahrbaren Bibliothek, dem Bücherbus, ausgeliehen hatte. Ich drehte den Kopf, um den Titel zu entziffern. »Jane Eyre«.

May war auf der anderen Seite der Veranda und schob Wäsche durch die Kunststoffrollen der nagelneuen, rosafarbenen Wäschemangel, die draußen auf der Veranda stehen musste, weil in der Küche kein Platz mehr war. In der Werbung im Fernsehen trug die Frau, die diese wunderbare Erfindung bediente, ein elegantes Abendkleid, und sie sah dabei völlig entspannt und glücklich aus. May sah völlig verschwitzt und müde aus. Sie lächelte, als Rosaleen mit ihren Sachen kam.

»Bist du einverstanden, dass Rosaleen hier rüber zieht?«, sagte Augusta und ließ das Buch sinken. Sie nahm einen Schluck Orangeade, fuhr mit ihrer Hand über die kalten Tropfen auf dem Glas und hielt sich dann die Handfläche an ihren Hals.

»Ich denke schon.«

»May wird einfach besser schlafen, wenn Rosaleen bei ihr ist«, sagte sie. »Nicht wahr, May?« Ich sah hinüber zu May, aber sie schien drüben bei ihrer Maschine nichts zu hören.

Auf einmal wollte ich auf gar keinen Fall mehr mit Rosaleen hinauf in das Zimmer gehen und zusehen, wie sie ihre Sachen in Mays Kommode stopfte. Ich sah auf Augustas Buch.

»Wovon handelt denn das Buch?«, fragte ich und dachte, ich würde ein unverfängliches Gespräch anfangen. Da lag ich aber völlig daneben.

»Es handelt von einem Mädchen, dessen Mutter gestorben ist, als es noch klein war«, sagte sie. Dann sah sie mich auf eine Art und Weise an, dass sich mein Magen verkrampfte, genau wie damals, als sie mir das von Beatrix erzählt hatte.

»Was passiert denn mit dem Mädchen?«, fragte ich und versuchte, mit fester und ruhiger Stimme zu sprechen.

»Ich hab gerade erst angefangen zu lesen«, sagte sie. »Aber im Moment fühlt sie sich einsam und verlassen.«

Ich drehte mich um und sah in den Garten, wo June und Neil Tomaten pflückten. Ich starrte rüber zu ihnen, während die Kurbel der Mangel quietschte. Ich hörte, wie Wäsche in das Becken darunter klatschte. *Sie weiß Bescheid, dachte* ich. *Sie weiß, wer ich bin.*

Ich streckte die Arme zu beiden Seiten aus, als ob ich unsichtbare Wände aus Luft wegschieben müsste. Ich sah nach unten und sah meinen eigenen Schatten auf dem Boden, ein dünnes Mädchen mit wilden Haaren, die sich in der Feuchtigkeit kräuselten, mit ausgestreckten Armen und erhobenen Händen, als ob es den Verkehr aus beiden Richtungen anhalten wollte. Ich wollte mich zu dem Mädchen hinunterbeugen und es küssen.

Als ich mich wieder zu Augusta umdrehte, sah sie mich noch immer durchdringend an, als ob sie darauf wartete, dass ich etwas sagte.

»Na, dann geh ich wohl mal Rosaleens neues Lager angucken«, sagte ich.

Augusta nahm ihr Buch wieder auf, und das war es. Wie hätte Augusta Boatwright irgendetwas über mich wissen können?

Zum gleichen Zeitpunkt fingen dann June und Neil einen erstklassigen Streit an, drüben im Tomatenbeet. June schrie Neil an, und er schrie zurück.

»Oh-oh«, sagte Augusta. Sie legte das Buch wieder weg und stand auf.

»Warum kannst du es nicht einfach gut sein lassen?«, schrie June. »Warum musst du immer wieder damit anfangen? Kapier es doch endlich: Ich werde nicht heiraten. Weder gestern, noch heute, noch nächstes Jahr.«

»Wovor hast du denn solche Angst?«, sagte Neil.

»Nur zu deiner Information, ich hab vor gar nichts Angst.«

»Na, dann bist du das egoistischste Miststück, das mir je begegnet ist«, sagte er und ging zu seinem Auto.

»Großer Gott«, sagte Augusta atemlos.

»Wie kannst du es wagen, mich so zu nennen!«, tobte June. »Komm sofort zurück. Bleib stehen, wenn ich mit dir spreche!«

Neil ging einfach weiter und sah sich nicht ein einziges Mal um. Zach hatte aufgehört, Zargen auf den Handkarren zu laden, und sah zu. Er schüttelte den Kopf ein wenig, so als ob er nicht glauben könnte, dass er schon wieder Zeuge einer Szene wurde, bei der die Leute ihre unangenehmsten Seiten zum Vorschein brachten.

»Wenn du jetzt gehst, brauchst du überhaupt nicht mehr wiederzukommen!«, schrie sie.

Neil stieg in sein Auto, und plötzlich kam June mit Tomaten in der Hand angerannt. Sie holte aus und warf. Die Tomate landete mit einem lauten »Schmatz« direkt auf der Windschutzscheibe. Die zweite traf die Türklinke.

»Und komm bloß nie wieder!«, schrie sie, als Neil Gas gab. Weg war er.

May sank auf den Boden und heulte. Augusta und ich brachten sie zu ihrer Wand, und zum x-ten Male schrieb sie *June und Neil* auf einen Zettel und steckte ihn zwischen die Steine.

Wir verbrachten den Rest des Tages damit, an den Zargen zu arbeiten, die Zach und ich aus den Stöcken geholt hatten. Sie standen überall im Honighaus herum, und zu sechst übereinander gestapelt ergaben sie eine regelrechte Miniaturstadt. Augusta sagte, es sähe hier drin aus wie in Bienenhausen.

Wir ließen zwölf Ladungen aus der Zentrifuge durch das ganze System laufen – vom Entdecklungsmesser bis zum Setztank. Augusta mochte es nicht, wenn ihr Honig zu lange herumstand, weil das dem Geschmack schadete. Uns bleiben zwei Tage, um hier fertig zu werden, sagte sie. Punkt. Wenigstens mussten wir den Honig nicht in einem beheizten Raum lagern, damit er nicht kristallisierte, weil es überall heiß war. Manchmal war die Hitze von Carolina ja doch zu etwas gut.

Und als ich gedacht hatte, wir wären für heute fertig und könnten endlich zu Abend essen und unsere Gebete mit den kleinen Perlen in der Hand aufsagen, nein, da ging es erst richtig los. Wir mussten die leeren Zargen aufladen und in den Wald bringen, damit die Bienen die abschließende Säuberung machen konnten. Augusta würde ihre Zargen erst für den Winter einlagern, wenn die Bienen auch den allerletzten Tropfen Honig aus den Waben gesogen hatten. Sie sagte, das sei nötig, weil Honigreste Kakerlaken anzögen. Aber eigentlich glaube ich, es machte ihr einfach Spaß, für ihre Bienen eine große Abschlussparty zu geben und zuzusehen, wie sie sich auf die Zargen stürzten, als hätten sie das Honigparadies entdeckt.

Während der ganzen Zeit, in der wir arbeiteten, machte ich mir Gedanken darüber, wie seltsam Menschen sich benehmen, wenn es um die Liebe geht. Ich selbst zum Beispiel. Mir schien, als würde ich von jeder Stunde mindestens vierzig Minuten an Zach denken, Zach, mit dem ich unmöglich zusammen sein konnte. Ich sagte es mir fünfhundert Mal am Tag vor: Un-mög-lich. Allerdings ist mir eines klar geworden: Dieses Wort facht die Liebe erst richtig an.

Die erste Nacht so ganz alleine im Honighaus war eigenartig. Ich vermisste Rosaleens Schnarchen so, wie man den Klang von Meeresrauschen vermisst, wenn man einmal daran gewöhnt ist, dabei zu schlafen. Mir war nie bewusst gewesen, wie tröstlich es gewesen war. Die Stille hat ein seltsames, durchdringendes Summen, von dem einem fast das Trommelfell platzen kann.

Ich wusste nicht, lag es an der plötzlichen Leere, der unerträglichen Hitze oder der Tatsache, dass es erst neun Uhr war, aber ich konnte einfach nicht einschlafen, obwohl ich so müde war. Ich zog mein Oberteil und meine Unterwäsche aus und legte mich auf die Laken, die von der Hitze klamm waren. Ich mochte das Gefühl, nackt zu sein. Ich spürte die Laken sanft und schmeichelnd auf meiner Haut, ich fühlte mich frei.

Dann stellte ich mir vor, ich würde ein Auto hören, das in die Einfahrt einbiegt. Ich stellte mir vor, es wäre Zach, und der Gedanke an ihn, daran, wie er da draußen vor dem Honighaus durch die Nacht glitt, ließ meinen Atem schneller gehen.

Ich stand auf und schlüpfte im Dunkeln zum Wandspiegel. Perlendes Mondlicht ergoss sich durch das offene Fenster hinter mir, es fiel auf meine Haut, als wäre ich von einem Heiligenschein umgeben, nicht nur mein Kopf, sondern auch meine Schultern, die Rippen, bis hinunter zu den Beinen. Ich war die Letzte, die einen Heiligenschein verdient hatte, aber ich betrachtete mich von allen Seiten, hob meine Brüste leicht an, besah meine rosa-braunen Brustwarzen, die zarte Kurve meiner Taille, jede sanfte, schimmernde Rundung. Es war das erste Mal, dass ich in mir mehr sah als das dürre, kleine Mädchen.

Ich schloss die Augen, und Wellen von Sehnsucht brachen los und durchfuhren mich, und, wie hätte es anders sein können – in der einen Minute träumte ich von Zach, und in der nächsten hungerte ich nach meiner Mutter, stellte mir vor, wie sie meinen Namen rufen würde, wie sie sagen würde: Lily, *mein Mädchen, du bist mein Sonnenschein.*

Als ich mich zum Fenster drehte, war niemand da. Nicht, dass ich ernsthaft erwartet hatte, jemanden dort zu sehen.

Zwei Tage, nachdem wir uns völlig mit der Ernte des restlichen Honigs verausgabt hatten, erschien Zach mit einem wunderschönen Notizbuch – es hatte einen grünen Umschlag mit Rosenblättern. Er wartete auf mich vor dem rosa Haus. »Das ist für dich«, sagte er. »Damit du anfangen kannst zu schreiben.«

Da wurde mir klar, ich würde niemals einen besseren

Freund finden als Zachary Taylor. Ich schlang meine Arme um seinen Hals und lehnte mich an seine Brust. Er sagte etwas, das wie *Wuhu* klang, aber eine Sekunde später legte auch er seine Arme um mich, und so standen wir dort, in einer innigen Umarmung. Seine Hände wanderten meinen Rücken auf und ab, bis mir ganz schwindelig wurde.

Schließlich machte er sich los und sagte: »Lily, ich mag dich mehr als jedes andere Mädchen, das ich kenne, aber du musst einfach verstehen, es gibt Leute, die würden Jungens wie mich schon umbringen, weil sie ein Mädchen wie dich nur ansehen.«

Ich konnte mich nicht beherrschen, ich musste sein Gesicht berühren, da an der Stelle, wo sein Grübchen in seine Haut eingekerbt war. »Es tut mir so Leid«, sagte ich.

»Ja, mir auch«, sagte er.

Ich trug das Notizbuch während der folgenden Tage überall mit mir herum. Ich schrieb die ganze Zeit. Als Erstes erfand ich eine Geschichte über Rosaleen, die 40 Kilogramm abgenommen hatte und die so gut aussah, dass niemand sie bei einer Gegenüberstellung erkennen würde. Dann eine über Augusta, die in ihrem Honigmobil herumfuhr, ähnlich dem Bücherbus, nur dass sie Honig verteilte und keine Bücher. Meine Lieblingsgeschichte aber handelte von Zach, der jener knallharte Anwalt wurde und seine eigene Fernsehserie bekam, genau wie Perry Mason. Ich las sie ihm eines Tages während der Mittagspause vor, und er hörte aufmerksamer zu als ein Kind bei der Märchenstunde.

Alles, was er dann sagte, war: »Komm her, Willifred Marchant.«

Honigbienen haben nicht nur den physischen Kontakt mit der Kolonie nötig, sondern sie benötigen auch deren soziale Gemeinschaft und Unterstützung. Wenn man eine Honigbiene von ihren Schwestern trennt, wird sie bald darauf sterben.

KAPITEL 8

Augusta riss die Seite mit dem Monat Juli von ihrem Wandkalender über ihrem Schreibtisch im Honighaus. Ich war drauf und dran, ihr zu sagen, dass der Juli eigentlich noch fünf Tage dauerte, aber das wusste sie ja wohl selber. Sie wollte einfach nur, dass der Juli vorüber war und der August kam: ihr Monat. So wie der Juni Junes Monat war, und der Mai May gehörte.

Augusta hatte mir erzählt, als sie noch Kinder gewesen waren, erließ ihre Mutter ihnen jeder in ihrem Monat die Hausarbeiten, und sie durften alle ihre Lieblingssachen essen, selbst wenn das schlecht für die Zähne war, und sie durften dann abends immer eine Stunde länger als üblich aufbleiben und tun, wozu sie Lust hatten. Augusta sagte, sie hatte immer unbedingt lesen wollen, und so durfte sie den ganzen Monat über auf dem Sofa im Wohnzimmer sitzen und Bücher lesen, nachdem ihre Schwestern schon im Bett lagen. Hörte man Augusta so zu, musste das überhaupt das Schönste in ihrer Jugend gewesen sein.

Nachdem sie mir das erzählt hatte, überlegte ich sehr lange, nach welchem Monat ich denn gerne benannt worden wäre. Ich entschied mich für den Oktober, denn das ist ein goldener Monat mit überdurchschnittlich schönem Wetter, und außerdem wären meine Initialen dann O. O. gewesen – Oktober Owens, das klang doch irgendwie sehr interessant und ungewöhnlich. Ich hätte dann den ganzen Monat über Berge von Schokoladenkuchen zum Frühstück gegessen, und in der Stunde nach der eigentlichen Schlafenszeit hätte ich anspruchsvolle Geschichten und Gedichte geschrieben.

Ich sah hinüber zu Augusta, die mit dem Juli-Blatt in der Hand an ihrem Schreibtisch stand. Sie hatte das weiße Kleid an mit dem limonengrünen Schal an ihrem Gürtel, das sie an dem Tag getragen hatte, als ich hier erschienen war. Der Schal hatte überhaupt keinen Zweck, er sollte bloß dem Kleid einen besonderen Chic verleihen. Sie summte ihr Lied: *Stell einen Bienenkorb auf mein Grab, auf dass ich mich an Honig lab.* Ich dachte, was für eine wundervolle Mutter sie wohl gehabt haben musste.

»Na, dann wollen wir mal, Lily«, sagte sie. »Wir müssen auf alle diese Gläser hier Etiketten kleben, und wir beide sind ganz alleine.«

Zach war den Tag über damit beschäftigt, Honig an die Verkaufsstellen überall in der Stadt auszuliefern und das Geld aus den vorigen Verkäufen einzusammeln. »Imkerpinke« sagte Zach dazu. Obwohl die Zeit des großen Honigflusses vorbei war, waren die Bienen immer noch draußen und sammelten Nektar, gingen unbeirrbar ihrem Geschäft nach. Man konnte eine Honigbiene nicht dazu bringen, mit der Arbeit aufzuhören, wie sehr man es auch versuchte. Zach sagte, Augustas Honig brachte fünfzig Cent pro Pfund. Ich stellte mir vor, dass sich Augustas Geld so wie Zargen stapeln müsse. Ich konnte nicht verstehen, warum sie nicht irgendwo in einem prächtigen quietschrosa Landhaus lebte.

Während ich darauf wartete, dass Augusta eine Kiste öffnete, die eine neue Ladung Schwarze Madonna Etiketten enthielt, besah ich mir ein Stück einer Honigwabe. Niemand macht sich Gedanken darüber, wie schlau Bienen eigentlich sind, sie sind noch viel schlauer als Delfine. Bienen verstehen genug von Geometrie, um Reihe für Reihe perfekter Sechsecke zu bauen, deren Seiten so gerade sind, dass man meinen könnte, sie würden Lineale benutzen. Sie saugen Blütensaft aus Blumen und machen daraus etwas, was wirklich jeder auf dieser Welt gerne über seinen Kuchen tropfen lässt. Und ich habe selbst gesehen, wie es gerade mal fünfzehn Minuten gedauert hat, bis ungefähr fünfzigtausend Bienen die leeren Zargen gefunden hatten, die Augusta ihnen zur Säuberung hingestellt hatte. Sie mussten ihre Entdeckung wohl in einer Art komplizierter Bienensprache verbreitet haben. Aber vor allem arbeiten sie unheimlich schwer. Sie schuften bis zur völligen Erschöpfung, wirklich bis zum Umfallen. Manchmal hätte ich gerne zu ihnen gesagt: Entspannt *euch mal ein bisschen, macht mal eine Pause, das habt ihr euch nun wirklich verdient.*

Als Augusta in die Kiste griff und die Etiketten herausholte, konnte ich die Absenderadresse lesen: Kloster zur Heiligen Jungfrau, Andenkenladen, Postfach 45, St. Paul, Minnesota. Danach holte sie einen dicken Umschlag aus der Schublade ihres Schreibtischs und zog Dutzende kleinerer Etiketten mit einer Aufschrift in Druckbuchstaben heraus: HONIG DER SCHWARZEN MADONNA, TIBURON, SOUTH CAROLINA.

Meine Aufgabe war es, die Rückseiten der Etiketten mit einem nassen Schwamm zu befeuchten und sie dann Augusta zu reichen, die sie auf die Gläser klebte, aber ich hielt einen Moment inne, um das Bild der schwarzen Madonna anzusehen, das ich schon so viele Male betrachtet hatte, dort, auf dem kleinen Holzbild meiner Mutter. Ich bewunderte den vornehmen goldenen Schal, den sie um den Kopf gelegt hatte und der mit roten Sternen geschmückt war. Ihre Augen waren geheimnisvoll und sanft und ihre Haut braun und schimmernd, dunkler als Toastbrot, und sie sah aus, als wäre sie mit glänzendem Wachs bestrichen. Mein Herz fing immer an zu klopfen, wenn ich mir vorstellte, dass meine Mutter auf genau das gleiche Bild gesehen hatte.

Ich wollte mir gar nicht ausmalen, was aus mir geworden wäre, hätte ich nicht das Bild der Schwarzen Madonna damals im Frogmore Stew Kaufmannsladen gesehen. Wahrscheinlich würde ich heute noch in allen möglichen Flussbetten in ganz South Carolina übernachten. Würde mit den Kühen zusammen aus Tümpeln trinken. Würde hinter Dornbüschen pinkeln und mich nach Toilettenpapier sehnen.

»Ich hoffe, du bekommst das jetzt nicht in den falschen Hals«, sagte ich. »Aber ehe ich dieses Bild gesehen habe, hätte ich mir nie die Jungfrau Maria als Farbige vorstellen können.«

»Eine dunkle Maria ist aber gar nicht so außergewöhnlich, wie du meinst«, sagte Augusta. »In Europa gibt es Hunderte von ihnen, in Spanien oder auch Frankreich. Die Maria, die wir auf unseren Honig kleben, ist schon sehr, sehr alt. Sie ist die Schwarze Madonna von Bresnichar in Böhmen.«

»Woher weißt du das alles?«, fragte ich.

Sie ließ die Hände sinken und lächelte. »Nun, es hat, glaube ich, mit den Heiligenbildern meiner Mutter angefangen. Sie hat sie gesammelt, so wie das damals alle guten Katholiken taten – weißt du, diese kleinen Kärtchen mit Gebetstexten, wo vorne die Bilder von Heiligen drauf waren. Sie hat sie sogar mit Anderen getauscht, so wie kleine Jungs ihre Sammelbilder von Baseballspielern tauschen.« Augusta musste darüber laut lachen. »Sie hatte bestimmt ein Dutzend Bilder von Schwarzen Madonnen. Ich liebte es, mit ihren Karten zu spielen, besonders mit denen von den Schwarzen Madonnen. Und als ich dann in die Schule kam, habe ich alle Bücher, die ich über sie finden konnte, verschlungen. So habe ich das mit der Schwarzen Madonna von Bresnichar in Böhmen herausgefunden.«

Ich versuchte, Bresnichar zu sagen, aber ich konnte es nicht richtig aussprechen. »Na, ihren Namen kann ich zwar nicht sagen, aber ihr Bild *liebe* ich.« Ich feuchtete die Rückseite des Etiketts an und sah zu, wie Augusta es auf das Glas klebte, dann das zweite direkt darunter, als hätte sie das schon zehntausend Mal gemacht.

»Und was liebst du sonst noch, Lily?«

Das hatte mich nun noch nie jemand gefragt. Was ich sonst noch liebte? Ohne groß zu überlegen, hätte ich am liebsten gesagt, ich liebe das Bild meiner Mutter, wie sie da an dem Auto lehnt und auf dem ihr Haar genau wie meines aussieht, und dazu ihre Handschuhe und ihr Bild der schwarzen Maria mit dem unaussprechlichen Namen, aber das verkniff ich mir.

Ich sagte: »Nun, ich liebe natürlich Rosaleen, und ich liebe es, Geschichten und Gedichte zu schreiben – gib mir etwas zu schreiben, und ich bin glücklich.« Aber darüber hinaus – da musste ich wirklich schwer nachdenken.

Ich sagte: »Das klingt vielleicht albern, aber ich liebe es, nach der Schule eine Cola mit gesalzenen Erdnüssen darin zu trinken. Und wenn die Flasche leer ist, dann drehe ich sie um, ich will doch wissen, wo sie herkommt.« Einmal hatte ich eine Flasche aus Massachusetts erwischt, die hatte ich zur Erinnerung daran behalten, wie weit manche Dinge im Leben herumkommen konnten.

»Und ich liebe die Farbe Blau – ein Himmelblau, so wie in Mays Hut, den sie zu dem Treffen der Töchter Mariens anhatte. Und seit ich hier bin, liebe ich auch Bienen und Honig.« Ich wollte hinzufügen: *Und ich liebe dich*, aber ich traute mich nicht.

»Weißt du eigentlich, dass manche Eskimovölker zweiunddreißig Wörter für Liebe haben?«, sagte Augusta. »Und wir haben nur dieses eine einzige. Unsere Sprache ist so beschränkt, du musst das gleiche Wort benutzen, wenn du von deiner Liebe zu Rosaleen sprichst oder davon, dass du Cola mit Erdnüssen liebst. Es ist doch schade, dass wir das nicht auf ganz viele Arten und Weisen ausdrücken können!«

Ich nickte und dachte, dass ihr Wissen wohl nahezu unbeschränkt sein musste. Vermutlich hatte eines der vielen Bücher, die sie in ihrem Monat vor dem Schlafengehen lesen durfte, von Eskimos gehandelt.

»Ich finde, wir sollten einfach ein paar mehr Arten und Weisen erfinden, um von Liebe sprechen zu können«, sagte sie. Dann lächelte sie. »Wusstest du, dass auch ich Erdnüsse in Cola liebe? Und dass Blau auch meine Lieblingsfarbe ist?«

Wie heißt doch das Sprichwort: »Gleich und gleich gesellt sich gern.« Das schien bei uns wirklich zu stimmen.

Wir waren bei den Gläsern mit dem Eukalyptushonig, den Zach und ich auf Clayton Forrests Besitz gesammelt hatten, und bei den paar Gläsern violetten Honigs aus dem Stock, in dem die Bienen so viel Holunder getrunken hatten. Leider stand der Madonna auf dem Etikett Violett nicht besonders gut.

»Warum klebst du eigentlich die Schwarze Madonna auf deinen Honig?«, wollte ich wissen. Das hatte ich mich vom allerersten Tag an gefragt. Den meisten fiel doch nichts Besseres ein, als einen Bären zu nehmen, der Honig klaut.

Augusta wurde still, hielt ein Glas in der Hand und sah in die Ferne, als ob sie dort eine Antwort suchen würde. »Ich wünschte, du hättest die Töchter Mariens sehen können, als ich ihnen zum allerersten Mal dieses Etikett gezeigt habe. Und weißt du, warum? Als sie die Maria ansahen, ging ihnen zum allerersten Mal in ihrem Leben auf, dass auch dunkle Haut etwas Göttliches haben kann. Weißt du, Lily, wir alle brauchen einen Gott, der aussieht wie man selber.«

Ich wünschte, ich wäre dabei gewesen, als die Töchter Mariens diese glorreiche Entdeckung gemacht hatten. Ich stellte mir vor, wie sie unter ihren prächtigen Hüten jubilierten. Und wie die Federn dazu rauschten.

Manchmal ertappte ich mich dabei, wie ich so doll mit meinem Fuß rumwippte, dass ich dachte, er würde gleich abfallen – »Zappelphilipp« nannte mich Rosaleen dann immer – und als ich jetzt nach unten sah, wibbelte ich schon wieder wie verrückt mit dem Fuß. Normalerweise passierte mir das abends, wenn wir unsere Gebete vor der Lieben Frau der Ketten sprachen, so als ob mein Fuß aufstehen und mit den Anderen im Zimmer zu Ehren der Maria herumtanzen wollte.

»Und woher hast du eigentlich die Statue der schwarzen Maria?«, fragte ich.

»Nun, ich weiß nur, dass sie irgendwann in den Besitz meiner Familie gelangt ist. Du erinnerst dich doch an die Geschichte, wie Obadja die Statue mit ins Gebetshaus genommen hat, und wie die Sklaven glaubten, es sei Maria, die zu ihnen gekommen sei?«

Ich nickte. Ich erinnerte mich an jede Einzelheit. Ich hatte es hundert Mal vor meinem geistigen Auge gesehen, seit ich die Geschichte damals zum ersten Mal gehört hatte. Obadja auf den Knien im Schlamm, über die Statue gebeugt, die ihm der Fluss geschickt hat. Die Statue, die nun im Gebetshaus aufragt, die Faust erhoben, und wie alle der Reihe nach zu Unserer Lieben Frau der Ketten treten, um ihr Herz zu berühren, in der Hoffnung, dass sie ihnen ein wenig Kraft gibt durchzuhalten.

»Na ja«, sagte Augusta und fuhr mit dem Aufkleben der Etiketten fort, »weißt du, in Wirklichkeit ist sie natürlich nur die Galionsfigur eines alten Schiffs, aber die Leute brauchten Trost und Beistand, und als sie die Statue ansahen, sahen sie in ihr Maria, und der Geist Mariens schwebte fortan über ihnen. Glaub mir, Lily, ihr Geist ist überall, wirklich in allem. In den Felsen und den Bäumen und auch in den Menschen, aber manchmal konzentriert er sich an bestimmten Orten und strahlt von dort auf ganz besondere Weise auf uns aus.«

So hatte ich noch nie darüber nachgedacht. Ich war geradezu fassungslos, ich schien ja überhaupt keine Ahnung zu haben, in was für einer Welt ich eigentlich lebte, aber vielleicht wussten es die Lehrer an meiner Schule ja auch nicht, denn sie sprachen doch immer nur davon, dass alles aus Kohlenstoff,

Sauerstoff und Mineralien besteht – etwas Langweiligeres kann man sich ja wohl kaum vorstellen. Ich fing an, mir eine Welt voller unsichtbarer Marien auszumalen, die überall mit ihren verborgenen roten Herzen herumsitzen, damit die Leute sie anfassen und berühren konnten, wenn sie sie nur erkennen würden.

Augusta stellte die Gläser, die sie schon beklebt hatte, in einen Karton und setzte ihn auf den Boden, dann holte sie weitere Gläser. »Ich versuche ja bloß, dir zu erklären, warum die Leute mit so viel Obacht mit Unserer Lieben Frau der Ketten umgegangen sind, warum sie von einer Generation zur nächsten weiter vererbt wurde. Wir können nur vermuten, dass sie irgendwann nach dem Bürgerkrieg dann in den Besitz der Familie meiner Großmutter kam.

Früher dann, als ich jünger war als du jetzt, blieben June, ich, May – und April, sie lebte damals ja noch – den Sommer über immer bei unserer Großmutter. Wir saßen zu ihren Füßen auf dem Teppich im Salon, und Big Mama – so nannten wir Großmutter – erzählte uns die Geschichte. Und jedes Mal, wenn sie damit fertig war, sage May: ›Big Mama, erzähl es uns noch einmal.‹ Und dann fing sie wieder von vorne an. Glaub mir, wenn du meine Brust mit einem Stethoskop abhören würdest, du würdest diese Geschichte hören, immer und immer wieder, mit der Stimme von Big Mama.«

Was Augusta da erzählte, hatte mich so gefesselt, dass ich aufhörte, meine Etiketten anzufeuchten. Ich wünschte mir, so eine Geschichte hätte ich auch, eine, die so lebendig in mir tönen würde, dass man sie mit einem Stethoskop hören konnte, und nicht so eine Geschichte, wie ich sie in mir herumtrug und die davon handelte, wie ich das Leben meiner Mutter beendet hatte und damit gewissermaßen auch mein eigenes.

»Du kannst auch gleichzeitig Etiketten nass machen und dabei weiter zuhören«, sagte Augusta und lächelte. »Also, als Big Mama starb, ging Unsere Liebe Frau der Ketten an meine Mutter über. Sie stand im Schlafzimmer meiner Eltern. Meinem Vater gefiel nun ganz und gar nicht, dass die Statue dort war. Er wäre sie gerne losgeworden, aber Mutter sagte immer: ›Wenn sie geht, gehe ich auch.‹ Ich glaube, die Statue war der eigentliche Grund, warum meine Mutter Katholikin wurde, denn so konnte sie vor ihr knien, ohne das Gefühl zu haben, etwas Merkwürdiges zu tun. Oft kamen wir ins Zimmer und sahen, wie sie mit Unserer Lieben Frau sprach, gerade so, als wären sie Nachbarinnen, die beim Tee zusammensitzen. Mutter neckte Unsere Liebe Frau sogar; ich hörte sie oft sagen: ›Weißt du was? Du hättest besser eine Tochter bekommen sollen.‹«

Augusta stellte das Glas, das sie gerade beklebte, ab. In ihrem Gesicht lag eine Mischung aus Trauer und Belustigung und Sehnsucht, und ich dachte bei mir: *Sie vermisst ihre Mutter.*

Als sie das Glas wieder in die Hand nahm, fragte ich: »Bist du denn hier aufgewachsen?«

Sie schüttelte den Kopf. »Nein, aber meine Mutter. Hier habe ich die Sommer verbracht«, sagte sie. »Dieses Haus gehörte meinen Großeltern, und das ganze Grundstück dazu. Big Mama hielt auch Bienen, und ihre Stöcke standen genau an der gleichen Stelle, wo meine heute stehen. Vor ihr hatte niemand je zuvor eine Bienenhüterin gesehen. Aber sie sagte immer, dass Frauen einfach die besseren Imkerinnen seien, weil ihnen die besondere Fähigkeit angeboren sei, Kreaturen zu lieben, die ihnen wehtun. ›Das kommt nämlich daher, dass wir schon seit ewigen Generationen unsere Kinder und Ehemänner lieben müssen‹, sagte sie immer.« Augusta lachte, und ich stimmte in dieses Lachen ein.

»Und hat Big Mama dir beigebracht, wie man Bienen hält?«

Augusta nahm ihre Brille ab und putzte sie mit dem Schal an ihrer Taille. »Sie hat mir so viel mehr noch über Bienen beigebracht. Eine Bienengeschichte nach der anderen hat sie mir erzählt.«

Ich sah auf. »Erzähl du mir eine.«

Augusta rieb sich mit dem Finger die Stirn, so als ob sie versuchte, eine aus einem Regal weit hinten in ihrem Gedächtnis hervorzukramen. Dann hellten sich ihre Augen auf, und sie sagte: »Gut. Eines Tages erzählte mir Big Mama, wie sie am Weihnachtsabend zu den Stöcken ging und hörte, wie die Bienen die Weihnachtsgeschichte sangen, Wort für Wort aus dem Evangelium des Lukas.« Augusta fing an zu singen, aber eigentlich summte sie eher: »Und sie gebar ihren Sohn, den Erstgeborenen, wickelte ihn in Windeln und legte ihn in eine Krippe.«

Ich kicherte. »Glaubst du das wirklich?«

»Nun, ja und nein«, sagte sie. »Weißt du, Lily, manche Dinge geschehen im wörtlichen Sinne. Und andere Dinge, so wie das hier, geschehen im nicht-wörtlichen Sinne, aber trotzdem geschehen sie. Verstehst du, was ich meine?«

Ich hatte keinen blassen Schimmer. »Eigentlich nicht«, sagte ich.

»Was ich sagen will, ist, dass die Bienen nicht *wirklich* die Worte aus dem Lukasevangelium gesungen haben, aber wenn man die Gabe hat, auf eine bestimmte Weise zu lauschen, kann man sein Ohr an einen Bienenstock legen und die Weihnachtsgeschichte in seinem eigenen Inneren hören. Dann kann man manches leise Ding jenseits der gewöhnlichen Welt wahrnehmen, das niemand sonst hören kann. Big Mama hörte der Welt auf diese Weise zu, aber meine Mutter, glaube ich, hatte diese Gabe nicht.«

Ich wollte unbedingt mehr über ihre Mutter hören. »Ich wette, deine Mutter hatte auch Bienen«, sagte ich.

Das schien sie zu belustigen. »Große Güte, nein, das wäre ihr niemals in den Sinn gekommen. Sie ging hier weg, sobald sie nur konnte, um bei einer Kusine in Richmond zu leben, und dort bekam sie eine Stelle in einer Hotelwäscherei. Erinnerst du dich, dass ich dir erzählt habe, dass ich in Richmond aufgewachsen bin? Nun, mein Vater stammt von dort. Er war der erste farbige Zahnarzt in Richmond. Er hat meine Mutter kennen gelernt, als sie einmal mit Zahnschmerzen in seine Praxis kam.«

Ich saß eine Weile ruhig da und dachte über die seltsamen Wege des Schicksals nach. Hätte sie keine Zahnschmerzen gehabt, gäbe es Augusta heute nicht. Oder May, oder June, oder den Honig der Schwarzen Madonna, und auch ich würde nicht hier sitzen und mich mit Augusta unterhalten.

»Mir gefiel es in Richmond recht gut, aber mein Herz war immer hier«, sagte sie. »Als ich Kind war, konnte ich es überhaupt nicht erwarten, hierher zu kommen und den ganzen Sommer über hier zu bleiben, und als Big Mama starb, hinterließ sie den ganzen Besitz mir, June und May. Ich lebe jetzt seit fast achtzehn Jahren hier.«

Das Sonnenlicht strahlte in das Fenster im Honighaus, manchmal flimmerte es ein wenig, wenn eine Wolke vorüberzog. Wir saßen eine Weile lang in einer gold-gelben Stille und arbeiteten, ohne zu sprechen. Ich hatte Angst, all diese Fragen würden sie ermüden. Aber ich konnte mich nicht länger beherrschen. »Und was hast du in Virginia gemacht, bevor du hierher gekommen bist?«

Sie warf mir einen schelmischen Blick zu, der zu sagen schien: *Liebe Güte, du willst aber wirklich alles wissen.* Aber dann legte sie los, ohne beim Etikettenkleben auch nur ein klein wenig langsamer zu werden.

»Ich habe am College für Farbige studiert, weil ich Lehrerin werden wollte. June auch, aber es war schwierig, eine Stelle zu bekommen, denn es gab nicht viele Schulen, an denen Farbige unterrichten durften. Und so habe ich dann neun Jahre als Haushälterin gearbeitet. Schließlich habe ich dann aber doch eine Stelle als Geschichtslehrerin bekommen. Das habe ich sechs Jahre lang gemacht, bis ich dann hierher gezogen bin.«

»Und was war mit June?«

Sie lachte. »June – June würde nie im Leben eine Hand für Weiße rühren. Sie ging bei einem farbigen Leichenbestatter arbeiten und machte die Leichen zurecht, kleidete und frisierte sie.«

Das schien mir die passende Arbeit für sie zu sein. Mit Toten schien sie ja gut auszukommen.

»May hat erzählt, June hätte auch einmal fast geheiratet.«

»Das ist richtig. So vor ungefähr zehn Jahren.«

»Ich frage mich …« Ich brach ab, denn ich wusste nicht, wie ich sie fragen sollte.

»Du fragst dich, ob auch ich einmal fast geheiratet hätte.«

»Ja«, sagte ich. »Ich glaube schon.«

»Ich habe mich gegen das Heiraten entschieden. In meinem Leben gab es auch so schon genug Beschränkungen, da brauchte ich nicht auch noch jemanden, der sich von vorn bis hinten bedienen lassen will. Ich habe nichts gegen die Ehe, Lily, wirklich nicht. Ich habe nur etwas dagegen, wie es in der Ehe zugeht.«

Ich dachte bei mir, *na, so geht es aber nicht nur in der Ehe zu*. Schließlich hatte ich T. Ray ja auch von vorn bis hinten bedienen müssen, und dabei waren wir Vater und Tochter. *Gieß mir 'nen Tee ein, Lily. Putz meine Schuhe, Lily. Hol mir die Wagenschlüssel, Lily.* Ich hoffte inständig, sie meinte nicht wirklich, dass es genauso in der Ehe weiter ging.

»Warst du denn nie verliebt?«, fragte ich.

»Verliebt zu sein und verheiratet zu sein, das ist etwas ganz anderes. Ich war einmal sehr verliebt, natürlich war ich das. Jeder sollte sich einmal im Leben so richtig verlieben.«

»Aber hast du ihn denn nicht so sehr geliebt, dass du heiraten wolltest?«

Sie lächelte mich an. »Ich habe ihn sogar sehr geliebt«, sagte sie. »Aber meine Freiheit habe ich eben noch mehr geliebt.«

Wir klebten Etiketten, bis keine Gläser mehr übrig waren. Und dann, nur so zum Spaß, machte ich noch eins auf der Rückseite nass und klebte es mir auf mein T-Shirt, genau auf meine Brust.

Augusta sah auf die Uhr und verkündete, wir seien so fix gewesen, dass es noch eine ganze Stunde bis zum Abendessen sei.

»Los«, sagte sie. »Lass uns die Bienenrunde machen.«

Ich sah jetzt regelmäßig mit Zach nach den Bienen, mit Augusta war ich seit unserem ersten Besuch nicht mehr bei den Stöcken gewesen. Ich zog die langen Baumwollhosen an, die einmal June oder Augusta gehört hatten und bei denen man die Beine ungefähr zehn Mal umschlagen musste. Dann setzte ich mir den Dschungelhelm auf den Kopf und ließ den Schleier vor mein Gesicht fallen.

Wir gingen zu dem kleinen Wald neben dem rosa Haus, noch umweht von dem wohligen Zauber ihrer Geschichten. Ich meinte, mich geradezu in sie einhüllen zu können, um mein Herz an ihnen zu wärmen.

»Eins versteh ich nicht«, sagte ich.

»Und zwar?«

»Wenn Blau deine Lieblingsfarbe ist, warum hast du das Haus dann rosa angestrichen?«

Sie lachte. »Daran ist May schuld. Sie ist an dem Tag, als ich zum Farbengeschäft ging, um eine Farbe auszusuchen, mit mir mitgekommen. Ich hatte mir einen sanften Braunton vorgestellt, aber May verlor ihr Herz an ein Farbmuster, das Karibisch Rosa hieß. Sie sagte, davon bekäme sie Lust, Flamenco zu tanzen. Und ich dachte bei mir: ›Tja, das ist zwar die kitschigste Farbe, die ich jemals gesehen habe, und die halbe Stadt wird sich darüber das Maul zerreißen, aber wenn es May so fröhlich stimmt, dann muss sie wohl darin leben.‹«

»Und ich habe immer gedacht, du würdest Rosa lieben«, sagte ich.

Sie lachte wieder. »Weißt du, manche Dinge sind einfach nicht so wichtig. Wie die Farbe eines Hauses. Wie wichtig ist das wirklich, gemessen an allem Anderen im Leben? Aber jemandem Freude zu bereiten – das, das ist wichtig. Das Problem mit den meisten Menschen ist nur …«

»Sie wissen nicht, was wichtig ist und was nicht«, beendete ich ihren Satz und war darüber sehr stolz.

»Ich wollte eigentlich sagen, das Problem ist, dass sie zwar *wissen,* was wichtig ist, aber sie entscheiden sich nicht, es auch zu *tun*. Weißt du, wie schwierig das ist, Lily? Ich liebe May, aber es fiel mir trotzdem unheimlich schwer, mich zu Karibisch Rosa durchzuringen. Das Schwierigste auf der Welt ist, das, was wichtig ist, auch zu tun.«

Ich konnte nirgendwo eine einzige verirrte Biene sehen. Die Stöcke sahen aus wie eine verlassene Wohngegend, die Luft war schwer vor Hitze. Vielleicht waren die Bienen ja im Innern und machten Siesta, oder aber die Müdigkeit hatte sie nach all dieser unglaublich harten Arbeit doch endlich eingeholt.

»Wo sind sie denn?«, fragte ich.

Augusta legte den Finger auf die Lippen. Sie nahm ihren Helm ab und legte ihr Gesicht flach auf den Deckel des Bienenstocks. »Komm, hör mal«, flüsterte sie.

Ich zog den Helm ab, klemmte ihn unter meinen Arm und legte mein Gesicht neben ihres, so dass wir praktisch Nase an Nase waren.

»Hörst du das?«, sagte sie.

Ein gleichklingendes Summen, hoch und volltönend, als wenn jemand einen Teekessel aufgesetzt hätte und zum Kochen bringen würde.

»Sie kühlen die Stöcke«, sagte sie, und ihr Atem wehte den Geruch von Pfefferminz über mein Gesicht. »Das ist der Klang von hunderttausend Bienenflügeln, die Luft fächeln.«

Sie schloss die Augen und gab sich dem Klang hin, so wie vornehme Leute bei einem Konzert klassische Musik in sich aufnehmen. Ich fragte mich, ob ich bisher hinterm Mond gelebt hatte, denn auf meinem Plattenspieler zu Hause hatte ich noch nie etwas gehört, das so gut klang. Es war unglaublich, wie perfekt sie den Ton hielten, wie harmonisch es war, und wie gleichmäßig die Lautstärke an- und abschwoll. Wir hielten unsere Ohren an eine riesige Musicbox.

Dann auf einmal begann mein Gesicht zu beben, als ob die Musik in meine Poren gerauscht wäre. Als wir uns wieder aufrichteten, prickelte und juckte meine Wange.

»Du hast gerade die Bienen-Klimaanlage gehört«, sagte Augusta. »Die meisten Menschen haben ja überhaupt keine Vorstellung davon, wie kompliziert das Leben in einem Bienenstock ist. Bienen führen ein Leben voller Geheimnisse, von denen wir nichts ahnen.«

Mir gefiel die Vorstellung, dass die Bienen ein Leben voller Geheimnisse führten, so wie ich.

»Was für Geheimnisse haben sie denn?«, wollte ich wissen.

»Nun, jede Biene hat eine ganz bestimmte Aufgabe zu erfüllen, ...« Sie erklärte es mir genau. Zunächst gibt es eine Gruppe von Baubienen, die für den Wabenbau zuständig sind. Ich sagte darauf, »so wie sie ihre Sechsecke hin bekommen, müssen sie wirklich Ahnung von Mathe haben«, und sie lächelte und sagte: »Ja, sie haben wirklich einen mathematischen Verstand.«

Die Trachtbienen besitzen ein hervorragendes Orientierungsvermögen und werden nie müde, Nektar und Pollen zu sammeln. Dann gibt es eine Gruppe für den Leichendienst und die Stockreinigung, deren traurige Aufgabe es ist, die toten Bienen aus dem Stock zu tragen und im Innern alles sauber zu halten. Ammenbienen, sagte Augusta, hätten die Pflicht, andere zu ernähren, und sie fütterten all die Babybienen. Sie waren vermutlich so aufopferungsvoll wie die Frauen bei den Kirchentreffen, mit ihren Sprüchen wie: »Nein, nein, nimm du die Hühnerbrust, ich nehme den Hals und den Magen, wirklich, das reicht mir völlig.« Die einzigen männlichen Bienen waren die Drohnen, die nur herumsaßen und darauf warteten, sich mit der Königin zu paaren.

»Und selbstverständlich«, sagte Augusta, »ist da die Königin mit ihrem Hofstaat.«

»Mit ihrem was ...?«

»Ja, sie hat gewissermaßen Hofdamen, die sie füttern, baden, wärmen oder kühlen – was immer nötig ist. Sie sind immer um sie herum und kümmern sich unentwegt um sie. Ich habe sogar einmal gesehen, wie sie die Königin liebkost haben.«

Augusta setzte ihren Helm wieder auf. »Ich denke, ich wollte auch ein wenig umsorgt werden, wenn ich den ganzen lieben Tag lang Eier legen müsste, Woche um Woche, mein Leben lang.«

»Ist das alles, was sie tut – Eier legen?« Ich war verwirrt. Natürlich hatte ich nicht erwartet, dass sie eine Krone trug, auf einem Thron saß und Befehle erteilte.

»Eierlegen ist ihre wichtigste Aufgabe, Lily. Sie ist die Mutter einer jeden Biene im Stock, und alle hängen von ihr ab. Egal, was sie tun – sie wissen, die Königin ist ihre Mutter. Sie ist die Mutter von Tausenden.«

Die Mutter von Tausenden.

Ich setzte meinen Helm auf, als Augusta den Deckel anhob. Wie die Bienen plötzlich herausströmten, wie sie in einem wilden und lauten Durcheinander aus Spiralen und Wirbeln aus dem Stock drängten, ließ mich einen Satz zurück machen.

»Beweg dich bloß nicht«, beschwichtigte Augusta mich. »Denk daran, was ich dir gesagt habe. Hab keine Angst.«

Eine Biene flog direkt auf mein Gesicht zu, verfing sich im Netz und stieß gegen meine Stirn.

»Das ist eine kleine Warnung«, sagte Augusta. »Wenn sie gegen deine Stirn fliegen, wollen sie dir sagen: *Ich habe ein Auge auf dich, also sei besser vorsichtig.* Schick ihnen Liebe, und alles wird gut.«

Ich liebe euch, ich liebe euch, sagte ich in meinem Inneren. ICH LIEBE EUCH. Ich versuchte, es auf zweiunddreißig verschiedene Weisen zu sagen.

Augusta zog die Bruträhmchen heraus und trug dabei noch nicht einmal ihre Handschuhe. Während sie arbeitete, kreisten die Bienen um uns herum und sammelten Kraft und machten dabei einen sanften Wind um unsere Gesichter. Das erinnerte mich daran, wie die Bienen aus den Wänden meines Schlafzimmers geflogen waren und wie ich in der Mitte ihres Bienenwirbelwinds gelegen hatte.

Ich beobachtete das Treiben als Schattenspiel zu meinen Füßen. Da war der Trichter aus Bienen. Ich mittendrin wie ein Zaunpfosten. Augusta beugte sich über den Stock, besah die Rähmchen, schaute nach, wie viel Wachs in den Waben aufgebaut worden war, und dabei wanderte ihr Helm halbmondförmig auf und ab.

Die Bienen ließen sich auf meinen Schultern nieder, so wie sich Vögel auf Stromkabeln versammeln. Sie saßen auf meinen Armen, bedeckten meinen Bienenschleier, so dass ich kaum hindurch sehen konnte. *Ich liebe euch. Ich liebe euch.* Sie bedeckten meinen Körper, saßen in den Falten meiner Hose.

Ich atmete schneller, etwas wickelte sich um meine Brust und zog sich enger und enger zu, bis es sich anfühlte, als hätte jemand einen Schalter gedrückt, und ich spürte, wie ich mich entspannte. Im Innern wurde ich geradezu unnatürlich ruhig, so als ob ein Teil von mir aus meinem Körper herausgetreten wäre und drüben auf einem Baumstumpf säße, um das Schauspiel aus sicherer Entfernung zu verfolgen. Der andere Teil von mir tanzte mit den Bienen. Ich bewegte mich nicht einen Fingerbreit, aber im Geist trudelte ich mit ihnen durch die Luft. Ich tanzte mit den Bienen den Tanz der Töchter Mariens.

Ich vergaß beinahe völlig, wo ich war. Ich hob mit geschlossenen Augen langsam meine Arme, durch die Bienenwirbel hindurch, bis ich schließlich mit zu beiden Seiten gestreckten Armen da stand, an einem Ort in einem Traum, an dem ich noch niemals gewesen war. Mein Kopf fiel in den Nacken, und ich öffnete den Mund. Ich schwebte irgendwo, irgendwo an einem Ort, an dem es keine Tür zu meinem Leben gab. Als ob ich Rinde eines Medizinbaums gekaut und sie mich schwindelig gemacht hätte.

Ich stand selbstvergessen inmitten all der Bienen, als wäre

ich in ein Feld verzauberten Klees gefallen, das mich gegen alles immun machte, als ob Augusta mich mit dem Raucher so stark betäubt hätte, dass ich nur noch meine Arme heben und mich vor und zurück wiegen konnte.

Und dann, ohne jede Vorwarnung, war dieser Rausch vorbei, und die leere, wunde Stelle zwischen meinem Nabel und meinem Brustbein fing wieder an zu schmerzen. Die Stelle, wo die Sehnsucht nach meiner Mutter saß. Ich konnte meine Mutter in der Wäschekammer sehen, das Fenster, das sich nicht öffnen ließ, den Koffer auf dem Boden. Ich hörte die Schreie, dann den Knall. Ich stürzte fast. Ich ließ die Arme sinken, öffnete aber nicht die Augen. Was könnte ich jemals tun, was gut genug wäre, dieses Grauen zu vertreiben? Warum können wir nicht zurück und die Dinge wieder gut machen, die wir falsch gemacht haben?

Dann fielen mir die Plagen ein, die Gott am Anfang seines Daseins erdacht hatte, die er geschickt hatte, damit der Pharao seine Meinung änderte und Moses mit seinem Volk aus Ägypten ausziehen ließ. *Lass mein Volk ziehen, hatte Moses gesagt.* Ich hatte die Heuschreckenplage im Kino gesehen, der Himmel erfüllt mit Scharen von Insekten, die aussahen wie Kamikazeflieger. Damals in meinem Zimmer auf der Pfirsichfarm, als die Bienen das erste Mal herauskamen, hatte ich mir vorgestellt, sie wären T. Ray als Plage gesandt worden, so als wollte Gott ihm sagen: *Lass meine Tochter ziehen.* Und vielleicht war das ja wirklich so gewesen, sie waren die Plage, die mir die Freiheit gebracht hatte.

Aber hier und jetzt, umgeben von den Bienen mit ihren Stacheln, erfüllt von schmerzender Sehnsucht nach meiner Mutter, wusste ich, *diese Bienen waren keine Plage.* Die Wärterinnen der Königin, beseelt von einem Rausch der Liebe, waren gekommen, um mich zu liebkosen. *Seht mal, wer da ist, da ist Lily. Und sie ist so verzweifelt und einsam. Na, kommt, Schwestern.* Ich war der Mittelpunkt all ihres sanften Tröstens.

»Lily … Lily!« Mein Name drang durch blaue Schleier. *»Lily!«*

Ich öffnete die Augen. Augusta sah mich durch ihre Brille an. Die Bienen hatten den Pollenstaub von ihren Füßen geschüttelt und flogen langsam wieder zurück in den Stock. Ich konnte winzige Körnchen in der Luft schweben sehen.

»Alles in Ordnung?«, fragte Augusta.

Ich nickte. Aber sicher war ich nicht.

»Du weißt ganz genau, dass wir beide uns einmal in Ruhe unterhalten müssen. Aber diesmal nicht über mich. Sondern über dich.«

Ich wünschte, ich könnte es genauso machen wie die Bienen, einfach gegen ihre Stirn fliegen, als kleine Warnung. *Ich habe ein Auge auf dich, also sei besser vorsichtig. Geh nicht noch weiter.*

»Vermutlich«, antwortete ich.

»Wie wäre es denn mit jetzt?«

»Nicht jetzt.«

»Aber Lily …«

»Ich sterbe vor Hunger«, sagte ich. »Ich gehe lieber zurück und sehe nach, ob das Mittagessen schon fertig ist.«

Ich wartete gar nicht erst auf eine Antwort. Als ich zurück zum rosa Haus ging, konnte ich das nahende Ende spüren. Ich berührte die Stelle auf meinem T-Shirt, wo ich die schwarze Maria hingeklebt hatte. Sie löste sich allmählich ab.

Im Haus roch es nach gebratenen Okras. Rosaleen deckte den Tisch, während May die goldenen Kerne aus dem Fett holte. Ich wusste nicht, warum es Okra gab, denn normalerweise gab es Wurst-Sandwichs, und noch mal Wurst-Sandwichs.

May hatte keinen Weinanfall mehr, seit June ihren Tomatenwurfanfall bekommen hatte, und wir hielten alle den Atem an. Nachdem es schon so lange gut gegangen war, hatte ich Angst, dass selbst so etwas Nebensächliches wie verbrannte Okrakerne sie aus der Fassung bringen könnte.

Ich sagte, ich wäre hungrig, und Rosaleen meinte, ich sollte mich noch ein wenig zügeln. Ihre Unterlippe war mit Red Rose Kautabak ausgestopft. Der Geruch folgte ihr durch die Küche, als trüge sie ihn an einer Leine hinter sich her – eine Mischung aus Gewürzen, frischer Erde und verrotteten Blättern. Außer Okra und Kautabak konnte ich nichts riechen. Rosaleen ging hinüber zur kleinen Veranda, lehnte sich aus der Tür hinaus und spuckte einen kleinen Strahl, so gezielt wie aus einer Spraydose, über die Hortensien.

Niemand konnte spucken wie Rosaleen. Ich hatte mir einmal ausgemalt, wie sie hundert Dollar in einem Spuckwettbewerb gewinnen würde, und wie wir beide dann in ein schönes Motel in Atlanta gehen und mit dem Preisgeld den Zimmerservice bestellen würden. Ich hatte immer davon geträumt, einmal in einem Motel zu übernachten, aber wenn man mir in diesem Moment ein Bett in einem Luxusmotel mit beheiztem Swimmingpool und Fernsehen angeboten hätte, ich hätte es zu Gunsten meines Feldbetts im rosa Haus abgelehnt.

Es war allerdings ein paar Mal geschehen, dass ich direkt nach dem Wachwerden an mein altes Haus gedacht hatte und es ein oder zwei Sekunden lang vermisste, bis mir wieder einfiel, wie ich auf dem Küchenboden knien musste und wie sich die Grießflocken in meine Knie einschnitten, oder wie ich versuchte, einen großen Bogen um T. Rays schlechte Laune zu machen, und dann doch mittendrin landete. Mir fiel ein, wie er immer über mich herfiel und dabei Jesus Barmherziger, Jesus Barmherziger! schrie. Bei den schlimmsten Schlägen, die ich je bekommen hatte, gönnte er mir nur deshalb eine kleine Atempause, weil ich ihn fragte, warum er eigentlich dabei nach dem Barmherzigen rief. Ich brauchte nur einen kurzen Moment in Erinnerungen zu schwelgen, und das Heimweh nach meinem alten Zuhause war wie weggeblasen.

Augusta und Zach kamen in die Küche.

»Du meine Güte, Okra und Schweinekoteletts zum Mittagessen, was ist denn hier los?«, fragte Augusta May.

May huschte zu ihr rüber und sagte dann mit leiser Stimme: »Es sind jetzt fünf Tage, seit ich das letzte Mal bei der Mauer war«, und ich konnte sehen, wie stolz sie war und dass sie hoffte, die Tage ihres hysterischen Weinens seien vorüber, und dass sie das mit einem Okra-Essen feiern wollte.

Augusta lächelte sie an. »Fünf Tage, ist das wahr? Nun, das muss allerdings gefeiert werden«, sagte sie. Und May strahlte über das ganze Gesicht.

Zach ließ sich auf einen Stuhl fallen.

»Bist du mit dem Honig-Ausliefern fertig?«, fragte ihn Augusta.

»Ich bin nur noch nicht in Mr. Claytons Anwaltskanzlei gewesen«, sagte er. Er spielte mit allem herum, was gerade in seiner Reichweite war. Erst mit dem Platzdeckchen, dann einem Faden an seinem Hemd. Als ob er kurz davor wäre, mit etwas herauszuplatzen.

Augusta sah, was los war. »Möchtest du uns vielleicht irgendetwas mitteilen?«

»Ihr werdet nicht glauben, was in der Stadt erzählt wird«, sagte er. »Sie sagen, Jack Palance käme dieses Wochenende in die Stadt, und zwar in Begleitung einer Farbigen.«

Wir hörten alle augenblicklich mit dem auf, womit wir gerade beschäftigt waren, und sahen einander an.

»Wer is'n Jack Palance?«, sagte Rosaleen. Sie sprach mit offenem Mund. Obwohl wir noch nicht mit dem Essen angefangen hatten, hatte sie schon ein Stück Kotelett abgebissen und kaute darauf herum. Ich versuchte, ihrem Blick zu begegnen und auf meinen geschlossenen Mund zu zeigen, in der Hoffnung, sie würde es kapieren.

»Er ist ein Filmstar«, sagte Zach.

June schnaubte verächtlich. »Na, wer glaubt denn *so was*? Wieso sollte wohl ein Filmstar nach Tiburon kommen?«

Zach zuckte mit den Schultern. »Es heißt, seine Schwestern leben hier, und er kommt zu Besuch und will am Freitag diese farbige Frau mit ins Kino nehmen. Aber nicht oben auf den

Balkon, sondern er will unten mit ihr sitzen, in der Sektion der Weißen.«

Augusta drehte sich zu May. »Warum gehst du nicht in den Garten und pflückst uns ein paar Tomaten zum Essen?«, sagte sie und wartete, bis May zur Tür hinaus war. Sie hatte eindeutig Angst, dass Jack Palance, der versuchte, sich im Kino von Tiburon über die Rassentrennung hinwegzusetzen, unser Okrafest ruinieren könnte. »Sind die Leute deshalb sehr aufgebracht?«, fragte sie Zach. Sie sah ausgesprochen ernst aus.

»Oh ja, Ma'am«, sagte er. »In Garretts Werkzeugladen waren ein paar weiße Männer, die sagten, sie würden vor dem Kino Wache stehen.«

»Gott, jetzt geht's hier auch los«, sagte Rosaleen.

June gab ein pfeifendes Geräusch von sich, Rosaleen schüttelte den Kopf. Neuerdings war die Hautfarbe das Zentrum unseres Sonnensystems, um das sich alles andere dreht. Seit die Sommerferien von der Schule angefangen hatten, ging es nur noch um die Hautfarbe. Ich war es leid.

Zu Beginn des Sommers war in Sylvan das Gerücht umgegangen, dass ein Bus mit Leuten aus New York City kommen würde, um das öffentliche Schwimmbad auch für Schwarze zu öffnen. Wir standen kurz davor, in Sylvan den Notstand ausrufen zu müssen, denn für uns Südstaatler gibt es nichts Schlimmeres, als wenn jemand vom Norden runter kommt und meint, uns erklären zu müssen, wie wir leben sollen. Dann das Drama mit den Männern an der Esso Tankstelle. Es wäre besser gewesen, Gott hätte von Anfang an nur eine einzige Hautfarbe erschaffen.

Als May zurück in die Küche kam, sagte Augusta: »Dann wollen wir jetzt das Essen genießen«, was hieß, über Jack Palance wurde bei Tisch nicht gesprochen.

May ließ drei große Tomaten auf den Tisch plumpsen, und während sie mit Rosaleen die Tomaten in Scheiben schnitt, ging Augusta in das Wohnzimmer und legte eine Nat King Cole Platte auf – der Plattenspieler war so alt, dass die Schallplatten noch nicht einmal automatisch auf den Plattenteller fielen. Sie fand Nat King Cole wahnsinnig toll und drehte die Lautstärke ganz weit auf, und als sie zurück in die Küche kam, hatte sie die Stirn so gerunzelt wie jemand, der in etwas hineinbeißt, das so lecker schmeckt, dass es fast wehtut. June rümpfte die Nase. Sie mochte natürlich nur Beethoven und so was Ernstes. Sie ging aus der Küche und machte die Musik leiser. »Dabei kann ich nicht denken«, sagte sie.

Augusta sagte: »Weißt du was? Du denkst viel zu viel. Dir würde es verdammt gut tun, nicht so viel nachzudenken, sondern einfach mal deinem Gefühl zu folgen.«

June sagte darauf, sie würde lieber in ihrem Zimmer essen. Besten Dank.

Mir war das ganz recht, denn während ich zusah, wie May und Rosaleen die Tomaten schnitten, hatte ich die ganze Zeit überlegt, wie ich wohl sagen würde: Möchten *Sie Tomaten June? Sind die Tomaten nicht köstlich?* Jetzt blieb mir das erspart.

Wir aßen, bis wir uns nicht mehr rühren konnten, ein Zustand, mit dem ein Essen bei Familientreffen in South Carolina üblicherweise endet. Zach stand auf und sagte, er würde sich jetzt auf den Weg zu Clayton Forrests Büro machen, um ihm den Honig zu liefern.

»Kann ich mitkommen?«, fragte ich.

Augusta stieß ihren Tee um. Dabei verschüttete Augusta sonst nie etwas. May, sicher, aber nicht Augusta. Der Tee lief über den Tisch und tropfte auf den Boden. Ich dachte, das Drama eines verschütteten Getränks würde May zum Heulen bringen. Aber sie stand nur auf, summte ihr »O Susanna« sogar ziemlich ruhig und nahm ein Handtuch.

»Ich weiß nicht recht, Lily«, sagte Augusta.

»Bitte.« Ich wollte mit Zach zusammen sein und auch meinen Horizont erweitern, indem ich das Büro eines richtigen Rechtsanwalts sah.

»Na schön«, sagte sie.

Sein Büro lag in einer Straße hinter der Main Street, auf der Rosaleen und ich an jenem Sonntag vor drei Wochen in die Stadt eingezogen waren. Er hatte ein wirklich großes Haus mit schwarzen Fensterläden und einer umlaufenden Veranda, auf der bequeme Schaukelstühle standen, wahrscheinlich, damit sich die Leute vor Erleichterung da hineinwerfen konnten, wenn er ihren Fall gewonnen hatte. Auf dem Rasen stand sein Schild: CLAYTON FORREST, RECHTSANWALT.

Seine Sekretärin war eine weißhaarige Dame, die aussah, als wäre sie bestimmt achtzig Jahre alt. Sie saß an ihrem Schreibtisch im Empfangsbereich und trug gerade feuerroten Lippenstift auf. Ihr Haar war dauergewellt und lag in kleinen Locken, die leicht bläulich schimmerten, um ihren Kopf.

»Hallo, Miss Lacy«, sagte Zach. »Ich bringe Honig.«

Sie steckte den Lippenstift wieder in seine Hülse und sah ein wenig verärgert aus. »Noch mehr Honig«, sagte sie und schüttelte den Kopf. Sie gab einen übertriebenen Seufzer von sich und griff in ihre Schublade. »Hier ist das Geld für die letzte Lieferung drin.« Sie legte einen Briefumschlag auf den Schreibtisch.

Sie sah zu mir herüber. »Dich kenne ich aber nicht.«

»Ich bin Lily«, sagte ich.

»Sie wohnt bei Augusta«, erklärte Zach.

»Du wohnst in ihrem *Haus*?«, fragte sie.

Ich hätte ihr gerne gesagt, dass ihr Lippenstift in die Falten um ihren Mund herum kroch. »Ja, Ma'am, genau da.«

»Na, ich muss los«, sagte sie. Sie nahm ihre Handtasche und stand auf. »Ich habe einen Zahnarzttermin. Stell die Gläser da drüben auf den Tisch.«

Ich konnte genau vor mir sehen, wie sie die Neuigkeit gleich im Wartezimmer allen erzählen würde, die darauf warteten, ihre Karies weggebohrt zu bekommen: Also, da war so ein weißes Mädchen bei uns im Büro, so eine Lily, die wohnt bei den farbigen Boatwright Schwestern. Na, finden Sie das nicht auch ein wenig befremdlich?

Nachdem sie gegangen war, kam Mr. Forrest aus seinem Büro. Als Erstes fielen mir seine roten Hosenträger auf. Ich hatte noch nie gesehen, dass auch dünne Männer Hosenträger anhatten, aber es stand ihm, und sie passten zu seiner roten Krawatte. Er hatte sandfarbenes Haar und buschige Augenbrauen, die sich zu seinen blauen Augen hin wellten, und er hatte viele Lachfältchen im Gesicht, was immer auf ein gutes Herz schließen lässt. So gut, dass er es nicht fertig brachte, Miss Lacy loszuwerden.

Er sah mich an. »Und wer ist denn diese hübsche junge Dame?«

»Lily ... ähm.« Ich konnte mich nicht erinnern, welchen Nachnamen ich im Moment benutzte. Das lag wahrscheinlich daran, dass er mich hübsch genannt hatte, was mich völlig durcheinander gebracht hatte. »Lily, einfach Lily.« Ich stand da und sah wahrscheinlich dumm und linkisch aus, so wie ich einen Fuß hinter den anderen klemmte. »Ich wohne im Moment bei Augusta, bis ich nach Virginia gehe, um da bei meiner Tante zu leben.« Ich hatte große Angst, wo er doch Anwalt war, er ließe mich einen Lügendetektortest machen.

»Wie schön. Augusta ist eine gute Freundin von mir«, sagte er. »Ich hoffe, es gefällt dir bei ihr?«

»Ja, Sir, sehr sogar.«

»An was für einem Fall arbeiten Sie gerade?«, fragte Zach und steckte den Umschlag mit der Imkerpinke in seine Tasche und stellte den Karton mit den Gläsern auf den kleinen Tisch beim Fenster. Darauf stand ein gerahmtes Schild: HONIG ZU VERKAUFEN.

»Ach, das übliche Einerlei. Urkunden, Testamente. Aber ich hab etwas für dich. Komm mal mit ins Büro, ich zeig's dir.«

»Ich warte hier draußen und stell die Gläser auf«, sagte ich, weil ich mich nicht aufdrängen wollte, und vor allem aber, weil ich mich in seiner Gegenwart komisch fühlte.

»Sicher? Du kannst gerne mitkommen.«

»Sicher, ich bleib lieber hier.«

Sie verschwanden den Gang hinunter. Ich hörte, wie eine Tür geschlossen wurde. Auf der Straße hupte ein Auto. Die Klimaanlage im Fenster blies, aus ihr tropfte Wasser in eine Schüssel auf dem Boden. Ich baute die Gläser zu einer Pyramide auf. Sieben unten, vier darüber und eins ganz oben, aber es sah nicht besonders gelungen aus, und so stellte ich sie dann in einfachen Reihen hin.

Ich ging im Zimmer herum und sah mir die Bilder an, die eine ganze Wand bedeckten. Da war das Diplom von der Universität von South Carolina und eins von der Duke Universität. Daneben hing ein Bild mit Mr. Forrest auf einem Boot, er trug eine Sonnenbrille und hielt einen Fisch in die Kamera, der bestimmt so groß war wie ich. Daneben schüttelte Mr. Forrest Bobby Kennedy die Hand. Und schließlich Mr. Forrest und ein kleines, blondes Mädchen, mit den Füßen im Meer. Sie sprang über eine Welle. Die Gischt sprühte einen blauen Fächer hinter sie, einen Pfauenschwanz aus Wasser, und er half ihr über die Welle, zog sie hoch und lächelte zu ihr hinunter. Ich bin sicher, er wusste, was ihre Lieblingsfarbe war, was sie gerne aß, einfach alles, was sie mochte.

Dann setzte ich mich auf eines der beiden roten Sofas im Zimmer. Williams. Endlich war mir mein derzeitiger Nachname eingefallen. Ich zählte die Zimmerpflanzen. Vier. Die Dielenbretter vom Schreibtisch bis zur Tür. Fünfzehn. Ich schloss die Augen und stellte mir den Ozean vor, wie er da liegt in der Farbe glänzenden Silbers, mit weißem Schaum darauf, überall funkelndes Licht. Ich sah mich selbst, wie ich über eine Welle sprang. T. Ray hielt meine Hand, zog mich hoch und ließ mich hinter der Welle wieder runter. Ich musste mich allerdings sehr anstrengen, um das sehen zu können.

Zweiunddreißig Wörter für Liebe.

War es so unvorstellbar, dass er eines davon für mich übrig haben könnte, und wenn es nur ein geringes Wort wäre, das man für die weniger wichtigen Dinge wie Erdnüsse in Cola braucht? War es ausgeschlossen, dass T. Ray wusste, dass ich die Farbe Blau liebte? Was, wenn er zu Hause wäre und sagen würde: Warum *um alles in der Welt habe ich ihr nicht mehr Liebe gegeben?*

Miss Lacys Telefon stand direkt auf ihrem Schreibtisch. Ich nahm den Hörer ab und wählte die 0 für die Vermittlung. »Ich möchte ein R-Gespräch anmelden«, sagte ich und gab ihr die Nummer. Noch schneller, als ich erwartet hatte, hörte ich das Telefon in meinem Haus klingeln. Ich sah den Gang hinunter zu der geschlossenen Tür und zählte das Läuten. Drei, vier, fünf, sechs.

»Hallo.« Als ich seine Stimme hörte, schnürte sich mir die Kehle zu. Ich war nicht darauf vorbereitet, dass meine Knie nachgeben würden. Ich musste mich in Miss Lacys Stuhl setzen, mit Beinen wie Wackelpudding.

»Ich habe ein R-Gespräch von einer Lily Owens«, sagte die Vermittlung. »Wollen sie es annehmen?«

»Und ob ich verdammt noch mal will«, sagte er. Dann, ehe ich auch nur einen Pieps machen konnte, legte er los. »Lily, wo zum Teufel steckst du?«

Ich musste mir den Hörer vom Ohr weghalten, weil ich Angst hatte, mein Trommelfell würde platzen. »T. Ray, es tut mir Leid, dass ich weggelaufen bin, aber …«

»Du sagst mir jetzt auf der Stelle, wo du bist, verstanden? Hast du 'ne Ahnung, was ich für Ärger am Hals hab? Rosaleen aus dem Krankenhaus rauszuholen – verdammte Scheiße, was hast du dir eigentlich dabei gedacht?«

»Ich war doch nur …«

»Ich sag dir, was du warst. Du warst ein verdammter Idiot, der 'nen Haufen Ärger gesucht hat, und den haste gekriegt. Wegen dir kann ich nich' mal die Straße in Sylvan runter gehn, ohne dass mich alle anstarren. Ich musste alles stehn und liegen lassen, um den halben Erdkreis nach dir abzusuchen, und inzwischen sind die Pfirsiche zum Teufel gegangen.«

»Hör bitte auf zu schreien. Ich hab gesagt, es tut mir Leid.«

»Dass es dir Leid tut, nützt mir verdammt gar nix! Davon

kann ich nich' einen beschissenen Pfirsich verkaufen, Lily! Ich schwör bei Gott ...«

»Ich hab dich angerufen, weil ich etwas wissen wollte.«

»Wo bist du? Sag's mir sofort!«

Ich drückte meine Hand in die Armlehne des Stuhls, bis meine Knöchel schmerzten. »Ich wollte wissen, ob du weißt, was meine Lieblingsfarbe ist.«

»Gott Allmächtiger, was redest du da für einen Mist? Du sagst mir jetzt, wo du bist!«

»Ich sagte, weißt du, was meine Lieblingsfarbe ist?«

»Ich weiß nur eins, dass ich dich finden werde, Lily, und wenn ich dich finde, zerreiße ich dich in Stücke ...«

Ich legte den Hörer auf und setzte mich wieder auf das Sofa. Ich saß in der Helligkeit des Nachmittags und sah auf den Lichtstreifen unter den Jalousien. Ich sagte mir: *Nicht weinen. Fang bloß nicht an zu weinen. Und wenn er deine Lieblingsfarbe nicht kennt. Was soll's.*

Zach kam zurück, mit einem großen braunen Buch, das uralt sein musste, weil es völlig vermodert aussah. »Guck mal, was mir Mr. Clayton gegeben hat«, sagte er, und wirklich, man hätte meinen können, er hielte ein sechs Pfund schweres Baby im Arm, das er gerade mit auf die Welt gebracht hatte, so stolz sah er aus.

Er drehte es um, und ich konnte den Buchrücken sehen. Gerichtsakten *von South Carolina 1889.* Zach fuhr mit der Hand über die Vorderseite, und kleine Stückchen des Einbands fielen auf den Boden. »Das ist der Anfang zu meiner eigenen Rechtsbibliothek.«

»Das ist toll«, sagte ich.

Mr. Forrest kam näher und sah mich so durchdringend an, dass ich dachte, ich hatte sicher vergessen, mir die Nase zu putzen.

»Zach sagte, du bist aus Spartanburg County, und deine Eltern sind tot?«

»Ja, Sir.« Ich wollte ganz sicher nicht in den Zeugenstand und hier in seinem Büro von ihm ins Kreuzverhör genommen werden. Denn danach müssten Rosaleen und ich dann wohl wieder unsere Sachen packen und ins Gefängnis zurück.

»Was führt dich denn …«

»Ich muss wirklich dringend wieder zurück.« Ich legte eine Hand auf meinen Bauch. »Ich habe ein kleines Frauenleiden.« Ich versuchte dabei, sehr weiblich und geheimnisvoll auszusehen, ein wenig verstört wegen all der Dinge in meinem Innern, die sie sich kaum vorstellen konnten und noch weniger wollten. Ich hatte seit einem Jahr jetzt die Erfahrung gemacht, dass mich das Wort »Frauenleiden« an Orte bringen konnte, an die ich wollte, und weg von Orten, an denen ich nicht sein wollte.

»Oh«, sagte Zach. »Komm, lass uns gehen.«

»Es war nett, Sie kennen zu lernen, Mr. Forrest«, sagte ich. Drückte die Hand auf meinen Unterleib. Jetzt noch ein bisschen zusammenzucken. Und dann leicht gebeugt zur Tür gehen.

»Glaub mir, Lily«, rief er hinter mir her, »das Vergnügen war ganz auf meiner Seite.«

Wie viele Briefe schreibt man eigentlich, von denen man weiß, dass man sie niemals absenden wird, sie aber trotzdem schreiben muss? Als ich wieder im Honighaus in meinem Zimmer saß, schrieb ich einen Brief an T. Ray. Dabei brach mir dreimal die Mine ab, und die Worte – nun, die Worte sahen aus, als wären sie dem Papier mit dem Brandeisen aufgedrückt worden.

Lieber T. Ray,

Ich bin es unendlich leid, dass Du mich anschreist. Ich bin nicht taub. Ich bin nur blöd genug gewesen, Dich anzurufen.

Wenn Du von Marsmenschen gefoltert werden würdest und das Einzige, was Dich retten könnte, wäre, ihnen meine Lieblingsfarbe zu nennen, Du würdest auf der Stelle sterben müssen. Was hab ich mir bloß dabei gedacht? Ich musste mich doch bloß an die Karte erinnern, die ich Dir zum Vatertag gemacht habe, als ich neun war, als ich noch gehofft hatte, Du würdest mich lieben. Erinnerst Du Dich an die Karte? Natürlich nicht. Ich aber, denn ich habe mir fast ein Bein ausgerissen, um sie zu machen. Ich habe Dir nie erzählt, dass ich die halbe Nacht lang im Wörterbuch nach Wörtern gesucht habe, die mit den Buchstaben von VATER anfangen. Die Idee dazu kam, nicht dass Dich das interessieren würde, von Mrs. Poole, die das in der Schule mit dem Wort FREUDE gemacht hat. FREUDE – Frömmigkeit, Rücksicht, Ehrlichkeit, Umsicht, Demut, Ergebenheit.

Dies sei der rechte Weg zu Gott, sagte sie, und wenn man ihn befolgt, dann wäre das Leben voller Freude. Nun, das habe ich versucht, ich war demütig und ergeben, aber ich warte immer noch auf die Freude. Das Ganze hat also nichts genützt, außer, dass ich die Idee hatte, Dir eine Karte zu machen. Ich dachte, wenn ich Dir die Bedeutung von VATER aufschreibe, würde es Dir vielleicht helfen, einer zu sein. Ich wollte sagen, hier, probier das mal, es würde mich so glücklich machen. Ich benutzte damals Wörter wie verständnisvoll, voller Zärtlichkeit.

Ich hatte gedacht, Du würdest die Karte auf Deinem Nachttisch aufstellen, aber am nächsten Tag lag sie auf dem Telefontischchen, Du hattest einen Pfirsich darauf geschält und die Schalen klebten auf dem Papier. Ich wollte Dir immer schon einmal sagen: Das war VERABSCHEUUNGSWÜRDIG.

V – Verabscheuungswürdig

A – Anwidernd

T – Tyrannisch
E – Enttäuschend
R – Rücksichtslos

Das hier zu schreiben, ist sicher nicht der rechte Weg der Demut, aber es bringt mir Freude, Dir das ins Gesicht zu sagen.

In Liebe

Lily

P. S: Ich glaube Dir nicht mal eine halbe Sekunde lang, dass meine Mutter mich verlassen hat.

Ich las den Brief noch einmal, dann zerriss ich ihn. Ich fühlte mich erleichtert, dass ich das alles einmal losgeworden war, aber ich hatte gelogen, es hatte mir keine Freude gebracht. Ich war drauf und dran, noch einen Brief zu schreiben, den ich auch nicht abschicken würde, um zu sagen, dass es mir Leid täte.

Als in dieser Nacht das rosa Haus in tiefem Schlummer lag, schlich ich mich hinein, ich musste ins Badezimmer. Ich hatte nie Mühe, mich zurechtzufinden, weil Augusta immer ein paar Lichter auf dem Weg von der Küche bis zum Badezimmer brennen ließ.

Ich war barfuß, und unter meinen Fußsohlen sammelte sich Tau. Ich saß auf der Toilette und versuchte, ganz leise zu pinkeln, und entdeckte unter meinen Zehen Blütenblätter von der Myrte im Garten. Rosaleens Schnarchen über mir drang durch die Decke. Es ist immer eine unbeschreibliche Erleichterung, die Blase zu entleeren. Besser als Sex, fand Rosaleen. So gut das Gefühl auch war, ich hoffte inständig, dass sie Unrecht hatte.

Ich ging zurück Richtung Küche, aber dann ließ mich etwas umkehren. Drei Mal darf man raten, was ich tat. Ich ging in die Gegenrichtung in den Salon. Als ich das Zimmer betrat, hörte ich ein so tiefes und zufriedenes Seufzen, dass mir im ersten Moment gar nicht bewusst war, dass es aus meiner Kehle gekommen war.

Die Kerze in dem roten Glas neben der Marienstatue brannte noch, ein kleines rotes Herz in einer tiefdunklen Höhle, das sein pulsierendes Licht in die Welt schickte. Augusta ließ die Kerze Tag und Nacht brennen. Das war wie die ewige Flamme, die auf das Grab von John F. Kennedy gestellt worden war und die nie ausgehen wird, gleich, was auch geschieht.

Unsere Liebe Frau der Ketten sah spät am Abend so anders aus, ihr Gesicht wirkte älter und dunkler, ihre Faust größer, als ich in Erinnerung hatte. Ich fragte mich, an was für Orte sie wohl auf den Meeren dieser Welt gereist war, was für traurige Dinge man ihr zugeflüstert hatte, was sie alles erlitten hatte.

Wenn wir unsere Gebete mit den Perlen gesprochen hatten, wusste ich manchmal nicht mehr, wie ich mich bekreuzigen musste, ich brachte es durcheinander mit der Art, wie es jemand tat, der als Baptist erzogen worden ist. Wenn mir das passierte, legte ich einfach die Hand auf mein Herz, so wie wir es in der Schule machten, wenn wir die Nationalhymne sangen. Es schien mir, eins sei so gut wie das andere, und das geschah auch jetzt – meine Hand legte sich wie von selbst auf mein Herz und blieb dort.

Ich sagte ihr: *Bring alles in Ordnung, bitte hilf mir und bring alles in Ordnung. Sag mir, was ich tun soll. Verzeih mir. Geht es meiner Mutter gut dort im Himmel bei Gott? Mach, dass sie uns nicht finden. Wenn sie uns finden, mach, dass sie uns nicht mitnehmen. Wenn sie uns finden, mach, dass sie Rosaleen nicht töten. Mach, dass June mich liebt. Dass T. Ray mich liebt. Mach, dass ich nicht mehr lüge. Mach die Welt besser. Nimm die Gemeinheit aus den Herzen der Menschen.*

Ich trat näher heran, jetzt konnte ich das Herz auf ihrer Brust sehen. Im Geiste hörte ich das Fächeln von Abertausenden von Bienenflügeln in ihrer dunklen Musicbox. Ich sah Augusta und mich, die Ohren an den Stock gelegt. Ich erinnerte mich an den Klang ihrer Stimme, als sie zum ersten Mal die

Geschichte Unserer Lieben Frau der Ketten erzählt hatte. Sende ihnen Rettung. Spende ihnen *Trost. Schenke ihnen die Freiheit.*

Ich streckte die Hand aus und folgte dem Umriss des Herzens mit dem Finger. Ich stand dort mit Blütenblättern unter meinen Zehen und hielt meine Hand gegen ihr Herz gepresst.

Ich lebe in einem Bienenstock in tiefer Dunkelheit, und du bist meine Mutter, sagte ich zu ihr. *Du bist die Mutter von Tausenden.*

Der Zusammenhalt eines Bienenvolkes hängt überwiegend von Kommunikation ab – von einer angeborenen Fähigkeit, Nachrichten zu senden und zu empfangen, Informationen zu codieren und zu decodieren.

KAPITEL 9

Der 28. Juli sollte eigentlich in den Geschichtsbüchern stehen. Wenn ich heute an diesen Tag denke, dann sehe ich vor mir, wie sich Leute in Fässern die Niagarafälle hinunter stürzen. Seit ich das erste Mal davon gehört hatte, malte ich mir aus, wie sie in ihrem Fass kauern, das gemächlich wie eine Plastikente in einer Badewanne vor sich hin schwimmt, bis dann plötzlich das Wasser wild wird und das Fass anfängt herumzuschlingern, während in der Ferne das laute Donnern ohrenbetäubend wird. Ich war davon überzeugt, dass sie dann da in ihrem Fass hockten und sich sagten: Verdammter *Mist,* was *mache ich hier eigentlich?*

Um acht Uhr morgens waren es schon 35 Grad, und bis zum Mittag würde es das Thermometer schaffen, sogar noch auf 40 Grad zu klettern. Ich wurde davon wach, dass Augusta mich an der Schulter rüttelte und sagte, steh auf, heute wird es brütend heiß, wir müssen den Bienen Zuckerwasser geben.

Ich sprang mit noch ungekämmtem Haar in den Honigwagen, May reichte mir eine Scheibe Toast mit Butter und einen Becher Orangensaft durch das Seitenfenster, und Rosaleen steckte uns Flaschen mit kaltem Wasser zu. Sie liefen neben dem Laster her, als Augusta langsam aus der Einfahrt hinausfuhr. Ich fühlte mich wie das Rote Kreuz auf einer Rettungsmission für das Königreich der Bienen.

Hinten im Laster standen viele Liter Zuckerwasser, das Augusta schon vorbereitet hatte. »Wenn es über 40 Grad heiß wird«, sagte sie, »vertrocknen die Blumen, und dann finden die Bienen kein Futter mehr. Sie bleiben in ihren Stöcken und fächeln sich Luft zu. Und manchmal verglühen sie dabei einfach.«

Dabei hatte ich das Gefühl, als würden wir selbst bei lebendigem Leib geröstet. Man konnte nicht einmal den Türgriff anfassen, ohne sich eine Verbrennung dritten Grades zuzuziehen. Der Schweiß lief mir nur so zwischen den Brüsten herunter, bis in meine Unterhose. Augusta drehte das Radio an, um den Wetterbericht zu hören, aber stattdessen erfuhren wir, dass Ranger 7 nun auf dem Mond gelandet war, an einem Ort namens Meer der Wolken, dass die Polizei nach den Leichen der drei Bürgerrechtler aus Mississippi suchte, und wir hörten von den furchtbaren Dingen, die im Golf von Tonkin geschahen. Es endete mit einem Bericht über das, was »zu Hause« geschieht: Schwarze aus Tiburon, Florence, und Orangeburg waren auf einem Marsch nach Columbia, um den Gouverneur dazu zu bringen, endlich das Bürgerrechtsgesetz in Kraft zu setzen.

Augusta schaltete das Radio aus. Es reichte. Wir konnten unmöglich noch den Rest der Welt retten.

»Ich habe in die Stöcke rings um das Haus schon Zuckerwasser gebracht«, sagte sie. »Zach kümmert sich um die Stöcke östlich von Tiburon, also haben wir beide den Westen.«

Wir brauchten den ganzen Morgen, um die Bienen zu retten. Wir mussten in einen abgelegenen Winkel tief in den Wäldern fahren, wo es kaum noch Straßen gab und wo fünfundzwanzig Bienenstöcke auf Pfählen standen. Sie sahen wie eine kleine, versunkene Stadt inmitten einer Wildnis aus. Wir hoben die Deckel an und füllten die Futterkammern mit Zuckerwasser. Wir hatten zuvor auch Zucker in unsere Taschen gefüllt, und jetzt streuten wir etwas davon auf den Rahmen der Futterkammern, als kleine Zugabe.

Irgendwie schaffte ich es, mich am Handgelenk stechen zu lassen, als ich den Deckel auf einen Stock aufsetzte. Augusta zog den Stachel heraus.

»Aber ich habe ihnen doch Liebe geschickt«, sagte ich. Ich fühlte mich betrogen.

Augusta sagte: »Das heiße Wetter macht die Bienen närrisch, ganz gleich, wie viel Liebe du ihnen schickst.« Sie zog eine kleine Flasche mit Olivenöl und Bienenpollen aus ihrer Tasche und rieb meine Haut damit ein – ihr patentiertes Wundermittel. Trotzdem hatte ich eigentlich gehofft, es nie ausprobieren zu müssen.

»Betrachte dich als initiiert«, sagte sie. »Ohne jemals gestochen worden zu sein, bist du keine richtige Bienenhüterin.«

Eine richtige Bienenhüterin. Bei diesen Worten wurde mir ganz warm und wohlig ums Herz, und genau in diesem Moment erhob sich mit lautem Geflatter eine Schar von Amseln vom Grund einer Lichtung und malte den Himmel schwarz. Ich dachte: *Das ist ja wie im Märchen! Damit hatte* sich die Liste meiner Berufsmöglichkeiten um eine verlängert: Schriftstellerin, Englischlehrerin *und* Bienenhüterin.

»Glaubst du, ich könnte eines Tages selber Bienen haben?«, fragte ich.

Augusta sagte: »Hast du mir nicht erst letzte Woche gesagt, unter den Dingen, die du liebst, wären Bienen und Honig? Wenn dem so ist, dann wirst du eine wunderbare Bienenhüterin. Man braucht überhaupt nicht außergewöhnlich gut zu sein, Lily, es reicht, wenn man das, was man tut, wirklich liebt.«

Von dem Stich ging ein beißender Schmerz bis zu meinem

Ellbogen aus, und ich staunte, wie weh einem so ein winziges Geschöpf tun konnte. Allerdings kann ich mit einigem Stolz verkünden: Geklagt habe ich nicht. Wenn man gestochen worden ist, ist man gestochen worden, da ist es gleich, wie sehr man jammert. Ich kehrte zurück zu meiner Mission, der Bienenrettung.

Als wir endlich in alle Stöcke Wasser gegeben und so viel Zucker verstreut hatten, dass ein erwachsener Mensch davon glatt fünfzig Pfund zunehmen könnte, fuhren wir nach Hause, verschwitzt, ausgehungert und kurz davor, in unserem eigenen Schweiß zu ertrinken.

Als wir in die Einfahrt bogen, saßen Rosaleen und May auf der hinteren Veranda und gönnten sich eine Tasse süßen Tees. May sagte, unser Mittagessen sei im Kühlschrank, kalte Sandwichs mit Schweinekotelett und Krautsalat. Während wir aßen, hörten wir June oben in ihrem Zimmer Cello spielen, als ob etwas gestorben wäre.

Wir schlangen unser Essen bis auf den letzten Krümel wortlos hinunter, dann lehnten wir uns zurück. Wie würden wir unsere müden Körper wohl jemals wieder in eine aufrechte Lage bringen können? Da hörten wir von draußen ein Kreischen und Lachen, wie man es eigentlich nur vom Pausenlärm auf dem Schulhof kennt. Augusta und ich schleppten uns zur Veranda, um zu sehen, was da los war. Los waren May und Rosaleen, sie sprangen im Garten herum und rannten komplett angezogen durch den Wasserstrahl des Rasensprengers. Sie waren völlig aus dem Häuschen.

Rosaleens Muumuu war schon klatschnass und klebte am Körper, May machte aus ihrem Rock eine Art Schüssel und füllte sie mit Wasser und spritzte es sich ins Gesicht. Das Sonnenlicht fiel direkt auf ihre nassen Zöpfe und ließ sie funkeln.

»Das ist dann wohl das Ende der Menschheit«, sagte Augusta.

Als wir beide in den Garten kamen, hob Rosaleen den

Sprenger und zielte auf uns. »Kommt her, ihr kriegt auch 'ne Dusche«, rief sie, und platsch! traf uns ein Strahl eiskalten Wassers mitten auf die Brust.

Rosaleen hielt den Sprenger nach unten und füllte Mays Kleid. »Kommt her, ihr kriegt auch 'ne Dusche«, echote May, rannte hinter uns her und klatschte uns das Wasser über den Rücken.

Also, ehrlich gesagt, sehr gewehrt haben Augusta und ich uns nicht. Was sollten wir auch tun gegen zwei völlig irre gewordene schwarze Frauen.

Wir tanzten um den kühlen Nieselregen herum wie vier Wassernymphen. So muss es wohl auch gewesen sein, als die Indianer im Kreis um ihre Lagerfeuer tanzten. Ein paar Eichhörnchen und einige Zaunkönige hüpften so nahe heran, wie sie sich gerade noch trauten, und tranken aus den Pfützen, und man konnte fast zusehen, wie sich die braunen Grashalme erhoben und wieder grün wurden.

Dann knallte die Verandatür. June kam raus. Sie kochte vor Wut. Mein klarer Verstand muss wohl von Wasser, Luft und Tanz vollkommen berauscht gewesen sein, jedenfalls hob ich den Sprenger und rief: »Kommen Sie her, Sie kriegen auch 'ne Dusche!« Und dann hielt ich den Wasserstrahl direkt auf June.

Sie schrie los: »Verdammt noch mal ...« Das lief eindeutig in die falsche Richtung, aber ich konnte es nicht lassen. Ich war die Feuerwehr und June ein wütendes Inferno.

Sie riss mir den Rasensprenger aus der Hand und richtete den Strahl auf mich. Mir lief das Wasser in die Nase, es brannte. Dann griff ich wieder nach dem Sprenger, und wir hielten ihn beide von einer Seite fest umklammert, während er kaltes Wasser rhythmisch gegen unsere Mägen und in unsere Gesichter schleuderte. Wir gingen zu Boden, aber wir kämpften weiter, der Geysir wogte zwischen uns, ihre Augen starrten mich an, sie waren ganz nah und hell, Wassertropfen saßen auf ihren Wimpern. Ich hörte, wie May anfing, »O Susanna!« zu summen. Ich lachte, damit sie sah, es war alles in Ordnung, aber los ließ ich nicht. Ich würde June Boatwright niemals im Leben gewinnen lassen.

Rosaleen sagte: »Es heißt ja, wenn man ’nen Schlauch auf zwei Hunde hält, die sich ineinander verbissen ham, lassen die los, aber das nutzt hier wohl nix.«

Augusta lachte, und ich sah, wie Junes Mundwinkel zuckten, wie sie versuchte, nicht zu lachen, aber es war, als ob man einen Stöpsel gezogen hätte – in dem Moment, als sich ihr Mund ganz verzog, brach der Damm. Ich konnte fast sehen, wie sie sich innerlich gegen die Stirn schlug und dachte: *Ich ringe hier mit einem vierzehnjährigen Mädchen um einen Rasensprenger. Das ist einfach zu albern.*

Sie ließ los und fiel zurück ins Gras, sie zuckte vor Lachen. Ich ließ mich neben sie plumpsen und lachte auch. Wir konnten nicht aufhören. Ich war nicht sicher, worüber wir eigentlich lachten – ich war nur froh, dass wir zusammen lachten.

Als wir wieder aufstanden, sagte June: »Große Güte, ist mir schwindelig, mir ist, als ob mich jemand angezapft und völlig leer gesogen hätte.«

Rosaleen, May und Augusta waren wieder zu Wassernymphen geworden. Ich sah auf den Boden, wo unsere Körper Seite an Seite gelegen hatten, das nasse Gras war noch platt. Ich ging mit großer Vorsicht darum herum, und als June sah, was ich tat, ging auch sie behutsam um das niedergedrückte Gras herum. Und dann, völlig aus heiterem Himmel, umarmte sie mich. June Boatwright umarmte mich, und unsere Kleider quietschten vor Nässe.

Wenn es in South Carolina noch heißer als 40 Grad wird, muss man ins Bett gehen. Das ist gewissermaßen Gesetz. Manche Leute mögen das zwar bloß für Trägheit halten, aber das stimmt nicht. Wenn wir uns bei Hitze hinlegen, geben wir unserem Verstand Zeit, nach neuen Ideen zu suchen, über den Sinn des Lebens nachzudenken und all die Dinge in unsere Köpfe zu lassen, die da unbedingt hinein müssen. Im letzten

Jahr war ein Junge in meiner Klasse gewesen, der eine Stahlplatte in seinem Schädel hatte und der sich immer darüber beklagte, dass die Antworten auf die Prüfungsfragen einfach nicht zu ihm durchdrangen. Unser Lehrer sagte dann immer: »Nun mach aber mal 'nen Punkt.«

Aber irgendwo hatte der Junge Recht. Jeder Mensch auf dieser Erde hat so eine Stahlplatte im Kopf, nur wenn man sich ab und zu hinlegt und ganz ruhig ist, dann geht sie auf, in etwa so wie eine Aufzugtür, und dann können all die geheimen Gedanken eintreten, die während der ganzen Zeit so geduldig herumgestanden und auf eine Fahrt in unser Oberstübchen gewartet haben. So richtig schwierig macht man es sich eigentlich erst selbst, wenn nämlich diese Türen zu lange verschlossen bleiben, aber das ist bloß meine persönliche Meinung.

Augusta, May, June und Rosaleen waren drüben im rosa Haus in ihren Zimmern und lagen unter ihren Ventilatoren im Halbdunkel. Ich, allein im Honighaus, lehnte mich zurück auf mein Lager und sagte mir, dass ich nun nachdenken könnte, worüber ich wollte, außer über meine Mutter, und natürlich war sie die Einzige, die durch die Aufzugtür hoch in meinen Kopf wollte.

Ich merkte, wie sich die Dinge um mich herum auflösten. All die losen Enden der Traumwelt fransten um mich herum. Aber würde ich am falschen Faden ziehen, würde sich meine äußere Ruhe aufribbeln. Seit ich T. Ray angerufen hatte, drängte es mich, Rosaleen davon zu erzählen. Nur um zu sagen: *Falls du dich fragst, ob T. Ray in sich gegangen ist oder sich geändert hat, seit ich weggelaufen bin – verschwende nicht länger auch nur einen Gedanken daran.* Aber ich brachte es einfach nicht fertig zuzugeben, dass ich mich das so oft gefragt hatte, dass ich ihn sogar angerufen hatte.

Was war nur mit mir los? Wie konnte ich hier leben und so tun, als ob alles völlig in Ordnung wäre? Ich lag auf dem Bett und starrte auf das grelle Viereck meines Fensters, ich war völlig erledigt. Es kostete mich so viel Kraft, die Dinge im Griff zu halten. *Lass mich rein*, sagte meine Mutter, *lass mich in den verdammten Aufzug.*

Na gut. Ich zog meine Tasche hervor und sah das Bild meiner Mutter an. Ich fragte mich, wie es wohl gewesen war, in ihr zu sein, ein fleischiges Würmchen, das in ihrer Dunkelheit schwimmt, und was für sprachlose Dinge wohl zwischen uns gewesen waren.

Das Verlangen nach ihr war noch immer da, aber es war nicht mehr so heftig und wütend wie sonst. Als ich ihre Handschuhe anzog, merkte ich, wie knapp sie auf einmal saßen. Wenn ich sechzehn wäre, würden sie mir wie Kinderhandschuhe vorkommen. Ich würde wie Alice im Wunderland sein, nachdem sie von dem Kuchen gegessen hatte und riesengroß geworden war. Meine Hände würden die Nähte sprengen, ich würde die Handschuhe nie mehr anziehen können.

Ich rollte die Handschuhe von meinen verschwitzten Händen und spürte, wie mich eine Welle der Unruhe überrollte, die alte, nagende Schuld, die Kette von Lügen, die ich schwer um meinen Hals trug und die ich nicht ablegen konnte, die Angst, aus dem rosa Haus vertrieben zu werden.

»Nein«, stieß ich aus. Das Wort brauchte sehr lange, um aus meiner Kehle zu kommen. Ein ängstliches Flüstern. Nein, ich werde nicht darüber nachdenken. Ich werde das Gefühl nicht zulassen. Ich werde nicht zulassen, dass es alles zerstört. *Nein.*

Ich musste vor mir selber zugeben, dass es eine dumme Idee gewesen war, mich hinzulegen. Ich stand auf und ging hinüber zum rosa Haus, um etwas Kaltes zu trinken. Falls ich jemals in den Himmel kommen sollte – trotz allem, was ich getan habe –, hoffte ich, man würde mir nur ein paar Minuten für eine kurze Besprechung mit Gott geben. Ich wollte ihm sagen: *Ich weiß, du hast es wirklich gut gemeint, als du die Erde und alles Andere erschaffen hast, aber wie konntest du es bloß so weit kommen lassen? Warum bist du nicht bei deinem Plan geblieben und hast den Leuten ihr Paradies gelassen?* Das Leben der Menschen war doch ein einziges Schlamassel.

Als ich in die Küche kam, saß May dort auf dem Fußboden, die Beine von sich gestreckt, eine Schachtel Kräcker in ihrem Schoß. Das war ja klar – May und ich waren die Einzigen, die nicht einmal fünf Minuten lang ruhig in ihren Betten liegen konnten.

»Ich hab 'ne Kakerlake gesehen«, sagte sie und langte in einen Beutel voller Marshmellows. Sie nahm ein paar heraus und zerkrümelte sie. May machte schon verrückte Sachen.

Ich öffnete die Tür vom Kühlschrank und starrte hinein, so als ob ich darauf warten würde, dass die Grapefruit-Flasche von selbst in meine Hand hüpfen und sagen würde: *Na los, trink schon.* Ich schien überhaupt nicht zu begreifen, was May da eigentlich gerade tat. Manchmal werden einem die wirklich bedeutenden Dinge erst auf unerträglich zähe und langsame Weise klar. So, wie wenn man sich den Knöchel bricht und den Schmerz erst spürt, wenn man schon drei Straßen weiter gegangen ist.

Ich hatte schon fast ein ganzes Glas Saft ausgetrunken, bis mich mein Verstand den kleinen Pfad aus zerkrümelten Kräckern und Marshmellows wahrnehmen ließ, den May über den Fußboden legte, der am Spülbecken anfing und bis zur Tür führte, gepflastert mit goldenen Krümeln und Fetzchen aus klebrigem Weiß.

»Die Kakerlaken folgen dem dann bis zur Tür«, sagte May. »Das klappt jedes Mal.«

Ich weiß nicht, wie lange ich auf den Pfad am Boden gestarrt habe, auf Mays Gesicht, das zu mir gewandt darauf wartete, dass ich etwas sagte, aber mir fiel nichts ein. Das Summen des Kühlschranks füllte die Stille. In mir stieg ein seltsames Gefühl auf. Etwas bahnte sich allmählich seinen Weg. Eine Erinnerung. Ich stand da und wartete und ließ einen Satz in mein Gedächtnis zurückkehren: Deine Mutter *hat sich wie eine Irre aufgeführt, wenn es darum ging, ihre blöden Schaben zu retten, hatte* T. Ray einmal gesagt. *Sie verbrachte Stunden damit, Schaben mit ganz klein zerbröselten Marsh-*

mellows und winzigen Kekskrümeln aus dem Haus zu locken.

Ich sah wieder zu May. *Könnte meine Mutter den Trick mit den Schaben von May gelernt haben?, dachte* ich. *Wäre das möglich?*

Seit dem Moment, seit ich einen Fuß in dieses rosa Haus gesetzt hatte, hatte ein Teil von mir immer geglaubt, meine Mutter wäre hier gewesen. Also, nun, eigentlich nicht wirklich geglaubt, aber ich hatte es mir erträumt, ich hatte die Vorstellung in den Kammern meines Wunschdenkens geformt. Aber jetzt, jetzt, wo die Möglichkeit zum Greifen nahe schien, schien es so weit hergeholt, so abwegig, völlig verrückt. *Nein, das kann nicht sein*, dachte ich wieder.

Ich ging hinüber und setzte mich an den Tisch. Die Schatten des späten Nachmittags drängten ins Zimmer. Sie waren pfirsichfarben, sie glitten herein und hinaus, die Küche lag vollkommen still. Selbst das Summen des Kühlschranks war erstorben. May war wieder mit ihren Krümeln beschäftigt. Sie schien mich völlig vergessen zu haben.

Meine Mutter hätte das auch aus einem Buch haben können, oder vielleicht sogar von ihrer eigenen Mutter. Und wie wollte ich wissen, ob nicht alle Haushalte diese besondere Schaben-Methode kannten? Ich stand auf und ging zu May. Ich spürte ein zittriges Gefühl hinten an meinen Kniekehlen. Ich legte eine Hand auf ihre Schulter. *Okay,* dachte ich, *dann los*. Ich sagte: »May, hast du mal eine Deborah gekannt? Eine Deborah Fontanel? Eine Weiße aus Virginia? Das müsste allerdings schon ziemlich lange her sein.«

May war nicht im Mindesten raffiniert, und man konnte sich darauf verlassen, dass sie ihre Antworten nicht lange überdachte. Sie sah nicht auf, sie wartete nicht ab, sie sagte einfach: »Aber ja, Deborah Fontanel. Sie wohnte damals im Honighaus. Sie war so ein süßes Ding.«

Und das war es.

Einen Moment lang wurde mir schwindelig. Ich musste

nach der Fensterbank greifen, um nicht umzufallen. Die Krümel und Marshmellows auf dem Boden fingen an, sich zu bewegen, sie sahen fast lebendig aus.

Ich hatte noch eine Million Fragen und mehr, aber May hatte angefangen, »O Susanna!« zu summen. Sie stellte die Dose mit den Kräckern auf dem Boden ab und stand langsam auf, sie fing an zu schnüffeln. Irgendetwas wegen Deborah Fontanel hatte das ausgelöst.

»Ich glaube, ich gehe dann mal für eine Weile zu meiner Mauer«, sagte sie. Und ließ mich in der Küche stehen, fiebrig und atemlos, und unter mir gab der Boden nach.

Als ich zurück zum Honighaus ging, achtete ich nur darauf, wie meine Füße auf den hart gebackenen Grund in der Einfahrt traten, auf die bloß liegenden Baumwurzeln, das frisch gewässerte Gras, ich spürte, wie sich die Erde unter mir anfühlte, verlässlich, lebendig, uralt, sie war da, sie war jedes Mal da, wenn mein Fuß sich ihr näherte. Sie war da, da und da, sie war immer da. So wie eine Mutter da sein sollte.

»Aber ja, Deborah Fontanel. Sie wohnte damals im Honighaus. Sie war so ein süßes Ding.«

Im Honighaus setzte ich mich auf mein Feldbett, zog die Knie an, legte meine Arme darum und machte mir ein Bänkchen, um mein Gesicht darauf zu legen. Ich sah den Fußboden und die Wände mit ganz neuen Augen. Meine Mutter war in diesem Zimmer umhergegangen. Sie war Wirklichkeit geworden. Sie war nicht mehr nur eine Figur, die ich mir ausgedacht hatte, sondern ein Mensch aus Fleisch und Blut.

Ich hatte ganz sicher nicht damit gerechnet einzuschlafen, aber wenn einen etwas so vollkommen aus der Fassung bringt, dann will der Körper nur noch schlafen und davon träumen.

Ich wurde eine Stunde später wieder wach, ich war noch in diesem nebeligen Raum, in dem man sich noch nicht genau erinnert, was man geträumt hat. Aber dann überfiel es mich wieder:

Ich lege eine spiralförmige Spur aus Honig durch ein Zim-

mer, das in dem einen Moment im Honighaus zu sein scheint, dann wieder bin ich in meinem Kinderzimmer in Sylvan. Ich fange bei einer Tür an, von der ich nicht weiß, wo sie hinführt, und höre an meinem Bett auf. Dann sitze ich auf der Matratze und warte. Die Tür geht auf. Herein kommt meine Mutter. Sie folgt dem Honig, folgt den Drehungen und Windungen durch das Zimmer, bis sie an mein Bett kommt. Sie lächelt, sie ist so hübsch, aber dann sehe ich, dass sie kein richtiger Mensch ist. Sie hat die Beine von Kakerlaken, sie durchstoßen ihre Kleider, wachsen aus den Rippen heraus, an ihrem Körper entlang, sechs Beine, drei an jeder Seite.

Ich hatte keine Ahnung, wer in meinem Kopf saß und sich so etwas ausdachte. Die Luft war nun dämmerig rosa, und es war kühl genug, sich zuzudecken. Ich zog ein Laken um meine Beine. Mir war speiübel, als ob ich mich übergeben müsste.

In den nächsten Tagen war ich das reinste Nervenbündel. Ich fuhr schon aus der Haut, wenn jemand nur eine Münze auf den Boden fallen ließ. Beim Abendessen stocherte ich auf meinem Teller herum und starrte wie in Trance in die Gegend. Manchmal kroch das Bild meiner Mutter mit den Kakerlakenbeinen in meinen Kopf, und dann musste ich einen Löffel Honig schlucken, um meinen Magen zu beruhigen. Ich war so krabbelig, ich konnte nicht fünf Minuten von »American Bandstand« gucken, obwohl ich sonst an jedem einzelnen Wort von Dick Clark klebte.

Ich ging im Haus herum, machte dann noch eine Runde und noch eine, blieb ab und zu stehen und stellte mir meine Mutter in einem der vielen Zimmer vor. Wie sie auf dem Klavierhocker saß und ihr Rock über den Sitz fiel. Wie sie vor Unserer Lieben Frau kniete. Wie sie die Rezeptsammlung bewunderte, die May aus Zeitschriften ausschnitt und an den Kühlschrank klebte. Ich starrte mit gesenktem Blick auf diese Bilder, ich sah nur auf, um zu prüfen, ob Augusta oder June oder Rosaleen mich beobachteten. Sie gluckten um mich herum, sie fühlten meine Stirn, um zu sehen, ob ich vielleicht Fieber hatte.

Sie sagten: »Was ist denn nur los mit dir? Was ist denn in dich gefahren?«

Ich schüttelte den Kopf. »Nichts ist los«, log ich. »Gar nichts.«

Am späten Freitagnachmittag dann, als wir mit dem Reinigen der letzten Zargen fertig waren und sie eingelagert hatten, ging Zach nach draußen, um einen Blick unter die Motorhaube des Honigwagens zu werfen. Er ruckelte immer noch so komisch und lief dauernd heiß, obwohl Neil doch etwas am Motor gemacht hatte.

Ich ging zurück in mein Zimmer und setzte mich auf mein Bett. Eine unglaubliche Hitze strahlte durch das Fenster. Ich hatte vor, aufzustehen und den Ventilator einzuschalten, aber ich blieb einfach sitzen und starrte in die Leere des milchigblauen Himmels, und ein trauriges, klaffendes Gefühl machte sich in mir breit. Ich konnte aus dem Radio des Honigwagens Musik hören, Sam Cooke sang »Another Saturday Night«, dann rief May Rosaleen etwas quer durch den Garten zu, wohl, dass sie die Laken von der Wäscheleine nehmen sollte. Und mir wurde wieder einmal schlagartig klar, dass das Leben dort draußen seinen Gang ging, während ich außen vor war, ich war eine Wartende, ich steckte fest in diesem entsetzlichen Zwiespalt: Ich lebte mein Leben und gleichzeitig auch nicht. Aber ich konnte nicht so weitermachen und so tun, als würde die Zeit nie zu Ende gehen, als würde dieser Sommer nie zu Ende gehen. Ich fühlte Tränen in mir aufsteigen. Ich musste reinen Tisch machen. Was auch immer geschehen würde … Nun, dann würde es eben geschehen.

Ich ging hinüber zum Waschbecken und hielt mein Gesicht unter das kalte Wasser.

Ich nahm einen tiefen Atemzug und steckte das Bild der schwarzen Maria und das Foto meiner Mutter in meine Tasche und ging hinüber zum rosa Haus, um Augusta zu suchen.

Ich dachte, wir könnten uns an das Fußende ihres Betts setzen oder in die Liegestühle im Garten, falls dort nicht zu viele Moskitos wären. Ich stellte mir vor, wie Augusta dann sagen würde: *Was geht denn in dir vor, Lily? Wollen wir uns nun endlich unterhalten? Darauf würde* ich dann das hölzerne Bild hervorziehen und ihr endlich alles erzählen, und dann würde sie mir alles von meiner Mutter berichten.

Wenn das doch nur passiert wäre, und nicht, was dann tatsächlich geschah.

Als ich auf das Haus zustolperte, rief mir Zach vom Laster aus nach: »Willst du mit in die Stadt? Ich brauch ’nen neuen Schlauch für den Kühler, eh der Laden zumacht.«

»Ich muss mit Augusta sprechen«, sagte ich.

Er schlug die Motorhaube zu und wischte sich die Hände vorne und hinten an seiner Hose ab. »Augusta ist mit Sugar-Girl im Salon. Sie kam weinend hier an. Irgendwas wegen Otis und dass er ihre ganzen Ersparnisse genommen hat oder so, um sich ein gebrauchtes Fischerboot zu kaufen.«

»Aber ich muss etwas wirklich Wichtiges mit ihr besprechen.«

»Da musst du wohl warten, bis du an der Reihe bist«, sagte er. »Na komm schon, eh Sugar-Girl geht, sind wir doch längst wieder da.«

Ich zögerte, dann gab ich nach. »Na gut.«

Der Laden, wo es die Autoteile gab, lag zwei Häuser neben dem Kino. Als Zach auf dem Parkplatz vor dem Laden hielt, sah ich sie – fünf oder sechs weiße Männer beim Kartenschalter. Sie liefen auf und ab, sahen immer wieder in beide Richtungen den Bürgersteig hinunter, als ob sie auf jemanden warten würden, und sie waren alle richtig gut angezogen, sie trugen Hemden mit Krawatten, so wie Verkäufer oder Bankangestellte. Einer der Männer hielt etwas in der Hand, das wie der Griff oder Stiel einer Schaufel aussah.

Zach schaltete den Motor des Honigwagens aus und beobachtete sie durch die Windschutzscheibe. Ein Hund, ein alter Beagle mit einem schon ganz weißen Gesicht, kam aus dem Autoteile-Laden und fing an, am Seitenstreifen herumzuschnüffeln. Zach trommelte mit den Fingern aufs Lenkrad und seufzte. Und plötzlich ging es mir auf: Es war Freitag, und sie waren da und warteten auf Jack Palance und die farbige Frau.

Wir saßen eine Minute lang da, wir sagten kein Wort. Die Geräusche im Laster wurden lauter. Eine Feder quietschte. Zach trommelte mit den Fingern. Ich atmete stockend.

Dann rief einer der Männer etwas. Ich fuhr zusammen und stieß mir das Knie am Handschuhfach. Er sah über die Straße und rief: »Was gibt's denn da zu glotzen?«

Zach und ich drehten uns beide um und sahen durch die Heckscheibe. Drei farbige Jungs in Zachs Alter standen am Straßenrand, tranken Cola aus der Flasche und sahen hinüber zu den Männern.

»Lass uns ein anderes Mal wiederkommen«, sagte ich.

»Ach, das geht schon gut«, sagte Zach. »Warte einfach hier.«

Nein, das geht nicht gut, dachte ich.

Als er aus dem Honigwagen stieg, hörte ich, wie die Jungen seinen Namen riefen. Sie überquerten die Straße und kamen rüber zum Honigwagen. Sie sahen mich im Auto sitzen und gaben Zach zum Spaß ein paar Knüffe. Einer von ihnen wedelte mit der Hand vor seinem Gesicht herum, als ob er in eine Chilischote gebissen hätte. »Huh, wen hast du denn da?«, sagte er.

Ich sah sie an und versuchte zu lächeln, aber mich beschäftigten die Männer, die, wie ich sehen konnte, uns genau beobachteten.

Die Jungs sahen es auch, und einer von ihnen – der, wie ich später erfuhr, Jackson hieß – sagte sehr laut: »Man muss ja schon echt dumm wie Hühnerscheiße sein, wenn man glaubt, Jack Palance kommt nach Tiburon«, und dann lachten sie. Selbst Zach.

Der Mann mit dem Schaufelstiel steuerte direkt auf die Stoßstange des Honigwagens zu und sah die Jungs mit diesem selben höhnischen Lächeln an, das ich schon tausend Male in T. Rays Gesicht gesehen hatte, mit diesem Blick selbstbewusster Stärke ohne eine Spur von Liebe oder Mitleid, und dann brüllte er: »Was hast du da gesagt, du …?«

Das Gemurmel auf der Straße erstarb. Der Beagle zog den Schwanz ein und verkroch sich unter ein parkendes Auto. Ich sah, wie Jackson schluckte, wobei er seinen Kiefer ein klein wenig vorschob. Ich sah, wie er seine Cola-Flasche über den Kopf hob. Wie er sie auf den Boden schmiss.

Als sie durch die Luft flog, machte ich die Augen zu. Als ich sie wieder aufmachte, lag überall zersplittertes Glas auf dem Bürgersteig. Der Mann hatte den Schaufelgriff fallen lassen und hielt sich die Hand vor seine Nase. Blut quoll zwischen seinen Fingern hervor.

Er drehte sich zu den anderen Männern. »Meine Nase blutet, dieser Nigger hier hat mir die Nase aufgeschlagen«, sagte er, wobei er mehr überrascht klang als sonst was. Er sah sich einen Augenblick lang völlig verwirrt um, dann machte er, dass er in das nächste Geschäft kam, Blut tropfte überall hin.

Zach und die anderen Jungen standen dicht beieinander neben der Tür des Lasters, als wären sie am Asphalt fest geklebt, die anderen Männer kamen herüber und machten einen Halbkreis um sie herum und drängten sie gegen den Honigwagen. »Wer von euch hat die Flasche geworfen?«, sagte einer der Männer.

Keiner machte den Mund auf.

»Feiglinge alle miteinander«, sagte ein anderer Mann. Er hatte den Schaufelstiel vom Bürgersteig aufgehoben und stieß ihn mit jedem Schritt in Richtung der Jungs. »Jetzt sagt uns schon, wer's war, dann können die andern Drei ja abhauen«, sagte er.

Nichts.

Jetzt kamen die Leute aus den Geschäften und versammelten sich in kleinen Gruppen. Ich starrte auf Zachs Hinterkopf. Ich fühlte mich, als hätte mein Herz ein Fenster, aus dem ich mich so weit wie möglich hinauslehnte, um zu sehen, was Zach tun würde. Ich wusste, eine Petze zu sein war das Allerletzte, aber ich wünschte mir von ganzem Herzen, dass er mit dem Finger auf den Jungen zeigen und sagen würde: *Der hier war's, der hier.* Dann hätte er wieder in den Honigwagen steigen und wir hätten uns davonmachen können.

Na los, Zach.

Er drehte den Kopf ein wenig und sah mich aus den Augenwinkeln an. Dann zuckte er leicht mit den Schultern, und ich wusste, das war es dann. Er würde niemals den Mund aufmachen. Es war, als ob er mir sagen wollte: *Tut mir Leid, aber das sind meine Freunde.*

Er hatte sich entschieden zu bleiben. Er hatte sich entschieden, einer von ihnen zu sein.

Ich sah zu, wie der Polizist Zach und die anderen Drei in sein Auto schob. Als er wegfuhr, machte er Sirene und Blaulicht an, wahrscheinlich wollte er sein Publikum, das auf dem Bürgersteig herumstand, nicht enttäuschen.

Ich saß im Laster, als wäre ich erstarrt, als wäre die Welt um mich herum erstarrt. Die Menge hatte sich aufgelöst, die Autos fuhren der Reihe nach aus der Stadt heraus nach Hause. Die Geschäfte wurden geschlossen. Ich blickte durch die Windschutzscheibe, als würde ich das Testbild ansehen, das jeden Abend um Mitternacht im Fernsehen kam.

Nachdem die Lähmung von mir abgefallen war, überlegte ich, was ich tun sollte, wie ich bloß nach Hause kommen sollte. Zach hatte die Wagenschlüssel, sonst hätte ich selber versucht zu fahren, obwohl ich das Gaspedal nicht vom Bremspedal unterscheiden konnte. Es hatte kein einziges Geschäft mehr auf, also konnte ich nirgendwo telefonieren, und als ich ein öffentliches Telefon entdeckte, fiel mir ein, dass ich kein Geld bei mir hatte. Ich stieg aus dem Laster und ging los.

Als ich eine halbe Stunde später beim rosa Haus ankam, sah ich, dass sich Augusta, June, Rosaleen, Neil und Clayton Forrest bei den langen Schatten nahe der Hortensien versammelt hatten. Ihr Stimmengemurmel schwebte hinauf in das verdämmernde Licht. Ich hörte Zachs Namen. Ich hörte, wie Mr. Forrest das Wort »Gefängnis« benutzte. Ich nahm an, Zach hätte ihn angerufen, mit dem einen Anruf, den er hatte, und nun war Mr. Forrest hier und überbrachte die Neuigkeiten.

Neil stand bei June, was mir zeigte, dass sie all das Komm-bloß-nie-zurück und *Du-egoistisches-Miststück* nicht wirklich ernst gemeint hatten. Ich ging auf sie zu, sie bemerkten mich nicht. Am anderen Ende der Straße verbrannte jemand sein abgemähtes Gras. Der ganze Himmel war von einem säuerlich-grünen Geruch erfüllt, und Aschefetzen flogen über meinen Kopf.

Als ich mich ihnen von hinten näherte, sagte ich »Augusta?«.

Sie zog mich zu sich. »Gott sei Dank. Da bist du ja. Ich wollte gerade los, dich suchen.«

Ich erzählte ihnen, was passiert war, während wir zum Haus zurückgingen. Augusta hatte ihren Arm um meine Taille gelegt, als ob sie Angst hätte, mir würden wieder die Sinne schwinden, dabei waren sie nie schärfer gewesen: Das Blau der Schatten, ihre Formen, die sich gegen das Haus abzeichneten – bedrohliche Tiere, ein Krokodil, ein Grizzlybär – der Geruch von Alka-Seltzer um Clayton Forrests Kopf, die weiße Strähne in seinem Haar, das Gewicht unserer Sorge, das sich wie Gummi um unsere Knöchel schlang und unsere Schritte lähmte.

Wir saßen in den Stühlen mit den Sprossen im Rücken um den Küchentisch herum, bis auf Rosaleen, die Tee einschüttete und eine Platte mit Käsesandwichs auf den Tisch stellte. Als ob irgendjemand etwas hätte essen können. Rosaleens Haar war sorgfältig um ihren Kopf herum geflochten, May hatte ihr wohl nach dem Essen die Haare gemacht.

»Wie sieht es denn mit einer Kaution aus?«, sagte Augusta.

Clayton räusperte sich. »Richter Monroe ist nicht in der Stadt, er hat bis Mittwoch Urlaub, und es sieht wohl so aus, dass bis dahin niemand rauskommt.«

Neil stand auf und ging hinüber zum Fenster. Sein Haar war am Hinterkopf zu einem ordentlichen Viereck geschnitten. Ich versuchte, mich darauf zu konzentrieren und nicht zusammenzuklappen. Bis Mittwoch waren es noch fünf Tage! *Fünf Tage.*

»Und, geht es ihm gut?«, fragte June. »Er ist doch nicht verletzt, oder?«

»Sie haben mich nur eine Minute zu ihm gelassen«, sagte Clayton, »aber es schien ihm gut zu gehen.«

Draußen zog der Nachthimmel über uns hinweg. Und mir war auch aufgefallen, dass Clayton gesagt hatte, *es schien ihm gut zu gehen, damit* wir alle verstünden, dass es ihm nicht gut ging, aber trotzdem so taten, als wäre alles gut.

Augusta schloss die Augen und strich mit den Fingern die Haut auf ihrer Stirn glatt. Ich sah einen hauchdünnen Film auf ihren Augen – die ersten Spuren von Tränen. Als ich aber tief in ihre Augen sah, entdeckte ich darin ein Feuer. Ein verlässliches Herdfeuer, zu dem man kriechen und sich daran wärmen konnte, wenn einem kalt war, und auf dem man sich etwas kochen konnte, das die traurige Leere im Innern ausfüllte. Ich hatte das Gefühl, dass wir hilflos in der Welt umher trieben, und alles, was wir hatten, war das Feuer in Augustas Augen.

Ich verstand vollkommen, wie manche Leute zu richtigen Kriminellen werden können. Das erste Verbrechen ist am schwersten. Danach denkt man dann nur noch: *Eins mehr oder weniger, was soll's?* Ein paar Jahre mehr im Knast. Na wenn schon.

»Was tun'se denn jetzt deshalb?«, sagte Rosaleen, die neben Clayton stand und zu ihm hinuntersah. Ihre Brüste hingen bis auf den Bauch, und sie hatte die Fäuste in die Hüften gestemmt. Sie sah aus, als hätte sie am liebsten, wenn wir uns jetzt alle den Mund randvoll mit Kautabak stopfen und umgehend zum Gefängnis von Tiburon marschieren würden, um den Leuten da kräftig auf die Schuhe zu spucken.

Auch Rosaleen hatte Feuer in sich. Kein beständiges Herdfeuer, so wie Augusta, nein, sie konnte, wenn nötig, anderen Leuten Feuer unter den Hintern machen und für Bewegung sorgen. Rosaleen erinnerte mich an die Statue Unserer Lieben Frau im Salon, und mir ging durch den Sinn: *Wenn Augusta das rote Herz auf der Brust von Maria ist, dann ist Rosaleen die Faust.*

»Ich tue mein Bestes, um ihn da rauszuholen«, sagte Clayton, »aber ich fürchte, er muss einfach noch eine Weile drin bleiben.«

Ich griff in meine Tasche, und da war das Bild der schwarzen Maria, und plötzlich fiel mir all das ein, was ich Augusta über meine Mutter hatte erzählen wollen. Aber wie konnte ich das jetzt tun, jetzt, wo so etwas Schreckliches mit Zach passiert war? Alles, was ich ihr sagen wollte, musste jetzt warten.

»Ich finde nicht, dass May davon wissen sollte«, sagte June. »Es würde sie wahnsinnig machen. Ihr wisst doch, wie sehr sie an dem Jungen hängt.«

Wir alle sahen zu Augusta. »Du hast Recht«, sagte sie. »Für May wäre das zu viel.«

»Wo ist sie?«, fragte ich.

»In ihrem Bett, sie schläft«, sagte Rosaleen. »Sie war fix un' fertig.«

Mir fiel ein, dass ich sie am Nachmittag gesehen hatte, hinten im Garten, sie hatte eine Ladung Steine mit dem Karren hinter sich her gezogen. Sie verlängerte ihre Mauer. Als ob sie geahnt hätte, dass ein Anbau dringend nötig werden würde.

Das Gefängnis von Tiburon hatte keine Vorhänge, so wie das von Sylvan. Es war ein Klotz aus grauem Beton mit Metallfenstern und schlechtem Licht. Ich wusste, es war eine unglaubliche Dummheit, dort hineinzugehen. Ich war doch selber auf der Flucht vor der Justiz, aber was tat ich? Rauschte in ein Gefängnis, in dem vermutlich lauter Polizisten herumsaßen, die darin ausgebildet waren, Leute wie mich wiederzuerkennen. Aber Augusta hatte mich gefragt, ob ich mitkommen wollte, Zach besuchen. Wie hätte ich denn da Nein sagen können?

Der Polizist im Gefängnis hatte einen Bürstenhaarschnitt und war riesengroß, noch größer als Neil, und der war ja schon so groß wie Wilt Chamberlain, der Basketballer. Er schien nicht besonders begeistert über unser Erscheinen. »Bist du die Mutter?«, fragte er Augusta.

Ich sah auf sein Namensschild. Eddie Hazelwurst.

»Ich bin seine Patentante«, sagte Augusta, sie stand sehr gerade. »Und dies ist eine Freundin der Familie.«

Sein Blick glitt herüber zu mir. Er nahm ein braunes Klemmbrett vom Schreibtisch und machte die Klammer ständig auf und zu, während er versuchte, sich zu entscheiden, was er mit uns tun sollte. »Na schön, ihr kriegt fünf Minuten«, sagte er schließlich.

Er öffnete die Tür zu einem Korridor, der zu einer Reihe von vier Zellen führte, und in jeder saß ein schwarzer Junge. Der Gestank von Schweiß und ranzigem Urin war fast zu viel für mich. Ich hätte mir am liebsten die Nase zugehalten, aber ich wusste, das wäre eine ganz schlimme Beleidigung gewesen. Die armen Kerle konnten ja nichts dafür, dass sie stanken.

Sie saßen auf Bänken, die wohl Betten sein sollten, und starrten uns an, als wir vorbeigingen. Einer der Jungen warf einen Knopf gegen die Wand, er spielte irgendein Spiel. Er hörte damit auf, als wir vorbeikamen.

Mr. Hazelwurst führte uns zu der letzten Zelle. »Zach Taylor, du hast Besuch«, sagte er und sah auf seine Uhr.

Als Zach auf uns zukam, fragte ich mich, ob er wohl Handschellen tragen und Fingerabdrücke abgeben musste, ob er fotografiert und herumgestoßen worden war. Ich wollte so gerne durch die Gitterstäbe greifen und ihn berühren, meine

Finger auf seine Haut legen, nur wenn ich ihn berührte, könnte ich sicher sein, dass dies hier alles wirklich geschah.

Als klar wurde, dass Mr. Hazelwurst uns nicht allein lassen würde, fing Augusta an zu sprechen. Sie sprach von einem der Stöcke, die auf der Haney Farm standen, dessen Bienen geschwärmt waren. »Du weißt ja, welchen ich meine«, sagte sie, »den, bei dem es schon die Probleme mit den Milben gegeben hat.«

Sie beschrieb jede noch so kleine Einzelheit, erzählte, wie sie in den Stunden der Dämmerung überall nach den Bienen gesucht hatte, wie sie den Wald hinter den Wassermelonenfeldern durchkämmt hatte, bis sie schließlich die Bienen in einer jungen Magnolie gefunden hatte, wo der ganze Schwarm wie ein schwarzer Ballon hing, der sich in den Zweigen verfangen hatte. »Ich habe dann den Trichter genommen und sie in die Schwarmkiste gesetzt«, sagte sie, »und dann habe ich sie zurück in den Stock gebracht.«

Ich glaube, sie wollte Zach klar machen, dass sie nicht ruhen würde, bis er wieder bei uns zu Hause war. Zach hörte mit wässrig braunen Augen zu. Er schien erleichtert darüber zu sein, dass das Gespräch bei Bienenstöcken und Schwärmen blieb.

Ich hatte mir auch ein paar Sätze überlegt, die ich zu ihm sagen wollte, aber jetzt fiel mir kein einziges Wort mehr ein. Ich stand einfach nur daneben, erfüllt von Zärtlichkeit und Schmerz, während Augusta ihm Fragen stellte – wie ging es ihm, was brauchte er?

Als Mr. Hazelwurst dann sagte: »Zeit ist um, raus hier!«, sah Zach in meine Richtung. Eine Ader malte sich direkt über seiner Schläfe ab. Ich sah, wie sie bebte, wie das Blut hindurchströmte. Ich wollte ihm etwas sagen, das ihm helfen würde, ihm sagen, dass wir uns ähnlicher waren, als er ahnte, aber es war so albern. Ich wollte durch die Gitterstäbe hindurchgreifen und die Ader berühren, durch die sein Blut rauschte. Aber das tat ich dann doch nicht.

»Schreibst du viel in dein Notizbuch?«, fragte er, und seine Stimme und sein Gesichtsausdruck schienen plötzlich seltsam verzweifelt.

Ich sah ihn an und nickte. In der Zelle nebenan machte der Junge – Jackson – ein Geräusch, eine Art Katzenschrei, was diesen Augenblick zwischen Zach und mir einfach nur blöd und billig erscheinen ließ. Zach warf ihm einen wütenden Blick zu.

»Na los jetzt, ihr hattet eure fünf Minuten«, sagte der Polizist. Augusta legte die Hand auf meinen Rücken und schob mich Richtung Ausgang.

Es schien, als ob Zach mich etwas fragen wollte. Er machte den Mund auf, dann schloss er ihn wieder.

»Ich schreib all das hier für dich auf«, sagte ich. »Ich mache daraus eine Geschichte.«

Ich weiß nicht, ob es das war, was er mich hatte fragen wollen, aber das wollen wir doch alle – dass jemand das Unrecht, das einem angetan wird, sieht und niederschreibt, damit es etwas bedeutet.

Wir bemühten uns nicht einmal, vor May zu lächeln. Wenn sie im Raum war, sprachen wir zwar nicht über Zach, aber wir taten auch nicht so, als wäre die Welt rosig und eitel Sonnenschein. June zog sich hinter ihr Cello zurück, so wie sie es immer tat, wenn Trauer aufkam. Und eines Morgens, auf dem Weg zum Honighaus, blieb Augusta stehen und sah auf die Bremsspuren, die Zachs Auto in der Auffahrt hinterlassen hatte. Als sie dort so stand, dachte ich, sie würde gleich anfangen zu weinen.

Alles, was ich tat, war mir schwer und mühsam – ob ich das Geschirr abtrocknete, beim Beten kniete oder auch nur die Laken zurückschlug, um ins Bett zu gehen.

Am zweiten Tag des Monats August, als wir den Abwasch nach dem Abendessen erledigt und die »Gegrüßet Seist Du, Marias« aufgesagt hatten, meinte Augusta, heute Abend wird nicht mehr Trübsal geblasen, heute sehen wir uns etwas Lustiges im Fernsehen an. Und das machten wir auch, als das Telefon klingelte. Bis zu diesem Tag fragen sich Augusta und June, wie anders unser aller Leben verlaufen wäre, wenn eine von ihnen ans Telefon gegangen wäre – und nicht May.

Ich erinnere mich, dass Augusta noch aufstand, um ans Telefon zu gehen, aber May war näher an der Tür. »Ich geh schon«, sagte sie. Niemand dachte sich etwas dabei. Wir starrten wie gebannt auf den Fernseher, dort mussten Affen in kleinen Autos über ein hohes Seil fahren.

Als May einige Minuten später wieder ins Zimmer kam, irrten ihre Augen im Zickzack über unsere Gesichter. »Das war Zachs Mutter«, sagte sie. »Warum habt ihr mir nicht gesagt, dass er im Gefängnis ist?«

Sie sah so normal aus, als sie dort stand. Einen Augenblick lang rührte sich niemand von uns. Wir beobachteten sie, als ob wir darauf warteten, dass sie zusammenbrechen würde. Aber May stand einfach nur da, so ruhig, wie irgend möglich.

Ich fing an zu glauben, dass vielleicht eine Art Wunder geschehen war, dass sie vielleicht sogar geheilt war.

»Alles in Ordnung?«, sagte Augusta und stand auf.

May antwortete nicht.

»May?«, fragte June.

Ich lächelte sogar noch zu Rosaleen hinüber und nickte ihr zu: *Siehst du auch, wie gut sie das aufnimmt?*

Augusta aber schaltete den Fernseher aus und sah May genau an. Mays Kopf lag auf der Seite, ihre Augen waren auf das Stickbild eines Vogelhauses gerichtet, das an der Wand hing. Dann merkte ich, dass ihre Augen das Bild gar nicht ansahen. Ihre Augen waren vollkommen glasig.

Augusta ging zu May. »Antworte mir. Geht es dir gut?«

In der Stille hörte ich, wie Mays Atem laut und unruhig ging. Sie machte ein paar Schritte zurück, bis sie gegen die Wand stieß. Dann rutschte sie hinunter auf den Boden, ohne einen Laut von sich zu geben.

Ich bin nicht sicher, wann mir klar wurde, dass May sich an einen unerreichbaren Ort tief in ihrem Innern zurückgezogen hatte. Selbst Augusta und June begriffen es nicht sofort. Sie riefen May, als ob sie taub geworden wäre.

Rosaleen beugte sich über May und sprach mit lauter Stimme, sie versuchte, zu ihr durchzudringen. »Mit Zach geht alles klar. Mach dir keine Sorgen deshalb. Mr. Forrest holt ihn Mittwoch aus'm Gefängnis raus.«

May starrte einfach nur geradeaus, als ob Rosaleen gar nicht da wäre.

»Was ist mit ihr passiert?«, fragte June, und ich hörte Panik in ihrer Stimme. »So habe ich sie noch nie gesehen.«

May war da, aber nicht bei uns. Ihre Hände lagen schlaff im Schoß, die Handflächen nach oben. Nichts war wie sonst. Sie weinte nicht in ihr Kleid. Sie wiegte sich nicht vor und zurück. Sie zog nicht an ihren Zöpfen. Sie war so ruhig, so völlig anders.

Ich drehte mein Gesicht zur Decke, ich konnte es nicht mit ansehen.

Augusta ging in die Küche und kam mit einem Handtuch voller Eis zurück. Sie zog Mays Kopf zu sich heran, so dass er für kurze Zeit an ihrer Schulter lag, dann hob sie das Gesicht ihrer Schwester an und drückte das Handtuch auf Stirn und Schläfen und Nacken. Sie tat das mehrere Minuten lang, dann nahm sie das Handtuch weg und tätschelte Mays Wangen.

May blinzelte ein oder zwei Mal und sah Augusta an. Sie sah uns alle an, die wir uns um sie herum drängten, so als ob sie von einer langen Reise zurückkehren würde.

»Fühlst du dich besser?«, fragte Augusta.

May nickte. »Es wird schon.« Die Worte kamen in einer eigenartig tonlosen Stimme aus ihr heraus.

»Nun, ich bin froh, dass du sprechen kannst«, sagte June. »Komm, wir bringen dich in die Badewanne.«

Augusta und June zogen May hoch.

»Ich geh zur Mauer«, sagte May.

June schüttelte den Kopf. »Es wird schon dunkel.«

»Nur für eine kleine Weile«, sagte May. Sie ging in die Küche, wir alle folgten ihr. Sie machte eine Schranktür auf, nahm eine Taschenlampe heraus, ihren Block, einen Bleistiftstumpen und ging hinaus zur Veranda. Ich stellte mir vor, wie sie ihren Kummer aufschreiben würde – *Zach im Gefängnis* – und wie sie den Zettel dann in einen Spalt in ihrer Mauer stecken würde.

Ich dachte, irgendjemand sollte sich bei jedem einzelnen Stein da draußen bedanken, dafür, dass sie all das Elend der Menschen bei sich aufnahmen. *Wir sollten sie der Reihe nach küssen und sagen: Es tut uns wirklich Leid, aber irgendetwas Starkes und Beständiges muss das doch für May tun, und ihr seid nun einmal die Auserwählten. Gott segne eure steinernen Herzen.*

»Ich komme mit dir«, sagte Augusta.

May sprach über die Schulter: »Nein, Augusta, bitte nicht, ich will alleine gehen.«

Augusta wollte widersprechen. »Aber …«

»Ich gehe allein«, sagte May und drehte uns das Gesicht zu. »Ganz allein.«

Wir sahen, wie sie die Treppen der Veranda hinabstieg und auf die Bäume zuging. Es gibt im Leben Dinge, die kann man niemals vergessen, gleich, wie sehr man es auch versucht, und dieser Anblick gehört dazu: May geht mit einem kleinen Lichtschein, der vor ihr hin und her hüpft, auf den Wald zu, und dann wird sie von der Dunkelheit verschluckt.

Das Leben einer Biene ist sehr kurz. Während des Frühlings und des Sommers – der anstrengendsten Periode der Futtersuche – lebt eine Arbeitsbiene in der Regel nicht länger als vier bis fünf Wochen ... Bei den vielen Flügen der Futtersuche drohen unzählige Gefahren, und so sterben viele Arbeitsbienen, noch ehe sie dieses Alter überhaupt erreicht haben.

KAPITEL 10

Ich saß mit Augusta, June und Rosaleen in der Küche, während sich um das Haus herum die Nacht ausbreitete. May war jetzt ganze fünf Minuten weg, und Augusta stand auf und fing an, unruhig hin und her zu gehen. Sie ging hinaus zur Veranda, kam zurück, sah hinaus zur Mauer.

Nach zwanzig Minuten sagte sie: »Gehen wir sie suchen.«

Sie holte eine Lampe aus dem Laster und stürmte voran zur Mauer, June, Rosaleen und ich versuchten, mit ihr Schritt zu halten. Ein Nachtvogel saß in einem der Bäume und sang sich die Seele aus dem Leib, gehetzt und fiebernd, als müsste er dort den Mond an den Himmel locken.

»M-a-a-y«, rief Augusta. Dann rief June nach ihr, dann Rosaleen, dann ich. Wir gingen weiter und riefen ihren Namen, aber es kam kein Laut zurück. Allein der Vogel war zu hören, der den Mond ansang.

Nachdem wir die Mauer von einem Ende zum anderen abgelaufen waren, gingen wir noch einmal an der Mauer entlang, so als ob wir es diesmal richtig machen würden: Diesmal würden wir viel langsamer gehen, genauer hinsehen, lauter rufen. Dieses Mal würde May da sein, sie würde vor ihrer Mauer knien, im Dunkeln, denn die Batterien ihrer Taschenlampe waren leer. Und wir würden denken: *Du liebe Güte, wie konnten wir sie vorhin nur übersehen?*

Aber das geschah nicht, und so gingen wir in den Wald hinter der Mauer, riefen ihren Namen immer lauter, bis ich hören konnte, wie sich Heiserkeit in unsere Stimmen schlich, aber keine Einzige von uns sagte: Irgendetwas *stimmt hier ganz und gar nicht.*

Obwohl es Nacht war, hing die schwüle Wärme noch immer in der Luft, und ich konnte die Hitze unserer Körper spüren, als wir den Wald durchkämmten und einem kleinen, schwachen Lichtkegel folgten. Schließlich sagte Augusta: »June, geh du zum Haus zurück und ruf die Polizei. Sag ihnen, wir müssen unsere Schwester suchen. Wenn du aufgelegt hast, knie vor Unserer Lieben Frau und bitte sie, über May zu wachen, und komm dann zurück. Wir gehen hinunter zum Fluss.«

June rannte los. Wir hörten, wie sie durch das Unterholz knackte, während wir das Ende des Grundstücks erreichten, wo der Fluss rauschte. Augustas Beine gingen immer schneller. Rosaleen hatte Mühe mitzuhalten und schnappte nach Luft.

Als wir an den Fluss kamen, blieben wir einen Moment lang stehen. Ich war jetzt schon so lange in Tiburon gewesen, dass ich den Mond einmal hatte ab- und wieder zunehmen sehen. Nun hing er über dem Fluss, und die Wolken glitten an ihm vorbei. Ich starrte auf einen Baum am anderen Ufer, dessen Wurzeln bloß lagen und seltsam verknotet aussahen, und spürte, wie ein trocken-metallischer Geschmack in meinem Hals aufstieg und sich über meine Zunge legte.

Ich griff nach Augustas Hand, aber sie war schon am Ufer entlang vorausgeeilt und rief nach May.

»M-a-a-a-y.«

Rosaleen und ich stolperten unbeholfen hinter ihr her. Zu meiner Überraschung fing auf einmal das Gebet, das wir jeden Abend nach dem Essen sprachen, das mit den Perlen, ganz von selbst in mir an und sagte sich von alleine in den hintersten Winkeln meines Kopfes auf. Ich konnte jedes einzelne Wort genau hören: Gegrüßet *seist du, Maria, voll der Gnade, der Herr ist mit dir, du bist gebenedeit unter den Frauen, und gebenedeit ist die Frucht deines Leibes, Jesus. Heilige Maria, Mutter Gottes, bitte für uns Sünder, jetzt und in der Stunde unseres Todes. Amen.*

Erst als Augusta sagte: »Du hast Recht, Lily, wir sollten alle gemeinsam beten«, merkte ich, dass ich die Worte laut gesprochen hatte. Augusta fiel in das Gebet mit ein, dann auch Rosaleen. Wir gingen am Fluss entlang, und die Worte folgten uns wie Perlenschnüre durch die Nacht.

Als June zurückkam, hielt sie auch eine Taschenlampe in der Hand, die sie irgendwo im Haus gefunden hatte. Ihre kleine Lichtpfütze schwankte, als sie durch den Wald kam.

»Hier sind wir«, rief Augusta und leuchtete mit ihrer Lampe durch die Bäume. Wir warteten, bis June das Ufer erreicht hatte.

»Die Polizei ist auf dem Weg hierher«, sagte sie.

Die Polizei ist auf dem Weg hierher. Ich sah zu Rosaleen hinüber, ihre Mundwinkel hingen herab. Mich hatte die Polizei nicht erkannt, als ich den Besuch im Gefängnis gemacht hatte, ich hoffte nur, auch Rosaleen hätte jetzt Glück.

June rief nach May und pflügte das Ufer hinauf, gefolgt von Rosaleen, aber Augusta ging mit einem Mal sehr langsam und bedächtig. Ich blieb dicht hinter ihr, sprach weiter die »Gegrüßet seist Du, Marias« zu mir selber, schneller und immer schneller.

Plötzlich blieb Augusta stehen. Ich auch. Und ich hörte den Gesang des Nachtvogels nicht mehr.

Ich fixierte Augusta, ich löste meine Augen nicht von ihr.

Sie stand dort, angespannt, aufmerksam, und sah hinunter in das Flussbett. Auf etwas, was ich nicht erkennen konnte.

»June«, rief sie mit einer seltsamen, flüsternden Stimme, aber June und Rosaleen waren so weit vor uns, sie hörten sie nicht. Nur ich hörte sie.

Die Luft war stickig und undurchdringlich, zu stickig, um sie zu atmen. Ich trat neben Augusta und berührte ihren Arm mit meinem Ellbogen, ich brauchte sie dicht neben mir. Und da war Mays Taschenlampe, sie lag ausgeschaltet auf dem nassen Grund.

Heute erscheint es mir seltsam, aber wir standen dort eine ganze Minute lang völlig regungslos, ich wartete darauf, dass Augusta etwas sagte, aber sie sprach nicht, sie stand nur da. Dann kam ein Windstoß, er wühlte sich durch die Äste und Zweige, traf uns ins Gesicht wie eine Brise der Hölle. Augusta sah mich an, dann richtete sie ihren Lichtstrahl auf das Wasser.

Das Licht glitt über die Oberfläche, die sich in Spritzer dunkelgoldener Tintenkleckse auflöste, dann blieb es schlagartig stehen. May lag im Fluss, direkt unter der Oberfläche. Ihre Augen waren weit offen und starr, der Rock ihres Kleides hatte sich aufgefächert und trieb im Strom.

Von Augustas Lippen kam ein Laut, ein sanftes Klagen.

Ich klammerte mich wie wild an Augustas Arm, aber sie riss sich los, warf ihre Taschenlampe weg und stieg in den Fluss.

Ich sprang ihr nach. Wasser schlang sich um meine Beine, und ich rutschte auf dem glitschigen Flussgrund aus. Ich griff nach Augustas Rock, bekam ihn aber nicht zu fassen. Ich kam prustend wieder auf die Beine.

Ich erreichte Augusta, die im Fluss stand und hinunter auf ihre kleine Schwester sah. »June«, rief sie. »June!«

May lag in dem einen halben Meter tiefen Wasser mit einem gewaltigen Flussstein auf ihrer Brust. Als ich sie sah, dachte ich: *Dann kann sie jetzt ja aufstehen. Augusta wird den Stein wegrollen, und May wird hochkommen und nach Luft schnappen, und dann gehen wir alle zum Haus zurück und ziehen ihr etwas Trockenes an.* Ich wollte mich hinunterbeugen und sie berühren, sie leicht an der Schulter rütteln. Sie konnte einfach nicht hier draußen im Fluss gestorben sein. Das war vollkommen unmöglich.

Allein ihre Hände waren nicht unter Wasser. Sie schwammen an der Oberfläche, wie kleine, zerbeulte Kelche, die im Strom auf und nieder trieben, Wasser spülte durch ihre Finger. Selbst heute noch ist es dieses Bild, das mich in der Nacht hochfahren lässt, nicht Mays offene und starre Augen oder der Stein, der auf ihr liegt wie eine Grabplatte. Es sind ihre Hände.

June stürzte ins Wasser. Sie erreichte May, stand neben Augusta, keuchte, ihre Arme hingen kraftlos neben ihrem Körper. »Oh May«, flüsterte sie und sah weg, sie kniff die Augen zu.

Ich sah zum Ufer hinüber, dort stand Rosaleen, mit den Knöcheln im Wasser, und zitterte am ganzen Leib.

Augusta kniete sich nieder und rollte den Stein von Mays Brust. Sie packte May an den Schultern und zog sie hoch. Ihr Körper machte ein entsetzliches, schmatzendes Geräusch, als er aus dem Wasser kam. Ihr Kopf rollte zurück, und ich sah, dass ihr Mund ein wenig aufstand und ihre Zähne mit Schlamm bedeckt waren. Flussgras hatte sich in ihren Zöpfen verfangen. Da erst wusste ich es. *May war tot.*

Augusta wusste es auch, aber sie legte ihr Ohr auf Mays Brust und lauschte. Nach einer Minute kam sie hoch und legte Mays Kopf an *ihre* Brust, fast schien es, als wollte sie, dass May nun *ihrem* Herzschlag lauschen sollte.

»Wir haben sie verloren«, sagte Augusta.

Ich fing an zu zittern. Ich konnte hören, wie meine Zähne klapperten, als sie gegeneinander schlugen. Augusta und June legten ihre Arme unter Mays Körper und bemühten sich, sie zum Ufer zu tragen. Sie war ganz angeschwollen, voller Wasser. Ich griff nach ihren Knöcheln und versuchte, sie zu halten. Der Fluss schien ihre Schuhe mit sich fortgetragen zu haben.

Als sie May am Ufer niederlegten, strömte Wasser aus ihrem Mund und ihrer Nase. Ich dachte: *So ist Unsere Liebe Frau am Ufer des Flusses bei Charleston angespült worden.* Ich dachte: *Seht nur ihre Finger, ihre Hände. Sie sind so zierlich.*

Ich stellte mir vor, wie May den Stein vom Ufer in den Fluss gerollt hatte, sich dann niedergelegt und den Stein auf sich gehoben hatte. Sie hatte ihn fest im Arm gehalten, wie ein Baby, und dann darauf gewartet, dass sich ihre Lungen füllten. Ich fragte mich, ob sie um sich geschlagen und in letzter Sekunde versucht hatte, an die Oberfläche zu kommen, oder ob sie gegangen war, ohne zu kämpfen, einfach nur den Stein umarmt hatte und ihn all das Leid hatte aufsaugen lassen, das sie in sich trug. Was für Geschöpfe waren wohl an ihr vorübergeschwommen, während sie starb?

June und Augusta, die völlig durchnässt waren, beugten sich über sie, während die Moskitos in unsere Ohren summten und der Fluss weiterfloss und sich in der Dunkelheit davonschlängelte. Ich sah kein Entsetzen auf ihren Gesichtern, sondern nur ein Hinnehmen in maßlosem Schmerz. Sie hatten so viele Jahre schon diesen Augenblick erwartet, ohne sich dessen je bewusst zu sein.

Augusta versuchte, Mays Augen zu schließen, aber sie blieben halb offen. »Es ist wie mit April«, sagte June.

»Leuchte bitte mal auf May«, sagte Augusta zu ihr. Die Worte kamen ruhig und gleichmäßig. Ich konnte sie kaum über das Hämmern meines Herzens hinweg hören.

In dem schwachen Lichtstrahl zog Augusta die kleinen grünen Blätter, die sich in Mays Haar verfangen hatten, heraus und steckte jedes einzelne in ihre Tasche.

Augusta und June wischten jede Spur, die der Fluss an Mays Haut und Kleidern hinterlassen hatte, ab, und Rosaleen, die arme Rosaleen, die – so wurde mir allmählich klar – ja gerade ihre neu gefundene beste Freundin verloren hatte, stand nur da und gab keinen Ton von sich, aber ihr Kinn zitterte so entsetzlich, dass ich es am liebsten für sie ruhig gehalten hätte.

Dann kam aus Mays Mund ein Laut, den ich niemals im Leben vergessen werde – ein langes, blubberndes Seufzen, wir alle sahen einander an, verwirrt, eine Sekunde lang voller Hoffnung, so als ob das Wunder nun doch noch geschehen wäre, aber es war lediglich eine Luftblase gewesen, die sich gelöst hatte. Ihr Seufzen strich über mein Gesicht, es roch nach dem Fluss, nach vermodertem, altem Holz.

Ich sah hinunter in Mays Gesicht und spürte, wie Übelkeit in mir hochkam. Ich stolperte in die Bäume, beugte mich vor und erbrach mich.

Dann, als ich mir gerade den Mund mit dem Saum meiner Bluse sauber wischte, hörte ich einen Klang durch die Dunkelheit brechen, einen Schrei, der so durchdringend war, dass er mich bis ins Innerste meines Herzens traf. Ich drehte mich um und sah Augusta, eingerahmt vom Licht aus Junes Taschenlampe. Der Laut kam aus den Tiefen ihrer Kehle. Als er abebbte, ließ Augusta ihren Kopf auf Mays nasse Brust sinken.

»So, und du bist also Vollwaise?«, fragte der Polizist. Es war dieser große Bürstenschnitt-Eddie-Hazelwurst, der Augusta und mich eskortiert hatte, als wir Zach im Gefängnis besucht hatten.

Rosaleen und ich saßen in den Schaukelstühlen im Salon, er stand vor uns mit einem kleinen Notizbuch in der Hand, um eifrig jedes einzelne Wort niederzuschreiben. Der andere Polizist war draußen und suchte die Klagemauer ab – wonach auch immer er da wohl suchte.

Mein Stuhl schaukelte so heftig, dass ich fast hinausgeschleudert wurde. Rosaleen aber war reglos, ihr Gesicht verschlossen.

Als wir zum Haus zurückgekommen waren, hatte Augusta mit den Polizisten gesprochen und mich und Rosaleen nach oben geschickt. »Geht euch da oben erst einmal abtrocknen«, hatte sie gesagt.

Ich hatte mir die Schuhe ausgezogen und mich mit einem

Handtuch abgerubbelt, dann standen wir oben am Fenster. Wir sahen zu, wie die Männer von dem Krankenwagen May auf einer Bahre aus dem Wald trugen, und hatten dann zugehört, wie die Polizisten June und Augusta alle möglichen Fragen stellten. Ihre Stimmen waren zu uns die Treppe hinauf gedrungen. *Ja, sie war in letzter Zeit depressiv. Nun, eigentlich war sie häufig depressiv. Ja, sie war krank. Sie konnte das Leid anderer nicht von ihrem eigenen trennen. Nein, wir haben keinen Zettel gefunden. Eine Autopsie? Gut, wenn das sein muss.*

Mr. Hazelwurst hatte mit allen sprechen wollen, und so waren wir nun an der Reihe. Ich erzählte ihm ganz genau, was passiert war, von dem Augenblick an, als May ans Telefon gegangen war, bis zu dem Moment, als wir sie im Fluss gefunden hatten. Dann fing er an, mir persönliche Fragen zu stellen. War ich nicht das Mädchen, das letzte Woche im Gefängnis gewesen war, um einen von diesen Negerjungs zu besuchen? Was machte ich hier eigentlich? Und wer war Rosaleen?

Ich erklärte ihm alles ganz genau, dass meine Mutter gestorben war, als ich noch klein war, dass mein Vater zu Beginn des Sommers einen Traktorunfall gehabt hatte und nun auch zu seinem Schöpfer gegangen war – ich erzählte ihm die ganze Geschichte. Rosaleen, sagte ich, war mein Kindermädchen.

»Sicher bin ich jetzt ein Waisenkind«, erklärte ich ihm. »Aber wir haben Familie in Virginia. Es war der letzte Wille meines Vaters, dass ich bei Tante Bernie leben soll. Sie erwartet mich und Rosaleen. Sie wird uns das Geld für die Busfahrt schicken, aber vielleicht kommt sie auch selber hierher und holt uns ab. Sie sagt schon die ganze Zeit immer: ›Lily, ich kann es gar nicht erwarten, bis ihr endlich kommt.‹ Und ich sage ihr immer: ›Wir werden schon rechtzeitig da sein, ehe die Schule wieder anfängt.‹ Ich werde nämlich jetzt aufs College gehen, ich kann es selber kaum glauben.«

Seine Augen wurden schmal, als ob er versuchen würde, all dem hier mühsam zu folgen. Ich brach jede Regel erfolgreichen Lügens. *Quatsch nicht so viel*, sagte ich mir selber, aber ich konnte nicht aufhören.

»Ich bin so froh, dass ich bei ihr leben kann. Sie ist ja so nett. Sie würden gar nicht glauben, was sie mir schon alles für Sachen geschickt hat. Vor allem Modeschmuck und Teddybären. Zu jedem Geburtstag.«

Ich war nur froh, dass Augusta und June nicht dabeistanden und das hier hören konnten. Sie waren losgefahren, um dem Krankenwagen zu folgen, sie wollten sehen, dass Mays Leichnam sicher da ankam, wohin auch immer er jetzt gebracht wurde. Es war schlimm genug, dass Rosaleen mit im Zimmer war. Ich hatte Angst, sie würde uns verraten, würde etwas sagen wie: *In Wirklichkeit sind wir gleich hierhin, nachdem Lily mich aus'm Gefängnis befreit hat.* Aber sie saß völlig in sich zurückgezogen da, vollkommen stumm.

»Nun, wie war noch mal dein Nachname?«, sagte er.

»Williams«, sagte ich. Das hatte ich ihm jetzt doch schon zwei Mal gesagt, und ich fragte mich, was für Voraussetzungen man überhaupt erfüllen musste, um bei der Polizei von Tiburon angenommen zu werden. Es schienen die gleichen wenigen zu sein wie bei der Polizei von Sylvan.

Er schraubte sich zu seiner vollen Größe auf. »Nun, eins versteh ich nicht, wenn du bei deiner Tante in Virginia leben sollst, was machst du dann hier?«

Was er meinte, war im Klartext: *Was um alles in der Welt macht ein weißes Mädchen wie du in einem Haus voller Farbiger?*

Ich holte tief Luft. »Nun, wissen Sie, meine Tante Bernie musste operiert werden. So ein Frauenleiden. Also hat Rosaleen gesagt: ›Warum bleiben wir beide dann nicht bei meiner Freundin Augusta Boatwright in Tiburon, bis Tante Bernie wieder auf den Beinen ist?‹ Es macht ja wenig Sinn, zu ihr zu gehen, wenn sie noch im Krankenhaus ist.«

Er schrieb das tatsächlich auf. *Wieso?* Ich hätte ihn am liebsten angeschrien: *Hier geht es nicht um mich oder Rosa-*

leen oder Tante Bernie. Hier geht es um May. Sie ist tot, oder haben Sie das vielleicht schon vergessen?

Ich hätte in meinem Zimmer sein und mir die Augen ausweinen sollen, stattdessen musste ich hier rumsitzen und die dämlichste Unterhaltung meines Lebens führen.

»Kennst du denn keine Weißen in Spartanburg, bei denen du bleiben könntest?«

Klartext: Alles *wäre doch besser, als hier in diesem Haus mit diesen Farbigen zu leben.*

»Nein, Sir, eigentlich nicht. Ich habe da nicht viele Freunde. Ich war eigentlich nie wirklich beliebt. Ich glaube, es liegt daran, dass ich immer so gute Noten hatte. Eine Frau aus der Kirche hatte damals gesagt, ich könnte bei ihr bleiben, bis es Tante Bernie besser geht, aber die bekam Gürtelrose, und dann ging das auch nicht.«

Lieber Gott, kann mir bitte jemand den Mund zuhalten?

Er sah hinüber zu Rosaleen. »Und woher kennst du Augusta?«

Ich hielt den Atem an, mein Schaukelstuhl stand plötzlich völlig still.

»Sie ist 'ne Kusine von meinem Mann«, sagte Rosaleen. »Wir sind Freunde geblieben, nachdem der abgehaun is'. Augusta war die Einzige in der Familie, die kapiert hat, was für'n jämmerlicher Schwachkopf das war.« Sie sah zu mir herüber, als ob sie sagen wollte: Siehste? *Du bist nicht die Einzige, die Lügen aus'm Hut zaubern kann.*

Er klappte sein Notizbuch zu, krümmte einen Finger und winkte mir zu, ich solle ihm zur Tür folgen. Als er nach draußen getreten war, sagte er: »Nimm einen guten Rat von mir an und ruf sofort deine Tante an und sag ihr, sie soll dich auf der Stelle holen kommen, selbst wenn sie noch nicht ganz gesund ist. Hier sind doch nur Farbige. Verstehst du?«

Ich runzelte die Stirn. »Nein, Sir, ich fürchte nicht.«

»Ich meine doch nur, es ist einfach nicht normal, dass du … nun, dass du dich so herablässt.«

»Oh.«

»Ich komm bald wieder, und du solltest dann nicht mehr hier sein. Kapiert?« Er lächelte und legte seine gewaltige Hand auf meinen Kopf, so als ob wir als die zwei einzigen Weißen hier jetzt eine geheime Übereinkunft hätten.

»Kapiert.«

Ich schloss die Tür hinter ihm. Was auch immer mich wie Leim zusammengehalten hatte, jetzt löste es sich, und ich fiel auseinander. Ich ging zurück in den Salon und fing an zu heulen. Rosaleen legte den Arm um mich, und ich sah, wie die Tränen auch über ihr Gesicht liefen.

Wir gingen die Stufen hinauf in das Zimmer, das sie mit May geteilt hatte. Rosaleen zog auf ihrem Bett die Laken zur Seite. »Los, rein mit dir«, sagte sie.

»Wo wirst du denn schlafen?«

»Hier drüben«, antwortete sie und zog die Decke von Mays Bett, die rosa-braune Decke aus Stäbchenmaschen, die May selber gehäkelt hatte. Rosaleen stieg hinein und drückte ihr Gesicht in die Falten des Kissens.

Man sollte meinen, dass ich in dieser Nacht von May geträumt hätte, aber als ich einschlief, war es Zach, der mir in meinen Träumen erschien. Ich kann nicht einmal mehr sagen, was in meinem Traum genau passierte. Als ich wach wurde, ging mein Atem schneller, und ich wusste, es war wegen ihm. Er schien so nah und wirklich, als ob ich mich aufsetzen und sein Kinn mit den Fingerspitzen berühren könnte. Dann fiel mir ein, wo er war, und eine unerträgliche Schwere überfiel mich. Ich sah seine Pritsche vor mir, mit seinen Schuhen darunter, und stellte mir vor, wie er in diesem Moment wahrscheinlich auch wach lag und auf die Decke sah und dem Atem der anderen Jungen zuhörte.

Drüben in der Ecke des Zimmers setzte ein knarrendes Geräusch ein, und ich erlebte einen dieser merkwürdigen Momente, in denen man nicht genau weiß, wo man eigentlich ist. Ich war halb wach und dachte, ich wäre im Honighaus, aber dann wurde mir klar, dass das Geräusch von Rosaleen kam, die sich im Bett herumdrehte. Und dann, dann fiel mir May ein. Dann fiel mir der Fluss ein.

Ich musste aufstehen, ins Badezimmer gehen und mir Wasser ins Gesicht spritzen. Als ich dort in dem bisschen Licht stand, das die Nacht schickte, sah ich die Porzellan-Tierfüße der Badewanne, die noch immer die roten Socken trugen, die May darüber gezogen hatte. Ich musste einfach lächeln. Es war eine Seite von May, die ich niemals vergessen wollte.

Ich schloss die Augen und sah alles vor mir: Ich sah ihre gekringelten Zöpfe, nass vom Rasensprenger, in der Sonne glitzern, ich sah, wie ihre Finger Krümel zurechtlegten, um das Leben einer einzigen Kakerlake zu retten. Ich sah den Hut, den sie an dem Tag getragen hatte, als sie mit den Töchtern Mariens getanzt hatte. Aber vor allem sah ich diesen Widerschein von Liebe und Angst, der so oft auf ihrem Gesicht gebrannt hatte.

Am Ende hatte er sie verzehrt.

Nach der Autopsie, nachdem die Polizei den Selbstmord für erwiesen erklärt hatte, nachdem das Beerdigungsinstitut May so schön wie möglich hergerichtet hatte, kam sie nach Hause, in ihr rosa Heim. Ganz früh am Morgen des 5. August kam ein schwarzer Leichenwagen die Auffahrt entlang, und vier Männer in schwarzen Anzügen hoben Mays Sarg heraus und trugen ihn in den Salon. Als ich Augusta fragte, warum man May in ihrem Sarg ins Haus trug, sagte sie: »Wir werden bei ihr wachen, bis sie beerdigt wird.«

Das hatte ich nun nicht erwartet, denn in Sylvan ließen alle, die ich kannte, ihre geliebten Verstorbenen direkt vom Beerdigungsinstitut zum Friedhof bringen.

Augusta sagte: »Wir bleiben hier bei ihr, damit wir uns von ihr verabschieden können. Bei uns heißt das Totenwache. Es ist oft schwer, einen Tod zu begreifen, und eine Totenwache hilft uns dabei, uns von den Toten zu verabschieden.«

Wenn ein Toter mitten *im Wohnzimmer* ist, fällt es sicher leichter, alles zu begreifen. Es war sehr merkwürdig, eine Tote im Haus zu haben, aber wenn es uns half, besser Abschied zu nehmen, nun, das sah ich ein.

»Es hilft auch May«, sagte Augusta.

»Es hilft auch May?«

»Du weißt doch, dass wir alle eine Seele haben, Lily, und wenn wir sterben, geht sie direkt zu Gott, aber niemand weiß, wie lange das dauert. Vielleicht nur den Bruchteil einer Sekunde, vielleicht aber dauert es auch eine Woche oder sogar zwei. Jedenfalls, wenn wir hier bei May sitzen, sagen wir ihr damit: ›Es ist gut, May, das hier war dein Zuhause, aber du kannst jetzt gehen. Es ist alles in Ordnung.‹«

Augusta ließ den Sarg, der auf einer Art Tisch mit Rollen stand, vor Unsere Liebe Frau der Ketten bringen und dort öffnen. Nachdem die Männer vom Beerdigungsinstitut weg waren, gingen Augusta und Rosaleen zum Sarg und sahen hinein auf May, aber ich blieb zurück. Ich ging herum und sah mich selbst in all den Spiegeln an, als June mit ihrem Cello herunterkam und zu spielen anfing. Sie spielte »O Susanna!«, und wir mussten alle lächeln. Ich trat zum Sarg und stellte mich zwischen Augusta und Rosaleen.

May sah aus wie immer, nur dass ihre Haut sehr straff über ihren Gesichtsknochen lag. Das Lampenlicht, das in den Sarg schien, verlieh ihr einen sanften Schimmer. Sie trug ein Kleid in Königsblau, das ich noch niemals gesehen hatte, mit Perlknöpfen und einem herzförmigen Ausschnitt, und dazu ihren blauen Hut. Sie sah aus, als ob sie jeden Augenblick die Augen öffnen und uns angrinsen würde.

Dies war also die Frau, die meiner Mutter alles beigebracht hatte, was man wissen musste, um Kakerlaken auf die nette Art loszuwerden. Ich zählte an meinen Fingern die Tage ab, die vergangen waren, seit mir May erzählt hatte, dass meine Mutter hier gewesen war. Sechs Tage. Es kam mir vor, als wären es sechs Monate. Ich wollte noch immer so unbedingt Augusta erzählen, was ich wusste. Ich hätte es wahrscheinlich auch Rosaleen erzählen können, aber eigentlich wollte ich es nur Augusta sagen. Sie war die Einzige, die mir erklären konnte, was das alles zu bedeuten hatte.

Als ich dort am Sarg stand und zu Augusta aufsah, hatte ich den dringenden Wunsch, ihr alles jetzt und in diesem Moment zu erzählen. Einfach damit herauszuplatzen. *Ich bin nicht Lily Williams, ich heiße Lily Owens, und die Frau, die hier gewohnt hat, war* meine Mutter, *May hat es mir gesagt.* Und dann würde alles herauskommen. Was immer dann auch geschehen würde, würde geschehen. Als ich aber zu ihr hinauf blinzelte, sah ich, wie sie sich die Tränen aus dem Gesicht wischte und nach einem Taschentuch suchte. Es wäre selbstsüchtig, sie jetzt auch noch mit meinem Kummer zu beladen, wo sie doch fast zusammenbrach vor Trauer um May.

June spielte mit geschlossenen Augen, als ob es allein von ihr abhinge, dass Mays Seele in den Himmel kam.

Augusta und Rosaleen setzten sich schließlich hin, aber wo ich nun einmal am Sarg stand, konnte ich mich nicht losreißen. Mays Arme waren vor der Brust verkreuzt, wie zwei zusammengelegte Flügel, aber ich fand diese Haltung nicht schön für sie. Ich langte in den Sarg und nahm ihre Hand. Sie war wächsern und kalt, aber es machte mir nichts aus. *Ich hoffe, du wirst im Himmel glücklicher sein als hier*, sagte ich ihr. *Und wenn du Maria siehst, Unsere Liebe Frau, sag ihr, wir wissen, dass Jesus zwar hier unten die Hauptperson ist, aber wir tun unser Bestes, die Erinnerung an sie wach zu halten. Irgendwie spürte* ich genau, dass Mays Seele jedes einzelne Wort von mir verstand, obwohl ich nicht laut sprach.

Und ich wünsche mir, du könntest nach meiner Mutter sehen, sagte ich. *Erzähl ihr, dass wir uns begegnet sind und dass ich zumindest im Moment von T. Ray weg bin. Sag ihr: »Lily hätte so gerne ein Zeichen, etwas, was ihr zeigt, dass du sie liebst. Es muss nichts Großes sein, aber bitte schick ihr etwas.«*

Ich seufzte inbrünstig, hielt immer noch ihre Hand und dachte, wie groß ihre Finger waren. *Nun, das ist dann jetzt unser Abschied, sagte* ich ihr. Tränen fielen von meinen Wangen und tropften auf ihr Kleid.

Bevor ich aber wegtrat, veränderte ich etwas. Ich faltete ihre Hände und legte sie unter ihr Kinn, sie sah jetzt aus, als ob sie ernsthaft über ihre Zukunft nachdenken würde.

Gegen zehn Uhr dann am gleichen Morgen, während June weitere Lieder für May spielte und Rosaleen rastlos in der Küche herumstöberte, saß ich mit meinem Notizbuch auf den Stufen der hinteren Veranda und versuchte, alles aufzuschreiben, aber eigentlich hielt ich Ausschau nach Augusta. Sie war zur Klagemauer gegangen. Ich stellte mir vor, wie sie versuchte, dort nun ihren eigenen Schmerz zwischen den Steinen loszuwerden.

Als ich sie zurückkommen sah, hörte ich auf zu schreiben und kritzelte nur noch herum. Sie blieb auf halber Strecke im Garten stehen und starrte auf die Auffahrt und schützte ihre Augen gegen die Sonne. »Oh sieh doch, wer da kommt!«, rief sie mir zu und lief los.

Ich hatte Augusta noch niemals rennen sehen, ich konnte kaum glauben, wie schnell sie das Gras mit großen Sätzen überquerte, wie weit sich ihre langen Beine unter ihrem Rock strecken konnten. »Zach ist zurück!«, rief sie mir zu, und ich ließ mein Notizbuch fallen und flog die Treppen hinunter.

Ich hörte, wie Rosaleen aus der Küche June zurief, dass Zach da war, hörte, wie Junes Musik mitten im Ton abbrach. Als ich die Auffahrt erreichte, stieg er gerade aus Claytons Auto. Augusta umschlang ihn mit beiden Armen. Clayton sah auf den Boden und lächelte.

Als Augusta Zach losließ, sah ich erst, wie dünn er geworden war. Er stand da und sah mich an. Ich konnte den Ausdruck in seinem Gesicht nicht lesen. Ich ging auf ihn zu, wünschte, ich wüsste, was ich sagen sollte. Ein Windstoß blies eine Strähne in mein Gesicht, und er streckte die Hand aus und strich sie zur Seite. Dann zog er mich ganz fest an seine Brust und hielt mich einige Momente lang im Arm.

»Geht es dir gut?«, fragte June, die herbeieilte und sein Kinn in ihrer Hand knuddelte. »Wir sind fast verrückt geworden vor Sorge.«

»*Jetzt* geht es mir gut«, sagte Zach. Aber irgendetwas, ich konnte nicht genau sagen was, war aus seinem Gesicht verschwunden.

Clayton sagte: »Das Mädchen, das die Kinokarten verkauft – nun, anscheinend hat sie alles beobachtet. Sie hat ja lange genug gebraucht, aber schließlich hat sie der Polizei dann doch gesagt, wer von den Dreien die Flasche geworfen hat. Also sind die Anschuldigungen gegen Zach fallen gelassen worden.«

»Oh, *Gott sei Dank*«, sagte Augusta, und wir alle atmeten im gleichen Moment aus.

»Wir sind gekommen, um euch unser Beileid wegen May auszusprechen«, sagte Clayton. Er umarmte Augusta, dann June. Als er sich zu mir wandte, legte er mir die Hände auf die Schultern, es war keine Umarmung, aber es kam dem nahe. »Lily, wie schön, dich wiederzusehen«, sagte er und blickte dann zu Rosaleen hinüber, die ein wenig abseits hinter dem Auto stand. »Und auch Sie, Rosaleen.«

Augusta nahm Rosaleens Hand und zog sie zu uns herüber, und dann hielt sie Rosaleens Hand einfach weiter fest, so wie sie es manchmal mit May getan hatte, und da wurde mir klar, dass sie Rosaleen liebte. Dass sie Rosaleen am liebsten in July umgenannt und aus ihr eine Schwester des Sommers gemacht hätte.

»Ich konnte es einfach nicht glauben, als mir Mr. Forrest das von May erzählt hat«, sagte Zach.

Als wir zurück zum Haus gingen, damit Clayton und Zach an den Sarg treten konnten, dachte ich nur: *Ich wünschte, ich hätte mir die Haare toupiert. Ich wünschte, ich hätte mir eine von diesen modischen Bienenkorbfrisuren gemacht.*

Wir versammelten uns um May. Clayton senkte den Kopf, aber Zach sah direkt in ihr Gesicht.

Wir standen dort eine lange Zeit. Rosaleen summte ein wenig vor sich hin, ich glaube, aus Verlegenheit, aber schließlich hörte sie auf.

Ich sah hinüber zu Zach, über seine Wangen liefen Tränen.

»Es tut mir so Leid«, sagte er. »Es ist alles meine Schuld. Wenn ich gesagt hätte, wer die Flasche geworfen hat, wäre ich nicht verhaftet worden, und all das wäre niemals passiert.«

Ich hatte gehofft, er hätte vielleicht niemals herausgefunden, dass es seine Verhaftung gewesen war, die May zum Fluss getrieben hatte. Aber das war wohl zu viel verlangt.

»Wer hat es dir erzählt?«, sagte ich.

Er machte eine Handbewegung, als ob das nicht wichtig wäre. »Meine Mutter hat es von Otis gehört. Sie wollte es mir eigentlich nicht sagen, aber sie wusste, dass ich es sowieso früher oder später erfahren würde.« Er wischte sich das Gesicht ab. »Ich wünschte nur …«

Augusta streckte die Hand aus und berührte Zachs Arm. Sie sagte: »Nun, man kann auch sagen, wenn ich May von Anfang an erzählt hätte, dass du verhaftet worden bist, anstatt es vor ihr geheim zu halten, wäre auch nichts passiert. Oder wenn ich May davon abgehalten hätte, in jener Nacht zur Mauer zu gehen, auch dann wäre das nicht passiert. Und was, wenn ich nicht so lange gewartet hätte, bevor ich nach ihr gesucht habe …« Sie sah hinunter auf Mays Leichnam. »Aber letztlich war es Mays Entscheidung, Zach.«

Ich hatte trotzdem Angst, die Schuld würde irgendwie einen Weg finden, an ihnen zu haften. Denn damit kannte ich mich aus.

»Ich könnte noch gut deine Hilfe gebrauchen, um die Stöcke zu verhängen«, sagte Augusta zu Zach, als er und Clayton aufbrechen wollten. »Erinnerst du dich, wie wir es damals gemacht haben, als Esther starb?« Sie sah zu mir herüber und sagte: »Esther war eine Tochter Mariens, die letztes Jahr verstorben ist.«

»Natürlich, ich bleib hier und helfe«, sagte Zach.

»Willst du mit, Lily?«, fragte Augusta.

»Oh ja, Ma'am.« Die Stöcke verhängen – ich hatte keine Ahnung, was das hieß, aber ich wollte es um keinen Preis verpassen.

Nachdem sich Clayton verabschiedet hatte, setzten wir unsere Hüte und Schleier auf und gingen raus zu den Stöcken, wir trugen Berge von schwarzem Krepp, der in große Vierecke geschnitten war. Augusta zeigte uns, wie man ein Viereck über einen Stock drapieren, mit einem Ziegel befestigen und dabei aufpassen musste, dass man den Eingang zum Stock frei ließ.

Ich sah, wie Augusta einen Moment lang vor jedem Stock einfach nur still dastand, ihre Finger unter dem Kinn. *Warum genau machen wir das eigentlich?, hätte* ich sie gerne gefragt, aber es schien ein heiliges Ritual zu sein, das ich besser nicht stören sollte.

Als wir alle Stöcke verhüllt hatten, standen wir unter den Kiefern und besahen uns diese kleine Stadt aus schwarzen Gebäuden. Eine Stadt der Trauer. Selbst das Summen hörte sich unter den schwarzen Tüchern irgendwie klagend an, dunkel und getragen, so müssen wohl bei Nacht Nebelhörner über dem Meer klingen.

Augusta setzte ihren Hut ab und ging zu den Gartenstühlen, Zach und ich folgten ihr. Wir saßen, die Sonne im Rücken, und sahen hinüber zur Klagemauer.

»In den alten Zeiten haben die Imker immer ihre Stöcke verhüllt, wenn jemand aus ihrer Familie gestorben war«, sagte Augusta.

»Erzähl ihr doch von Aristäos«, sagte Zach.

»Oh ja, Aristäos. Die Geschichte sollte jeder Imker kennen.« Sie lächelte mich an. Jetzt würde ich Lektion Zwei meiner Imker-Amtseinführung erhalten, nach Lektion Eins, meinem ersten Stich. »Aristäos war der erste Imker aller Zeiten.

Eines Tages starben alle seine Bienen, es war eine Strafe der Götter für etwas, was Aristäos getan hatte. Die Götter verlangten, dass er einen Bullen töten müsse, um zu zeigen, dass er bereue, und dann sollte er nach neun Tagen zu dem Kadaver zurückkehren und hineinschauen. Nun, Aristäos tat, wie ihm die Götter geheißen hatten, und als er zu dem Kadaver zurückkehrte, sah er einen Bienenschwarm aus dem toten Bullen herausfliegen. Es waren seine eigenen Bienen, die wiedergeboren waren. Er brachte sie zurück zu den Stöcken, und seitdem glauben die Menschen, dass die Bienen Macht über den Tod haben. Aus diesem Grund ließen auch die alten Könige in Griechenland ihre Gräber in Form von Bienenkörben errichten.«

Zach saß da, die Ellbogen auf die Knie gestützt, und sah auf einen Kreis von Grasbüscheln, die immer noch fett und smaragdgrün an unseren Tanz um den Rasensprenger erinnerten.

»Wenn eine Biene fliegt, eine Seele den Tod besiegt«, sagte er.

Ich warf ihm einen verständnislosen Blick zu.

»Ein altes Sprichwort«, sagte Augusta. »Es heißt, dass die Seele eines Toten wiedergeboren wird, wenn Bienen in der Nähe sind.«

»Steht das in der Bibel?«, sagte ich.

Augusta lachte. »Nein, aber damals, als sich die Christen vor den Römern in den Katakomben versteckten, kratzten sie Bilder von Bienen in die Mauern. Als Zeichen dafür, dass sie nach dem Tode auferstehen würden.«

Ich schob meine Hände unter die Oberschenkel und setzte mich auf. Was waren wohl Katakomben?

»Glaubst du, es wird May helfen, in den Himmel zu kommen, wenn wir schwarze Tücher über die Stöcke tun?«, fragte ich.

»Große Güte, nein«, sagte Augusta. »Die Tücher sind für uns. Sie sollen uns daran erinnern, dass das Leben unweigerlich zum Tode führt und dass der Tod wiederum sich in Leben verwandelt.«

Ich lehnte mich in meinem Stuhl zurück und sah hinauf in den Himmel, der so endlos war und der trotzdem genau über die Erde passte, wie ein Deckel auf einen Bienenstock. Ich wünschte mir so, wir könnten May in einem Bienenkorb-Grab beerdigen. Dass ich mich selbst in eines legen und wiedergeboren werden könnte.

Dann kamen die Töchter Mariens, und sie waren beladen mit Bergen von Essen. Als ich sie das letzte Mal gesehen hatte, hatten Queenie und ihre Tochter Violet die kleinsten Hüte von allen angehabt, aber diesmal trugen sie überhaupt keine. Ich glaube, Queenie mochte nicht gerne das Weiß ihrer Haare bedecken, auf das sie so stolz war, und Violet, die mindestens vierzig sein musste, konnte sich nicht dazu durchringen, einen Hut zu tragen, wenn ihre Mutter keinen trug. Sie schien ihrer Mutter sowieso in allem zu folgen.

Lunelle, Mabelee, Cressie und Sugar-Girl trugen schwarze Hüte, die aber nicht so eindrucksvoll waren wie ihre anderen Hüte, außer Lunelles – der hatte einen roten Schleier und eine rote Feder. Sie nahmen ihre Hüte ab und legten sie der Reihe nach auf das Klavier, sobald sie ins Zimmer kamen, so dass ich versucht war zu sagen: *Wozu dann überhaupt die Hüte?*

Dann machten sie sich daran, Schinken zu schneiden, gegrilltes Huhn auf Platten zu verteilen, Paprika über scharf gewürzte Eier zu streuen. Es gab grüne Bohnen, Rüben, Makkaroni und Käse, Karamellkuchen. Wir aßen in der Küche, stehend und von Papiertellern, und sagten, wie gerne May das alles gemocht hatte.

Als wir so satt waren, dass wir eigentlich ein kleines Nickerchen gebraucht hätten, gingen wir in den Salon und setzten uns zu May. Die Töchter reichten eine hölzerne Schüssel mit etwas darin herum, das sie Manna nannten. Es war eine Mischung aus gesalzenen Sonnenblumen-, Sesam-, Kürbis- und Granatapfelkernen, besprenkelt mit Honig und goldbraun geröstet. Sie aßen es mit den Fingern und sagten, sie würden nicht einmal im Traum daran denken, bei einer Toten zu wachen und dabei keine Kerne zu essen.

Mabelee sagte: »Sie sieht wirklich gut aus – findet ihr nicht auch?«

Queenie grunzte. »Wenn sie so gut aussieht, vielleicht sollten wir sie dann im Schaufenster des Beerdigungsinstituts ausstellen?«

»Oh, *Queenie!*, rief Mabelee.

Cressie merkte, dass Rosaleen und ich keine Ahnung hatten, um was es ging, und sagte: »Das Beerdigungsinstitut hat eine Art Autoschalter. Da war nämlich früher mal eine Bank drin.«

»Und heute stellen sie die offenen Särge in das Fenster, an das wir früher mit dem Auto gefahren sind und wo wir unsere Schecks eingereicht haben«, sagte Queenie. »Die Leute können jetzt da vorbeifahren und den Toten ihren Respekt bezeugen, ohne aussteigen zu müssen. Sie geben einem sogar das Kondolenzbuch zum Unterschreiben durch die Klappe raus.«

»Das is' nich' euer Ernst«, sagte Rosaleen.

»Oh doch«, sagte Queenie. »Allerdings.«

Vielleicht hatten sie ja sogar die Wahrheit gesagt, aber ernst sahen sie wirklich nicht aus. Sie fielen vor Lachen fast von ihren Stühlen, und mitten unter ihnen war May, in ihrem Sarg, tot.

Lunelle sagte: »Ich bin einmal da vorbeigefahren, um die tote Mrs. Lamar zu sehen, schließlich hab ich ja manchmal für sie gearbeitet. Und die Frau, die im Fenster neben ihr am Sarg saß, war die Bankangestellte von früher, und als ich dann wegfuhr, sagt die doch wirklich zu mir: ›Ich wünsche ihnen noch einen angenehmen Tag.‹«

Ich wandte mich zu Augusta, die sich die Lachtränen aus den Augen wischte. Ich sagte: »Du wirst ihnen aber doch nicht erlauben, May in das Fenster der Bank zu stellen, oder?«

»Ach Herzchen, mach dir da mal gar keine Sorgen«, sagte Sugar-Girl. »Der Autoschalter ist am Beerdigungsinstitut für die Weißen. Niemand sonst hätte doch wohl genug Geld, um so was Lächerliches auf die Beine zu stellen.«

Sie brachen alle in hysterisches Gelächter aus, und ich konnte nicht anders, auch ich musste lachen, zum Teil aus Erleichterung, dass die Leute nun doch keine Spritztour vorbei an May machen konnten, und zum Teil, weil mich der Anblick all der lachenden Töchter Mariens selber zum Lachen brachte.

Aber jetzt muss ich ein kleines Geheimnis verraten, denn es war etwas geschehen, das niemand von ihnen bemerkt hatte, nicht einmal Augusta, und das war es, was mich am allerfröhlichsten stimmte: Sugar-Girl hatte zu mir gesprochen, als ob ich tatsächlich eine von ihnen wäre. Und nicht eine einzige Person im Zimmer sagte: Sugar-Girl, also wirklich, *du kannst doch nicht so über Weiße reden, wo doch hier eine mitten unter uns sitzt.* Offenbar sahen sie mich nicht als jemanden, der anders war als sie.

Bis dahin hatte ich immer gedacht, das ganz große Ding sei, dass sich Weiße und Farbige endlich verstünden. Aber jetzt fand ich, es wäre viel besser, wenn wir alle einfach farblos wären. Ich dachte an diesen Polizisten, diesen Eddie Hazelwurst, der gesagt hatte, ich würde mich herablassen, weil ich in einem Haus voller schwarzer Frauen lebte. Dieser Eddie Hazelwurst. Was für ein Mistkerl.

Ich war so voller warmer Gefühle ihnen gegenüber, dass ich nach meinem Tod gerne im Fenster der Bank ausliegen würde, um den Töchtern Mariens etwas zu lachen zu geben.

Am zweiten Morgen der Totenwache, lange bevor die Töchter eintrafen und noch bevor June aus ihrem Zimmer gekommen war, hatte Augusta Mays Abschiedsbrief gefunden, er hatte an den Wurzeln einer Eiche festgehangen, nur wenige Schritte von der Stelle entfernt, wo sie gestorben war. Der Wald hatte ihn unter frischen Blättern begraben.

Rosaleen machte zu Ehren von May Bananencremekuchen,

und ich saß am Tisch, versuchte meine Frühstücksflocken zu essen und etwas Vernünftiges im Radio zu finden, als Augusta in die Küche stürzte, mit dem Zettel in beiden Händen, so als ob die Worte vom Papier fallen würden, wenn sie ihn nicht sehr vorsichtig festhielte.

Sie rief die Treppen hinauf: »June, komm runter. Ich habe einen Brief von May gefunden.«

Augusta breitete ihn auf dem Tisch aus und stand mit zusammengepressten Händen davor. Ich stellte das Radio aus und starrte auf das bekritzelte Papier, auf dem die Worte fast verblichen waren, nach seinen Nächten draußen im Wald.

Junes nackte Füße trapsten auf den Stufen, sie stürmte in das Zimmer. »Oh Gott, Augusta, was hat sie denn geschrieben?«

»Es klingt so sehr nach ... May«, sagte Augusta, und sie hob den Zettel auf und las uns vor.

> Liebe Augusta und June,
>
> es tut mir Leid, dass ich Euch so verlassen muss. Ich weiß, Ihr werdet traurig sein, aber denkt daran, wie glücklich ich mit April, Mama, Papa und Big Mama sein werde. Stellt Euch vor, wie wir alle zusammen sind, das wird Euch helfen. Ich will nicht länger das Leiden der Welt mit mir herumtragen. Ich werde es jetzt niederlegen. Für mich ist es an der Zeit zu sterben, aber für Euch ist es an der Zeit zu leben.
>
> In Liebe,
>
> May

Augusta legte den Zettel wieder hin und wandte sich zu June. Sie öffnete die Arme, und June sank hinein. Sie hielten sich aneinander fest – die kleine Schwester an der großen, Busen an Busen.

Sie standen dort so lange, dass ich mich fragte, ob Rosaleen und ich lieber hinausgehen sollten, aber schließlich lösten sie sich voneinander, und wir alle setzten uns hin, und der Duft von Bananencremekuchen hüllte uns ein.

June sagte: »Glaubst du, es war wirklich an der Zeit für sie zu sterben?«

»Ich weiß nicht«, sagte Augusta. »Vielleicht. Aber mit einem hatte sie Recht. Für uns ist es an der Zeit zu leben. Das war ihr letzter Wille, June, also sollten wir uns danach richten, klar?«

»Was genau meinst du?«, fragte June.

Wir beobachteten, wie Augusta zum Fenster ging, ihre Hände auf die Fensterbank stützte und in den Himmel sah. Er war aquamarinblau und glänzte wie Seide. Ich hatte das Gefühl, sie traf eine große Entscheidung.

June zog einen Stuhl vom Tisch weg und setzte sich. »Augusta, was ist denn?«

Als Augusta zum Tisch zurückkam, hatte sie ihr Kinn entschlossen vorgeschoben. »Ich werde dir jetzt etwas sagen, June.« Sie ging zu ihr und stellte sich dicht vor sie. »Du hast jetzt lange genug auf Sparflamme gelebt. May hat uns gesagt, wenn es Zeit ist zu sterben, dann muss man sterben, und wenn es Zeit ist zu leben, lebe. Aber nicht so ein kleines, vorsichtiges Leben, sondern ein Leben in vollen Zügen, ohne Angst und ohne Furcht.«

»Ich weiß nicht, worauf du hinaus willst«, sagte June.

»Ich sage dir, heirate Neil.«

»Was?«

»Seit Melvin Edwards damals vor all diesen Jahren einen Rückzieher gemacht hat, hast du Angst gehabt, jemanden zu lieben, hast dich geweigert, das Glück beim Schopf zu packen. Aber wie May gesagt hat, es ist Zeit zu leben.«

Junes Mund klappte weit auf, aber über ihre Lippen kam nicht ein Wort.

Auf einmal roch es in der Küche nach Verbranntem. Rosaleen riss die Ofentür auf und zog den Kuchen heraus, der Tortenguss war schwarz.

»Wir essen ihn trotzdem«, sagte Augusta. »Ein bisschen Verbranntes hat noch keinem geschadet.«

Wir hielten noch die ganzen nächsten vier Tage Totenwache. Augusta trug Mays Zettel ständig bei sich, er war in eine Tasche oder unter ihren Gürtel gesteckt, wenn sie ein Kleid ohne Taschen anhatte. Ich beobachtete June, sie schien mir stiller, seit Augusta ihr die Standpauke wegen Neil gehalten hatte. Sie war nicht beleidigt. Eher in Gedanken versunken. Ich ertappte sie manchmal dabei, wie sie vor dem Sarg saß und ihre Stirn dagegen lehnte, und mir war klar, dass sie dort nicht nur Abschied von May nahm.

An einem der Nachmittage gingen Augusta, Zach und ich zu den Stöcken und nahmen die schwarzen Tücher wieder ab. Augusta sagte, wir dürften sie nicht zu lange dort lassen, denn die Bienen hätten sich jede Einzelheit an ihrem Stock eingeprägt, und die Veränderung würde sie orientierungslos werden lassen. Sie würden dann nicht mehr nach Hause finden, meinte sie. *Wem sagst du das*, dachte ich.

Die Töchter Mariens kamen jeden Tag vor dem Mittagessen und blieben den ganzen Nachmittag über im Salon und erzählten sich Geschichten über May. Wir weinten ziemlich oft, aber trotzdem schien es mir, dass es uns allmählich etwas leichter fiel, Abschied zu nehmen. Ich hoffte nur, dass es auch May gut ginge.

Neil war fast genauso oft im Haus wie die Töchter Mariens, und er schien vollkommen verwirrt darüber zu sein, wie June ihn ansah. Sie konnte kaum Cello spielen, denn das hieß ja, sie musste seine Hand loslassen. Um die Wahrheit zu sagen, wir waren fast genauso sehr damit beschäftigt, June und Neil zu beobachten, wie damit, May in ihr nächstes Leben hinüber zu helfen.

Am Nachmittag, als die Männer gekommen waren, um May zur Beerdigung abzuholen, summten Bienen um die Fliegengitter vor den Fenstern herum. Als der Sarg in den Leichenwagen getragen wurde, schwoll das Summen an und ging über in die Farben des späten Nachmittags. Goldgelb. Rot. Ein Hauch von Braun.

Ich konnte sie selbst auf dem Friedhof noch hören, obwohl wir Meilen weit von dem rosa Haus weg waren, dort auf dem Friedhof der Farbigen mit all den verfallenen Schildern und dem Unkraut. Das Geräusch wehte zu uns herüber, als wir dicht zusammenrückten und zusahen, wie Mays Sarg in die Erde gelassen wurde. Augusta reichte eine Tüte Manna herum, und wir nahmen uns alle eine Hand voll heraus und warfen die Kerne in das Erdloch mit dem Sarg, und meine Ohren waren einzig und allein erfüllt von dem Summen der Bienen.

In dieser Nacht dann, als ich in meinem Bett im Honighaus lag und die Augen schloss, lief das Summen der Bienen durch meinen ganzen Körper. Durch die ganze Erde. Die Seelen der Verstorbenen fuhren auf.

Eine Honigbiene benötigt bis zu zehn Millionen außerordentlich anstrengender Trachtflüge, nur um genügend Nektar für ein einziges Pfund Honig zu sammeln.

KAPITEL 11

Nach Mays Beerdigung hörte Augusta damit auf, Honig zu machen und zu verkaufen, ja selbst mit den Bienenrunden war erst einmal Schluss. Augusta und June nahmen das Essen, das Rosaleen für uns kochte, mit auf ihre Zimmer. Ich sah Augusta kaum noch, außer am Morgen, wenn sie durch den Garten zum Wald ging. Sie winkte mir immer zu, und wenn ich dann zu ihr lief und fragte, wohin sie ging und ob ich mitkommen könnte, lächelte sie nur und sagte, nein, heute nicht, sie trauere noch immer. Manchmal blieb sie sogar über Mittag im Wald.

Jedes Mal, wenn ich sie sah, überkam mich der Drang, ihr zu sagen: *Aber ich muss mit dir sprechen!* Das Leben war schon komisch. Ich hatte mich jetzt einen ganzen Monat lang hier herumgedrückt und mich geweigert, Augusta von meiner Mutter zu erzählen, als es so einfach gewesen wäre, und jetzt, wo ich wirklich mit ihr reden musste, jetzt ging es nicht. Man kann ja nicht jemandem, der trauert, auch noch seine eigenen Probleme aufhalsen.

Ich half Rosaleen ein bisschen in der Küche, aber eigentlich hatte ich jetzt richtig viel Zeit, auf meinem Bett oder einem Gartenstuhl zu liegen und in mein Büchlein zu schreiben. Ich schrieb dort so viele Erinnerungen hinein, dass bald alle Seiten voll waren.

Es überraschte mich unheimlich, wie sehr ich unser ganz normales, alltägliches Leben vermisste – die einfachen Dinge, wie Wachs in eine Kerzenform zu gießen oder eine zerbrochene Zarge zu reparieren.

Nachmittags, wenn Augusta ganz sicher nicht dort war, ging ich selber in den Wald. Ich suchte mir immer einen Baum aus und sagte mir: *Wenn jetzt ein Vogel auf einem Ast landet, ehe ich bis zehn gezählt habe, dann ist das ein Zeichen meiner Mutter, dass sie mich liebt.* Wenn ich dann bei sieben angekommen war, zählte ich immer langsamer und langsamer, zog die Zahlen wie Kaugummi. Manchmal zählte ich sogar bis fünfzig, aber kein Vogel erschien.

Nachts, wenn alle schliefen, sah ich auf meine Landkarte von South Carolina und überlegte, wo Rosaleen und ich wohl als Nächstes hingehen könnten. Ich hatte immer schon die kunterbunten Häuser von Charleston sehen wollen und auch die Straßen, auf denen noch Kutschen mit Pferden fuhren, aber so sehr mich das auch reizte, der Gedanke, dass wir hier fort müssten, war nicht zu ertragen. Und selbst wenn wie durch ein Wunder ein weiterer Melonen-Laster auftauchen und uns dorthin fahren würde, müssten Rosaleen und ich uns immer noch Arbeit suchen, ein Zimmer mieten und hoffen und beten, dass niemand zu viele Fragen stellen würde.

Manchmal mochte ich nicht einmal aufstehen. Ich fing an, meine Unterhosen mit den Wochentagen außerhalb der Reihe zu tragen. Manchmal hatte ich am Montag eine Unterhose an, auf der dann etwa Donnerstag stand. Es war mir vollkommen egal.

June sah ich nur, wenn Neil sie abholen kam. Er kam jeden Tag. June verließ das Haus, behangen mit großen Kreolen, und weg waren sie. Sie unternahmen lange Fahrten in seinem Auto, was, so sagte sie, ihr unendlich gut tat, sie meinte, der Wind ordnete ihre Gedanken neu, und draußen auf dem Land sah sie all das Leben, das darauf wartete, gelebt zu werden. Neil saß immer selbst hinter dem Steuer, aber June rutschte so nahe an ihn heran, dass sie fast mit hinter dem Lenkrad saß. Ich machte mir ernstlich Gedanken um ihre Sicherheit.

Zach erschien auch ein paar Mal, er traf mich dann fast immer auf einem Gartenstuhl an, wo ich im Schneidersitz meine Notizen überlas. Wenn ich ihn sah, machte mein Magen Hüpfer und zog sich so komisch zusammen.

»Du bist zu einem Drittel mein bester Freund, zu einem Drittel Bruder, einem Drittel Bienenkollege und einem Drittel mein richtiger Freund«, sagte ich ihm. Er erklärte mir darauf, es gäbe zu viele Drittel in meinem Satz, was ich natürlich selber wusste. Ich war zwar ziemlich schlecht in Mathe, aber *so schlecht* war ich nun wirklich nicht. Wir sahen einander lange an, und ich überlegte dabei, welches Drittel ich streichen sollte.

Ich sagte: »Wenn ich ein farbiges Mädchen wäre ...«

Er legte mir die Finger auf die Lippen, und ich konnte seine salzige Haut schmecken. »Es hat keinen Zweck, darüber nachzudenken, wie wir unsere Hautfarbe ändern können«, sagte er. »Wir müssen darüber nachdenken, wie wir die Welt ändern können.«

Er hatte nur noch ein einziges Thema – endlich Jura zu studieren und all diesen Schweinen die Wahrheit vor die Birne zu knallen. Er sagte zwar nicht, diesen weißen Schweinen, und dafür war ich ihm sehr dankbar, aber ich glaube, gemeint hat er es.

In ihm war etwas, was vorher nicht da gewesen war. Er war hitzig, geladen und glühte vor Wut. In seiner Nähe zu sein war so, als ob man vor einen Gasboiler mit seinen blauen, unruhigen Flammen trat, und sie brannten tief unter dem dunklen und feuchten Schwung seiner Lider.

In unseren Gesprächen ging es nur noch um die Rassenunruhen in New Jersey, darum, wie Polizisten mit Schlagstöcken auf farbige Kinder losgingen, die Steine geworfen hatten, um Molotow Cocktails, Demonstrationen, Gerechtigkeit, Malcolm X und die Afro-American Unity Group, die den Ku Klux Klan mit seinen eigenen Waffen schlug.

Am liebsten hätte ich zu ihm gesagt: *Zach, erinnerst du dich noch daran, wie wir zusammen unter den Kiefern gesessen und an Mays Eiswürfeln gelutscht haben? Wie du »Blueberry Hill« gesungen hast? Erinnerst du dich überhaupt noch an so etwas?*

Nach einer Woche ununterbrochenen Trauerns, als ich schon dachte, wir würden jetzt wohl für immer, jede von uns, in unserer eigenen Welt voller Trauer leben und nie mehr zusammen essen oder gemeinsam im Honighaus arbeiten, stieß ich in der Küche auf Rosaleen, die den Tisch für vier deckte, mit dem Sonntagsgeschirr mit den rosa Blumen und dem Lochrand. Ich war überglücklich, denn das bedeutete wohl, dass unser Leben wieder zu seinem normalen Gang zurückkehren würde.

Rosaleen stellte eine Bienenwachskerze auf den Tisch, und ich glaube, das war das allererste Mal in meinem Leben, dass ich bei Kerzenlicht gegessen habe. Und das alles gab es: geschmortes Huhn mit Reis und Sauce, Butterbohnen, Tomatenscheiben, Kuchen und *Kerzenlicht.*

Wir hatten kaum angefangen zu essen, da sagte Rosaleen auch schon zu June: »Na, heirateste Neil jetzt oder nich'?«

Augusta und ich hörten auf zu kauen und setzten uns ganz gerade hin.

»Nun, wenn ich mich entschieden habe, wirst du es schon erfahren«, sagte June.

»Und wie solln wir das erfahrn, wenn du's uns nich' sagst?«, fragte Rosaleen.

Als wir mit dem Essen fertig waren, holte Augusta aus dem

Kühlschrank vier Flaschen eiskalter Coca Cola und dazu vier kleine Päckchen gesalzener Erdnüsse. Wir sahen zu, wie sie die Flaschen öffnete.

»Was um alles in der Welt wird *das*?«, fragte June.

»Das ist das Lieblingsdessert von Lily und mir«, erklärte ihr Augusta und grinste mich an. »Wir schätzen es nämlich sehr, unsere Erdnüsse in die Cola-Flasche zu schütten, aber du darfst sie natürlich auch so essen, wenn dir das lieber ist.«

»Allerdings ist mir das lieber«, sagte June und verdrehte die Augen.

»Ich wollt' ja Obst überbacken«, meinte Rosaleen zu June, »aber dann sagt Augusta zu mir, es gibt Cola und Erdnüsse.« Sie sagte »Cola und Erdnüsse«, so wie man »Rotze und Popel« sagt.

Augusta lachte. »Ach, die beiden haben eben keine Ahnung, was eine echte Delikatesse ist, nicht wahr, Lily?«

»Genau, Ma'am«, sagte ich und schüttete die Erdnüsse in meine Flasche, sie brachten die braune Flüssigkeit zum Schäumen und schwammen darin herum. Ich trank und kaute und genoss den herrlichen Geschmack von Salzigem und Süßem zugleich, sah dabei aus dem Fenster und beobachtete, wie Vögel zurück in ihre Nester flogen und wie das Mondlicht sich langsam über das Herz von South Carolina ergoss, über den Ort, an dem ich Unterschlupf gefunden hatte, wo ich mit drei Frauen, deren Gesichter im Kerzenschein leuchteten, beisammensaß.

Nach unserem Cola-Dessert gingen wir in den Salon, um unsere »Gegrüßet Seist Du, Marias« aufzusagen. Es war das erste Mal seit Mays Tod.

Ich kniete auf dem Teppich neben June, während Rosaleen sich, wie üblich, auf einem Schaukelstuhl niederließ. Augusta stand neben Unserer Lieben Frau und faltete den Abschiedsbrief von May zusammen, bis er wie ein kleines Papierflugzeug aussah. Dann steckte sie ihn in einen tiefen Spalt, der am Hals Unserer Lieben Frau entlang lief. Sie tätschelte die

Schulter Marias und gab einen langen Seufzer von sich, der den Raum wieder mit lebendigem Atem füllte. Und dann sagte sie. »So, das wäre das.«

Ich hatte die ganzen letzten Nächte seit Mays Tod mit in Rosaleens Zimmer geschlafen, aber als ich an diesem Abend gerade mit Rosaleen die Treppen zu unserem Zimmer hochsteigen wollte, sagte ich plötzlich: »Weißt du was? Ich glaube, ich gehe wieder zurück ins Honighaus.« Allmählich vermisste ich es, ein Zimmer für mich alleine zu haben.

Rosaleen stemmte die Hände in die Taille. »Allmächtiger, da machste all das Theater, weil ich auszieh und dich allein lass', und jetzt willste mich selber hier allein lassen.«

Im Grunde war es ihr vollkommen gleichgültig, dass ich jetzt wieder in mein Zimmer zurück wollte, aber sie konnte sich doch die Gelegenheit nicht entgehen lassen, mich ein wenig zu foppen. »Na los, ich helf dir und trag dein Zeug mit rüber«, sagte sie.

»Jetzt *gleich*?«

»Was de hast, das haste«, sagte sie.

Ich glaube, auch sie hatte sich schon zu sehr daran gewöhnt, alleine zu schlafen.

Nachdem Rosaleen gegangen war, sah ich mich in meinem alten Zimmer im Honighaus um – es war so still. Ich konnte nur an eins denken – morgen um diese Zeit würde die Wahrheit endlich heraus sein, und dann würde alles anders werden. Nur wusste ich nicht, wie anders.

Ich nahm das Foto meiner Mutter und ihr Bild der Maria aus meiner Tasche. Ich war bereit, Augusta endlich all das zu zeigen. Ich stopfte beide Bilder unter mein Kissen, aber als ich das Licht gelöscht hatte, machte sich die Angst in meinem engen und harten Bett breit. Sie flüsterte mir zu, was von morgen an in meinem Leben alles schief gehen könnte. Sie schickte mich in ein Mädchengefängnis in den Florida Everglades. Keine Ahnung, warum gerade in die Everglades, wohl, weil ich immer gedacht habe, wenn man ins Gefängnis müsste, wäre das der schlimmste Ort von allen. Mir grauste es, wenn ich nur an Schlangen und Alligatoren dachte, ganz zu schweigen von der Hitze da. Schließlich hieß es ja allgemein, dass es schon in South Carolina so heiß war, dass man auf dem Bürgersteig nicht nur Spiegeleier, sondern auch noch Schinken und Würstchen dazu braten konnte – da mochte ich mir gar nicht erst vorstellen, wie es sein musste, wenn man in Florida auch nur atmen wollte. Ich würde sicher auf der Stelle ersticken und würde Augusta niemals wiedersehen.

Die Angst blieb die ganze Nacht. Ich hätte sonst was darum gegeben, wieder in Mays Zimmer zu sein und zu hören, wie Rosaleen schnarchte.

Am nächsten Morgen wurde ich erst spät wach, was nach so einer unruhigen Nacht ja kein Wunder war, außerdem war ich ein bisschen faul geworden und schlief immer ein wenig länger, jetzt, wo es im Honighaus ja nichts mehr für mich zu tun gab. Der Duft von frisch gebackenem Kuchen wehte den ganzen weiten Weg vom rosa Haus bis zu meinem Bett herüber, stieg in meine Nase und weckte mich auf.

Als ich in die Küche kam, waren dort Augusta, June und Rosaleen, über und über mit Mehl bestäubt, und buken kleine, flache Kuchen, die aussahen wie Honigtörtchen. Sie sangen bei der Arbeit, so wie die Supremes, wie die Marvelettes oder die Crystals, und sie wiegten ihre Hintern im Takt: »Da du dam dam dam.«

»Was is'n hier los?«, sagte ich und grinste in die Küche hinein.

Sie hörten auf zu singen und kicherten, schubsten und knufften sich gegenseitig.

»Oh, da is' ja wer wach geworden«, sagte Rosaleen.

June trug fliederfarbene Caprihosen mit Gänseblümchenknöpfen an der Seite – so etwas hatte ich noch nie gesehen. Sie sagte: »Wir machen Kuchen für unseren Marientag. Wurde aber auch Zeit, dass du mal rüber kommst und uns hilfst. Hat Augusta dir nicht gesagt, dass heute Marientag ist?«

Ich sah zu Augusta. »Nein, Ma'am, hat sie nicht.«

Augusta, die eine von Mays Schürzen trug, die mit den Rüschenträgern, wischte sich die Hände daran ab und sagte: »Ich glaube, ich hab tatsächlich vergessen, dir etwas zu sagen. Wir feiern bei uns jetzt seit fünfzehn Jahren immer im August den Marientag. Na, frühstücke erst einmal, dann kannst du uns helfen. Wir haben so viel zu tun, ich weiß gar nicht, wie wir das alles schaffen sollen.«

Ich füllte meine Schüssel mit Reiskrispies und Milch und versuchte, während es darin knackte und knisterte, nachzudenken. Wie sollte ich denn bloß eine lebens-entscheidende Unterhaltung mit Augusta führen, wenn hier *so viel* los war?

»Schon vor tausend Jahren haben Frauen genau das Gleiche gemacht, was wir jetzt tun«, sagte Augusta. »Sie haben zu Ehren Mariens an ihrem Festtag Kuchen gebacken.«

June sah meinen verständnislosen Blick. »Heute ist doch Maria Himmelfahrt. Der fünfzehnte August. Sag bloß, du hast noch nie davon gehört.«

Aber sicher, Maria Himmelfahrt, darüber hielt Bruder Gerald doch jeden Sonntag eine Predigt ab. Natürlich hatte ich noch nie davon gehört. Ich schüttelte den Kopf. »Bei uns darf Maria lediglich zu Weihnachten in die Kirche.«

Augusta lächelte und tunkte einen hölzernen Schöpflöffel in den Bottich mit Honig, der auf der Anrichte beim Toaster stand. Und während sie Honig über ein frisches Blech Kuchen sprenkelte, erklärte sie mir, dass dies der Tag war, an dem Maria in den Himmel aufgefahren war. Maria war gestorben und auferweckt worden, und Engel trugen sie auf wirbelnden Wolken gen Himmel.

»May ist zuerst auf die Idee gekommen, diesen Tag Marientag zu nennen«, sagte June.

»Wir feiern nämlich nicht nur Himmelfahrt«, sagte Augusta und schob die Kuchen auf den Backrost. »Es ist ein besonderer Tag zum Gedächtnis an Unsere Liebe Frau der Ketten. Wir führen ihre Geschichte auf. Wir danken ihr für die Honigernte. Und die Töchter Mariens kommen. Dies sind unsere beiden Lieblingstage im ganzen Jahr.«

»Ihr feiert zwei Tage lang?«

»Wir fangen heute Abend an und feiern bis morgen Nachmittag«, sagte Augusta. »Beeil dich mal ein bisschen mit deinem Frühstück, du musst nämlich Luftschlangen und Girlanden machen, die Weihnachtsbeleuchtung aufhängen, die Kerzenleuchter aufstellen, den Karren waschen und die Ketten holen.«

Ich dachte nur: *He, mal langsam.* Den Karren waschen? Die Weihnachtsbeleuchtung aufhängen? Die Ketten holen? Die *Ketten?*

Als ich gerade meine Schüssel in das Spülbecken stellte, klopfte es an der Tür. »Wenn es hier nicht duftet wie im Paradies, dann fress ich einen Besen«, sagte Neil, als er in die Küche kam.

»Na, da hast du aber Glück, dass dir der Besen erspart bleibt«, sagte June und bot ihm ein Stück Honigkuchen an. Neil aber schüttelte den Kopf, was ein todsicheres Zeichen dafür war, dass er irgendetwas auf dem Herzen hatte. Neil lehnte niemals etwas zu essen ab. Er stand mitten in der Küche herum und trippelte unruhig von einem Bein aufs andere.

»Was willst du denn hier?«, fragte June.

Er räusperte sich, rieb sich die Koteletten. »Ich ... also ich bin hier, weil ich dachte, wir könnten kurz reden.«

Das klang so steif, dass June die Augen zusammenkniff und ihn eine Sekunde lang prüfend ansah. »Ist alles in Ordnung mit dir?«

»Bestens.« Er steckte die Hände in seine Taschen. Zog sie wieder heraus. »Ich will nur kurz mit dir sprechen.«

Sie stand vor ihm und wartete. »Na gut, ich höre«, sagte sie.

»Ich dachte, wir könnten vielleicht eine kleine Tour machen.«

Sie sah sich in der Küche um. »Falls du es noch nicht bemerkt hast, ich habe beide Hände voll zu tun, Neil.«

»Das sehe ich, aber ...«

»Also, jetzt sag schon einfach, was los ist«, sagte June, die allmählich ihren typisch ungeduldigen und leicht gereizten Tonfall bekam. »Was ist denn so ungeheuer dringend?«

Ich blickte verstohlen zu Augusta, die ihre Lippen zu einer Seite herüber gespitzt hatte und sich große Mühe gab, beschäftigt auszusehen. Rosaleen hatte dagegen alles stehen und liegen lassen und sah von June hinüber zu Neil. Von Neil hinüber zu June.

»Ach verdammt«, sagte er, »ich bin gekommen, weil ich dich zum hundertsten Mal fragen wollte, ob du meine Frau werden willst.«

Mir fiel der Löffel in die Spüle. Augusta stellte den Honigspender ab. June klappte den Mund auf und wieder zu, ohne ein Wort über die Lippen zu bringen. Wir standen einfach nur alle da.

Das Haus knackte. Neil sah zur Tür. Ich spürte, wie meine Bluse unter den Armen feucht wurde. Ich hatte das gleiche Gefühl wie damals in der fünften Klasse, als unsere Lehrerin irgendwelche unsinnigen Worte an die Tafel schrieb, so was wie »fnalete«, und uns dann zwei Minuten gab, die Buchstaben zu ordnen und »Elefant« zu rufen, ehe sie eine Glocke läutete. Genau das Gefühl von damals hatte ich jetzt auch, ich hatte Angst, Neil würde wieder zur Tür hinausgehen, ehe June die Antwort in ihrem Herzen ordnen konnte.

Rosaleen sagte: »Na, jetzt steh hier nich' mit offenem Mund rum, los June, sag schon was.«

June sah Neil an, und ich konnte in ihrem Gesicht erkennen, wie sie mit sich kämpfte. Schließlich gab sie einen langen Seufzer von sich. »Na gut«, sagte sie. »Lass uns heiraten.«

Rosaleen schlug sich auf den Schenkel und gab einen Freudenschrei von sich, während auf Augustas Gesicht das breiteste Lächeln erschien, das ich dort jemals gesehen habe. Ich schaute bloß von Einer zur Anderen und versuchte, all das in mich aufzunehmen.

Neil ging zu June und küsste sie mitten auf den Mund. Ich dachte, sie würden nie wieder Luft holen.

Als sie es dann doch taten, sagte Neil: »Und jetzt fahren wir auf der Stelle zum Juwelier und suchen einen Ring aus, ehe du es dir wieder anders überlegst.«

June warf Augusta einen Blick zu. »Ich möchte ungern die anderen hier mit all der Arbeit im Stich lassen«, sagte sie, aber sie wollte natürlich nichts lieber tun.

»Na, nun geht schon«, sagte Augusta.

Als sie weg waren, setzten Augusta, Rosaleen und ich uns an den Tisch und aßen frische, heiße Honigkuchen und sprachen über das, was gerade passiert war. Auf uns warteten Berge von Arbeit, aber wir sagten: »Habt ihr gesehen, was für ein Gesicht Neil gemacht hat?« »Habt ihr schon einmal so einen Kuss gesehen?« Aber die meiste Zeit sahen wir uns bloß an und sagten immer wieder: »June wird endlich heiraten.«

Die Vorbereitungen für den Marientag bedeuteten für mich Arbeit ohne Ende. Zuerst musste ich Luftschlangen machen. Ich schnitt Stapel von dickem, blau-weißem Krepppapier in Streifen, bis ich an beiden Daumen Blasen hatte. Ich zwirbelte die Enden der Papierstreifen, damit sie sich kringelten, dann schleppte ich die Trittleiter in den Garten und hängte die Luftschlangen in die Myrtenbäume.

Dann plünderte ich das Gladiolenbeet und machte eine zwei Meter lange Girlande, indem ich die Blüten an einem Draht befestigte. Ich dachte zuerst, ich würde das niemals hinbekommen. Als ich Augusta dann fragte, was ich damit tun sollte, sagte sie: »Winde sie um den Karren.« Aber sicher. Warum bin ich da nicht von selber drauf gekommen?

Danach wühlte ich im Schrank in der Halle herum und suchte die Weihnachtslichter, die ich um die Sträucher an der hinteren Veranda wickeln musste, ganz zu schweigen von all den Verlängerungsschnüren, die ich entzerren und aneinanderschließen musste.

Während ich damit beschäftigt war, mähte Zach den Rasen. Mit nacktem Oberkörper. Ich stellte die Klapptische unter den Myrtenbäumen auf, so dass die Luftschlangen direkt über uns hingen und uns beim Essen im Gesicht kitzeln konnten. Ich versuchte, gar nicht hinzusehen, wie seine glatte Haut von Schweißperlen glänzte, wie seine Hundemarke an der Kette um seinen Hals baumelte, wie tief seine Shorts auf den Hüften saßen und wie sich das kleine Haarbüschel kräuselte, das gleich unter seinem Nabel ansetzte.

Er hackte große Mengen Unkraut aus, ohne dass ihn jemand darum gebeten hätte. Er schwang die Hacke mit wütenden Grunzern, während ich auf den Stufen saß und aus zwei Dutzend Gläsern Kerzenwachs pulen musste. Dann steckte ich neue Kerzen in die Gläser und verteilte sie überall auf dem Rasen, unter den Bäumen, vor allem aber in den kleinen Erdlöchern, aus denen er das Unkraut herausgerissen hatte.

Auf der hinteren Veranda kurbelte Augusta das Butterfass und machte Eiscreme. Zu ihren Füßen lag ein Bündel Ketten. Ich sah erstaunt hin. »Wofür sind denn die?«

»Das wirst du schon sehen«, sagte sie.

Um sechs Uhr abends war ich vollkommen erschöpft von all dem Marientags-Spektakel, und dabei hatte das eigentliche Fest noch gar nicht richtig angefangen. Ich hatte gerade den letzten Punkt auf meiner Liste erledigt und ging Richtung Honighaus, um mich umzuziehen, als June und Neil in die Auffahrt einbogen.

June tänzelte zum Haus und hielt dabei ihren Arm weit von sich gestreckt, damit ich ihren Ring bewundern konnte. Ich sah ihn an, und ich muss ehrlich sagen, Neil hatte sich selbst übertroffen. Nicht, dass der Ring riesengroß gewesen wäre, er war einfach nur wunderschön. Es war ein silberner Ring mit einem Diamanten, der in einer Fassung mit Bogenrand steckte.

»Das ist der aller-, allerschönste Ring, den ich je gesehen habe«, sagte ich.

June hielt die Hand von sich, spreizte die Finger und drehte sie hierhin und dahin, ließ den Diamanten im Licht funkeln. »Ich glaube, May hätte er auch gefallen«, sagte sie.

Dann kamen die ersten Autos mit den Töchtern Mariens, und June stolzierte ihnen entgegen, den Arm weit ausgestreckt.

Im Honighaus hob ich erst einmal das Kissen hoch, um sicherzugehen, dass das Foto von meiner Mutter und das Bild der schwarzen Maria noch da waren. Festtag hin oder her, heute Abend musste ich die Wahrheit von Augusta erfahren. Bei dem Gedanken durchlief mich ein nervöses Schaudern. Ich setzte mich auf mein Feldbett und spürte, wie sich etwas in mir aufbaute – und schwer auf meinem Herzen lag.

Als ich zurück zum rosa Haus ging, in sauberen Shorts und einem frischen Oberteil, mit ordentlich gekämmtem Haar, machte ich einen Moment lang halt, um mir den Anblick genau einzuprägen: Augusta, June, Rosaleen, Zach, Neil, Otis und all die Töchter Mariens stehen auf dem frisch gemähten Rasen neben den Tischen, ihr Gelächter klingt voll und herzhaft. Berge von Essen. Blau-weiße Luftschlangen kräuseln sich im Wind. Die Weihnachtslichter glühen in farbigen Spiralen um die Veranda herum, und alle Kerzen sind angezündet, obwohl die Sonne noch immer nicht ganz untergegangen ist. Jedes Molekül Luft strahlt in einem roten Feuer.

Ich sagte zu mir: *Ich liebe diesen Ort von ganzem Herzen.*

Die Töchter machten einen großen Wirbel um mich – wie gut ich roch, wie fantastisch mein Haar aussah. Lunelle sagte: »Möchtest du, dass ich dir einen Hut mache?«

»Wirklich? Du würdest mir einen Hut machen?« Mir war zwar vollkommen schleierhaft, wo ich jemals in meinem Leben einen von Lunelle kreierten Hut tragen könnte, aber natürlich wollte ich unbedingt einen haben. Zumindest könnte ich eines Tages damit beerdigt werden.

»Natürlich mache ich dir einen Hut. Ich mache dir einen Hut, so einen hast du noch nie gesehen! Welche Farbe würde dir denn gefallen?«

Augusta, die mit einem Ohr zugehört hatte, sagte: »Blau« und zwinkerte mir zu.

Zuerst wurde gegessen. Inzwischen hatte ich gelernt, dass Essen bei den Töchtern an erster Stelle stand. Als wir damit fertig waren, war die Röte aus dem Tag gewichen, und die Nacht entfaltete sich um uns herum, kühlte alles ab, färbte und tönte den Abend in Violett und Schwarz-Blau. Dann brachte Rosaleen die Platten mit den Honigkuchen heraus und stellte sie auf einen der Tische.

Augusta bat uns alle, uns im Kreis um den Tisch herum zu stellen. Das Programm des Marientages war nun in vollem Gange.

»Dies sind die Honigkuchen Mariens. Die Kuchen für die Himmelskönigin«, sagte Augusta.

Sie nahm einen Kuchen in ihre Hand, bröselte ein Stückchen davon ab und hielt es vor Mabelee, die direkt neben ihr stand. Augusta sagte: »Dies ist der Leib der Gebenedeiten Mutter.« Mabelee schloss die Augen und öffnete den Mund, und Augusta legte ihr das Kuchenstückchen auf die Zunge.

Nachdem Mabelee es heruntergeschluckt hatte, machte sie genau das Gleiche, was Augusta gerade getan hatte – sie zwickte ein Stück ab und gab es der nächsten Person im Kreis, das war Neil. Mabelee, die noch nicht einmal auf schwindelnd hohen Absätzen ein Meter fünfzig groß gewesen wäre, brauchte fast eine Trittleiter, um an seinen Mund zu reichen. Neil beugte sich hinunter und machte den Mund weit auf. »Dies ist der Leib der Mutter«, sagte Mabelee und schob den Krümel in seinen Mund.

Ich hatte nun wirklich keinen blassen Schimmer davon, was in der katholischen Kirche üblich war, aber trotzdem hatte ich das Gefühl, wenn der Papst das hier gesehen hätte, der wäre auf der Stelle zusammengebrochen. Bruder Gerald wäre das allerdings nicht passiert. Der hätte erst gar keine Zeit damit verschwendet, in Ohnmacht zu fallen, der hätte sofort damit begonnen, alles für einen umfangreichen Exorzismus vorzubereiten.

Ich sah dem zu und hatte das Gefühl, ich müsste in Tränen ausbrechen. Ich wusste nicht genau, warum.

Und wie das Leben so spielt – diejenige, die mir den Kuchen geben musste, war June. Ich machte den Mund auf, schloss die Augen und wartete auf den Leib der Mutter, da hörte ich, wie June in mein Ohr flüsterte: »Es tut mir Leid, dass ich am Anfang so barsch zu dir war.« Und dann entfaltete sich der süße Geschmack von Honig in meinem Mund.

Ich wünschte nur, Zach hätte neben mir stehen können, damit ich den Kuchen auf seine Zunge hätte legen können. Ich hätte ihm gesagt: *Ich hoffe, dies versöhnt dich wieder ein wenig mit der Welt. Ich hoffe, es macht dich ein wenig sanfter.* Aber stattdessen musste ich das Stückchen Kuchen Cressie geben, die es mit geschlossenen Augen aß.

Nachdem wir uns alle gegenseitig Kuchen gegeben hatten, gingen Neil und Zach in den Salon. Sie kamen zurück und trugen Unsere Liebe Frau der Ketten. Otis folgte ihnen, er schleppte die Ketten. Sie stellten sie aufrecht auf den roten Karren. Augusta beugte sich zu mir: »Wir werden jetzt die Geschichte Unserer Lieben Frau der Ketten nachspielen. Wir bringen sie jetzt zum Honighaus.«

Ich dachte: Unsere Liebe *Frau wird die Nacht über im Honighaus sein. Bei mir.*

Während Augusta den Karren langsam durch den Garten zog, stützten Neil und Zach Unsere Liebe Frau mit den Händen ab. Aber ich muss sagen – die Blumengirlande um den Karren machte das Ganze erst perfekt.

June trug ihr Cello, während die Töchter dem Karren mit brennenden Kerzen in den Händen in einer langen Reihe folgten. Sie sangen: »Maria, du Stern des Meeres, Maria, du hellster Mond, Maria, du Wabe voll von Honig.«

Rosaleen und ich folgten ganz zum Schluss, auch wir hatten Kerzen und versuchten, mitzusummen, wir kannten den Text ja nicht. Ich hielt eine Hand schützend vor meine Kerze, damit sie nicht ausgeblasen wurde.

An der Tür zum Honighaus hoben Neil und Zach die Statue aus dem Karren und trugen sie nach innen. Sugar-Girl stieß Otis mit dem Ellbogen an, dann trat auch er vor und half ihnen, sie zwischen der Schleuder und dem Setztank aufzustellen.

»Nun gut«, sagte Augusta. »Jetzt werden wir mit dem letzten Teil unserer Messe beginnen. Warum stellen wir uns nicht alle in einem Halbkreis um Unsere Liebe Frau herum auf.«

June spielte für uns ein düster klingendes Stück auf dem Cello, während Augusta die Geschichte der schwarzen Maria von Anfang bis Ende erzählte. Als sie zu der Stelle kam, an der die Sklaven das Herz Unserer Lieben Frau berührten, und davon sprach, wie sie ihnen Mut verlieh und Fluchtpläne einflüsterte, spielte June lauter.

»Unsere Liebe Frau wurde so mächtig«, sagte Augusta, »dass der weiße Herr sie forttrug und im Kutschhaus ankettete. Sie war niedergeworfen und gefesselt.«

»Oh gesegnete, gesegnete Mutter«, murmelte Violet.

Neil und Otis nahmen die Ketten und begannen, sie um Unsere Liebe Frau zu wickeln. So wie Otis die Ketten in der Dunkelheit herumschleuderte, war es ein Wunder, dass er niemanden damit erschlug.

Augusta fuhr fort: »Aber jedes Mal, wenn der weiße Herr sie im Kutschhaus angekettet hatte, löste sie die Ketten und fand den Weg zurück zu den Ihren.«

Augusta machte eine Pause. Sie ging im Kreis herum und sah jeden von uns an, sie ließ die Blicke über unsere Gesichter gleiten, so als ob sie wirklich keinerlei Eile hätte.

Dann erhob sie ihre Stimme. »Was gebunden wird, wird gelöst werden. Was niedergeworfen wird, wird erhoben werden. Dies ist das Versprechen Unserer Lieben Frau.«

»Amen«, sagte Otis.

June fing wieder an zu spielen, dieses Mal ein etwas fröhlicheres Stück. Ich sah hinüber zur Maria, die von Kopf bis Fuß in rostige Ketten gewickelt war. Draußen zuckte ein Wetterleuchten am Himmel.

Alle schienen tief in Gedanken versunken, oder was auch immer sie da taten. Und alle hatten die Augen geschlossen, bis auf Zach. Er starrte mich an.

Ich sah hinüber auf die arme, geschundene Maria. Ich konnte es nicht ertragen, sie so zu sehen. »Aber wir spielen es doch nur nach«, hatte Augusta gesagt. »Damit die Dinge nicht in Vergessenheit geraten. Damit wir uns erinnern. Erinnerungen sind so wichtig.« Trotzdem, mich stimmte das unendlich traurig. Und ich hasste Erinnerungen.

Ich drehte mich um und ging aus dem Honighaus, hinaus in die warme und beschwichtigende Nacht.

Zach kam mir nach, er holte mich im Tomatengarten ein. Er nahm meine Hand und wir gingen weiter, vorbei an Mays Mauer, hinein in den Wald, ohne zu sprechen. Die Grillen zirpten wie verrückt und füllten die Luft mit ihrem eigenartigen Gesang. Zweimal lief ich in ein Spinnennetz und spürte die feinen, durchsichtigen Fäden in meinem Gesicht. Sie waren wie ein Schleier, den die Nacht gesponnen hatte.

Mich drängte es zum Fluss. Ich wollte mich nackt ausziehen und das Wasser meine Haut liebkosen lassen. Flusskiesel lutschen, so wie ich es in der Nacht getan hatte, als Rosaleen und ich beim Flusslauf geschlafen hatten. Selbst Mays Tod hatte meine Liebe zu dem Fluss nicht zerstört. Ich war mir sicher, der Fluss hatte sein Bestes getan, ihr eine friedliche Überfahrt in ein anderes Leben zu gewähren. Man konnte in einem Fluss sterben, aber vielleicht konnte man ja auch in einem wiedergeboren werden, so wie in den Bienenkorbgräbern, von denen Augusta erzählt hatte.

Das Mondlicht strahlte durch die Bäume hinunter. Es wies uns den Weg zum Wasser.

Wir standen am Ufer und sahen zu, wie die einzelnen Lichtbündel auf dem Wasser wogten, wir ließen die Geräusche des Wassers zu uns herüberschwappen. Wir hielten uns noch immer an den Händen, und ich spürte, wie sich seine Finger fester um meine Hand schlossen.

»Da, wo ich früher gelebt habe, gab es ganz in der Nähe einen Teich«, sagte ich. »Manchmal ging ich dahin, um durch das Wasser zu waten. Eines Tages waren die Jungs von der Nachbarfarm auch da und fischten. Sie hatten alle die kleinen Fische, die sie gefangen hatten, an einer Angelschnur befestigt. Dann drückten sie mich am Ufer herunter und legten sie mir um den Hals, sie machten sie so eng zu, dass ich sie nicht über den Kopf ziehen konnte. Ich schrie ›Lasst mich los, macht das weg‹, aber sie lachten nur und sagten: ›Was ist denn? Gefällt dir deine Fischkette etwa nicht?‹«

»Mistkerle«, sagte Zach.

»Ein paar von den Fischen waren schon tot, aber die meisten flappten noch herum und ihre Augen starrten mich an, sie sahen so verängstigt aus. Mir war klar, wenn ich ins Wasser gehen und schwimmen würde, könnten sie atmen. Ich ging bis zu den Knien ins Wasser, aber dann kehrte ich um. Ich hatte einfach zu viel Angst, noch tiefer hineinzugehen. Ich hätte ihnen helfen können, aber ich habe es nicht getan.«

»Aber du hättest doch auch nicht ewig da in dem Teich bleiben können«, sagte Zach.

»Aber ich hätte lange im Wasser bleiben können. Aber ich bettelte nur darum, dass sie mir endlich die Schnur abmachten. *Ich bettelte.* Aber sie sagten, ich sollte die Klappe halten, ich wäre jetzt ihr Fischständer, und so saß ich da mit all den Fischen an meiner Brust. Ich habe ein Jahr lang von diesen Fischen geträumt. Und manchmal war ich in meinen Träumen mit ihnen an der Schnur gefangen.«

»Ich kenne das Gefühl«, sagte er.

Ich sah ihm so tief in die Augen, wie ich konnte. »Dass du verhaftet worden bist …« Ich wusste nicht weiter.

»Was ist damit?«, sagte er.

»Es hat dich verändert, nicht wahr?«

Er blickte auf das Wasser. »Manchmal bin ich so wütend, Lily, dass ich töten könnte.«

»Die Jungs, die mir die Fische umgebunden haben, die waren auch so wütend. Wütend auf die ganze Welt, und dadurch wurden sie gemein. Zach, du musst mir versprechen, dass du nicht so wirst.«

»Ich will das auch nicht«, sagte er.

»Ich auch nicht.«

Er beugte sein Gesicht zu mir herunter und küsste mich. Zuerst fühlte es sich an, als ob Mottenflügel gegen meinen Mund schlugen, dann öffnete er seinen Mund ein wenig. Er küsste mich sehr sanft, aber gleichzeitig auch hungrig. Mir gefiel, wie er schmeckte, wie seine Haut roch und wie sich seine Lippen öffneten und schlossen, öffneten und schlossen. Ich schwebte auf einem Fluss voller Licht. Inmitten von Fischen. Geschmückt mit Fischen. Und obwohl ich so wundervolle Schmerzen in meinem Körper spürte, obwohl ich fühlte, wie das Leben unter meiner Haut bebte und wie die Liebe mir die Sinne umnebelte, trotz alledem konnte ich immer noch fühlen, wie die Fische an meinem Herzen starben.

Als der Kuss vorbei war, sah er mich an, sein Gesicht brannte. »Du kannst dir nicht vorstellen, wie schwer ich dieses Schuljahr arbeiten werde. Diese Tage im Gefängnis werden mich antreiben, nur noch bessere Noten zu bekommen. Und wenn das Jahr vorbei ist, dann hält mich nichts und niemand, dann geh ich hier weg und aufs College.«

»Ich weiß, du wirst es schaffen«, sagte ich. »Du schaffst das.« Und das waren nicht nur leere Worte.

Er sah mich an, dann drehte er sich um und sagte: »Ich möchte, dass du weißt, dass ...«

Ich trat näher zu ihm. »Dass ich was weiß?«

»Dass, dass ich dich sehr gern habe. Ich muss ständig an dich denken.«

Mir kam in den Sinn, ihm zu sagen, dass es Dinge gab, die er nicht von mir wusste, dass er mich danach vielleicht nicht mehr so sehr mögen würde, aber ich lächelte und sagte: »Ich mag dich auch sehr.«

»Im Moment wäre es noch sehr schwierig für uns, zusammen zu sein, Lily, aber später, wenn wir etwas älter sind und wenn ich jemand geworden bin, dann, dann werden wir zusammen sein.«

»Versprichst du das?«

»Ich verspreche es.« Er nahm die Kette mit seiner Hundemarke vom Hals und legte sie mir um. »Damit du das niemals vergisst.«

Das silberne Rechteck rutschte unter meine Bluse, wo es kalt und sicher zwischen meinen Brüsten baumelte. Zachary Lincoln Taylor ruhte dort, an meinem Herzen.

Und ich ging bis zum Hals ins Wasser.

Wenn die Königin einen höheren Grad von Intelligenz besitzen würde, wäre sie wahrscheinlich vollkommen neurotisch. Aber so ist sie schüchtern und flatterig, wohl, weil sie den Stock niemals verlässt und ihre Tage in völliger Dunkelheit verlebt, in einer Art ewiger Nacht, die sie in ununterbrochenen Wehen verbringt ... Ihre wahre Rolle ist denn auch weniger die einer Königin, als die einer Mutter, der Mutter des ganzen Stocks, und so wird sie auch oft bezeichnet. Aber das ist eigentlich blanke Ironie, denn sie besitzt keinerlei mütterlichen Instinkt oder angeborene Fähigkeit, sich um ihre Nachkommen zu kümmern.

KAPITEL 12

Ich wartete auf Augusta in ihrem Zimmer. Im Warten hatte ich reichlich Erfahrung, schließlich hatte ich mein ganzes Leben lang gewartet: Dass mich die Mädchen in der Schule zu was auch immer einluden. Dass T. Ray endlich netter zu mir wäre. Dass die Polizei käme und uns in das Gefängnis in den Everglades zerren würde. Dass meine Mutter mir ein Zeichen der Liebe schickte.

Zach und ich waren draußen geblieben, bis die Töchter Mariens im Honighaus fertig waren. Wir hatten ihnen geholfen, das Durcheinander im Garten aufzuräumen, ich stapelte Teller und Tassen, und Zach klappte die Tische zusammen. Queenie hatte mit einem Lächeln gesagt: »Und wieso seid ihr zwei so mittendrin verschwunden?«

»Es hat mir zu lange gedauert«, sagte Zach.

»Ach so, deshalb«, neckte sie ihn, und Cressie kicherte.

Als Zach ging, schlüpfte ich zurück ins Honighaus und holte das Foto meiner Mutter und ihr Bild der schwarzen Maria unter meinem Kissen hervor. Ich hielt beides fest umklammert, als ich an den Töchtern vorbei huschte, die in der Küche waren und den Abwasch machten. Sie riefen hinter mir her: »Wo gehst du denn hin, Lily?«

Ich wollte wirklich nicht unhöflich sein, aber ich konnte ihnen nicht antworten, ich konnte nicht ein Wort belanglosen Geredes herausbringen. Ich wollte endlich alles über meine Mutter wissen. Nichts Anderes war mir wichtig.

Ich marschierte schnurstracks in Augustas Zimmer. Es war erfüllt von dem Geruch von Bienenwachs. Ich knipste eine Lampe an und setzte mich auf die Zederntruhe am Ende ihres Betts und faltete meine Hände bestimmt acht oder zehn Mal zusammen und wieder auseinander. Sie waren kalt und feucht und machten, was sie wollten. Sie wollten nervös herumspielen und Knöchel knacken. Ich setzte mich auf sie.

Ich war erst ein einziges Mal in Augustas Schlafzimmer gewesen, und das war, als ich während des Treffens der Töchter Mariens in Ohnmacht gefallen und in ihrem Bett wieder zu mir gekommen war. Ich muss zu benommen gewesen sein, um es richtig zu sehen, denn es kam mir völlig fremd vor. Man hätte in diesem Zimmer stundenlang herumgehen können und hätte sich nicht eine Minute gelangweilt, so viel gab es zu sehen.

Zunächst einmal – alles war blau. Einfach alles, die Tagesdecke, die Vorhänge, der Teppich, die Stuhlkissen, die Lampen. Aber nicht, dass es langweilig gewesen wäre. Denn alles war in einem anderen Blauton. Himmelblau, azurblau, aquamarinblau, nachtblau – es gibt kein Blau, das es dort nicht gab. Ich hatte das Gefühl, durch einen Ozean zu gleiten.

Auf dem Frisiertisch, wo bei langweiligen Leuten eine Schmuckschatulle oder ein Bild stehen, hatte Augusta ein Aquarium aufgebaut, das auf dem Kopf stand, und darin steckte ein riesiges Stück einer Honigwabe. Der Honig war herausgelaufen und bildete kleine Lachen auf dem Brett darunter.

Auf ihren Nachttischen standen Bienenwachskerzen, die in ihren Messinghaltern heruntergeschmolzen waren. Ich fragte mich, ob das welche von denen waren, die ich selber gegossen hatte. Ich fand es schön, mir vorzustellen, dass ich möglicherweise geholfen hatte, Augustas Schlafzimmer zu erleuchten, wenn es dunkel war.

Ich stand auf und sah mir die Bücher an, die ordentlich in ihrem Regal aufgestellt waren. *Aus dem Leben der Bienen, Imkerfragen, Tanzsprache und Orientierung der Bienen, Griechische Götter- und Heldensagen, Marienbilder aus drei Jahrhunderten, Theorie und Praxis des neuen Bienenfreundes.* Ich nahm das Marienbuch vom Regal, legte es auf meinen Schoß und öffnete es. Ich sah mir die Bilder an. Manchmal war Maria brünett und hatte braune Augen, manchmal war sie blond und blauäugig, aber immer war sie wunderschön. Sie hätte an einem Schönheitswettbewerb teilnehmen können. Sie sah aus wie eines von den Mädchen, die Miss Amerika werden wollen. Wie eine Miss Mississippi. Denn die Mädchen aus Mississippi gewinnen ja meist. Unwillkürlich musste ich mir Maria in einem Badeanzug und auf Stöckelschuhen vorstellen – natürlich, bevor sie schwanger geworden war.

Aber die aufregendste Entdeckung war, dass Maria auf allen Bildern vom Erzengel Gabriel eine *Lilie bekam.* Auf jedem Bild, auf dem er erschien, um ihr zu sagen, dass sie den Sohn des Höchsten bekommen würde, obwohl sie noch nicht verheiratet war, brachte er ihr eine große, weiße Lilie. Als ob das die Entschädigung für all das Gerede wäre, das sie deshalb ertragen musste. Ich klappte das Buch zu und stellte es zurück ins Regal.

Ein Luftzug kam aus dem offenen Fenster. Ich ging hin und blickte hinaus auf den dunklen Saum der Bäume am Waldrand, auf einen Halbmond, der wie eine Goldmünze in einem Schlitz aussah, bevor er mit einem »Kling« durch den Himmel rutschen würde. Stimmen drangen gedämpft durch das Fliegengitter. Frauenstimmen. Sie schwollen zu Gezwitscher an und ebbten ab. Die Töchter gingen. Ich zwirbelte in meinem Haar herum, ging im Kreis um den Teppich, so wie Hunde das machen, ehe sie sich irgendwo auf den Boden setzen.

Ich dachte an die Gefängnisfilme, in denen ein Gefangener hingerichtet werden soll – der natürlich zu Unrecht beschuldigt wird –, wie die Kamera hin und her wechselt zwischen dem armen Mann, der in seiner Zelle schwitzt, und der Uhr, deren Zeiger sich langsam aber sicher auf zwölf Uhr zubewegen.

Ich setzte mich wieder auf die Truhe.

Schritte auf den Dielen in der Eingangshalle. Ruhige, gleichmäßige. Augustas Schritte. Ich setzte mich gerade hin, reckte mich, und mein Herz fing an, so laut zu schlagen, dass es in meinen Ohren dröhnte. Als sie ins Zimmer kam, sagte sie: »Ich dachte mir schon, dass du hier bist.«

Ich hatte den dringenden Wunsch, an ihr vorbei aus der Tür zu jagen, aus dem Fenster zu stürzen. *Du brauchst das nicht zu tun,* sagte ich mir, aber das Verlangen war stärker. Das Verlangen nach der Wahrheit.

»Erinnerst du dich, als …«, sagte ich. Meine Stimme brachte kaum mehr als ein Flüstern hervor. Ich räusperte mich. »Erinnerst du dich, dass du gesagt hast, wir müssten uns unterhalten?«

Sie schloss die Tür. Ein endgültiges Geräusch. *Jetzt kannst du nicht mehr zurück, sagte* es. *Jetzt oder nie,* sagte es.

»Ich erinnere mich sehr gut.«

Ich legte das Foto meiner Mutter auf die Zederntruhe.

Augusta ging hinüber und nahm das Foto in die Hand. »Du gleichst ihr aufs Haar.«

Sie wandte mir die Augen zu, ihre großen, flackernden Augen mit dem Kupferfeuer darin. Ich wünschte, ich könnte nur ein einziges Mal die Welt durch diese Augen sehen.

»Das ist meine Mutter«, sagte ich.

»Ich weiß, mein Herz. Deine Mutter hieß Deborah Fontanel Owens.«

Ich sah sie an und blinzelte. Sie kam auf mich zu, und das gelbe Licht der Lampe fiel auf ihre Brille, so dass ich ihre Augen nicht mehr erkennen konnte. Ich rutschte ein wenig zur Seite, damit ich sie wieder sehen konnte.

Sie zog den Stuhl vom Frisiertisch herüber zur Truhe und setzte sich mir gegenüber: »Ich bin so froh, dass wir endlich darüber sprechen.«

Ich konnte spüren, wie ihr Knie meins ganz leicht streifte. Eine Minute verging, ohne dass eine von uns ein Wort sprach. Sie hielt das Foto in der Hand und wartete darauf, dass ich die Stille durchbrach.

»Du hast die ganze Zeit gewusst, dass sie meine Mutter war«, sagte ich, und ich wusste nicht, ob ich mich ärgern oder mich betrogen fühlen sollte, oder ob ich einfach nur vollkommen überrascht war.

Sie legte ihre Hand auf meine und strich ihren Daumen auf meiner Haut vor und zurück. »An dem Tag, an dem du hier erschienen bist, habe ich dich sofort erkannt. Ich brauchte dich bloß einen Augenblick lang anzusehen, und ich sah Deborah, als sie in deinem Alter war. Ich wusste, dass Deborah eine Tochter gehabt hatte, aber ich dachte, nein, das kann nicht sein, das wäre einfach zu verrückt, wenn Deborahs Tochter in meinem Haus auftauchen würde. Aber als du dann sagtest, dass du Lily heißt, da wusste ich es ganz sicher.«

Vermutlich hätte ich auf so etwas vorbereitet sein müssen. Ich spürte, wie ein Kloß in meinem Hals aufstieg, obwohl ich nicht genau wusste, warum. »Aber, aber ... du hast nie etwas gesagt. Warum hast du es mir denn nie gesagt?«

»Weil du noch nicht bereit warst. Ich wollte nicht riskieren, dass du wieder wegläufst. Ich wollte, dass du Gelegenheit bekommst, etwas Ruhe zu finden, dein Herz zu wappnen. Für alles gibt es eine Zeit, Lily. Man muss wissen, wann man sprechen und wann man schweigen muss, und wann man den Dingen ihren Lauf lassen muss. Und das habe ich versucht.«

Es wurde so still. Wie konnte ich ihr böse sein? Ich hatte doch genau das Gleiche getan. Auch ich hatte für mich behalten, was ich wusste, und meine Gründe waren bei weitem nicht so edel wie ihre.

»May hat es mir erzählt«, sagte ich.

»Was hat May dir erzählt?«

»Ich hab gesehen, wie sie einen Pfad aus Crackern und Marshmellows für die Kakerlaken ausgelegt hat. Mein Vater hat mir erzählt, dass meine Mutter das auch immer getan hat. Ich dachte, dass sie das vielleicht von May gelernt hat. Also habe ich sie gefragt: ›Hast du jemals eine Deborah Fontanel gekannt?‹, und sie sagte, ja, und dass Deborah im Honighaus gewohnt hatte.«

Augusta schüttelte den Kopf. »Du liebe Güte, es gibt so viel zu erzählen. Erinnerst du dich, wie ich dir erzählt habe, dass ich damals in Richmond als Haushälterin gearbeitet habe, ehe ich meine Stelle als Lehrerin bekam? Nun, das war im Haus deiner Mutter.«

Im Haus meiner Mutter. Es erschien mir merkwürdig, sie mir mit einem Dach über dem Kopf vorzustellen. Als jemand, der in einem Bett lag, an einem Tisch aß und in einer Wanne badete.

»Hast du sie denn gekannt, als sie klein war?«

»Ich habe mich um sie gekümmert«, sagte Augusta. »Ich habe ihre Kleider gebügelt und ihr Pausenbrot in eine Tüte gepackt. Sie liebte Erdnussbutter. Sie wollte nichts anders. Die ganze Woche lang nur Erdnussbutter.«

Ich atmete tief aus, ich hatte unbewusst die ganze Zeit den Atem angehalten. »Was hat sie sonst noch geliebt?«

»Sie liebte ihre Puppen. Sie hat Gartenparties für sie veranstaltet, und ich habe dann winzig kleine Sandwichs für ihre Puppenteller gemacht.« Sie hielt inne, als ob sie sich das Bild ins Gedächtnis rufen würde. »Was sie überhaupt nicht mochte, waren ihre Hausaufgaben. Ich musste sie deshalb ständig im Auge behalten. Sie im Haus herumjagen und sie dabei buchstabieren lassen. Einmal ist sie auf einen Baum geklettert, weil sie ein Gedicht von Robert Frost nicht auswendig lernen wollte. Aber, glaub mir, ich habe sie gefunden, und dann bin ich mit dem Buch zu ihr raufgeklettert und habe sie nicht wieder heruntergelassen, ehe sie das ganze Gedicht auswendig konnte.«

Ich schloss die Augen und stellte mir vor, wie meine Mutter auf einem Ast neben Augusta hockte und dabei Zeile für Zeile von »Innehaltend inmitten von Wäldern an einem Schnee-Abend« aufsagte, das ich selber im Englischunterricht hatte lernen müssen. Ich ließ den Kopf sinken und schloss die Augen.

»Lily, bevor wir weiter über deine Mutter sprechen, will ich, dass du mir sagst, wie du hierher gekommen bist. In Ordnung?«

Ich öffnete die Augen und nickte.

»Du hast gesagt, dein Vater wäre tot.«

Ich sah hinunter, ihre Hand lag noch immer auf meiner, und ich hatte Angst, sie könnte sie zurückziehen. »Das habe ich erfunden«, sagte ich. »Er ist nicht wirklich tot.« *Aber er hätte es verdient.*

»Terrence Ray«, sagte sie.

»Du kennst auch meinen Vater?«

»Nein, ich bin ihm nie begegnet, ich weiß nur, was Deborah mir von ihm erzählt hat.«

»Ich nenne ihn T. Ray.«

»Nicht Daddy?«

»Er ist kein richtiger Daddy.«

»Was meinst du damit?«

»Er brüllt die ganze Zeit nur rum.«

»Brüllt er dich an?«

»Ach, die ganze Welt. Aber deshalb bin ich nicht weggegangen.«

»Warum dann, Lily?«

»T. Ray, er hat gesagt, dass meine Mutter …« Tränen stiegen auf, und meine Worte kamen in schrillen Tönen heraus, die mir fremd waren. »Er hat gesagt, dass sie mich verlasen hat, dass sie uns beide verlassen hat und weggelaufen ist.« In meiner Brust brach eine Wand aus Glas, eine Wand, von der ich nicht einmal gewusst hatte, dass sie in mir gewesen war.

Augusta rutschte auf den Rand ihres Stuhls vor und öffnete ihre Arme, so wie sie ihre Arme an dem Tag, als sie Mays Abschiedsbrief gefunden hatte, für June ausgebreitet hatte. Ich legte mich hinein und spürte, wie sich ihre Arme um mich schlossen. Etwas ist so schön, dass ich es nicht mit Worten beschreiben kann: Wenn Augusta einen in den Arm nimmt.

Ich war so dicht an sie gedrückt, dass ich spürte, wie ihr Herz sanft gegen meine Brust schlug. Ihre Hände streichelten meinen Rücken. Sie sagte: »Es tut weh, ich weiß. Lass es raus, lass es einfach raus.«

Und das tat ich. Ich drückte meinen Mund an ihr Kleid, und ich ließ all das Leid, das ich mein Leben lang ertragen hatte, aufsteigen und weinte es an ihrer Brust aus, ich stieß es mit aller Kraft meiner Tränen heraus, und sie zuckte nicht zurück.

Sie war nass von meinem Weinen. Um den Kragen herum klebte die Baumwolle ihres Kleides an ihr. Ich konnte das Dunkel ihrer Haut durch die nassen Stellen schimmern sehen.

Ihre Hände fühlten sich warm an auf meinem Rücken, und jedes Mal, wenn ich eine Pause machte, um zu schniefen oder Luft zu holen, hörte ich sie atmen. Ruhig und gleichmäßig. Als mein Weinen endlich abebbte, ließ ich mich von ihrem Atem wiegen.

Schließlich setzte ich mich wieder auf und sah sie an, schwindelig von der Macht dessen, was aus mir herausgebrochen war. Sie ließ ihren Finger an meiner Nase entlangfahren und lächelte ein trauriges Lächeln.

»Es tut mir Leid«, sagte ich.

»Das braucht dir nicht Leid zu tun«, sagte sie.

Sie ging zu ihrer Kommode und zog ein weißes Taschentuch aus der oberen Schublade. Es war gefaltet, gebügelt, und darauf war ihr Monogramm »A. B.« in silbernen Stichen aufgestickt. Sie wischte mir damit sanft durch mein Gesicht.

»Ich will nur, dass du eins weißt«, sagte ich, »ich habe T. Ray natürlich nicht geglaubt, als er mir das erzählt hat. Ich weiß, dass sie mich niemals im Stich gelassen hätte. Ich wollte die Wahrheit herausfinden und ihm beweisen, dass er Unrecht hat.«

Sie legte ihre Hand unter die Brille und schob sie zurück auf die Nase. »Und deshalb bist du weggelaufen?«

Ich nickte. »Na, und außerdem hatten Rosaleen und ich in der Stadt auch so'n paar Schwierigkeiten bekommen, und ich wusste, wenn ich nicht weglaufen würde, dann würde T. Ray mich halb tot schlagen, und ich war es so leid, von ihm halb tot geschlagen zu werden.«

»Was für Schwierigkeiten?«

Ich wünschte, ich müsste nicht weiterreden. Ich sah auf den Boden.

»Erzählst du mir jetzt, woher Rosaleen all die blauen Flecken und die Wunde an ihrem Kopf hatte?«

»Sie wollte sich doch bloß in das Wählerverzeichnis eintragen.«

Augusta blinzelte, als ob sie versuchte, dem zu folgen. »Na schön, dann fangen wir mal ganz von vorne an. In Ordnung? Lass dir Zeit und erzähl mir einfach der Reihe nach, was passiert ist.«

Ich erzählte ihr, was geschehen war, so gut es ging, und in allen scheußlichen Einzelheiten. Ich ließ nichts aus: Wie Rosaleen geübt hatte, ihren Namen zu schreiben, wie die drei Männer sie verhöhnt hatten, wie sie ihre Spucke über deren Schuhe gekippt hatte.

»Ein Polizist brachte uns dann ins Gefängnis«, sagte ich und merkte, wie seltsam die Worte schon in meinen Ohren klangen. Ich konnte nur ahnen, wie sie wohl erst für Augusta klingen mussten.

»Gefängnis?«, sagte sie. Ihr Körper schien mitsamt allen Knochen darin ein wenig zusammenzusinken. »Sie haben euch ins *Gefängnis gesteckt?* Was hat man euch denn vorgeworfen?«

»Der Polizist sagte, Rosaleen hätte die Männer beleidigt, aber ich war doch dabei, und sie hat sich doch nur schützen wollen, sonst nichts.«

Augusta biss die Kiefer zusammen, und ihr Rücken wurde kerzengerade. »Wie lange wart ihr im Gefängnis?«

»Ich musste nicht lange drin bleiben. T. Ray ist gekommen und hat mich rausgeholt, aber sie ließen Rosaleen nicht gehen, und dann sind diese Kerle zurückgekommen und haben sie zusammengeschlagen.«

»Mutter Gottes«, sagte Augusta.

»Und wie ist sie schließlich frei gekommen?«

Tief durchatmen und dann einfach raus damit: »Ich bin in das Krankenhaus gegangen, wo man sie hingebracht hatte, um ihre Wunde zu nähen, und dann, dann hab ich sie an dem Polizisten vorbeigeschmuggelt.«

»Mutter Gottes«, sagte sie zum zweiten Mal. Sie stand auf und machte eine Runde durch das Zimmer.

»Ich hätte das ja auch sonst nie getan, aber T. Ray hat gesagt, der Mann, der Rosaleen geschlagen hat, der wäre der schlimmste Niggerhasser auf der ganzen Welt, und es wäre ein Wunder, wenn der nicht zurückkäme und sie töten würde. Ich konnte sie doch nicht da drin lassen.«

Es war beängstigend. Meine Geheimnisse lagen nun überall im Zimmer verstreut herum, so als ob ein Müllauto zurückgesetzt und seine erbärmliche Fracht auf den Boden gekippt hätte, damit Augusta sie ordnen konnte. Aber das war es ja noch nicht einmal, was mir am meisten Angst machte. Am meisten Angst machte mir die Art und Weise, wie sich Augusta in ihrem Stuhl zurücklehnte und zum Fenster sah, wie ihr Blick durch meinen Kopf hindurchging, sie blickte nur in die stickige Luft, und ihre Gedanken waren mir ein nervenzerreißendes Rätsel.

Um meinen Hals herum brach eine fiebrige Hitze aus.

»Ich will doch kein schlechter Mensch sein«, sagte ich und sah auf meine Hände, sie waren wie zum Gebet gefaltet. »Aber ich kann scheinbar nicht anders.«

Man sollte ja meinen, ich hätte mich inzwischen ausgeweint, aber die Tränen quollen schon wieder zwischen meinen Lidern hervor. »Ich mache immer alles falsch. Ich lüge alle an. Nur dich nicht. Doch, auch, aber ich hatte gute Gründe. Und ich hasse so viele Leute. Nicht nur T. Ray. Die Mädchen in der Schule, und die haben mir gar nichts getan, außer dass sie mich nicht beachten. Ich hasse Willifred Marchant, die Schriftstellerin von Tiburon, und ich kenne sie noch nicht einmal. Manchmal hasse ich sogar Rosaleen, weil ich mich für sie schäme. Und als ich hier hergekommen bin, habe ich anfangs auch June gehasst.«

Stille überschwemmte uns. Sie stieg an, ich hörte ihr Tosen in meinem Kopf, Rauschen in meinen Ohren.

Sieh mich an. Leg deine Hand wieder auf meine. Sag etwas.

Inzwischen triefte es aus meiner Nase genauso wie aus meinen Augen. Ich schniefte und wischte die Tränen von meinen Wangen, aber ich war nicht in der Lage, meinen Mund davon abzuhalten, jedes noch so hässliche Ding herauszuposaunen, das es von mir zu sagen gab, und wenn ich damit erst einmal fertig wäre …

»Aber, das, das ist noch längst nicht alles«, sagte ich. Ich war aufgestanden, weil ich irgendwo hingehen musste, aber es gab keinen Ort, an den ich hätte gehen können. Wir waren auf einer Insel. Wir trieben auf einer blauen Insel inmitten eines rosa Heims, und ich hatte dort all meine Schlechtigkeit ausgespien und hoffte nun darauf, nicht ins Meer geworfen zu werden, um dort meine Strafe zu empfangen.

»Ich …«

Augusta sah mich an, sie wartete. Ich wusste nicht, ob ich es sagen konnte.

»Es war meine Schuld, dass sie gestorben ist. Ich … ich habe sie getötet.« Ich schluchzte und fiel auf dem Teppich auf die Knie. Es war das allererste Mal, dass ich diese Worte zu jemandem gesagt hatte, und ihr Klang brach mein Herz entzwei.

Ich sank in mich zusammen, auf die Fersen, ich merkte kaum, dass ich laut vor mich hin murmelte. »Ich bin nicht wert, geliebt zu werden.« Als ich aufsah, schwebten Staubkörnchen im Lampenlicht, und Augusta stand da und sah auf mich hinunter. Dann kniete sie sich neben mich und strich mir das Haar aus dem Gesicht.

»Oh, Lily«, sagte sie. »Kind.«

»Es war ein Unfall«, sagte ich und sah ihr direkt in die Augen.

»Jetzt hör mir mal zu«, sagte Augusta und drehte mein Kinn hin zu ihrem Gesicht. »Das ist etwas ganz, ganz Furchtbares, womit du da lebst. Aber darum bist du doch *liebenswert!* Selbst wenn du sie bei einem Unfall getötet hast, bist du immer noch das wundervollste, liebenswerteste Mädchen, das ich kenne. Und Rosaleen liebt dich. May hat dich geliebt. Selbst ein Blinder sieht, dass Zach dich liebt. Und alle Töchter Mariens lieben dich. Und selbst wenn es nicht so aussieht, auch June liebt dich. Das hat bei ihr nur etwas länger gedauert, weil sie deine Mutter nicht leiden konnte.«

»Sie hat meine Mutter nicht leiden können? Aber warum denn?«, sagte ich und begriff, dass June ja auch die ganze Zeit gewusst haben muss, wer ich bin.

»Ach, das ist kompliziert, aber so ist June nun einmal. Sie konnte sich einfach nicht damit abfinden, dass ich als Dienstmädchen im Haus deiner Mutter gearbeitet habe.« Augusta schüttelte den Kopf. »Ich weiß, es war nicht richtig, aber sie hat es an Deborah ausgelassen, und dann an dir. Aber selbst June liebt dich doch inzwischen, oder?«

»Ja, wahrscheinlich«, sagte ich.

»Aber vor allem sollst du wissen, dass *ich* dich liebe. So wie ich deine Mutter geliebt habe.«

Augusta stand auf, aber ich blieb, wo ich war, und ließ die Worte in meinem Innern nachklingen. »Gib mir deine Hand«, sagte sie und hielt mir ihre hin. Als ich langsam wieder hoch kam, fühlte ich mich schwindelig und sehr wackelig auf den Beinen.

Ich wollte so gerne sagen: *Ich liebe dich auch. Ich liebe euch alle.* Das Gefühl stieg in mir auf wie ein Wirbelwind, aber als es meinen Mund erreichte, hatte es keine Stimme, keine Worte. Es war nur Luft und Sehnsucht.

»Wir brauchen eine kleine Atempause«, sagte Augusta und schritt Richtung Küche.

Augusta ging zum Kühlschrank und schüttete uns zwei Glas Eiswasser ein. Wir nahmen die Gläser mit zur hinteren Veranda, setzten uns da auf die Hollywoodschaukel, tranken kleine kalte Schlucke und lauschten den quietschenden Ketten. Es ist erstaunlich, wie beruhigend dieses Geräusch sein kann. Wir hatten kein Licht angemacht, und auch das war beruhigend – einfach so im Dunkeln zu sitzen.

Nach einigen Minuten sagte Augusta: »Eines ist mir überhaupt nicht klar, Lily – was dich eigentlich hierher geführt hat.«

Ich zog das hölzerne Bild der schwarzen Maria aus meiner Tasche und gab es ihr. »Es gehörte meiner Mutter«, sagte ich. »Ich habe es auf dem Speicher gefunden, zusammen mit ihrem Foto.«

»Oh großer Gott«, sagte sie und legte ihre Hand vor den Mund. »Das habe ich deiner Mutter gegeben, kurz bevor sie gestorben ist.«

Sie stellte ihr Glas ab und ging über die Veranda. Ich war nicht sicher, ob ich weiter sprechen sollte, und so wartete ich darauf, dass sie etwas sagte, und als sie nichts sagte, ging ich zu ihr und stellte mich neben sie. Sie hatte die Lippen zusammengepresst, ihre Augen spähten in die Nacht. Sie hielt das Bild fest umklammert, aber ihr Arm hing schlaff herunter.

Es dauerte eine ganze Minute, bis sie ihn bewegte und das Bild hoch nahm, so dass wir es ansehen konnten.

»Hinten drauf steht ›Tiburon, S. C.‹«, sagte ich.

Augusta drehte es um. »Das muss Deborah geschrieben haben.« Etwas wie ein Lächeln erschien auf ihrem Gesicht. »Das sähe ihr ähnlich. Sie hatte ein ganzes Album voller Bilder, und sie hat auf jedes Einzelne hinten drauf geschrieben, wo es aufgenommen worden war, selbst wenn es ein Foto von ihrem eigenen Haus war.« Sie gab mir das Bild. Ich starrte es an, ließ meine Finger über das Wort »Tiburon« gleiten.

»Wer hätte das geahnt«, sagte Augusta.

Wir setzten uns wieder in die Schaukel, wiegten vor und zurück, stießen uns mit den Füßen leicht am Boden ab. Sie starrte vor sich hin. Ihr Träger war bis auf den Ellbogen gerutscht, aber sie schien es nicht zu bemerken.

June sagte oft, die meisten Leute laden sich mehr auf, als sie tragen können, aber Augusta trägt mehr, als sie sich aufgeladen hat. Wenn Augusta über etwas nachdachte, dann konnte sie sich mitten in einem Gespräch plötzlich in ihre eigene Welt zurückziehen, wo sie die Dinge in ihrem Herzen wog und Sorgen bewältigte, die den meisten Leuten viel zu schwer gewesen wären. Ich hätte so gerne zu ihr gesagt: *Zeig mir, wie das geht. Zeig mir, wie ich das alles überwinden kann.*

Donner grollte über den Bäumen. Ich dachte an die Gartenparties meiner Mutter, an winzige Sandwiches für Puppenmünder, und mich überkam eine große Traurigkeit. Vielleicht, weil ich so gerne dabei gewesen wäre. Vielleicht, weil alle Sandwiches mit Erdnussbutter beschmiert gewesen wären, dem Lieblingsessen meiner Mutter, aus dem ich mir nicht einmal viel machte. Ich fragte mich, ob sie das Gedicht, das Augusta ihr beigebracht hatte, noch auswendig konnte, nachdem sie verheiratet war. Hatte sie in ihrem Bett gelegen und zugehört, wie T. Ray schnarchte, hatte sie es aufgesagt, ehe sie eingeschlafen war, und sich dabei sehnlichst gewünscht, sie könnte mit Robert Frost durchbrennen?

Ich sah Augusta von der Seite an. Ich hatte ihr das Schlimmste gestanden. Und nachdem sie es gehört hatte, hatte sie gesagt: *Ich liebe dich. So wie ich deine Mutter geliebt habe.*

»Na schön«, sagte Augusta, als ob wir nie aufgehört hätten zu reden. »Das Bild erklärt, wie du nach Tiburon gekommen bist. Aber wie um alles in der Welt hast du *mich* gefunden?«

»Das war einfach«, sagte ich. »Wir waren noch nicht mal eine Minute in Tiburon gewesen, da habe ich schon den Honig der Schwarzen Madonna entdeckt, und darauf war das gleiche Bild, das meine Mutter hatte. Die Schwarze Madonna von Bresnichar in Böhmen.«

»Du kannst es ja jetzt richtig gut aussprechen«, meinte Augusta zu mir.

»Ich habe es geübt.«

»Wo hast du den Honig denn gesehen?«

»Im Laden, im Frogmore Stew, am Stadtrand. Ich habe den Mann mit der Fliege gefragt, woher er ihn bekommt. Und er hat mir dann gesagt, wo du wohnst.«

»Das muss Mr. Grady sein.« Sie schüttelte den Kopf. »Ich sage dir eins, ich glaube fast, dass du uns finden solltest.«

Natürlich hatte ich sie finden sollen, daran hatte ich keinen Zweifel. Ich wünschte nur, ich wüsste auch, wie das alles enden sollte. Ich sah nach unten, wir hatten beide die Hände in den Schoß gelegt, die Handflächen nach oben, als ob wir beide darauf warteten, dass etwas dort hineinfallen würde.

»Also, warum reden wir nicht noch ein bisschen über deine Mutter?«, sagte sie.

Ich nickte. Mit jeder Faser meines Herzens drängte es mich, alles über sie zu erfahren.

»Wann immer du aufhören möchtest und eine Pause brauchst, sagst du es.«

»Ist gut«, sagte ich. Ich hatte keine Vorstellung, was jetzt wohl kommen würde. Etwas, was *Pausen nötig machte.* Aber wozu brauchte ich Pausen? Damit ich vor Freude tanzen konnte? Damit sie mich wiederbeleben konnte, nachdem ich tot umgefallen war? Oder brauchte ich Pausen, damit ich all die vielen schlechten Neuigkeiten verarbeiten konnte?

Irgendwo in der Ferne fing ein Hund an, wie verrückt zu bellen. Augusta wartete, bis er ruhig war, dann sagte sie: »Ich habe im Jahr 1931 begonnen, für Deborahs Mutter zu arbeiten. Deborah war damals vier Jahre alt. Ein hinreißendes Kind, aber irgendetwas war immer mit ihr. Jede Menge sogar. Es fing schon damit an, dass sie Schlafwandlerin war. Eines Nachts ging sie nach draußen und kletterte eine Leiter hinauf, die Dachdecker ans Haus gelehnt hatten. Ihr Schlafwandeln hat ihre Mutter fast um den Verstand gebracht.« Sie lachte.

»Und deine Mutter hatte sich eine Freundin erfunden. Hast du das je gemacht?« Ich schüttelte den Kopf. »Sie nannte sie Tika Taka. Sie sprach mit ihr, als ob sie direkt vor uns stehen würde, und wenn ich einmal vergaß, für Tika Taka ein Gedeck aufzulegen, bekam Deborah einen Wutanfall. Und einmal hatte ich ihr einen Teller hingestellt, und sie sagte: ›Was machst du denn da? Tika Taka ist nicht da. Sie ist doch im Kino.‹ Deine Mutter liebte Shirley Temple.«

»Tika Taka«, sagte ich, ich wollte das auf meiner Zunge spüren.

»Diese Tika Taka, das war schon eine«, sagte Augusta. »Egal, womit Deborah Schwierigkeiten hatte, Tika Taka konnte es perfekt. Tika Taka bekam natürlich die besten Noten für ihre Hausaufgaben, Preise in der Sonntagsschule, sie machte ihr Bett und aß ihren Teller immer brav leer. Deine Großmutter – Sarah war ihr Name – hat damals vorgehabt, Deborah zu einem Kinder-Psychiater in Richmond zu bringen. Aber ich habe zu ihr gesagt: ›Machen Sie sich keine Sorgen. Das Mädchen bewältigt die Dinge eben auf ihre Weise. Eines Tages wird sich Tika Taka von ganz allein erledigen.‹ Und so war es auch.«

Was hatte ich denn all die Jahre gemacht, dass mir nie der

Gedanke gekommen war, mir eine Freundin zu erfinden? Das machte so viel Sinn.

»Das klingt nicht, als ob meine Mutter und ich uns sehr ähnlich wären«, sagte ich.

»Oh doch, und wie. Sie konnte plötzlich alles stehen und liegen lassen und tun, wovon andere Mädchen nicht einmal träumen würden.«

»Was denn zum Beispiel?«

Augusta sah über meine Schulter und lächelte. »Einmal ist sie von zu Hause ausgerissen. Ich weiß nicht mehr, was sie so aufgebracht hatte. Wir haben sie noch gesucht, als es schon lange dunkel war. Und fanden sie schließlich zusammengekauert in einem Abwassergraben. Sie schlief tief und fest.«

Der Hund hatte wieder angefangen zu bellen, und Augusta wurde still. Ich saß mit geschlossenen Augen da und versuchte, mir meine Mutter vorzustellen, die in einem Abwassergraben schlief.

Nach einer Weile sagte ich: »Wie lange hast du denn für ... meine Großmutter gearbeitet?«

»Oh, eine lange Zeit. Über neun Jahre. Bis ich die Stelle als Lehrerin bekommen habe, von der ich dir erzählt habe. Aber wir sind darüber hinaus in engem Kontakt geblieben.«

»Ich wette, sie waren überhaupt nicht glücklich, dass du dann später hier runter nach South Carolina gezogen bist.«

»Die arme Deborah hat geweint ohne Ende. Sie war damals schon neunzehn, aber sie hat geweint, als wäre sie erst sechs Jahre alt.« Die Schaukel war zum Halten gekommen, und keine von uns machte sich die Mühe, sie wieder anzuschubsen.

»Wie ist meine Mutter denn dann hierher gekommen?«

»Ich hatte schon zwei Jahre lang hier gelebt«, sagte Augusta. »Hatte mit dem Honiggeschäft angefangen, und June unterrichtete, da bekam ich ein Ferngespräch von ihr. Sie weinte sich die Augen aus und sagte, ihre Mutter wäre gestorben. ›Ich habe doch niemanden mehr außer dir‹, das sagte sie damals immer wieder.«

»Was war denn mit ihrem Vater? Wo war der denn?«

»Oh, Mr. Fontanel war gestorben, als sie noch ein Baby war. Ich habe ihn nie kennen gelernt.«

»Dann ist sie also zu euch gezogen?«

»Deborah hatte eine Freundin aus der High School, die gerade nach Sylvan gezogen war. Sie war es, die Deborah davon überzeugte, das wäre für sie der richtige Ort zum Leben. Sie erzählte ihr, dort gäbe es Arbeit und außerdem Männer, die aus dem Krieg zurückgekommen waren. Also ging Deborah dorthin. Ich glaube, es hatte auch viel mit mir zu tun. Ich glaube, sie wollte mich in der Nähe wissen.«

Allmählich fügte sich das Puzzle zusammen. »Meine Mutter ging also nach Sylvan, traf T. Ray und hat ihn geheiratet.«

»So war es«, sagte Augusta.

Als wir auf die Veranda gekommen waren, war der Himmel mit Sternen übersät gewesen, und die Milchstraße hatte wie eine richtige Straße ausgesehen, die ich hinuntergehen konnte und an deren Ende meine Mutter stehen würde, die Hände auf den Hüften. Aber jetzt zog ein feuchter Nebel durch den Garten und drang auf die Veranda. Eine Minute später fiel Regen.

Ich sagte: »Was ich nie verstehen werde, ist, warum sie ausgerechnet *ihn* geheiratet hat.«

»Ich glaube nicht, dass dein Vater immer so war, wie er jetzt ist. Deborah hat mir viel von ihm erzählt. Sie fand es großartig, dass er im Krieg ausgezeichnet worden war. Er war damals ihr Held. Und er, sagte sie, behandelte sie wie eine Prinzessin.«

Ich hätte ihr am liebsten ins Gesicht gelacht. »Das ist nicht der Terrence Ray, den ich kenne, das kannst du mir glauben.«

»Weißt du, Lily, manchmal sind Menschen so oder so, und nach einer Weile dann, je nachdem, was sie erleben, werden sie jemand vollkommen anderes. Ich habe gar keinen Zweifel, dass er deine Mutter anfangs wirklich geliebt hat. Ich glaube sogar, dass er sie angebetet hat. Und deine Mutter hat es genossen. Wie viele junge Frauen ließ sie sich von der Verliebtheit blenden. Aber nach sechs Monaten oder so ließ die Begeisterung dann allmählich nach. In einem ihrer Briefe schrieb sie davon, dass Terrence Ray schmutzige Fingernägel hätte, daran erinnere ich mich noch genau. Und danach schrieb sie mir, dass sie nicht einmal wüsste, ob sie überhaupt auf einer abgelegenen Farm leben könnte, so was in der Art. Als er ihr dann einen Antrag machte, hat sie Nein gesagt.«

»Aber sie hat ihn doch geheiratet«, sagte ich, jetzt war ich sehr verwirrt.

»Sie hat ihre Meinung eben später geändert und doch noch Ja gesagt.«

»Aber warum?«, sagte ich. »Wenn ihre Liebe doch abgekühlt war, warum hat sie ihn dann geheiratet?«

Augusta legte ihre Hand an meinen Hinterkopf und strich mein Haar glatt. »Ich habe lange mit mir gerungen, ob ich dir das erzählen soll oder nicht, aber vielleicht hilft es dir ja, etwas besser zu verstehen, was passiert ist. Herz, Deborah war schwanger, deshalb haben sie geheiratet.«

Ich hatte gewusst, was kommen würde, noch ehe sie es gesagt hatte, trotzdem waren ihre Worte wie ein Hammerschlag.

»War sie mit *mir* schwanger?« Meine Stimme klang müde. Das Leben meiner Mutter war für mich zu schwer.

»Ja, sie war mit dir schwanger. Sie und Terrence Ray haben um Weihnachten herum geheiratet. Sie rief mich aus Sylvan an, um es mir zu erzählen.«

Unerwünscht, dachte ich. *Ich war ein unerwünschtes Baby.*

Aber nicht nur das, meine Mutter war *meinetwegen* an T. Ray gekettet gewesen. Ich war nur froh, dass es dunkel war, dass Augusta mein Gesicht nicht sehen konnte, dass sie nicht sehen konnte, wie traurig ich war. Erst will man etwas unbedingt wissen, und wenn man es dann endlich weiß, kann man an nichts anderes mehr denken, als es irgendwie wieder aus dem Gedächtnis zu löschen. Wenn mich von heute an jemand fragt, was ich später einmal werden möchte, werde ich sagen: Alzheimerpatientin.

Ich hörte dem Rauschen des Regens zu. Er sprühte auf die

Veranda und auf meine Wangen, während ich es an den Fingern abzählte. »Ich bin also sieben Monate, nachdem sie geheiratet haben, geboren worden.«

»Sie hat mich angerufen, gleich nachdem du geboren warst. Sie sagte, du wärst so hübsch, dass ihr ständig die Tränen in die Augen steigen würden.«

Irgendetwas an diesem Satz war mir in die Augen gestiegen, sie brannten, als ob Sand hineingeweht wäre. Vielleicht hatte meine Mutter mich ja doch liebkost. Hatte in einer albernen Babysprache mit mir geredet. Hatte meine ersten Haare hoch gezwirbelt wie eine Sahnehaube. Hatte rosa Schleifen hineingesteckt. Nur weil sie nicht vorgehabt hatte, mich zu bekommen, hieß das ja nicht, dass sie mich nicht doch noch geliebt hatte.

Während Augusta weitersprach, tauchte ich wieder ab in meine vertraute Geschichte, in der ich mir immer erzählte, dass meine Mutter mich wahnsinnig geliebt hatte. Ich lebte in dieser Geschichte wie ein Goldfisch in seinem Glas. Sie zu verlassen wäre mein Tod.

Ich saß mit hängenden Schultern da und starrte auf den Boden. Ich wollte das Wort »unerwünscht« nicht einmal denken.

»Ist alles in Ordnung?«, sagte Augusta. »Möchtest du lieber ins Bett gehen und über all das hier erst einmal schlafen, ehe wir dann morgen früh weiterreden?«

»Nein«, brach es aus mir heraus. Ich holte Luft. »Es geht mir gut, wirklich«, sagte ich und versuchte, gelassen zu klingen. »Ich brauche nur etwas Wasser.«

Sie nahm mein leeres Glas und ging in die Küche, dabei drehte sie sich zwei Mal nach mir um. Als sie mit dem Wasser zurückkam, hing an ihrem Gürtel ein roter Schirm. »Ich bring dich gleich rüber ins Honighaus«, sagte sie.

Als ich trank, zitterte das Glas in meiner Hand, und ich brachte das Wasser kaum herunter. Das Schlucken in meiner Kehle klang so laut, dass es den Regen einige Sekunden lang übertönte.

»Bist du sicher, dass du nicht doch lieber ins Bett möchtest?«, fragte Augusta.

»Ja, ja. Ich muss wissen ...«

»Was musst du wissen, Lily?«

»Einfach alles«, sagte ich.

Augusta setzte sich wieder neben mich auf die Schaukel. »Na gut«, sagte sie, »wie du meinst.«

»Ich verstehe ja, dass sie ihn nur meinetwegen geheiratet hat. Aber glaubst du, sie war trotzdem ein klein wenig glücklich?«, fragte ich.

»Ich glaube sicher, eine Zeit lang war sie glücklich. Sie hat es versucht, das weiß ich. Ich habe im Laufe der ersten Jahre bestimmt ein Dutzend Briefe und mindestens genauso viele Anrufe von ihr bekommen, und ich sah, dass sie sich bemühte. Meist hat sie von dir geschrieben, dass du schon alleine sitzen konntest, deine ersten Schritte gemacht hast und Sandkuchen gebacken hast. Aber dann kamen ihre Briefe immer seltener, und wenn sie kamen, konnte ich darin lesen, dass sie unglücklich war. Eines Tages dann rief sie mich an. Es war Ende August oder Anfang September – ich erinnere mich genau, weil es kurz nach unserem Marientag war. Sie sagte, sie würde T. Ray verlassen, sie müsste weg von ihm. Sie hat mich gebeten, ein paar Monate bei uns bleiben zu können, bis sie wusste, wohin sie danach gehen würde. Natürlich sagte ich ihr, dass sie kommen könnte. Als ich sie dann am Bus abgeholt habe, war sie nur noch ein Schatten ihrer selbst. Sie war furchtbar dünn geworden und hatte entsetzlich dunkle Ringe unter den Augen.«

Mir drehte sich langsam der Magen um. Ich wusste, jetzt kamen wir zu dem Teil der Geschichte, vor dem ich am allermeisten Angst hatte. Mein Atem ging schneller. »Ich war doch bei ihr, als du sie am Bus abgeholt hast? Sie hatte mich doch mitgenommen, oder?«

Augusta lehnte sich zu mir und flüsterte in mein Haar: »Nein, mein Herz, sie kam ganz alleine.«

Ich merkte, dass ich mir in die Backe gebissen hatte. Der Geschmack von Blut war widerlich, ich schluckte es herunter. »Warum?«, sagte ich. »Warum hat sie mich nicht mitgenommen?«

»Alles, was ich weiß, Lily, ist, sie war todtraurig, sie drohte zusammenzubrechen. An dem Tag, als sie von zu Hause weggegangen ist, ist wohl noch nicht einmal etwas Besonderes passiert. Sie war nur einfach wach geworden und hatte beschlossen, dass sie dort nicht mehr leben konnte. Sie hat dann wohl eine Frau von einer anderen Farm angerufen, um auf dich aufzupassen, und ist dann in Terrence Rays Laster zur Bushaltestelle gefahren. Bis zu dem Moment, als sie hier ankam, hatte ich natürlich gedacht, sie würde dich mitbringen.«

Die Schaukel knarzte, und wir saßen da und rochen den warmen Regen, das nasse Gras, vermodertes Gras. *Meine Mutter hatte mich verlassen.*

»Ich hasse sie«, sagte ich. Ich wollte es herausschreien, aber es klang eigenartig gefasst, leise rasselnd, wie wenn ein Auto im Schritttempo über Schotter knirscht.

»Na, langsam, Lily.«

»Doch, ich hasse sie. Sie war überhaupt nicht so, wie ich sie mir vorgestellt habe.«

Ich hatte mir mein ganzes Leben lang ausgemalt, wie sehr sie mich geliebt hatte, sie war für mich das perfekte Bild einer Mutter gewesen. Doch das waren alles Lügen. Ich hatte mir eine Mutter erfunden.

»Es war bestimmt einfach für sie, mich bei meinem Vater zu lassen, sie hat mich ja sowieso nie gewollt«, sagte ich.

Augusta streckte die Hand nach mir aus, aber ich war schon aufgesprungen und stieß die Tür auf, die zu den Stufen führte. Ich ließ sie hinter mir zuknallen, dann saß ich auf den regennassen Stufen, zusammengekrümmt unter dem Dachvorsprung.

Ich hörte, wie Augusta über die Veranda kam, und fühlte, wie sie auf der anderen Seite des Fliegengitters hinter mir stand. »Ich werde mir ganz sicher keine Entschuldigung für deine Mutter ausdenken, Lily«, sagte sie. »Deine Mutter hat getan, was sie getan hat.«

»Irgend so'ne Mutter«, sagte ich. Ich war voller Wut.

»Wirst du mir mal eine Minute lang zuhören? Als deine Mutter hier in Tiburon ankam, bestand sie nur noch aus Haut und Knochen. May konnte sie nicht dazu bringen, auch nur einen einzigen Bissen zu essen. In der ersten Woche, als sie hier war, hat sie nur geweint. Heute nennen wir das einen Nervenzusammenbruch, aber damals wussten wir nicht, was mit ihr los war und wie wir es nennen sollten. Ich brachte sie zum Arzt, und er gab ihr Lebertran und fragte, wo denn ihre weiße Familie leben würde. Er meinte, vielleicht täte es ihr gut, eine Zeit lang in einer Anstalt zu bleiben. Und dann bin ich natürlich nie mehr mit ihr zu diesem Arzt gegangen.«

»Du meinst, eine Irrenanstalt?« Es wurde von Minute zu Minute schlimmer. »Aber so was ist doch nur für Verrückte!«, sagte ich.

»Ich glaube, er wusste einfach nicht, was er mit ihr machen sollte. Aber sie war ja nicht verrückt. Sie war wohl depressiv, aber nicht verrückt.«

»Hättest du ihn doch gelassen, hätte er sie doch dahin gebracht! Ich wünschte, sie wäre da verrottet.«

»Lily!«

Ich hatte sie schockiert und war froh darüber.

Meine Mutter hatte Liebe gesucht, und stattdessen hatte sie T. Ray und die Farm bekommen, und mich, aber ich hatte ihr nicht gereicht. Mich hatte sie bei T. Ray Owens gelassen.

Der Himmel wurde von einem gezackten Blitz geteilt, aber selbst jetzt rührte ich mich nicht. Mein Haar wehte wie Rauch in alle Richtungen. Meine Augen wurden hart und schmal wie Geldschlitze. Ich starrte auf einen Haufen Vogelscheiße auf der untersten Stufe und sah zu, wie der Regen sie in den Ritzen des Holzes verteilte.

»Hörst du mir jetzt mal zu?«, sagte Augusta. Ihre Stimme

drang durch das Gitter, jedes Wort voll kleiner Stacheldrahtspitzen. »Hörst du?«

»Ich höre.«

»Jemand, der depressiv ist, tut Dinge, die andere Menschen niemals im Leben tun würden.«

»Wie was?«, sagte ich. »Sein Kind verlassen?« Ich konnte nicht aufhören. Der Regen klatschte herunter auf meine Sandalen, tropfte zwischen meine Zehen.

Augusta stieß laut ihren Atem aus, ging zurück zur Schaukel und setzte sich. Mir schien, dass ich sie vielleicht verletzt hatte, enttäuscht hatte, und der Gedanke bohrte ein Loch in mein Herz. Etwas von meinem Stolz floss davon.

Ich ging langsam die Treppen hoch und wieder nach innen, auf die geschützte Veranda. Als ich mich neben sie auf die Schaukel setzte, legte sie ihre Hand auf meine, und die Hitze floss von ihrer Handfläche in meine Haut. Ich schauderte.

»Komm her«, sagte sie und zog mich zu sich. Es war, als würde man unter dem Flügel eines Vogels geborgen, und so blieben wir eine ganze Weile, schaukelten vor und zurück, ich war behütet.

»Was hatte sie denn so depressiv gemacht?«, sagte ich.

»Ich weiß nicht alles, aber es hatte wohl viel damit zu tun, dass sie dort draußen auf der Farm leben musste. Sie fühlte sich von allem abgeschnitten und war noch dazu mit einem Mann verheiratet, mit dem sie eigentlich nicht verheiratet sein wollte.«

Der Regen wurde stärker, er fiel in großen, silber-schwarzen Strömen. Ich versuchte, meine Gefühle zu verstehen, aber ich konnte es nicht. In der einen Minute hasste ich meine Mutter, in der nächsten tat sie mir Leid.

»Gut, sie hatte einen Nervenzusammenbruch, aber wie konnte sie mich einfach so im Stich lassen?«, sagte ich.

»Nachdem sie drei Monate hier gewesen war und sich ein wenig besser fühlte, fing sie an, davon zu sprechen, wie sehr sie dich vermisste. Schließlich ist sie zurück nach Sylvan gefahren, um dich zu holen.«

Ich setzte mich auf und sah Augusta an, spürte, wie ich Luft durch meine Lippen sog. »Sie kam zurück, um mich zu holen?«

»Sie hatte vor, dich hier nach Tiburon zu bringen und mit dir hier zu leben. Sie hatte sogar mit Clayton gesprochen, damit er die Scheidungspapiere vorbereitet. Als sie im Bus saß und mir durch das Fenster zuwinkte, da habe ich sie zum letzten Mal gesehen.«

Ich lehnte meinen Kopf an Augustas Schulter, ich wusste genau, was als Nächstes passiert war. Ich schloss die Augen, und da war wieder alles. Der längst vergangene Tag, der in meinem Herzen nie verging – der Koffer auf dem Boden, wie sie ihre Kleider hineingestopft hatte, ohne sie zu falten. Beeil *dich*, hatte sie immer wieder gesagt.

T. Ray hatte mir gesagt, sie war zurückgekommen, um ihre Sachen zu holen. Aber sie war auch wegen mir zurückgekommen. Sie wollte mich hierher bringen, hier nach Tiburon, zu Augusta.

Wenn wir es doch nur geschafft hätten. Ich erinnerte mich an den Klang von T. Rays Stiefeln auf der Treppe. Ich wollte meine Fäuste gegen irgendetwas trommeln, meine Mutter anschreien, weil sie sich von ihm hatte erwischen lassen, weil sie nicht schneller gepackt hatte, weil sie nicht früher zurückgekommen war.

Schließlich sah ich hinauf zu Augusta. Als ich sprach, schmeckte mein Mund bitter. »Ich erinnere mich daran. Ich erinnere mich, dass sie zurückkam, um mich zu holen.«

»Das habe ich mich schon gefragt«, sagte sie.

»T. Ray kam, als sie packte. Sie haben geschrien und gestritten. Sie …« Ich brach ab, ich hörte ihre Stimmen in meinem Kopf.

»Erzähl weiter«, sagte Augusta.

Ich sah auf meine Hände. Sie zitterten. »Sie griff nach der

Waffe, aber er nahm sie ihr weg. Es ging alles so schnell, es ist in meinem Kopf alles durcheinander. Ich sah die Waffe auf dem Boden, ich habe sie aufgehoben. Ich weiß nicht, warum ich das getan habe. Ich, ich wollte helfen. Sie ihr zurückgeben. Warum habe ich das getan? Warum habe ich sie bloß aufgehoben?«

Augusta glitt aus der Ecke der Schaukel und wandte sich zu mir. »Erinnerst du dich daran, was passiert ist, nachdem du sie aufgehoben hast?«

Ich schüttelte den Kopf. »Nur an das Geräusch. Den Knall. Den lauten Knall.«

Die Ketten der Schaukel quietschten. Ich sah hinüber und sah Augusta schaudern.

»Woher hast du gewusst, dass meine Mutter – gestorben ist?«

»Als Deborah nicht wie besprochen zurückkam, nun, da musste ich doch wissen, was passiert war, also habe ich bei euch angerufen. Eine Frau ging ans Telefon, sie sagte, sie wäre eine Nachbarin.«

»Eine Nachbarin hat es dir erzählt?«, sagte ich.

»Sie sagte, Deborah wäre bei einem Unfall mit einer Waffe ums Leben gekommen. Das war alles, was ich aus ihr herausbringen konnte.«

Ich drehte mich weg und sah hinaus in die Nacht, auf tropfende Äste, auf Schatten, die über die halb erleuchtete Veranda huschten. »Wusstest du nicht, dass ich diejenige war, die – die es getan hat?«

»Nein, so etwas hätte ich mir niemals vorstellen können«, sagte sie. »Ich bin nicht einmal sicher, ob ich es jetzt kann.« Sie presste ihre Finger gegeneinander und legte sie in den Schoß. »Ich versuchte, mehr herauszufinden. Ich rief noch einmal an, und Terrence Ray ging ans Telefon, aber er wollte nicht darüber sprechen. Er wollte nur wissen, wer ich war. Ich habe sogar die Polizei in Sylvan angerufen, aber sie haben mir natürlich auch keine Informationen gegeben, außer, dass es ein tödlicher Unfall war. Und so musste ich weiter leben, ohne wirklich Bescheid zu wissen. All diese Jahre.«

Wir saßen in der Stille. Der Regen hatte nahezu aufgehört und ließ uns allein mit all der Stille und einem Himmel ohne Mond.

»Na komm«, sagte Augusta. »Bringen wir dich ins Bett.«

Wir gingen in die Nacht hinaus, durch den abgehackten Gesang von Grillen, durch dicke Tropfen, die auf den Schirm klatschten, durch diese entsetzlichen Rhythmen, die, wenn man nicht aufpasst, bis ins Innerste vordringen. *Ohne dich*, trommelten sie. *Ohne dich. Ohne dich.*

Wissen kann ein Fluch sein. Ich hätte gerne den neuen Haufen Wahrheit gegen meinen alten Haufen Lügen eingetauscht, und ich wusste nicht, welcher von beiden schwerer zu tragen wäre. Für welchen würde ich mehr Kraft benötigen? Es war natürlich eine dumme Frage, denn wenn man erst einmal die Wahrheit kennt, kann man nie mehr umkehren und dann doch lieber den Koffer mit den Lügen nehmen. Schwerer oder nicht, ich musste jetzt die Wahrheit schleppen.

Augusta wartete im Honighaus, bis ich unter die Laken gekrochen war, dann beugte sie sich zu mir und küsste mich auf die Stirn.

»Jeder Mensch auf dem Antlitz dieser Erde macht Fehler, Lily. Jeder Einzelne von uns. Wir sind alle nur Menschen. Deine Mutter hat einen schrecklichen Fehler gemacht, aber sie wollte ihn wieder gutmachen.«

»Gute Nacht«, sagte ich und drehte mich auf die Seite.

»Nichts und niemand ist ohne Fehl«, sagte Augusta von der Türschwelle her. »So ist das im Leben.«

Eine Arbeiterin misst nur wenig mehr als einen Zentimeter und wiegt lediglich etwa sechzig Milligramm; aber sie kann mit einer Last fliegen, die wesentlich schwerer ist als sie selbst.

KAPITEL 13

Ich hatte mich nicht gerührt, seit Augusta gegangen war, ich lag einfach nur da und starrte auf die glatte Oberfläche der Wand, auf den Aufmarsch der Insekten, die bei Nacht herauskommen und zu ihrem eigenen Vergnügen im Zimmer herumkrabbeln, weil sie glauben, man schläft. Als ich genug davon hatte, ihnen zuzusehen, legte ich den Arm über die Augen und sagte mir: *Schlaf, Lily. Bitte schlaf einfach ein.* Aber natürlich war an Schlaf nicht zu denken.

Ich setzte mich auf, und es fühlte sich an, als ob mein Körper zweihundert Pfund wiegen würde. Als ob jemand mit einem Betonmischer zum Honighaus gefahren wäre, die Ventile geöffnet und den ganzen Inhalt über meine Brust geschüttet hätte. Es war entsetzlich, hier mitten in der Nacht herumzuliegen und sich schwer und starr wie ein Betonklotz zu fühlen.

Während ich auf die Wand starrte, dachte ich mehr als einmal an Unsere Liebe Frau. Ich wollte gerne mit ihr sprechen und sie fragen: *Was wird nun mit mir geschehen?* Aber als ich sie vorhin gesehen hatte, als Augusta und ich ins Haus zurückgekommen waren, sah sie nicht aus, als ob sie irgendjemandem eine Hilfe sein könnte, gefesselt, mit all den Ketten um den Leib. Man möchte doch zumindest, dass diejenige, zu der man betet, wenigstens so *aussieht,* als ob sie in der Lage wäre, einem zu helfen.

Ich quälte mich aus dem Bett und ging trotzdem zu ihr. Ich fand, dass selbst Maria nicht andauernd und hundertprozentig zu allem fähig sein musste. Ich wollte bloß, dass sie mich verstand. Dass jemand tief seufzen und sagen würde: *Du armes Ding, ich weiß, wie das ist. Glaub mir, ich kenne das Gefühl nur zu gut.*

Als ich näher kam, konnte ich die Kette, das schwere, rostige Metall riechen. Ich verspürte den dringenden Wunsch, sie loszubinden, aber das hätte natürlich alles zerstört, was Augusta und die Töchter um sie herum veranstalteten und aufführten.

Die rote Kerze zu Füßen der Maria flackerte. Ich sank auf den Boden und verschränkte die Beine. Draußen hörte ich den Wind in den Baumwipfeln, seinen Singsang, der mich zurück versetzte in Zeiten, als ich nachts in meinem Bett gelegen und den gleichen Klang gehört hatte und mir dabei im Halbschlaf und verwirrt vor lauter Sehnsucht vorgestellt hatte, es wäre meine Mutter dort draußen in den Bäumen, die mir von ihrer unerschöpflichen Liebe sang. Einmal war ich sogar in T. Rays Schlafzimmer gestürzt und hatte gerufen, sie wäre da draußen, da vor meinem Fenster. Er hatte dazu bloß vier Worte gesagt: »So ein verdammter Schwachsinn.«

Ich hasste es, wenn er Recht hatte. Natürlich war dort nur der Wind und keine Stimme gewesen. Keine Mutter, die für mich gesungen hatte. Und schon gar keine unerschöpfliche Liebe.

Das Entsetzliche, das wirklich Entsetzliche war die Wut in mir. Sie war in dem Moment aufgestiegen, als, vorhin auf der Veranda, meine eigene Geschichte von meiner Mutter in sich zusammengestürzt war. Ich wollte nicht wütend sein. Ich befahl mir selber: *Du bist nicht wütend. Du hast kein Recht, wütend zu sein. Was du deiner Mutter angetan hast, ist viel, viel schlimmer als das, was sie getan hat.* Aber man kann sich aus Wut nicht herausreden. Entweder man ist wütend oder nicht.

Der Raum war heiß und ruhig. Noch eine Minute, und ich würde vor lauter Wut nicht mehr atmen können, sie breitete sich immer mehr in mir aus. Meine Lungen konnten sich nur noch so weit ausdehnen, bis sie an die Wut stießen, dann zogen sie sich wieder zusammen.

Ich stand auf und schritt durch die Dunkelheit. Hinter mir auf dem Arbeitstisch wartete ein halbes Dutzend Gläser mit Honig der Schwarzen Madonna darauf, dass Zach sie irgendwo in der Stadt auslieferte – vielleicht bei Clayton, beim Frogmore Stew Laden, dem Wohltätigkeitsladen oder aber bei Manna Kosmetik, dem Schönheitssalon für die Farbigen.

Wie konnte sie nur? Wie hatte sie mich verlassen können? Ich war doch ihr Kind!

Ich sah zum Fenster, ich hätte die Scheiben zerschlagen können. Ich wollte irgendetwas rauf bis zum Himmel schleudern und Gott damit von seinem Thron runterhauen. Ich nahm eines der Honiggläser und schmiss es mit aller Kraft von mir weg. Ich verpasste den Kopf der Maria nur um wenige Zentimeter und traf die Wand. Ich nahm ein anderes Glas. Es krachte auf den Boden, neben einen Stapel Zargen. Ich zerschmiss jedes einzelne Glas, bis überall Honig herumgespritzt war, so wie Kuchenteig, der von einem elektrischen Mixer in der Gegend herumgeschleudert worden ist. Ich stand in einem Raum, dessen Wände und Boden vollkommen klebrig wären, inmitten von Glasscherben und Splittern, und es war mir egal. Meine Mutter hatte mich verlassen. Was kümmerten mich da ein paar verschmierte Wände?

Als Nächstes griff ich einen Blecheimer und warf ihn laut stöhnend und mit so viel Wut gegen die Wand, dass er eine Delle bekam. Mir tat der Arm zwar schon weh vom Werfen, aber ich nahm noch ein Tablett mit Kerzenformen und schmiss auch das durch die Gegend.

Dann stand ich ruhig da und sah zu, wie Honig langsam die Wände hinunter auf den Boden lief. Und wie ein Rinnsal hellen Blutes meinen linken Arm hinunterlief. Ich hatte keine Ahnung, wie das passiert war. Mein Herz schlug wie wild. Ich hatte völlig die Beherrschung verloren, mir war, als wäre ein anderer in meine Haut geschlüpft.

Der Raum drehte sich wie ein Karussell, und mein Magen drehte sich mit. Mir war, als müsste ich mit beiden Händen die Wand berühren, damit es endlich anhalten würde. Ich ging zurück zu dem Tisch, auf dem die Honiggläser gestanden hatten, und stützte mich mit den Händen darauf. Ich wusste nicht, was ich tun sollte. Ich spürte eine gewaltige Traurigkeit. Nicht wegen dem, was ich gerade getan hatte, so schlimm das auch war, sondern weil mit einem Mal alles völlig entleert schien – die Gefühle, die ich für sie gehabt hatte, die Dinge, die ich geglaubt hatte, all die Geschichten, von denen ich gelebt hatte, als ob sie meine Nahrung, Wasser und die Luft zum Atmen gewesen wären. Weil ich das kleine Mädchen war, das sie zurückgelassen hatte. Denn letzten Endes war es so.

Als ich mich umschaute und sah, was für eine Zerstörung ich angerichtet hatte, fragte ich mich, ob wohl jemand im rosa Haus gehört hatte, wie die Honiggläser an die Wand geknallt waren. Ich ging ans Fenster und starrte durch die Dunkelheit im Garten. Hinter den Fensterscheiben von Augustas Zimmer war es dunkel. Ich spürte mein Herz in meiner Brust. Es tat so weh. Als ob jemand darauf herumgetrampelt wäre.

»Warum hast du mich verlassen?«, flüsterte ich und sah, wie mein Atem auf dem Glas einen feuchten Kreis bildete.

Ich blieb eine Zeit lang mit dem Gesicht an das Fenster gedrückt, dann wandte ich mich ab und räumte einige Glasscherben auf dem Boden vor Unserer Lieben Frau weg. Dann legte ich mich auf den Boden, rollte auf die Seite und zog die Knie an mein Kinn. Über mir war die schwarze Maria, von

Honig befleckt. Sie schien nicht im Mindesten erstaunt. Ich lag in der Leere, in der Müdigkeit. Alles – selbst der Hass – war aus mir herausgeflossen. Es gab nichts mehr zu tun. Keinen Ort, an den ich gehen konnte. Es gab nur das Hier und Jetzt und die Wahrheit.

Ich gab mir selbst den guten Rat, nicht jetzt im Dunkeln aufzustehen und herumzulaufen, wenn ich mir nicht die Fußsohlen aufreißen wollte. Dann schloss ich die Augen und begann mir den Traum, den ich träumen wollte, zusammenzuzimmern: Eine kleine Pforte würde sich in der Statue der schwarzen Maria öffnen, direkt über ihrem Unterleib, und ich würde hineinkriechen, an einen verborgenen Ort. Das hatte ich mir allerdings nicht selber ausgedacht, ich hatte so ein Bild in dem Marienbuch in Augustas Schlafzimmer gesehen – eine Statue der Maria mit einer weit geöffneten Tür, und darin waren Leute, sie waren aufgehoben in einer verborgenen Welt, in der ihnen Trost gespendet wurde.

Ich wurde wach, als mich Rosaleens große Hände schüttelten, und öffnete meine Augen in eine grässliche Helligkeit. Ihr Gesicht war über meins gebeugt, und aus ihrem Mund kam der Geruch von Kaffee und Traubengelee. »Lily!«, rief sie. »Was im Namen des Herrn is'n hier passiert?«

Ich hatte vergessen, dass auf meinem Arm getrocknetes Blut sein würde. Ich sah auf die Wunde und fand ein Stückchen Glas, so klein wie ein Diamantsplitter, das in eine narbige Hautfassung eingelassen war. Um mich herum Glasscherben und Honiglachen. Und Blut.

Rosaleen wartete. Sie starrte mich an, sie sah verstört aus. Ich starrte zurück und versuchte, mich auf ihr Gesicht zu konzentrieren. Das Sonnenlicht fiel in langen Strahlen hinüber zu Unserer Lieben Frau und auf uns herab.

»Nun antworte schon«, sagte Rosaleen.

Ich blinzelte ins Licht. Mein Mund schien sich nicht öffnen zu lassen und wollte nicht sprechen.

»Sieh dich doch mal an, du blutest ja!«

Mein Kopf nickte, er wackelte auf meinem Hals hin und her. Ich sah auf das Durcheinander und die Zerstörung um mich herum. Ich schämte mich, fühlte mich lächerlich und dumm.

»Ich, ich hab ein paar Gläser Honig zerschmissen.«

»*Du* hast all das Durcheinander hier gemacht?« sagte sie, als ob sie das nicht wirklich glauben könnte, als ob sie erwartet hätte, dass ich sagen würde, hier wäre in der vergangenen Nacht eine Horde Wilder durchgezogen. Sie pustete sich so doll ins Gesicht, dass ihr Haar davon angehoben wurde, und das, obwohl es unheimlich schwer war, wegen all der Frisiercreme, die sie da hineinschmierte. »Gütiger Herr im Himmel«, sagte sie.

Ich stand auf und wartete darauf, dass sie mich ausschimpfen würde, aber sie versuchte bloß, mit ihren dicken Fingern den Glassplitter aus meinem Arm zu pulen. »Du brauchst unbedingt Jod, eh sich das hier entzündet«, sagte sie. »Na komm jetzt.« Sie klang gehetzt, ich hätte mich nicht gewundert, wenn sie mich an den Schultern gepackt und so doll geschüttelt hätte, bis mir die Zähne aus dem Mund fielen.

Ich saß auf dem Rand der Badewanne, während Rosaleen meinen Arm mit einem stechenden, kalten Wattebausch betupfte. Dann klebte sie ein Pflaster darauf und sagte: »So, jetzt wirste wenigstens nich' an 'ner Blutvergiftung sterben.«

Sie schloss den Arzneischrank über dem Waschbecken, dann die Badezimmertür. Dann sah ich zu, wie sie sich auf die Toilette setzte, wie ihr Bauch zwischen ihre Beine sackte. Wenn Rosaleen auf der Toilette saß, verschwand die völlig unter ihr. Ich hockte auf dem Badewannenrand und dachte, dass es ein Segen war, dass Augusta und June noch in ihren Zimmern waren.

»Na«, sagte sie, »und warum haste mit Honig rumgeschmissen?«

Ich sah auf die Muscheln, die auf der Fensterbank aufgereiht waren. Sie gehörten hierher, obwohl sie doch eigentlich von ganz weit weg aus dem Meer stammten. Augusta hatte gesagt, wir alle bräuchten eine Muschel im Badezimmer, um uns daran zu erinnern, dass das Meer unsere Heimat ist. Und außerdem, sagte sie, mochte Unsere Liebe Frau Muscheln sehr, gleich nach dem Mond.

Ich ging hin und nahm eine der Muscheln in die Hand, eine schöne weiße, die ganz flach und an den Rändern gelb war.

Rosaleen saß da und sah mir zu. »Ich bin ganz Ohr«, sagte sie.

»T. Ray hatte Recht mit meiner Mutter«, sagte ich und hörte mich selber sprechen. Mir wurde schlecht bei diesen Worten. »Sie hat mich verlassen. Es war genau, wie er gesagt hat. Sie hat mich verlassen.« Eine Sekunde lang spürte ich wieder die Wut, die in der Nacht zuvor in mir aufgeflammt war, und es ging mir durch den Kopf, die Muschel in die Wanne zu schmeißen, aber ich atmete tief durch. Wurfanfälle waren im Grunde nicht sehr befriedigend, das hatte ich schon festgestellt.

Rosaleen verlagerte ihr Gewicht, der Toilettendeckel quietschte, und der Sitz glitt hin und her. Ich sah weg, auf das Rohr unter dem Waschbecken, auf einen rostigen Flecken auf dem Linoleum.

»Deine Mutter is' also abgehaun«, sagte sie. »Gott, hatte ich eine Angst, dass es so war.«

Ich hob den Kopf. Ich erinnerte mich an die erste Nacht, nachdem wir weggelaufen waren, unten im Flussbett, als ich Rosaleen gesagt hatte, was mir T. Ray erzählt hatte. Wie ich gewollt hatte, dass sie über die Vorstellung lachte, meine Mutter könnte mich verlassen. Aber sie hatte gezögert.

»Du hast es gewusst, oder?«, sagte ich.

»Ich war nich' sicher«, sagte sie. »Ich hatte nur so was gehört.«

»Was genau?«

Sie stieß einen Seufzer aus, es war mehr als ein Seufzen. »Als deine Mama gestorben ist«, sagte sie, »hab ich gehört, wie T. Ray am Telefon mit dieser Nachbarsfrau gesprochen hat, dieser Mrs. Watson. Er hat gesagt, er braucht sie nich' mehr, um auf dich aufzupassen, dass er eine von den Pflückerinnen aus der Plantage geholt hat. Es ging um mich, also hab ich gelauscht.« Draußen vor dem Fenster flog eine Krähe vorbei und füllte das Badezimmer mit einem irren Krächzen, und Rosaleen hielt inne und wartete, bis Ruhe eingekehrt war.

Ich kannte Mrs. Watson von der Kirche und von all den Malen, die sie angehalten und bei mir Pfirsiche gekauft hatte. Sie war immer sehr nett zu mir gewesen, aber sie hatte mich immer so eigenartig angesehen, als ob etwas unglaublich Trauriges auf meiner Stirn geschrieben stünde und als ob sie rüber kommen und es abwischen wollte.

Ich klammerte mich am Wannenrand fest, als Rosaleen fortfuhr – ich war nicht sicher, ob ich noch mehr wissen wollte. »Ich hab gehört, wie dein Vater zu Mrs. Watson sagte: ›Janie, du hast schon mehr getan, als ich von dir verlangen kann, als du in all den Monaten nach Lily gesehen hast. Ich weiß nicht, was ich ohne dich getan hätte.‹« Rosaleen sah mich an und schüttelte den Kopf. »Ich hab mich immer gefragt, was er damit gemeint hat. Als du mir dann das von T. Ray erzählt hast, dass deine Mutter dich verlassen hat, da hab ich's dann kapiert.«

»Ich kann nicht glauben, dass du mir das nie erzählt hast«, sagte ich und verschränkte die Arme vor der Brust.

»Wie hast du's denn rausgefunden?«, fragte Rosaleen.

»Augusta hat es mir erzählt«, sagte ich. Ich dachte an all die Tränen, die ich in ihrem Schlafzimmer vergossen hatte. Wie ich in meinen Fäusten den Zipfel ihres Kleides gehalten hatte. Das Monogramm auf ihrem Taschentuch, das leicht auf meiner Wange gekratzt hatte.

»Augusta?«, wiederholte Rosaleen. Es kam nicht oft vor, dass Rosaleen sprachlos war, aber jetzt war es so weit.

»Sie kannte meine Mutter als Kind, als sie damals in Virginia lebte«, erklärte ich ihr. »Augusta hat sie mit großgezogen.«

Ich wartete ein paar Sekunden, damit es sacken konnte.

»Meine Mutter ist hierher gekommen, als sie wegging. Als … Mrs. Watson dann nach mir gesehen hat«, sagte ich. »Sie ist hierher gekommen, hier in dieses Haus.«

Rosaleens Augen wurden immer schmaler. »Deine Mutter …«, sagte sie und brach ab. Ich sah, dass sie Mühe hatte, das alles in ihrem Kopf zusammenzufügen. Meine Mutter läuft weg. Mrs. Watson sieht nach mir. Meine Mutter kommt zurück und wird getötet.

»Meine Mutter hat hier ein paar Monate gelebt, ehe sie nach Sylvan zurück ging«, sagte ich. »Ich schätze mal, eines Tages ist ihr aufgegangen: Hoppla, richtig, *ich hab ja eine kleine Tochter, die noch zu Hause ist. Vielleicht geh ich dann mal eben und hole sie.*«

Ich hörte den bitteren Klang in meiner Stimme, und mir wurde klar, dass ich diesen Ton jetzt für immer in meiner Stimme bewahren könnte. Von jetzt an könnte ich jedes Mal, wenn ich an meine Mutter dachte, ganz leicht an einen kalten Ort schlüpfen, an dem die Gemeinheit das Sagen hatte. Ich schloss meine Hand fest um die Muschel und spürte, wie sie sich in meine Hautpolster grub.

Rosaleen stand auf. Ich sah sie an, sie schien so groß hier in diesem kleinen Badezimmer. Ich stand auch auf, und eine Sekunde lang standen wir eng aneinandergedrückt zwischen Wanne und Toilette und sahen einander an.

»Ich wünschte, du hättest mir gesagt, was du von meiner Mutter wusstest«, sagte ich. »Warum hast du es mir nie gesagt?«

»Oh, Lily«, sagte sie, und in ihren Worten war so viel Sanftheit, als ob sie aus einer kleinen Wiege voller Zärtlichkeit tief aus ihrer Kehle kommen würden. »Warum sollt' ich dich mit so was unglücklich machen?«

Rosaleen ging neben mir her zum Honighaus, bewaffnet mit einem Wischmopp über der Schulter und einem Spachtel in der Hand. Ich trug einen Eimer voller Putzlappen und Scheuermilch. Wir brauchten den Spachtel, um Honig von den unglaublichsten Stellen abzukratzen. Etwas war sogar auf Augustas Rechenmaschine geraten.

Wir wischten den Boden und die Wände ab, dann machten wir uns an Unsere Liebe Frau. Wir räumten auf und verwandelten den Raum wieder in seinen ursprünglichen Zustand, und die ganze Zeit sprachen wir nicht ein Wort.

Mein Körper fühlte sich unglaublich schwer an, und innerlich war ich leer. Mein Atem kam hart und stoßweise aus meinen Nasenlöchern. Rosaleens Herz aber schlug so warm für mich, dass es als Schweiß auf ihrem Gesicht erschien. Unsere Liebe Frau sprach mit ihren Augen und sagte Dinge, die ich nicht verstand. Und sonst – nichts.

Die Töchter und Otis erschienen am Mittag, bepackt mit allen möglichen Gerichten, als ob wir uns nicht am Abend vorher schon randvoll gestopft hätten. Sie schoben das Essen in den Ofen, um es warm zu halten, und standen in der Küche herum und mopsten kleine Bissen von Rosaleens Maisplätzchen, wobei sie meinten, das wären die leckersten Maisplätzchen, die ihnen jemals zu essen vergönnt gewesen war, woraufhin Rosaleens Brust vor Stolz mächtig anschwoll.

»Jetzt lasst ihr aber mal die Finger von Rosaleens Maisplätzchen«, sagte June, »Die sind doch fürs Mittagessen.«

»Och, lass se doch«, sagte Rosaleen. Ich konnte es nicht fassen – mir hatte sie immer auf die Finger gehauen, wenn ich versucht hatte, auch nur einen Krümel von ihren Plätzchen vor dem Abendessen zu naschen. Als Neil und Zach dann kamen, waren die Plätzchen fast alle weg, und Rosaleen lief mittlerweile Gefahr, völlig abzuheben.

Ich stand taub und steif in der Ecke. Ich wäre am liebsten auf den Knien rückwärts wieder ins Honighaus gekrochen, um mich im Bett zusammenzurollen. Ich wünschte, sie würden alle den Mund halten und einfach nur verschwinden.

Zach kam auf mich zu, aber ich drehte mich weg und starrte hinunter in den Abfluss des Spülbeckens. Aus den Augenwinkeln sah ich, wie Augusta mich beobachtete. Ihre Lippen glänzten, als ob sie Vaseline aufgetragen hätte, und so wusste ich, dass auch sie sich bei den Plätzchen nicht hatte beherrschen können. Sie kam zu mir und legte ihre Hand auf meine Wange. Ich dachte, dass Augusta ganz bestimmt nicht wusste, dass ich das Honighaus in ein Katastrophengebiet verwandelt hatte, aber sie war unheimlich gut darin, sich Dinge zu denken.

»Ich möchte, dass du Zach erzählst, dass ich weggelaufen bin«, sagte ich, »und auch das mit meiner Mutter, und alles andere auch.«

»Möchtest du ihm das nicht lieber selber sagen?«

Meine Augen füllten sich mit Tränen. »Ich kann nicht, bitte, tu du es.«

Sie schaute in seine Richtung. »Na schön, bei der erstbesten Gelegenheit erzähl ich's ihm.«

Dann bat sie uns nach draußen zum letzten Teil der Marientagszeremonien. Wir marschierten in den Hof, die Töchter Mariens alle mit winzigen Fettspuren an ihren Lippen. June war schon dort und erwartete uns, sie saß auf einem Küchenschemel und spielte Cello. Wir versammelten uns um sie herum, und dazu schienen die Strahlen der Mittagssonne vom Himmel herunter. Die Musik, die sie spielte, war von der Art, die durch einen hindurchdringt, die sich bis in die geheimsten Kammern des Herzens schneidet und dort die Traurigkeit hervorlockt. Während ich zuhörte, konnte ich meine Mutter in einem Überlandbus sitzen sehen, er fuhr in Sylvan los, während mein vier Jahre altes Ich im Bett schlummerte und noch nicht wusste, was es beim Wachwerden erwarten würde.

Junes Musik wurde zu Luft, und die Luft wurde zu Schmerz. Ich schwankte hin und her und versuchte, nicht einzuatmen.

Ich war unglaublich erleichtert, als Neil und Zach dann

Unsere Liebe Frau aus dem Honighaus heraustrugen, es lenkte meine Gedanken von dem Bus ab. Sie hatten sie wie eine Teppichrolle unter die Arme geklemmt, und die Ketten schlugen gegen ihren Körper. Ich hatte erwartet, dass sie wieder den Karren nehmen würden oder zumindest etwas, was ein wenig würdevoller war als das hier. Und als ob das nicht schon schlimm genug gewesen wäre, als sie die Statue absetzten, stellten sie die Maria mitten in einen Ameisenhaufen, was bei den Tieren eine Massenflucht auslöste. Wir mussten wie toll herumspringen und sie von den Füßen abschütteln.

Sugar-Girls Perücke – genauer gesagt, ihr »Perücken-Hut«, denn aus irgendeinem Grund bestand sie darauf, sie so zu nennen – war ihr von dem ganzen Gehüpfe bis auf die Augenbrauen gerutscht, und wir mussten eine Pause machen, damit sie ins Haus gehen und sich wieder herrichten konnte. Otis rief ihr nach: »Ich hab dir doch gesagt, du sollst das blöde Ding nicht anziehn. Es ist zu heiß für ’ne Perücke. Die rutscht dir doch vor lauter Schweiß nur auf'm Kopf hin und her.«

»Wenn ich meinen Perücken-Hut anziehen will, zieh ich ihn an«, sagte sie im Gehen.

»Ach, mach doch, was du willst«, blaffte er zurück und sah uns an, als ob wir alle auf seiner Seite wären, dabei standen wir natürlich hundert Prozent hinter Sugar-Girl. Nicht, dass wir ihre Perücke gemocht hätten – ganz im Gegenteil, sie war das scheußlichste Ding, das ich je gesehen habe –, wir mochten es nur nicht, wenn Otis ihr sagte, was sie zu tun hatte.

Als sich schließlich alles wieder beruhigt hatte, sagte Augusta: »Gut, nun sind wir alle hier versammelt, und seht, hier ist Unsere Liebe Frau.«

Ich besah sie ganz genau, ich war stolz, wie sauber sie war.

Augusta las Marias Worte aus der Bibel: »‚Denn siehe, von nun an werden mich selig preisen alle Geschlechter …’«

»Selig bist du Maria«, unterbrach Violet. »Selig, selig bist du Maria.« Sie schaute in den Himmel, und wir sahen alle nach oben und fragten uns, ob sie vielleicht einen Blick von

Maria, die durch die Wolken stieg, erhascht hatte. »Selig bist du, Maria«, sagte sie noch ein letztes Mal.

»Heute feiern wir die Auferstehung Mariens«, sagte Augusta. »Wir feiern, wie sie von ihrem Schlafe auferstanden und in den Himmel aufgefahren ist. Und wir sind hier, um uns die Geschichte Unserer Lieben Frau der Ketten ins Gedächtnis zu rufen, um uns ins Gedächtnis zu rufen, dass die Ketten sie nicht halten konnten. Denn Unsere Liebe Frau entkam ein jedes Mal.«

Augusta griff nach dem Ende der Kette und löste eine Windung von der schwarzen Maria, ehe sie die Kette an Sugar-Girl weitergab, die sie etwas weiter loswickelte. Jede von uns machte mit, wir alle lösten eine Windung der Kette. Ich erinnere mich noch gut an das klackernde Geräusch, das die Kette machte, als sie sich löste und zu Füßen der Maria auf einen Haufen sank, es klang wie Violets Worte: selig, selig, selig.

»Maria ist auferstanden«, sagte Augusta, und ihre Stimme ballte sich in einem Flüstern. »Sie fährt auf in ihre himmlischen Höhen.« Die Töchter hoben die Arme. Selbst Otis hielt die Arme geradewegs in die Luft gehoben.

»Unsere Mutter Maria wird nicht niedergeworfen und gefesselt sein«, sagte Augusta. »Und genauso wird es ihren Töchtern widerfahren: Wir werden auferstehen, meine Töchter, wir ... werden ... auferstehen.«

June stieß ihren Bogen über die Saiten des Cellos. Ich wollte meine Arme mit all den anderen heben, ich wollte eine Stimme hören, die aus dem Himmel kommt und zu mir spricht: *Du wirst auferstehen,* ich wollte spüren, dass es möglich war, aber sie hingen wie gelähmt an mir herunter. Im Innern fühlte ich mich klein und verachtenswert. Verlassen. Jedes Mal, wenn ich die Augen schloss, sah ich den Bus.

Die Töchter blieben stehen, ihre Arme reichten bis zum Himmel, und sie verströmten das sichere Gefühl, sie würden mit Maria auferstehen. Dann holte Augusta hinter Junes Stuhl ein Glas Honig der Schwarzen Madonna hervor, und was sie dann tat, holte alle wieder zurück auf den Boden der Wirklichkeit. Sie öffnete den Deckel und schüttete das ganze Glas über den Kopf Unserer Lieben Frau.

Honig floss über das Gesicht der Maria, über ihre Schultern, glitt hinunter in die Falten ihres Kleides. Das Stückchen einer Honigwabe blieb in der Beuge des Ellbogens Unserer Lieben Frau stecken.

Ich sah hinüber zu Rosaleen und dachte: *Na toll, da haben wir uns so angestrengt, all den Honig von ihr abzuwischen, und jetzt schütten sie ihn wieder drüber.*

Ich fand, dass mich diese Frauen von jetzt an mit nichts mehr überraschen könnten, aber nach einer Sekunde schon gelang es ihnen natürlich gleich wieder, denn ehe ich es mich versah, schwärmten die Töchter um Unsere Liebe Frau herum wie der Hofstaat eines Bienenstocks und rieben den Honig in das Holz, in ihren Kopf, in ihre Wangen, ihren Hals, Schultern und Arme, in ihre Brüste, ihren Bauch.

»Komm Lily, mach mit und hilf uns«, sagte Mabelee. Rosaleen war schon eifrig dabei und rieb Honig in die Schenkel Unserer Lieben Frau. Ich blieb stehen, aber Cressie nahm meine Hände und zog mich hinüber zur Maria, tauchte sie in die Schmiere aus sonnenwarmem Honig, direkt über dem Herzen Unserer Lieben Frau.

Mir fiel ein, wie ich damals Unsere Liebe Frau mitten in der Nacht besucht hatte, wie ich meine Hand auf genau die gleiche Stelle gelegt hatte. *Du bist meine Mutter, hatte* ich ihr da gesagt. *Du bist die Mutter von Tausenden.*

»Ich versteh nicht, warum wir das hier tun«, sagte ich.

»Wir reiben sie immer mit Honig ein«, sagte Cressie. »Jedes Jahr.«

»Aber wieso?«

Augusta rieb Honig in das Gesicht Unserer Lieben Frau. »In vielen Kirchen gab es für die besonders bedeutenden Statuen früher Waschungen mit Weihwasser, es war Ausdruck von Ehrfurcht«, sagte sie. »Besonders für die Marienstatuen.

Manchmal wurde dafür auch Wein genommen. Wir haben uns für Honig entschieden.« Augusta kam zum Hals. »Weißt du, Lily, Honig ist ein wunderbares Konservierungsmittel. Man kann alles Mögliche darin aufbewahren. Er versiegelt die Waben im Bienenstock, um sie zu schützen und rein zu halten, damit die Bienen im Winter überleben können. Wenn wir Unsere Liebe Frau damit einsalben, dann kann man wohl sagen, dass wir sie so auch für ein weiteres Jahr gewissermaßen konservieren, zumindest in unseren Herzen.«

»Ich wusste nicht, dass Honig konserviert«, sagte ich, und allmählich fand ich Gefallen daran, wie sich der Honig unter meinen Fingern anfühlte, wie sie wie geschmiert an dem Holz entlangglitten.

»Nun, die wenigsten Leute denken daran, aber Honig ist so wirksam, dass man früher die Toten damit eingerieben hat, um sie einzubalsamieren. Viele Mütter begruben ihre toten Babys so.«

Ich malte mir aus, wie Beerdigungsinstitute riesengroße Honiggläser für die Toten verkaufen würden, an Stelle von Särgen. Ich versuchte, mir *das* im Schaufenster des Beerdigungsinstituts vorzustellen.

Ich rieb meine Hände über das Holz und war fast ein wenig verlegen dabei, der Maria so nahe zu kommen.

Einmal beugte Mabelee ihren Kopf zu weit nach vorne, und schon hatte sie Honig im Haar kleben, aber Lunelle war die Krönung – ihr tropfte der Honig vom Ellbogen, und sie versuchte verzweifelt, ihn abzulecken, aber natürlich war ihre Zunge nicht lang genug.

Die Ameisen marschierten mittlerweile in einer Reihe an der Seite Unserer Lieben Frau hinauf, sie wurden vom Honig angezogen, und um nicht von den Ameisen ausgestochen zu werden, erschien auch gleich eine Hand voll Kundschafterbienen und landete auf dem Kopf Unserer Lieben Frau. Man braucht nur etwas Honig, und schon schwärmt das Reich der Insekten herbei.

Queenie sagte: »Und gleich stehen dann die Honigbären auf der Matte.«

Ich musste tatsächlich lachen, und als ich eine freie Stelle am Fuß der Statue entdeckte, rieb ich sie schnell mit Honig ein.

Unsere Liebe Frau war bedeckt mit Händen in allen Braun- und Schwarztönen, die sich in alle möglichen Richtungen bewegten, aber dann geschah etwas Seltsames. Nach und nach fielen unsere Hände in die gleiche Bewegung ein, glitten die Statue langsam in einem Zug hinauf und wieder hinunter, dann wechselten sie in eine seitliche Bewegung, so wie ein Vogelschwarm, der in einem einzigen Moment am Himmel die Richtung ändert, während man sich verblüfft fragt, wer eigentlich den Befehl dazu gegeben hat.

Das ging ich-weiß-nicht-wie-lange so weiter, und niemand durchbrach die andächtige Stille. Wir konservierten Unsere Liebe Frau, und – zum ersten Mal, seit ich das von meiner Mutter erfahren hatte – fühlte ich mich wohl bei dem, was ich tat.

Schließlich traten wir alle zurück. Unsere Liebe Frau stand vor uns, ihre Ketten lagen verstreut auf dem Gras, und sie glänzte golden von Honig.

Die Töchter tauchten eine nach der anderen ihre Hände in einen Eimer voller Wasser und wuschen den Honig ab. Ich wartete bis zum Schluss, ich wollte so lange wie möglich die Honigschicht auf meiner Haut lassen. Es war, als trüge ich Handschuhe mit Zauberkräften. Als ob ich konservieren könnte, was immer ich damit berührte.

Wir ließen, während wir aßen, Unsere Liebe Frau im Garten, dann gingen wir zurück und wuschen sie genauso sorgsam und langsam mit Wasser ab, wie wir sie vorher mit Honig eingerieben hatten. Nachdem Neil und Zach sie wieder an ihren ursprünglichen Platz im Salon zurückgebracht hatten, gingen alle nach Hause. Augusta, June und Rosaleen fingen mit dem

Abwasch an, ich aber schlüpfte rüber zum Honighaus. Ich legte mich auf mein Bett und versuchte, nicht nachzudenken.

Aber - das geht ja wohl vielen so – je mehr man sich bemüht, nicht nachzudenken, umso ausgefallener werden die Gedankengänge. Während ich mich eigentlich sehr anstrengte, nicht nachzudenken, verbrachte ich zwanzig Minuten mit der spannenden Frage: Wenn einem eines der Wunder aus der Bibel widerfahren könnte, welches würde man wählen? Das mit der Vermehrung der Brote und der Fische schied gleich aus, ich war so satt, ich wollte nie mehr im Leben etwas essen. Ich fand aber, auf Wasser laufen zu können müsste ziemlich interessant sein, aber andererseits, wozu? Schön, man kann dann also auf Wasser laufen, aber was bringt das? Ich entschied mich schließlich für die Auferweckung von den Toten, denn in meinem Innern fühlte ich mich immer noch leer und mausetot.

All das ging mir im Kopf herum, bevor mir überhaupt klar war, dass ich nachdachte. Ich hatte gerade wieder mit meinen Anstrengungen begonnen, nicht nachzudenken, als Augusta an die Tür klopfte.

»Lily? Kann ich reinkommen?«

»Klar«, sagte ich, aber ich machte keine Anstalten aufzustehen. *Das war's dann also mit dem Nicht-Nachdenken. Sobald Augusta* bei einem ist, muss man einfach über irgendetwas nachdenken.

Sie rauschte in mein Zimmer, mit einer gold-weiß gestreiften Hutschachtel in der Hand. Sie blieb einen Augenblick lang stehen und sah zu mir herunter, sie war sehr groß. Der Ventilator auf dem kleinen Regal kreiste und blies ihren Kragen hoch, er wehte um ihren Hals herum.

Sie hat mir einen Hut gebracht, dachte ich. Vielleicht war sie ja zum Wohltätigkeitsladen gefahren und hatte mir einen Strohhut gekauft, um mich ein wenig aufzumuntern. Aber das war ein völlig dämlicher Gedanke. Wieso sollte mich ein Strohhut aufheitern? Dann dachte ich einen Moment lang, das wäre vielleicht der Hut, den mir Lunelle versprochen hatte, aber das kam auch nicht hin. So schnell hätte Lunelle keinen Hut bauen können.

Augusta setzte sich auf Rosaleens Feldbett und stellte die Schachtel auf ihren Schoß. »Ich bringe dir ein paar Sachen von deiner Mutter.«

Ich starrte auf die perfekte Rundung der Schachtel. Ich nahm einen tiefen Atemzug, und als er wieder herauskam, stotterte er seltsam. Sachen *von meiner Mutter.*

Ich rührte mich nicht. Ich roch die Luft, die der Ventilator durch das Fenster herein wirbelte. Ich spürte, dass die Luft schon schwül geworden war und auf den Nachmittagsregen wartete, aber der Himmel hielt ihn noch zurück.

»Möchtest du sehen, was hier drin ist?«, sagte sie.

»*Sag* es mir lieber.«

Sie legte ihre Hand auf den Deckel und tappte darauf herum. »Ich bin nicht sicher, ob ich mich erinnere. Ich hatte diese Schachtel völlig vergessen, sie ist mir erst heute Morgen wieder eingefallen. Ich dachte, wir könnten sie vielleicht zusammen aufmachen. Aber du musst natürlich nicht hineinsehen, wenn du nicht willst. Es sind nur ein paar Dinge, die deine Mutter damals hier gelassen hat, als sie zurück nach Sylvan gefahren ist, um dich zu holen. Ich habe ihre Kleider dann irgendwann der Heilsarmee gegeben, aber die restlichen wenigen Sachen habe ich behalten. Sie waren jetzt bestimmt zehn Jahre lang in dieser Schachtel.«

Ich setzte mich auf. Ich konnte mein Herz trommeln hören. Ich fragte mich, ob Augusta es drüben auf dem anderen Bett auch hören konnte. *Bum-bum, bum-bum.* Und obwohl es Panik ist, die das Herz so laut schlagen lässt, ist es trotzdem doch auch vertraut und seltsam beruhigend, wenn man sein eigenes Herz hören kann.

Augusta stellte die Schachtel auf das Bett und nahm den Deckel ab. Ich reckte mich ein wenig hoch, um in die Schachtel zu sehen, aber ich konnte nichts erkennen, nur weißes Seidenpapier, das an den Rändern vergilbt war.

Sie nahm ein kleines Bündel heraus und faltete es aus dem Papier. »Der Taschenspiegel deiner Mutter«, sagte sie und hielt ihn hoch. Er war oval, mit einem Rahmen aus Schildpatt, er war kaum größer als meine Handfläche.

Ich erhob mich vom Bett und glitt auf den Boden, lehnte meinen Rücken gegen das Bett. Ein klein wenig näher. Augusta tat so, als ob sie darauf warten würde, dass ich den Arm ausstrecken und den Spiegel nehmen würde. Ich musste mich gewissermaßen auf meine Hände setzen. Schließlich hob Augusta den Spiegel und sah selbst hinein. Lichtkreise hüpften auf der Wand hinter ihr auf und ab. »Wenn *du* hier hineinsiehst, blickst du in das Gesicht deiner Mutter«, sagte sie.

Niemals werde ich in diesen Spiegel sehen, dachte ich.

Augusta legte ihn auf das Bett, griff wieder in die Hutschachtel und wickelte eine Haarbürste mit einem hölzernen Griff aus und hielt sie mir hin. Ehe ich überhaupt denken konnte, hatte ich sie schon in der Hand. Der Griff fühlte sich komisch an, er war kühl, abgenutzt. Ich fragte mich, ob sie ihr Haar mit hundert Bürstenstrichen am Tag gepflegt hatte.

Als ich die Bürste Augusta gerade zurückgeben wollte, sah ich ein langes schwarzes, gewelltes Haar, das in den Borsten verwoben war. Ich hielt mir die Bürste ganz nah vor das Gesicht und starrte es an, ein Haar meiner Mutter, ein Teil ihres Körpers.

»Na so was«, sagte Augusta.

Ich konnte meine Augen nicht davon lösen. Es war auf ihrem Kopf gewachsen. In dem Augenblick wusste ich, ganz gleich, wie sehr ich es auch versuchen würde, wie viele Honiggläser ich auch zerschlagen würde, wie sehr ich auch davon überzeugt war, ich könnte das mit meiner Mutter hinter mir lassen, ich würde sie niemals aus meinem Herzen verbannen können. Ich drückte den Rücken gegen mein Bett und spürte, wie mir die Tränen kamen. Die Bürste und das Haar von Deborah Fontanel Owens verschwammen vor meinen Augen.

Ich gab die Bürste Augusta zurück, die mir ein Schmuckstück in die Hand legte. Eine goldene Brosche, die geformt war wie ein Wal, er hatte ein winziges schwarzes Auge und blies eine kleine Wasserfontäne aus Quarzstein aus seinem Atemloch.

»Sie hat diese Brosche an dem Tag getragen, als sie hier ankam«, sagte Augusta.

Ich schloss meine Finger darum, dann rutschte ich auf den Knien hinüber zu Rosaleens Bett und legte die Brosche neben den Taschenspiegel und die Bürste und schob alles hin und her, hin und her.

Ich hatte meine Weihnachtsgeschenke immer so ausgebreitet. Es waren meistens ganze vier Sachen, die T. Ray von der Verkäuferin im Warenhaus von Sylvan für mich hatte aussuchen lassen – Pullover, Socken, Schlafanzug, ein Beutel Apfelsinen. Frohe Weihnachten. Auf diese Liste hätte man sein Leben verwetten können. Ich legte mir die Sachen immer in verschiedenen Anordnungen aus, in einer senkrechten Linie, einem Viereck, einer Schrägen, in allen möglichen Mustern, in denen ich vielleicht doch irgendwo das Bild von Liebe entdecken könnte.

Als ich wieder zu Augusta hoch sah, zog sie ein schwarzes Buch aus der Schachtel. »Das hab ich deiner Mutter gegeben, als sie hier war. Gedichte und Balladen.«

Ich nahm das Buch in die Hand und blätterte durch die Seiten, ich bemerkte einige Bleistiftzeichen an den Rändern, keine Worte, sondern merkwürdige, kleine Figürchen, spiralige Tornados, ein Schwarm Vs, Schnörkel mit Augen, Töpfe mit Gesichtern, Töpfe, aus denen kringelige Sachen herauskochten, kleine Pfützen, die plötzlich zu riesigen Wellen anwuchsen. Ich blickte auf die geheimen Leiden meiner Mutter, und am liebsten wäre ich nach draußen gegangen und hätte das Buch in der Erde vergraben.

Seite zweiundvierzig. Da stieß ich auf acht Verse von William Blake, die sie unterstrichen hatte, manche Worte sogar doppelt.

Oh Rose, du krankst!
Der tückische Wurm,
Der fliegt in der Nacht,
Im heulenden Sturm,
Fand aus dein Bett
Voll rosiger Lust,
Seine düstere Liebe
Zernagt dir die Brust.

Ich schlug das Buch zu. Ich wollte, dass die Worte von mir abglitten, aber sie hatten sich schon festgesetzt. Meine Mutter war die Rose. Ich hätte ihr für mein Leben gern gesagt, wie Leid es mir tat, dass ich einer dieser tückischen Würmer war, die in der Nacht flogen.

Ich legte das Buch zurück auf das Bett zu den anderen Sachen, dann drehte ich mich zu Augusta, die wieder in die Schachtel griff und das Papier zum Flüstern brachte. »Noch eines«, sagte sie und zog einen kleinen ovalen Bilderrahmen aus angelaufenem Silber heraus.

Als sie ihn mir reichte, hielt sie ganz kurz meine Hand. Der Rahmen enthielt das Bild einer Frau im Profil, ihr Kopf war einem kleinen Mädchen zugewandt, das in einem Kinderstuhl saß und Babybrei um den Mund herum verschmiert hatte. Das Haar der Frau kräuselte sich in alle Himmelsrichtungen, und es war wunderschön, als ob es mit hundert Bürstenstrichen gepflegt worden wäre. Sie hielt einen winzigen Löffel in der Hand. Licht glänzte auf ihrem Gesicht. Das kleine Mädchen hatte ein Lätzchen mit einem Teddybären darauf umgebunden. Eine Haarsträhne war mit einer Schleife zusammengebunden. Es hatte der Frau eine Hand entgegengestreckt.

Ich und meine Mutter.

Wie ihr Gesicht meinem zugewandt war, wie sich unsere Nasen fast berührten, wie breit und wundervoll ihr Lächeln war, als ob Wunderkerzen Funken sprühen würden. Sie hatte mich mit einem winzigen Löffel gefüttert. Sie hatte ihre Nase an meine gerieben und ihr Leuchten über mein Gesicht gegossen.

Durch das offene Fenster kam der Geruch von Jasmin, der wahre Geruch von South Carolina. Ich ging hinüber und lehnte meine Ellbogen auf den Fenstersims und atmete so tief ein, wie ich konnte. Hinter mir hörte ich, wie Augusta sich auf dem Feldbett bewegte, die Beine quietschten, dann war Stille.

Ich sah auf das Bild, dann schloss ich die Augen. Ich dachte, May musste es jetzt wohl in den Himmel geschafft haben und meiner Mutter das mit dem Zeichen erklärt haben, auf das ich so wartete. Dasjenige, das mir bedeuten würde, dass ich geliebt wurde.

Eine Kolonie ohne Königin ist eine traurige und bedauernswerte Gemeinschaft; der Stock wird von Jammer und Wehklage erfüllt … Ohne einen Eingriff von außen ist die Kolonie dem Untergang preisgegeben. Aber wenn man ihr eine neue Königin zuführt, dann hat das die fantastischsten Veränderungen zur Folge.

KAPITEL 14

Nachdem Augusta und ich die Hutschachtel durchgesehen hatten, zog ich mich für eine ganze Weile zurück. Augusta und Zach wandten sich wieder den Bienen und dem Honig zu, aber ich verbrachte die meiste Zeit unten am Fluss, ganz alleine. Ich wollte ungestört sein und meine Ruhe haben.

Der Monat August hatte sich in einen Backofen verwandelt, in dem die Tage herumlagen und vor sich hin brutzelten. Ich pflückte mir Blätter von den Ohrbäumen und fächelte mir damit Luft ins Gesicht, saß am Ufer, die nackten Füße im prickelnd kühlen Wasser, spürte, wie ein Lufthauch von der Wasseroberfläche aufstieg und über mich hinwegwehte, und trotzdem dünstete alles an mir in der Hitze vor sich hin, alles, außer meinem Herzen. Es saß wie ein Gebilde aus Eis tief in meiner Brust. Nichts konnte es erreichen.

Die meisten Menschen würden ja auch eher sterben als zu

vergeben. *So* schwierig ist das. Wenn Gott ihnen klipp und klar sagen würde: »Also, ihr habt die Wahl – entweder vergeben oder sterben«, dann würden sich die meisten Leute doch lieber gleich ihren Sarg aussuchen.

Ich wickelte die Sachen meiner Mutter wieder in das Papier, das schon fast auseinander fiel, legte sie zurück in die Hutschachtel und setzte den Deckel darauf. Ich kroch auf den Boden und schob die Schachtel unter mein Bett, wo ich einen kleinen Haufen Mäuseknochen fand. Ich sammelte sie auf und wusch sie im Waschbecken ab. Ich trug sie jeden Tag mit mir herum und hatte keine Ahnung, warum eigentlich.

Wenn ich morgens wach wurde, galt mein erster Gedanke der Hutschachtel. Es war fast so, als ob sich meine Mutter selbst unter dem Bett verkrochen hätte. Eines Nachts wurde ich wach und musste die Schachtel in die andere Ecke des Zimmers stellen. Dann musste ich meine Kissenhülle abziehen, die Schachtel da hineinstopfen und das Ganze mit einem von meinen Haarbändern zuknoten. Alles nur, damit ich schlafen konnte.

Ich ging hinüber zum rosa Haus, um das Badezimmer zu benutzen, und dachte: Meine Mutter *hat auf dieser Toilette gesessen,* und dann hasste ich mich für solche Gedanken. Wen interessierte schon, wo sie gepinkelt hatte? Sie hatte sich ja auch keine großen Gedanken um *meine Badezimmergewohnheiten gemacht,* als sie mich bei Mrs. Watson und T. Ray zurückgelassen hatte.

Ich versuchte, mich selber aufzumuntern. Ich sagte mir Sachen wie: *Denk nicht an sie. Es ist vorbei.* Aber in der nächsten Minute, das schwöre ich bei Gott, sah ich sie vor mir, wie sie durch das rosa Haus ging, oder wie sie draußen bei der Klagemauer war und ihre Sorgen zwischen die Steine steckte. Ich wette zwanzig Dollar, dass T. Rays Name da draußen in den Ritzen und Rillen steckt. Vielleicht war ja auch der Name Lily irgendwo dabei. Ich wünschte, sie hätte genug Verstand, oder aber Liebe besessen, um zu begreifen, dass jeder eine Last mit sich herumträgt, die einen fast erdrückt – nur lassen andere Leute deshalb nicht ihre Kinder im Stich.

Auf eine eigenartige Weise muss ich wohl mein kleines Sortiment an Wunden und Schmerzen geliebt haben. Immerhin wurde ich um ihretwillen bemitleidet, und sie gaben mir das Gefühl, außergewöhnlich zu sein. Ich war das Mädchen, das von seiner Mutter verlassen worden war. Ich war das Mädchen, das auf Grießflocken knien musste. Ich war schon ein ganz besonderer Fall.

Wir waren mitten in der Moskitosaison, und so verbrachte ich einen großen Teil von meiner Zeit am Fluss damit, nach ihnen zu schlagen. Ich saß in den violetten Schatten, zog die Mäuseknochen aus meiner Hosentasche und spielte mit ihnen herum. Ich starrte Dinge an, bis ich geradezu in sie hineinzuschmelzen schien. Manchmal vergaß ich darüber sogar das Mittagessen, und dann kam Rosaleen mit einem Tomatensandwich zu mir. Wenn sie weg war, warf ich es in den Fluss.

Manchmal legte ich mich flach auf den Boden und stellte mir vor, ich wäre in einem dieser Bienenkorbgräber. Ich fühlte mich wie damals, gleich nachdem May gestorben war, nur noch hundert Mal schlimmer.

Augusta hatte gesagt: »Du musst wohl ein wenig trauern. Also tu das ruhig.« Aber jetzt, wo ich mich darauf eingelassen hatte, konnte ich damit gar nicht mehr aufhören.

Ich bin mir sicher, dass Augusta Zach und June alles erzählt haben musste, denn sie schlichen um mich herum, als wäre ich ein Fall für die Psychiatrie. Vielleicht war ich das ja. Vielleicht war ja *ich* diejenige, die in eine Anstalt gehörte, nicht meine Mutter. Zumindest aber drängte mich niemand oder stellte Fragen oder sagte: »Liebe Güte, jetzt ist aber mal gut.«

Ich fragte mich, wie lange es noch dauern würde, bis Augusta wegen all der Sachen, die ich ihr erzählt hatte, etwas unternehmen musste – dass ich von zu Hause weggelaufen war, dass ich Rosaleen bei der Flucht geholfen hatte. Meiner Rosaleen, die nun von der Polizei gesucht wurde. Noch gab Augusta mir Zeit, Zeit, am Fluss zu sitzen und zu tun, was immer ich tun musste, so wie sie sich selbst Zeit gegeben hatte, als May gestorben war. Aber diese Zeit würde ja nicht ewig dauern.

Es liegt wohl im Wesen der Welt, dass sie sich weiter dreht, egal, wie viel Leid die Menschen ertragen mussten. June setzte einen Termin für die Hochzeit fest, Samstag, den 10. Oktober. Neils Bruder, ein Pfarrer der Afrikanisch-Methodistischen Kirche aus Albany, Georgia, sollte sie im Garten unter den Myrtenbäumen verheiraten. June erläuterte uns ihre Pläne eines Abends beim Essen. Sie wollte auf Rosenblättern den Gang hinunter schreiten, und sie wollte dabei einen weißen Anzug aus Rayon mit Paspelverschlüssen tragen, den Mabelee für sie nähen würde. Ich konnte mir nicht vorstellen, was Paspelverschlüsse waren. June zeichnete es für mich auf, aber danach hatte ich es immer noch nicht verstanden. Lunelle war beauftragt worden, ihr einen Hut für die Hochzeit zu machen, was ich ausgesprochen mutig von June fand. Man konnte schließlich in keiner Weise voraussehen, mit was für einem Gebilde auf dem Kopf sie würde dann heiraten müssen.

Rosaleen war gebeten worden, den Hochzeitskuchen zu backen, und Violet und Queenie wollten Haus und Garten mit einem »musikalischen Thema« dekorieren. Ich kann es nur noch einmal sagen – June war sehr mutig.

Eines Nachmittags, ich starb fast vor Durst, kam ich in die Küche, um mir eine Kanne mit Wasser zu füllen und mit zum Fluss zu nehmen, und sah June und Augusta, aneinander geklammert, auf dem Fußboden.

Ich stand in der Tür und beobachtete sie, obwohl diese Szene nicht für fremde Augen bestimmt war. June hielt sich an Augustas Rücken fest, ihre Hände zitterten. »May wäre über diese Hochzeit so glücklich gewesen«, sagte sie. »Sie hat mir bestimmt hundert Mal vorgeworfen, wie stur ich wegen Neil war. Oh Gott, Augusta, warum habe ich das nicht schon früher gemacht, als sie noch lebte?«

Augusta drehte sich ein wenig zur Seite und entdeckte mich. Sie umarmte June, die anfing zu weinen, aber ihre Augen waren auf mich gerichtet. Sie sagte: »Quäl dich nicht. Selbstvorwürfe nützen gar nichts, das weißt du doch.«

Am nächsten Tag hatte ich dann tatsächlich Lust, etwas zu essen. Ich ging zum Mittagessen ins Haus und stieß auf Rosaleen, die ein neues Kleid trug und ihr Haar sorgfältig geflochten hatte. Sie steckte sich Taschentücher zur Aufbewahrung in ihren Ausschnitt.

»Woher hast du denn das Kleid?«, fragte ich.

Sie führte mir ihr Kleid vor, drehte sich vor mir hin und her, und als ich lächelte, drehte sie sich noch einmal für mich. Es war eines von der Sorte Kleider, die man ungestraft ein Zelt nennen konnte – der Stoff fiel gleich meterweise von den Schultern herab, ohne dass ihn ein Gürtel oder Abnäher in irgendeine Form gebracht hätten. Es war aus hellrotem Stoff mit riesigen, weißen Blumen darauf. Ich sah, sie war in das Kleid verliebt.

»Augusta hat mich gestern mit in die Stadt genommen und es mir gekauft«, sagte sie. Ich war völlig verblüfft, was so alles ohne mich passiert war.

»Dein Kleid ist sehr hübsch«, log ich, und da fiel mir zum ersten Mal auf, dass überhaupt nichts für das Mittagessen vorbereitet war.

Sie ließ ihre Hände über den Stoff gleiten, dann sah sie auf die Uhr am Ofen und nahm eine von Mays alten Handtaschen aus Kunststoff, die sie geerbt hatte.

»Gehst du aus?«, wollte ich wissen.

»Und ob sie ausgeht.« Augusta kam herein und lächelte Rosaleen an.

»Ich bring heut' zu Ende, was ich angefangen hab«, sagte Rosaleen und hob ihr Kinn. »Ich trag mich ins Wählerverzeichnis ein.«

Meine Arme sackten an den Seiten herunter, und mir klappte der Mund auf. »Aber was, was, aber was ist, du bist doch – na, du weißt schon?«

Rosaleen warf mir einen Blick zu. »*Was'n?*«

»Na, du wirst doch von der Polizei gesucht«, sagte ich. »Was, wenn sie deinen Namen erkennen? Was, wenn sie dich fassen?«

Ich sah hinüber zu Augusta.

»Och, ich glaube nicht, dass das ein Problem geben wird«, sagte Augusta und nahm die Schlüssel für den Laster von dem Messinghaken bei der Tür. »Wir fahren ja zur High School der Farbigen.«

»Aber …«

»Du meine Güte, ich hol mir doch nur meine Wahlkarte«, sagte Rosaleen.

»Das hast du beim letzten Mal auch gesagt«, wies ich sie zurecht.

Sie überhörte es. Klemmte sich Mays Tasche unter den Arm. Eine Furche verlief vom Griff zur anderen Seite.

»Willst du mit, Lily?«, sagte Augusta.

Ich wollte, und ich wollte nicht. Ich sah auf meine Füße, sie waren gebräunt und nackt. »Ich bleib lieber hier und mach mir was zu essen.«

Augusta zog die Augenbrauen hoch. »Schön, dass du zur Abwechslung mal wieder Hunger hast.«

Sie gingen zur hinteren Veranda, die Stufen hinunter. Ich folgte ihnen zum Laster. Als Rosaleen einstieg, sagte ich: »Und spuck nicht jemandem auf die Schuhe, verstanden?«

Sie musste so doll lachen, dass ihr ganzer Körper bebte. Es sah aus, als ob all die Blumen auf ihrem Kleid vom Wind hin und her geschüttelt würden.

Ich ging wieder ins Haus und machte mir zwei Hot Dogs und aß sie ohne Brötchen. Dann ging ich wieder in den Wald, wo ich ein paar Küchenschellen pflückte, die wild auf einigen Lichtungen wuchsen, bevor es mir langweilig wurde und ich sie wegwarf.

Ich saß auf dem Waldboden und wartete darauf, dass ich in meine düstere Stimmung verfallen und an meine Mutter denken würde, aber das Einzige, was mir in den Sinn kam, war Rosaleen. Ich stellte mir vor, wie sie in der Schlange stand. Ich konnte geradezu sehen, wie sie geübt hatte, ihren Namen zu schreiben. Wie sie es endlich hinbekam. Ihr großer Augenblick. Plötzlich wünschte ich, ich wäre mit ihnen gefahren. Ich wollte ihr Gesicht sehen, wenn man ihr die Karte überreichen würde. Und ich wollte ihr sagen: *Weißt du was, Rosaleen? Ich bin stolz auf dich.*

Was machte ich eigentlich hier draußen im Wald?

Ich stand auf und ging zurück ins Haus. Als ich im Flur am Telefon vorbeikam, hatte ich den dringenden Wunsch, Zach anzurufen. Wieder am Leben teilzunehmen. Ich wählte seine Nummer.

Als er ans Telefon ging, sagte ich: »Na, was gibt's Neues?«

»Wer ist denn da?«, fragte er.

»Sehr witzig«, sagte ich.

»Es tut mir Leid, wegen allem«, sagte er. »Augusta hat mir erzählt, was passiert ist.« Einen Moment war zwischen uns beiden Stille, dann sagte er: »Musst du zurück?«

»Du meinst, zurück zu meinem Vater?«

Er zögerte. »Ja.«

In dem Moment, als er es sagte, hatte ich das Gefühl, dass genau das geschehen würde. Ich konnte es am ganzen Leib spüren. »Wahrscheinlich«, sagte ich. Ich wickelte mir die Schnur vom Telefon um den Finger und sah den Flur hinunter zur Eingangstür. Ein paar Sekunden lang war ich nicht in der Lage, wegzusehen, ich sah mich selber, ich sah mich, wie ich durch diese Tür aus dem Haus ging und nie mehr zurückkam.

»Ich komm dich besuchen«, sagte er, und ich hätte weinen können.

Zach kommt nach Sylvan und klopft an T. Rays Haustür. Das war vollkommen ausgeschlossen.

»Ich hatte dich doch gefragt, was es Neues gibt?« Ich erwartete nicht, etwas Besonderes zu hören, ich musste nur einfach das Thema wechseln.

»Na ja, zunächst einmal gehe ich dieses Jahr auf die High School der Weißen.«

Ich war sprachlos. Ich drückte meine Hand auf das Telefon. »Bist du sicher, dass du das auch willst?«, sagte ich. Ich wusste ja schließlich nur zu gut, wie es da zuging.

»Einer muss es ja tun«, sagte er. »Warum also nicht ich.«

Sah aus, als ob wir beide einer elenden Zeit entgegengingen.

Rosaleen kam als offiziell registrierte Wählerin der Vereinigten Staaten von Amerika zurück. Wir saßen an diesem Abend um den Tisch versammelt und warteten auf das Abendessen, während sie jede Einzelne der Töchter Mariens anrief.

»Ich wollt nur kurz erzählen, ich bin jetzt als Wählerin eingetragen«, sagte sie bei jedem Anruf, und dann gab es eine kurze Pause, und dann sagte sie: »Präsident Johnson und Hubert Humphrey, natürlich doch. Ich wähl doch nicht Herrn Pisswater.« Sie lachte jedes Mal, als ob das der beste Witz aller Zeiten wäre. Sie sagte: »Goldwater, Pisswater, kapierste?«

Und das ging dann nach dem Essen so weiter. Als wir gerade dachten, sie hätte jetzt endlich mal abgeschaltet, sagte sie aus heiterem Himmel: »Ich werde für Johnson stimmen.«

Als sie sich dann schließlich doch beruhigt hatte und allen eine gute Nacht wünschte, und ich zusah, wie sie in ihrem rotweißen Wahlregistrierungskleid die Treppen hochstieg, wünschte ich mir so sehr, ich wäre dabei gewesen.

Selbstvorwürfe nützen gar nichts, hatte Augusta zu June gesagt, *das weißt du doch.*

Ich lief die Treppen hoch und griff Rosaleen von hinten, ich hielt sie an einem ihrer Füße fest, der auf der Suche nach der nächsten Stufe in der Luft hing. Ich schlang meine Arme um sie. »Ich liebe dich«, stieß ich aus. Ich hatte nicht gewusst, dass ich das je sagen würde.

Als in dieser Nacht die Zikaden und die Baumfrösche und all die anderen lärmenden Tiere wach wurden und mit ihrem Konzert so richtig loslegten, ging ich im Honighaus herum, mich hatte das Putzfieber befallen. Es war zehn Uhr abends, aber ich hätte die Fußböden schrubben und die Fenster wienern mögen.

Ich ordnete die Einmachgläser in den Regalen neu, dann nahm ich den Besen und fegte den Boden, sogar unter dem Setztank und dem Generator, wo bestimmt seit fünfzig Jahren niemand mehr gefegt hatte, so sah es jedenfalls da aus. Ich war immer noch nicht müde, also zog ich mein Bett ab und ging hinüber ins rosa Haus, um mir neues Bettzeug zu holen, wobei ich auf Zehenspitzen schlich, um nur ja niemanden zu stören. Ich nahm mir auch gleich ein paar Staubwedel und etwas Putzmittel mit, nur für den Fall.

Ich kam zurück ins Honighaus, und noch ehe ich es recht begriffen hatte, war ich – mitten im Sommer – beim schönsten Frühjahrsputz. Um Mitternacht blitzte und glänzte alles.

Ich sortierte sogar meine Sachen und warf ein paar davon weg. Alte Stifte, ein paar Geschichten, die ich geschrieben hatte und die zu peinlich waren, als dass ich sie jemandem hätte zu lesen geben können, eine abgewetzte Hose, einen Kamm, in dem die meisten Zacken fehlten.

Dann zog ich die Mäuseknochen aus meiner Tasche und fand, dass ich sie nun nicht mehr mit mir herumtragen müsste. Aber wegwerfen konnte ich sie auch nicht, also band ich sie mit einem roten Faden zusammen und legte sie auf das Regal neben den Ventilator. Ich sah sie eine ganze Minute lang an und fragte mich, was man wohl an *Mäuseknochen finden konnte.* Ich entschied, dass man wahrscheinlich manchmal nur irgendetwas brauchte, das man betüddeln konnte, das war alles.

Und jetzt wurde ich doch auch allmählich müde, aber ich nahm noch die Sachen meiner Mutter aus der Hutschachtel – ihren Schildpattspiegel, ihre Bürste, ihren Gedichtband, ihre

Walbrosche, das Bild von uns beiden, Nase an Nase – und stellte sie auf das Regal zu den Mäuseknochen. Das Zimmer sah danach völlig verändert aus.

Als ich allmählich in den Schlaf hinüber glitt, dachte ich an sie. Dass niemand ohne Fehler ist. Dass man die Augen schließen und ausatmen sollte und nicht versuchen, das menschliche Herz zu ergründen.

Am nächsten Morgen erschien ich mit der Walbrosche an meinem blauen Lieblingsoberteil in der Küche. Eine Platte von Nat King Cole lief. »Unforgettable, that's what you are.« Ich glaube, sie war nur an, um all das Gerüttel und Getöse zu übertönen, das die rosa Schleuder auf der Veranda veranstaltete. Eine fabelhafte Erfindung, aber sie lärmte wie ein Betonmischer. Augusta saß mit aufgestützten Ellbogen am Tisch, trank ihren Kaffee und las ein Buch aus dem Bücherbus.

Als sie ihren Kopf hob, sah sie mir erst ins Gesicht, dann glitten ihre Augen gleich zu der Brosche. Ich sah sie lächeln, als sie sich wieder ihrem Buch zuwandte.

Ich machte mir meine üblichen Reiskrispies mit Rosinen. Als ich mit dem Frühstück fertig war, sagte Augusta: »Dann komm mal mit zu den Stöcken. Ich muss dir was zeigen.«

Wir hüllten uns in unsere Bienenausrüstung – also, eigentlich nur ich. Augusta zog fast nie mehr als Hut und Schleier an.

Auf dem Weg hinüber zu den Stöcken machte Augusta mit einem Mal einen großen Schritt, um nicht auf eine Ameise zu treten. Das erinnerte mich an May. Ich sagte: »Es war May, die meiner Mutter das mit dem Kakerlaken-Retten in den Kopf gesetzt hat, oder?«

»Wer sonst wohl?«, sagte sie und lächelte. »Als deine Mutter noch ein Teenager war, hatte May sie einmal dabei erwischt, wie sie eine Kakerlake mit einer Fliegenklatsche tötete. Und May sagte dann: ›Deborah Fontanel, jedes Lebewesen auf dieser Erde ist etwas Besonderes. Möchtest du für den Tod von einem Einzigen von ihnen verantwortlich sein?' Und dann hat sie ihr gezeigt, wie man den Pfad aus Marshmellows und Kräckern macht.‹«

Ich befühlte die Walbrosche an meiner Schulter und malte mir die Szene aus. Dann sah ich mich um, und vor mir lag die Welt. Es war ein so wunderschöner Tag, es war ganz unvorstellbar, dass irgendetwas geschehen könnte, das diesen Tag verderben würde.

Augusta meint, wer noch niemals Bienenstöcke ganz früh am Morgen gesehen hat, der hat das Achte Weltwunder versäumt: Die strahlend weißen Kästen unter tief dunklen Kiefern. Die Sonne dringt durch die Zweige und scheint auf die Tautröpfchen, die auf den Deckeln trocknen. Um die Stöcke herum schwirren einige hundert Bienen, sie wärmen sich nur auf, vor allem aber machen sie ihre Morgentoilette, weil Bienen so sauber sind, dass sie den Boden in ihren Stöcken nicht beschmutzen. Von weitem sieht es aus wie ein Gemälde, das so schön ist, dass es in einem Museum hängen könnte, nur dass Museen nicht auch den Klang dazu einfangen können. Schon aus dreißig Metern Entfernung hört man es – ein Summen, das klingt, als käme es von einem anderen Stern. Zehn Meter, und ein Zittern läuft durch den Körper. Die Nackenhaare stellen sich langsam auf. Der Verstand sagt: *Geh bloß nicht noch näher ran*. Aber dein Herz schickt dich tief hinein in das Summen, das einen dann verschluckt. Und dann steht man da und denkt: *Ich bin im Herzen des Weltalls, wo dieser Gesang alles zu Leben erweckt.*

Augusta hob den Deckel von einem der Stöcke. »In diesem hier fehlt die Königin«, sagte sie.

Ich hatte jetzt schon genug von der Imkerei gelernt, um zu wissen, dass der Verlust der Königin die Todesstrafe für den Stock bedeutete. Sie hörten auf zu arbeiten und waren vollkommen orientierungslos.

»Was ist passiert?«, fragte ich.

»Ich habe es gestern entdeckt. Die Bienen saßen so melancholisch auf ihrem Landebrett herum. Wenn man Bienen klagen und jammern sieht, kann man sicher sein, dass ihre Königin tot ist. Also habe ich in den Waben nachgesehen, und es besteht kein Zweifel, sie ist fort. Ich weiß nicht, was geschehen ist. Vielleicht war es einfach an der Zeit.«

»Was tust du jetzt?«

»Ich habe bei der Auskunft angerufen, und sie haben mir einen Mann in Goose Creek vermittelt, der gesagt hat, dass er heute mit einer neuen Königin hierher kommen wird. Ich möchte, dass eine Königin im Stock ist, ehe die Arbeiterinnen wieder Eier legen. Denn sonst gibt es ein großes Problem.«

»Ich wusste nicht, dass Arbeiterinnen Eier legen können«, sagte ich.

»Sie können lediglich unbefruchtete Eier legen, aus denen Drohnen schlüpfen. Sie füllen alle Waben damit, und da die Arbeiterinnen irgendwann sterben, gibt es schließlich keine Bienen mehr, die sie ersetzen könnten.«

Als sie den Deckel senkte, sagte sie: »Ich wollte dir nur zeigen, wie eine Kolonie ohne Königin aussieht.«

Sie hob den Schleier von ihrem Hut, dann schlug sie meinen zurück. Sie sah mir in die Augen, während ich die goldenen Sprenkel in ihren Augen betrachtete.

»Erinnerst du dich an die Geschichte von Beatrix, die ich dir erzählt habe?«, sagte sie. »Die von der Nonne, die aus ihrem Kloster fortgelaufen war? Erinnerst du dich, dass die Jungfrau ihren Platz eingenommen hatte?«

»Ich erinnere mich daran«, sagte ich. »Ich habe mir damals gedacht, dass du wohl wusstest, dass auch ich weggelaufen war. Dass du versucht hast, mir zu sagen, dass Maria an meiner Stelle zu Hause wäre und sich um alles kümmert, bis ich zurückgehe.«

»Oh, das wollte ich dir damit überhaupt nicht sagen«, meinte sie. »Ich habe bei der Frau, die weggelaufen ist, nicht an dich gedacht. Sondern an deine Mutter. Ich wollte dich auf eine Idee bringen.«

»Was für eine Idee?«

»Dass möglicherweise Unsere Liebe Frau *Deborahs* Platz einnehmen und so etwas wie eine Ersatzmutter für dich sein könnte.«

Das Licht warf Muster auf das Gras. Ich starrte darauf, ich genierte mich ein wenig für das, was ich sagen wollte. »Ich habe Unserer Lieben Frau eines Nachts im rosa Haus gesagt, dass sie meine Mutter ist. Ich habe meine Hand auf ihr Herz gelegt, genauso wie du und die Töchter es bei euren Treffen tut. Als ich es damals versucht habe, bin ich in Ohnmacht gefallen. Ich glaube, ich sollte zurückgehen und ihr Herz noch einmal berühren.«

Augusta sagte: »Hör mir gut zu, Lily. Ich sage dir jetzt etwas, das darfst du niemals vergessen, versprichst du mir das?«

Ihr Gesicht war sehr ernst und bestimmt geworden. Sie blinzelte nicht einmal.

»In Ordnung«, sagte ich und spürte, wie ein Kribbeln meine Wirbelsäule hinunter kroch.

»Unsere Liebe Frau ist kein Wesen mit Zauberkräften, so wie eine gute Fee, die um einen herum ist. Sie ist auch nicht die Statue im Salon. Sie ist etwas *in dir* selbst. Verstehst du, was ich sagen will?«

»Unsere Liebe Frau ist in mir«, wiederholte ich, aber ich war nicht sicher, ob ich sie wirklich verstand.

»Du musst eine Mutter in dir finden. Das müssen wir alle. Selbst, wenn wir noch eine Mutter haben, müssen wir immer noch diesen Teil von uns selbst in unserem Herzen finden.« Sie streckte mir die Hand entgegen. »Gib mir deine Hand.«

Ich hob die Hand und legte sie in ihre. Sie nahm meine Hand und drückte sie mit der Handfläche an meine Brust, genau auf mein pochendes Herz. »Du musst deine Hand nicht auf das Herz Mariens legen, um Stärke, Trost und Hilfe zu erlangen und all die anderen Dinge, die wir nötig haben, um durch das Leben zu gehen«, sagte sie. »Du kannst sie auf dein eigenes Herz legen. *Dein eigenes Herz.*«

Augusta kam näher zu mir. Sie behielt den Druck auf meine Hand bei. »In all den Jahren, wann immer dein Vater dich schlecht behandelt hat, war die Stimme in dir, die gesagt hat: ‚Nein, ich lasse mich nicht unterkriegen. Ich bin Lily Melissa Owens, und ich lasse mich davon nicht unterkriegen.' Das war Unsere Liebe Frau. Gleich, ob du die Stimme gehört hast oder nicht, sie war es, sie war in dir, und sie hat es gesagt.«

Ich nahm meine andere Hand und legte sie auf ihre, und dann legte sie ihre freie Hand darauf, und so ruhten nun unsere schwarz-weißen Hände übereinander geschichtet auf meiner Brust.

»Wenn du an dir selber zweifelst«, sagte sie, »wenn du spürst, dass du unsicher wirst und vor lauter Angst dein Leben nicht wirklich lebst, dann ist sie diejenige, die dir sagen wird: ›Komm, richte dich auf und lebe, werde wieder ganz du selbst.‹ Sie ist die Kraft in dir, verstehst du?«

Ihre Hände blieben, wo sie waren, aber der Druck ließ ein wenig nach. »Und was auch immer dein Herz rührt, auch das ist Maria, sie ist nicht nur die Kraft in dir, sondern auch die Liebe. Denn im Grunde genommen, Lily, ist die Liebe das Einzige, das bedeutend genug ist, unserem Leben einen Sinn zu geben.«

Sie hielt inne. Bienen wirbelten ihr Summen in die Luft. Augusta zog ihre Hände zwischen meinen hervor, aber ich ließ die Hände auf meiner Brust liegen.

»Die Maria, von der ich spreche, ist fortwährend in deinem Herzen und sagt: ›Lily, du bist meine Heimstatt. Fürchte dich nicht. Ich bin für dich stark. Wir sind uns beide genug.‹«

Ich schloss die Augen, und in der Kühle des Morgens, dort zwischen den Bienen, spürte ich einen Augenblick lang ganz klar, wovon sie sprach.

Als ich die Augen wieder öffnete, war Augusta fort. Ich drehte mich zurück zum Haus und sah, wie sie durch den Garten ging, und ihr weißes Kleid strahlte in der Sonne.

Um Punkt 14.00 Uhr klopfte es an der Tür. Ich saß im Salon und schrieb in das neue Notizbuch, das Zach für mich vor die Haustür gelegt hatte, ich schrieb all das nieder, was sich seit dem Marientag ereignet hatte. Die Worte strömten so schnell aus mir heraus, dass ich mit dem Schreiben fast nicht nachkam, und das war alles, worauf ich achtete. Ich nahm kaum das Klopfen wahr. Erst später dann erinnerte ich mich, dass es nicht wie ein gewöhnliches Klopfen geklungen hatte. Eher wie das Hämmern einer Faust.

Ich schrieb einfach weiter und wartete darauf, dass Augusta zur Tür ging. Ich war sicher, es war der Mann aus Goose Creek mit der neuen Bienenkönigin.

Es hämmerte wieder. June war mit Neil weggefahren. Rosaleen war im Honighaus und spülte eine neue Ladung Einmachgläser, was eigentlich meine Arbeit war, aber sie hatte angeboten, das für mich zu übernehmen, als sie gesehen hatte, wie dringend ich alles aufschreiben musste. Ich wusste nicht, wo Augusta war. Wahrscheinlich auch im Honighaus, um Rosaleen zu helfen.

Heute blicke ich zurück und frage mich: Wieso habe ich eigentlich nicht geahnt, wer das war?

Als es dann zum dritten Mal klopfte, stand ich auf und öffnete die Tür.

T. Ray starrte mir entgegen, frisch rasiert, in einem weißen, kurzärmeligen Hemd, aus dessen Kragen die Brusthaare quollen. Er lächelte. Kein süßes Lächeln zärtlicher Zuneigung, um das gleich klarzustellen, sondern das feiste Grinsen eines Mannes, der den ganzen Tag lang auf Kaninchenjagd gewesen war und endlich seine Beute in einem Erdloch entdeckt hatte, aus dem es kein Entkommen mehr gab. Er sagte: »Na so was, was haben wir denn da.«

Ich wurde von Entsetzen geschüttelt, mich durchfuhr der Gedanke, er könnte mich auf der Stelle in seinen Laster zerren und zur Pfirsichfarm peitschen, von wo man dann nie wieder von mir hören würde. Ich trat einen Schritt zurück in die Eingangshalle, und mit einer erzwungenen Höflichkeit, die mich selber überraschte und ihn völlig zu überrumpeln schien, sagte ich: »Möchtest du nicht hereinkommen?«

Was sollte ich sonst tun? Ich drehte mich um und zwang mich, ruhig in den Salon zu gehen.

Hinter mir knallten seine Stiefel auf den Boden. »Na schön, verdammt noch mal«, sagte er zu meinem Hinterkopf. »Wenn du so tun willst, als wär das hier'n Höflichkeitsbesuch, meinetwegen, aber das is' kein Höflichkeitsbesuch, verstanden? Ich hab dich den halben Sommer lang gesucht, und ich hol dich hier weg, auf die nette Art oder mit Gewalt – is' mir scheißegal.«

Ich wies auf einen Schaukelstuhl. »Bitte, setz dich doch.«

Ich versuchte, äußerlich heiter und gelassen herumzuschwirren, aber innerlich war ich kurz davor, eine Panikattacke zu bekommen. *Wo war Augusta?* Mein Atem hatte sich in kurze, flache Züge verwandelt, wie das Hecheln eines gehetzten Tieres.

Er warf sich in den Stuhl und schaukelte vor und zurück, dieses Jetzt-hab-ich-dich-endlich-Grinsen ins Gesicht gekerbt. »So, hier warst du also die ganze Zeit, hier bei diesen schwarzen Weibern, gütiger Heiland.«

Ohne es zu bemerken, war ich zur Statue Unserer Lieben Frau zurückgewichen. Ich stand dort, völlig regungslos, während er die Augen über sie gleiten ließ. »Was zur Hölle is'n das?«

»Eine Statue Mariens«, sagte ich. »Der Mutter unseres Heilands übrigens.« Meine Stimme klang zittrig. Ich zermarterte mir das Gehirn, was ich bloß tun sollte.

»Na, für mich sieht's jedenfalls aus wie'n Stück Müll«, sagte er.

»Wie hast du mich gefunden?«

Er rutschte nach vorne, bis auf die Kante des Rohrstuhls, griff in seine Hosentasche und holte das Messer heraus, mit dem er sich immer die Nägel sauber machte. »*Du* warst es, die mich auf die richtige Spur gebracht hat«, sagte er und plusterte sich auf vor lauter Schadenfreude.

»Das habe ich nicht.«

Er klappte das Messer aus, steckte es mit der Spitze in die Lehne des Schaukelstuhls und schnitt kleine Stückchen Holz heraus. Er nahm sich reichlich Zeit. »Oh doch, du hast mich auf die Spur gebracht. Gestern kam die Telefonrechnung, und rat mal, was da drauf stand? Ein R-Gespräch aus einem Anwaltsbüro in Tiburon. Mr. Clayton Forrest. War'n ziemlich großer Fehler, das mit dem R-Gespräch.«

»Du bist zu Mr. Clayton gegangen, und er hat dir gesagt, wo ich bin?«

»Nein, aber bei ihm arbeitet so'n altes Frauchen, und die hat mir liebend gerne alles erklärt. Sie hat mir genau gesagt, wo ich dich finden würde.«

Dämliche Miss Lacy.

»Und wo is' Rosaleen?«, sagte er.

»Oh, die hat sich schon längst aus'm Staub gemacht«, log ich. Es reichte, wenn er *mich* zurück nach Sylvan verschleppte, aber er brauchte nicht auch noch zu wissen, wo Rosaleen war. Wenigstens das könnte ich ihr ja ersparen.

Zu Rosaleen sagte er auch weiter nichts. Er schien vollkommen zufrieden damit zu sein, die Lehne des Schaukelstuhls zu zerkerben, als ob er elf Jahre alt wäre und seine Initialen in einen Baum ritzte. Ich glaube, er war ganz froh, dass er sich nicht auch noch mit ihr herumschlagen musste. Ich fragte mich, wie ich in Sylvan überleben würde. Ohne Rosaleen.

Plötzlich hörte er auf, hin und her zu schaukeln, und das widerwärtige Lächeln verschwand aus seinem Gesicht. Er starrte auf meine Schulter, mit so eng zusammengekniffenen Augen, dass sie fast geschlossen waren. Ich blickte an mir hinunter, um zu sehen, was seine Aufmerksamkeit so erregt hatte, und begriff, dass er auf die Walbrosche an meiner Bluse stierte.

Er stand auf und kam rüber zu mir, blieb aber anderthalb oder einen Meter von mir entfernt stehen, als ob die Brosche eine Art Voodoozauber ausüben würde. »Woher hast du das?«, fragte er.

Meine Hand glitt unwillkürlich an die Brosche und berührte die kleine Fontäne aus Quarzstein. »Augusta hat sie mir gegeben. Die Frau, die hier wohnt.«

»Lüg mich nicht an.«

»Das ist keine Lüge. Sie hat sie mir gegeben. Sie sagte, sie gehörte …« Ich hatte Angst, es zu sagen. Er wusste ja nichts von Augusta und meiner Mutter.

Seine Oberlippe war kalkweiß geworden, so wie immer, wenn er höllisch wütend wurde. »Ich hab diese Brosche deiner Mutter zu ihrem zweiundzwanzigsten Geburtstag geschenkt«, sagte er. »Und du sagst mir jetzt, wie hat diese Augusta sie in die Finger gekriegt?«

»Du hast diese Brosche meiner Mutter gegeben? *Du* warst das?«

»Antworte mir, verdammt noch mal!«

»Hier ist meine Mutter hergekommen, als sie von uns weggelaufen ist. Augusta sagte, sie trug sie an dem Tag, als sie hier ankam.«

Er ging zurück zum Schaukelstuhl und ließ sich in den Sitz fallen. Er sah erschüttert aus. »Verdammt, das darf doch nicht wahr sein«, sagte er so leise, dass ich ihn kaum hören konnte.

»Augusta hat sich um sie gekümmert, damals in Virginia, als sie noch klein war«, versuchte ich zu erklären.

Er starrte in die Luft, ins Nichts. Draußen vor dem Fenster, im Hochsommer von Carolina, knallte die Sonne auf das Dach seines Lasters und strahlte die Spitzen des Gartenzauns an, der beinahe völlig unter dem Jasmin verschwunden war. Der Laster war mit Matsch und Schlamm bespritzt, als ob T. Ray Sümpfe durchkämmt hätte, um mich zu finden.

»Das hätt ich mir ja denken können.« Er schüttelte den Kopf, er sprach, als wäre ich gar nicht im Raum. »Ich hab sie überall gesucht, in jedem Winkel. Und dabei war sie hier. Gütiger Heiland, hier war sie.«

Der Gedanke schien ihn zu quälen. Er schüttelte den Kopf und sah sich um, als ob er dachte: *Ich wette, sie hat in diesem Stuhl gesessen. Ich wette, sie ist über diesen Teppich gegangen.* Sein Kinn zitterte ein wenig, und da ging mir schlagartig auf, dass er sie geliebt haben musste, dass es ihn zerrissen hatte, als sie fortging.

Ich dachte an Augustas Worte. *Weißt du, Lily, manchmal sind Menschen so oder so, und nach einer Weile dann, je nachdem, was sie erleben, werden sie jemand vollkommen anderes. Ich habe gar keinen Zweifel, dass er deine Mutter anfangs wirklich geliebt hat. Ich glaube sogar, dass er sie angebetet hat.*

Ich hatte nie erlebt, dass T. Ray jemand anderen als Snout angebetet hätte, die Hundeliebe seines Lebens, aber als ich ihn jetzt so sah, da wusste ich, er hatte Deborah Fontanel geliebt, und als sie ihn verlassen hatte, war er in Bitterkeit versunken.

Er stieß das Messer ins Holz und stand auf. Ich sah auf den Griff, der in die Luft ragte, dann auf T. Ray, der durch das Zimmer ging und alle möglichen Gegenstände berührte, das Klavier, den Hutständer, eine Zeitschrift auf dem Beistelltisch.

»Sieht aus, als wärste ganz allein hier«, sagte er.

Ich spürte, wie es nahte. Bald würde alles vorbei sein.

Er ging schnurstracks auf mich zu und griff nach meinem Arm. Als ich ihm ausweichen wollte, schlug er mich mitten ins Gesicht. T. Ray hatte mich schon oft verhauen, mit scharfen, schnellen Schlägen auf die Wange, Schläge, die einen japsend und erstaunt einatmen lassen, aber das, das war etwas Anderes, das war keine Ohrfeige. Er hatte mit aller Kraft zugeschlagen. Ich hatte das Ächzen gehört, das vor Anstrengung von seinen Lippen gekommen war, und ich hatte seine Augen vorquellen sehen. Und ich hatte den Geruch der Farm an seiner Hand bemerkt, den Geruch von Pfirsichen.

Die Wucht warf mich nach hinten, gegen Unsere Liebe Frau. Sie stürzte dröhnend auf den Boden, nur eine Sekunde vor mir. Zuerst spürte ich den Schmerz gar nicht, aber als ich mich aufrichtete und die Füße aufstellen wollte, hämmerte der Schmerz von meinem Ohr bis zum Kinn. Ich fiel rückwärts zurück auf den Boden. Ich sah ihn an, die Arme vor der Brust verschränkt, und fragte mich, ob er mich jetzt an den Füßen packen und in den Laster zerren würde.

Er brüllte: »Wie kannst du es wagen abzuhauen! Dir muss mal jemand zeigen, wo's langgeht, und zwar dringend!«

Ich füllte meine Lungen mit Luft und versuchte, mich zu beruhigen. Die schwarze Maria lag neben mir auf dem Boden, von ihr ging ein überwältigender Geruch nach Honig aus. Es erinnerte mich daran, wie wir sie eingerieben hatten, jedes noch so winzige Loch und jede noch so feine Ritze, bis sie voll Honig gesogen und gesättigt war. Ich lag da und hatte Angst, mich zu rühren, das Messer war immer noch da, es steckte immer noch in der Lehne des Stuhls. Er trat nach mir, sein Fuß trat nach meiner Wade, als ob ich eine Blechdose wäre, die er auf der Straße aus dem Weg trat.

Er stand über mir. »Deborah«, hörte ich ihn murmeln. »Du verlässt mich nie wieder.« Seine Augen blickten irre, verängstigt. Ich fragte mich, ob ich ihn richtig verstanden hatte.

Ich merkte, dass meine Hände noch immer auf meiner Brust lagen. Ich drückte sie fester dagegen, fest in mein Fleisch.

»Steh auf!«, brüllte er. »Ich bring dich jetzt nach Hause.«

Er packte mich beim Arm und zog mich mit einem Schwung hoch. Als ich auf die Füße kam, riss ich mich los und lief zur Tür. Er kam mir nach und packte mich bei den Haaren. Als ich mich zu ihm umdrehte, sah ich das Messer. Er hielt es mir vors Gesicht.

»Du kommst jetzt mit mir zurück!«, brüllte er. »Du hättest erst gar nicht abhaun sollen!«

Ich begriff, dass er nicht mehr zu mir sprach, sondern zu Deborah. Als ob sein Verstand zehn Jahre zurückgegangen wäre.

»T. Ray«, sagte ich. »Ich bin's, Lily.«

Er hörte mich nicht. Er hatte meine Haare mit einer Faust gepackt und ließ nicht locker. »Deborah«, sagte er.

»Du gottverdammtes Miststück!«, sagte er.

Er schien verrückt vor Angst, er schien seinen Schmerz noch einmal zu durchleben, den Schmerz, den er all die Zeit in sich verschlossen hatte, und jetzt, wo er aus ihm herausbrach, hatte er ihn überwältigt. Ich fragte mich, wie weit er gehen würde, um Deborah zurückzubringen. Ich nahm an, er würde sie sogar töten.

Du bist meine Heimstatt. Fürchte dich nicht. Ich bin für dich stark. Wir sind uns beide genug.

Ich sah in seine Augen. Sie waren seltsam vernebelt. »Daddy«, sagte ich.

Dann rief ich es. *»Daddy!«*

Er sah verwirrt aus, dann starrte er mich an, er atmete schwer. Er lockerte den Griff um mein Haar und ließ das Messer auf den Teppich fallen.

Ich stolperte rückwärts und fing mich gerade noch auf. Ich hörte meinen schweren Atem. Das Geräusch füllte das Zimmer. Ich wollte nicht, dass er bemerkte, dass ich hinunter auf das Messer sah, aber ich konnte nicht anders. Ich sah auf die Stelle, an der es lag. Als ich wieder zu ihm sah, starrte er mich immer noch an.

Einen Augenblick lang bewegte sich keiner von uns. Ich konnte seinen Gesichtsausdruck nicht entziffern. Ich zitterte am ganzen Leibe, aber ich hatte das Gefühl, ich sollte sprechen. »Es, es tut mir Leid, es tut mir so Leid, dass ich einfach abgehauen bin«, sagte ich und ging in kleinen Schritten rückwärts.

Die Haut über seinen Augen hing bis auf die Augenlider herunter. Er sah weg, zum Fenster, als ob er darüber nachdachte, welcher Weg sie hierher gebracht hatte.

Draußen in der Halle hörte ich eine Diele quietschen. Ich drehte mich um und sah Augusta und Rosaleen in der Tür. Ich machte ihnen ein Zeichen mit der Hand, wegzubleiben. Ich fand, ich sollte das hier alleine erledigen, mit ihm hier alleine sein, bis er wieder bei Sinnen war. Er schien so harmlos, wie er dort stand.

Ich dachte zuerst, sie würden mich ignorieren und trotzdem hereinkommen, aber dann legte Augusta ihre Hand auf Rosaleens Arm und zog sie zur Seite.

Als sich T. Ray wieder zu mir wandte, war er nur ein Meer von Schmerzen. Er sah auf die Brosche an meiner Bluse. »Du siehst ihr so ähnlich«, sagte er, und ich wusste, damit hatte er alles gesagt.

Ich beugte mich vor und hob das Messer auf, ließ die Klinge zurückklappen und gab es ihm. »Es ist alles gut«, sagte ich.

Aber nichts war gut. Ich hatte in den dunklen Abgrund geblickt, den er verborgen hatte, den furchtbaren Ort, den er versiegeln und an den er nie mehr zurückkehren wollte. Plötzlich schien er beschämt. Ich sah, wie er seine Lippen vorstülpte, wie er versuchte, seinen Stolz zurückzugewinnen, seine Wut, das ganze Donnerwetter, mit dem er hier hereingestürmt war. Seine Hände glitten in die Hosentaschen und wieder hinaus.

»Wir fahren jetzt nach Hause«, sagte er.

Ich antwortete nicht, sondern ging hinüber zu Unserer Lieben Frau, die noch auf dem Boden lag, und richtete sie auf. Ich spürte, dass Augusta und Rosaleen draußen vor der Tür standen, ich konnte beinahe ihren Atem hören. Ich berührte meine Wange. Sie war an der Stelle, wo er mich geschlagen hatte, geschwollen.

»Ich bleibe hier«, sagte ich. »Ich gehe hier nicht weg.« Die Worte lagen vor ihm, hart und schimmernd. Wie Perlen, die in den letzten Wochen tief drin in meinem Leib gediehen waren.

»Was hast du gesagt?«

»Ich sagte, ich bleibe hier.«

»Was sagst du? Ich kenn diese verdammten Leute ja noch nich' mal.« Er schien Mühe damit zu haben, seine Worte machtvoll und bedrohlich genug zu machen. All seine Wut war in dem Moment aus ihm gewichen, als er das Messer hatte fallen lassen.

»*Ich* kenne sie«, sagte ich. »Und Augusta Boatwright ist eine wundervolle Frau.«

»Und wieso glaubst du, dass sie dich hier überhaupt haben will?«

»Lily hat hier ihr Zuhause und kann bleiben, solange sie möchte.« Augusta trat ins Zimmer, Rosaleen gleich hinter ihr. Ich ging zu ihnen und stellte mich neben sie. Ich hörte, wie draußen Queenies Auto in die Auffahrt einbog. Der Auspuff machte ein unverwechselbares Geräusch. Augusta hatte anscheinend die Töchter angerufen.

»Lily sagte, du hättest dich aus'm Staub gemacht«, sagte T. Ray zu Rosaleen.

»Na, dann bin ich halt wieder da«, sagte sie.

»Es interessiert mich einen Dreck, wo du bist oder wo du landest«, sagte er ihr. »Aber Lily kommt mit mir mit.«

So, wie er es sagte, war mir klar, dass er mich nicht wollte. Er wollte nicht, dass ich mit ihm zurück auf die Farm ging, er wollte nicht, dass ich ihn an *sie* erinnerte. Und vielleicht wusste ja sogar ein anderer Teil von ihm – der gute, falls er so etwas hatte –, dass es mir hier besser ergehen würde.

Jetzt stand ihm nur noch sein Stolz im Wege, es ging nur noch um Stolz. Wie kam er hier mit Anstand wieder heraus?

Die Vordertür ging auf, und Queenie, Violet, Lunelle und Mabelee stolperten ins Haus, völlig aufgelöst, sie sahen alle aus, als hätten sie ihre Kleider verkehrt herum angezogen. Queenie sah auf meine Wange. »Alles in Ordnung hier?«, sie war völlig außer Atem.

»Hier ist alles in Ordnung«, sagte Augusta. »Das ist Mr. Owens, Lilys Vater, er ist zu Besuch gekommen.«

»Ich hab bei Sugar-Girl und Cressie niemand angetroffen«, sagte Queenie. Die Vier reihten sich neben uns auf und hielten ihre Handtaschen so in den Händen, als ob sie damit jemandem so richtig einen überbraten wollten.

Ich fragte mich, wie das wohl auf ihn wirken musste, diese Gruppe von Frauen – Mabelee mit ihren ein Meter vierzig, Lunelle mit wild zerzausten Haaren, die geradezu darum flehten, doch endlich geflochten zu werden, Violet, die »heilige Mutter Maria« murmelte, und Queenie, die gute alte, unerschütterliche Queenie, die Hände in die Hüften gestemmt und ihre Lippen vorgeschoben. Jede Faser an ihr sagte: *Dir mach ich Dampf, wenn du das Mädchen auch nur anrührst.*

T. Ray keuchte schwer und sah zur Decke. Seine Entschlossenheit fing an zu bröckeln. Man konnte geradezu sehen, wie sie in Bruchstücken von ihm abfiel.

Augusta sah es auch. Sie trat vor. Manchmal vergaß ich ganz, wie groß sie war. »Mr. Owens, sie würden Lily und allen anderen von uns hier einen großen Gefallen tun, wenn sie Lily hier ließen. Ich bilde sie nämlich zur Bienenhüterin aus, sie lernt gerade das Geschäft und hilft uns hier mit all der schweren Arbeit. Wir lieben Lily, und wir werden uns um sie kümmern, das verspreche ich ihnen. Wir werden sie hier zur Schule schicken und auf sie aufpassen.«

Ich hatte schon oft gehört, wie Augusta gesagt hatte: »Wenn du etwas von jemandem brauchst, dann bau dem anderen eine Brücke, auf der ihr euch begegnen könnt.« T. Ray musste einen Weg finden, mich ihr zu übergeben, ohne das Gesicht zu verlieren, und Augusta baute ihm eine Brücke.

Mein Herz schlug wie wild. Ich beobachtete ihn. Er sah mich einmal noch an, dann ließ er die Schultern sacken.

»Bin ja froh, dich los zu sein«, sagte er und ging zur Tür. Wir mussten unsere kleine Verteidigungsmauer öffnen, um ihn durchzulassen.

Als er die Vordertür aufriss, knallte sie gegen die Wand, dann ging er hinaus. Wir sahen einander an und sagten kein Wort. Wir schienen die ganze Luft im Zimmer eingesogen zu haben und hielten sie in unseren Lungen, wir warteten, bis wir ganz sicher sein konnten, ehe wir sie wieder hinaus ließen.

Ich hörte, wie er den Laster kuppelte, und ehe mich mein

Verstand zurückhalten konnte, rannte ich schon los, raste die Auffahrt hinter ihm her.

Rosaleen rief mir nach, aber ich hatte keine Zeit für Erklärungen.

Der Laster fuhr schon rückwärts aus der Auffahrt und wirbelte Dreck auf. Ich wedelte mit den Armen. »Halt, halt!«

Er bremste, dann blickte er mich durch die Windschutzscheibe an. Hinter mir waren Augusta, Rosaleen und die Töchter auf die Veranda geeilt. Ich ging zur Fahrertür vom Laster, er steckte den Kopf aus dem Fenster.

»Ich muss dich noch was fragen«, sagte ich.

»Was?«

»Der Tag, an dem meine Mutter starb – du hast gesagt, ich hab die Waffe aufgehoben, und dann ist sie losgegangen.« Ich sah ihm fest in die Augen. »Ich muss es wissen«, sagte ich. »Habe ich es getan?«

Die Farben im Garten wechselten mit dem Spiel der Wolken, sie wandelten sich von Gelb zu Lindgrün. Er fuhr sich mit der Hand durch das Gesicht, sah auf seinen Schoß, dann wandte er seine Augen wieder mir zu.

Als er sprach, war alle Härte aus seiner Stimme gewichen. »Ich könnte dir sagen, dass ich es war. Das willst du doch hören. Ich könnt' dir auch sagen, sie hat es selbst getan, aber das wäre gelogen. Du warst es, Lily, du hast es getan. Du hast es nicht gewollt, aber du warst es.«

Er sah mich noch einen Moment lang an, dann rollte er aus der Auffahrt und ließ mich mit dem Geruch von Motoröl allein. Die Bienen waren überall, sie schwirrten in den Hortensien und der Myrte, die über dem Rasen hing, im Jasmin am Gartenzaun, in der Zitronenmelisse, die am Zaun wuchs. Vielleicht hatte er ja wirklich die Wahrheit gesagt, bei T. Ray konnte man nie hundert Prozent sicher sein.

Er fuhr langsam zurück, er jagte nicht auf die Straße, wie ich erwartet hatte. Ich sah ihm nach, bis er aus meinem Blickfeld verschwunden war, dann drehte ich mich um und sah Augusta und Rosaleen und die Töchter, die auf der Veranda standen. Dies ist der Moment, an den ich mich am allerdeutlichsten erinnere – wie ich in der Auffahrt stand und zu ihnen hinsah. Wie sie dort alle standen und warteten. All diese Frauen – all diese Liebe – warteten auf mich.

Ich sah ein letztes Mal hinunter auf den Highway. Ich erinnere mich, dass ich dachte, vermutlich liebte er mich sogar ein wenig, zumindest auf seine Weise. Er hatte mich ja schließlich an Augusta abgetreten, das hatte er doch, oder?

Ich sage mir bis heute, dass er an dem Tag, an dem er davonfuhr, nicht »Bin ja froh, dich los zu sein« gesagt hatte. Er hatte gesagt: *Oh, Lily, dir geht es doch viel besser hier in diesem Haus mit all diesen farbigen Frauen. Bei mir würdest du niemals so aufblühen.*

Ich weiß, es ist ein aberwitziger Gedanke, aber manchmal stelle ich mir vor, wie ein Paket von ihm zu Weihnachten kommt, aber nicht die übliche Pullover-Socken-Schlafanzug-Nummer, nein, in dem Paket wird etwas sein, bei dem er sich wirklich Gedanken gemacht hat, wie ein Armband aus echtem Gold mit Anhängern, und auf seiner Karte steht: »In *Liebe,* T. Ray.« Er würde das Wort »Liebe« gebrauchen, und dennoch würde die Welt nicht aufhören, sich zu drehen, sondern alles würde weiter seinen Gang gehen, der Fluss, die Bienen, einfach alles.

Im Herbst verwandelte sich die Farbigkeit South Carolinas in Rubinrot und alle Orange-Töne dieser Welt. Ich genieße die Farben jetzt von meinem eigenen Zimmer aus, hier oben im ersten Stock, dem Zimmer, das June geräumt hat, nachdem sie letzten Monat geheiratet hat. So ein Zimmer hätte ich mir nicht einmal im Traum vorstellen können. Augusta hatte mir ein neues Bett und eine weiße Frisierkommode gekauft, aus der Serie »Französische Provence« aus dem elegantesten Möbelkatalog in den ganzen Vereinigten Staaten. Violet und Queenie hatten einen geblümten Teppich gestiftet, der in ihrem Abstellraum herumgelegen hatte und sonst verrottet wäre, und Mabelee hatte mir für die Fenster blau-weiß getupfte Vorhänge genäht, mit einer Bordüre aus kleinen Bommeln. Cressie hatte mir vier achtbeinige Kraken aus verschiedenfarbigem Garn gehäkelt, die jetzt alle auf meinem Bett saßen. Eine Krake hätte mir zwar völlig gereicht, aber da Häkeln die einzige Handarbeit ist, die Cressie beherrschte, hörte sie nicht mehr auf, wenn sie damit erst einmal angefangen hatte.

Lunelle machte mir einen Hut, der alles ausstach, was sie je kreiert hatte, selbst Junes Hochzeitshut. Er erinnerte mich ein wenig an den Hut des Papstes. Er ist sehr hoch, er scheint endlos in die Luft zu ragen. Aber er ist runder als der Papsthut. Ich hatte eigentlich Blau erwartet, aber nein, sie machte ihn in Gold und Braun. Ich glaube, er sollte wie ein altmodischer Bienenkorb aussehen. Ich trage ihn nur zu den Treffen der Töchter Mariens, denn auf offener Straße würde er den Verkehr für mehrere Stunden lahm legen.

Clayton kommt jede Woche vorbei und berichtet uns, wie er die Dinge für Rosaleen und mich in Sylvan regelt. Er sagt, man kann nicht jemanden im Gefängnis zusammenschlagen und erwarten, dass man damit durchkommt. Und außerdem, sagt er, werden ohnehin alle Klagepunkte gegen mich und Rosaleen an Thanksgiving fallen gelassen.

Manchmal bringt Clayton seine Tochter Bekka mit. Sie ist ein Jahr jünger als ich. Aber ich sehe sie immer vor mir als das kleine Mädchen auf dem Foto in seinem Büro, das seine Hand hält und über die Welle springt. Ich bewahre die Sachen meiner Mutter auf einem besonderen Regal in meinem Zimmer auf, und Bekka darf sie ansehen, aber nicht anfassen. Eines Tages werde ich sie auch alles anfassen lassen, denn scheinbar machen Freundinnen so etwas. Das Gefühl, dass es heilige Gegenstände sind, verliert sich allmählich. Bald schon werde ich Bekka die Bürste meiner Mutter geben und sagen: »Hier, möchtest du dir damit die Haare bürsten?« »Möchtest du einmal diese Wal-Brosche tragen?«

Bekka und ich warten immer in der Schulkantine auf Zach

und setzen uns bei jeder Gelegenheit zu ihm. Wir gelten als »Niggerflittchen«, und wenn die Ignoranten ihre Notizblätter zusammenknüllen und Zach damit bewerfen, wenn er durch die Gänge geht, dann haben Bekka und ich genauso große Chancen, am Kopf getroffen zu werden, wie er. Zach sagt immer, wir sollten lieber auf die andere Seite gehen, wir sollten Abstand zu ihm halten. Und wir sagen dann nur: »Oh, zerknülltes Papier – wahnsinnig gefährlich.«

Auf dem Foto an meinem Bett lächelt meine Mutter mich unentwegt an. Ich glaube, ich habe uns beiden inzwischen vergeben, obwohl, manchmal bei Nacht bringen mir meine Träume die Traurigkeit zurück, und dann muss ich aufwachen und uns von Neuem vergeben.

Ich sitze in meinem eigenen Zimmer und schreibe alles nieder. Mein Herz hört nie auf zu sprechen. Ich bin jetzt die Hüterin der Mauer. Ich sorge dafür, dass sie genügend Fürbitten und neue Steine erhält. Ich wäre nicht überrascht, wenn Mays Klagemauer uns alle überleben würde. Am Ende aller Zeiten, wenn alle Bauwerke dieser Welt schon zusammengestürzt sind, wird sie noch stehen.

Die schwarze Maria besuche ich jeden Tag. Sie sieht mich mit ihrem weisen Gesicht an, das so alt ist wie die Welt und auf eine schöne Weise hässlich. Es scheint, als ob jedes Mal, wenn ich sie sehe, die Risse in ihrer hölzernen Haut tiefer wären. Ich werde nie müde, mir anzuschauen, wie ihr kräftiger Arm in die Höhe ragt, ihre Faust eine mächtige Knospe, kurz vor dem Aufbrechen. Sie ist die geballte Kraft der Liebe, meine Maria.

Es ist der Herbst der Wunder, aber dennoch denke ich jeden Tag, jeden einzelnen Tag an diesen sengenden Nachmittag im August zurück, an dem T. Ray wegfuhr. Dann erlebe ich den Augenblick noch einmal – ich stehe in der Auffahrt, Steinchen und Dreckklumpen zu meinen Füßen, und blicke zurück zur Veranda. Und da sind sie. Alle diese Mütter. Ich habe mehr Mütter als jedes andere Mädchen auf der Welt. Sie sind meine Monde, die über mich wachen.

NACHWEISE:

Mit großer Dankbarkeit möchte ich auf die folgenden Quellen verweisen, die mir nicht nur unabdingbare Kenntnisse über Bienen, Bienenzucht und die Herstellung von Honig vermittelt haben, sondern aus denen auch die einleitenden Zitate stammen, die den einzelnen Kapiteln vorangehen.

Folgende Quellen wurden herangezogen:

Kapitel 1 – L. H. Newman: Man and Insects

Kapitel 2 – William Longgood: The Queen Must Die: And Other Affairs of Bees and Men

Kapitel 3 – William Longgood: The Queen Must Die: And Other Affairs of Bees and Men

Kapitel 4 – Christopher O'Toole, Anthony Raw: Bees of the World

Kapitel 5 – Hilda Simon: Exploring the World of Social Insects

Kapitel 6 – L. H. Newman: Man and Insects

Kapitel 7 – William Longgood: The Queen Must Die: And Other Affairs of Bees and Men

Kapitel 8 – William Longgood: The Queen Must Die: And Other Affairs of Bees and Men

Kapitel 9 – James L. Gould, Carol Grant Gould: The Honey Bee

Kapitel 10 – Karl von Frisch: The Dancing Bees

Kapitel 11 – Christopher O'Toole, Anthony Raw: Bees of the World

Kapitel 12 – William Longgood: The Queen Must Die: And Other Affairs of Bees and Men

Kapitel 13 – James L. Gould, Carol Grant Gould: The Honey Bee

Kapitel 14 – William Longgood: The Queen Must Die: And Other Affairs of Bees and Men

DANKSAGUNGEN:

Folgenden Personen bin ich zu großem Dank verpflichtet: Meiner Agentin Virginia Barber für ihr unermessliches Wissen, ihre grenzenlose Unterstützung und Kompetenz. Meiner Lektorin Pamela Dorman, die mich so geistreich begleitet hat und deren ausgezeichnetes Lektorat entscheidend zum Gelingen dieses Buches beigetragen hat. Allen Mitarbeitern von Viking, die sich unermüdlich für dieses Buch eingesetzt haben: Susan Petersen Kennedy, Clare Ferraro, Nancy Sheppard, Carolyn Coleburn, Paul Slovak, Leigh Butler, Hal Fessenden, Carla Bolte, Paul Buckley, Roseanne Serra, Bruce Giffords, Maureen Sugden, Ann Mah und allen ihren Kollegen im Verkauf, die dieses Projekt gefördert haben. Dave und Janice Green von Pot o'Gold Honey Company in Hemingway, South Carolina, Imker mit Leib und Seele, die mich in ihre Welt eingeführt haben und mir eine immense Hilfe waren. Poets & Writers, Inc., deren hervorragendes Austauschprogramm für Schriftsteller die essenziellen Grundlagen und die nötige Zeit gewährt hat, diesen Roman zu verfassen. Nimrod, der Zeitschrift für Literatur, die meine Kurzgeschichte »The Secret Life of Bees« (Herbst/Winter 1993) veröffentlicht hat, auf der das erste Kapitel beruht, und deren Mitarbeiter, die mich dazu ermutigt haben, diese Geschichte zu einem Roman zu entwickeln. Debbie Daniel, Schriftstellerin und Freundin, die erste Auszüge aus dem Roman gelesen hat und mit mir diskutiert hat. Ann Kidd Taylor, die das Manuskript während der Arbeit daran gelesen hat und deren Anmerkungen und Rat eine wunderbare Hilfe waren. Terry Helwig, Trisha Harrell, Carolyn Rivers, Susan Hull, Carol Graf, Donna Farmer und Lynne Ravenel – wundervolle Frauen, die mir mit Rat und Tat zur Seite standen. Meiner großartigen Familie, die mich in jeder Beziehung unterstützt hat – Bob, Ann, Scott, Kellie, meinen Eltern (die nichts mit den Eltern in diesem Buch gemein haben). Und, vor allen anderen, meinem Mann, Sandy, aus mehr Gründen, als ich hier nennen könnte.

btb
www.btb-verlag.de

MEHR ALS EIN TASCHEN-BUCH, WEIL:

- über zwei Jahre ununterbrochen auf der New-York-Times-Bestsellerliste!
- mehr als 5 Millionen verkaufte Bücher in Amerika.
- zahlreiche Preise, Bühnenfassung, Verfilmung.
- »Honigsüß – aber nie klebrig. Ein zauberhaftes Buch.«

PUBLISHERS WEEKLY

© Ann Kidd Taylor

SUE MONK KIDD hat sich in den USA bereits mit dem Schreiben von Biografien einen Namen gemacht, ehe »Die Bienenhüterin« erst zum Geheimtipp, dann zum großen Bestseller wurde. Zwei ihrer Erzählungen wurden in die »Best American Short Stories« aufgenommen. »Die Bienenhüterin« war in England für den renommierten Orange Prize nominiert. Sue Monk Kidd lebt mit ihrer Familie in South Carolina. Sie arbeitet an ihrem neuen Roman.

Besuchen Sie die Website der Autorin: www.suemonkkidd.com

btb
www.btb-verlag.de

SUE MONK KIDD ERZÄHLT AUS IHRER SCHREIBWERK-STATT:

WIE DIE IDEE ZUM ERFOLGSROMAN »DIE BIENENHÜTERIN« ENTSTAND:

Eines Abends saßen mein Mann und ich mit Freunden zusammen und erzählten uns Schauergeschichten von unseren Antrittsbesuchen bei den jeweiligen Schwiegereltern. An diesem Abend übertrumpfte mein Mann alle mit der (leicht aufgebauschten) Geschichte seines ersten Besuches im Haus meiner Eltern in Georgia – einem wunderschön renovierten, alten Haus in einer ländlichen Gegend. Er erzählte, dass, während er im Tiefschlaf in seinem Bett lag, »Heerscharen« von Bienen aus einem Riss in der Wand gekommen sind und dabei solch einen Radau gemacht haben, dass er davon wach geworden ist, gelähmt vor Angst lag er da, während die Bienen auf ihn herabstürzten und ihn angriffen. Er war in jener Nacht tatsächlich gestochen worden. Ganze zwei Mal.

Unser »Familienschwarm« lebte damals schon seit Jahren bei uns in einem Raum, den wir nur gelegentlich als Gästezimmer benutzten. Die Bienen produzierten dort in der Wand Honig. Hin und wieder ergoss er sich durch die Ritzen und verursachte eine ziemliche Schweinerei auf dem Fußboden. Sämtliche unserer halbherzigen Versuche, die Bienen zu beseitigen, blieben fruchtlos. Meine Mutter sagte immer: »Kein normaler Mensch tötet Honigbienen!« Wir ließen also einfach die Tür zu und hofften, dass sich das Problem irgendwann von selbst erledigen würde. Und meistens dachten wir auch daran, unsere Gäste zu warnen, aber manchmal vergaßen wir es einfach.

Ich hatte als Kind oft mein Gesicht an die Wand gehalten und gespürt, wie sie von dem Summen der Bienen vibrierte, und gelegentlich hatte ich auch durch den Türspalt gespäht und beobachtet, wie die Bienen im Zimmer umherflogen und dabei ein geradezu überirdisches Geräusch machten. Ich hatte Ehrfurcht vor ihnen, mich überkam jedes Mal ein geheimnisvoller Schauer. Aber niemals hatte ich das Gefühl, »attackiert« zu werden. Eher das Gefühl, auserwählt zu sein.

Ich hatte »unsere Bienen« vollkommen vergessen, aber nachdem mein Mann diese Geschichte erzählt hatte, ging sie mir nicht mehr aus dem Kopf. Ich stellte mir ein junges Mädchen vor, das im Bett liegt, während eine Woge von Bienen durch die Wände dringt und in ihrem Zimmer umherfliegt. Und ich wollte dieses Mädchen kennen lernen.

Kurz darauf las ich dann von einem Experiment, bei dem Wissenschaftler gewöhnliche Stubenfliegen in einem Glas gefangen hielten. Als einige Tage später der Deckel geöffnet wurde, blieben die Fliegen dennoch im Glas. Sie waren auf ihre kleine, geschlossene Welt konditioniert worden und hatten irgendwann aufgegeben, nach einem Ausweg zu suchen. Das fesselte mich. Ich ersetzte die Fliegen durch Bienen, und dann fing ich an, die Symbolik dieses Bildes durchzuspielen.

Ein anderes Bild, das für diesen Roman wichtig werden sollte, verdanke ich dem Schlaf und seinen Traumwelten. Eines Nachts hatte ich von einer üppigen, starken Afroamerikanerin geträumt, die Kautabak konsumierte. In meinem Traum hielt sie eine kleine Tasse an einem Finger, in die sie ihren Kautabak spuckte. Als die Tasse voll war, ging sie zu einer Wäschekammer und schüttete die Spucke über ein Paar Männerschuhe. Dieses seltsame Bild schwirrte mir tagelang im Kopf herum. Diese Frau entzündete meine Phantasie ebenso wie das junge Mädchen, das nachts von den Bienen umschwärmt wurde.

Schließlich fing ich an zu schreiben – die Geschichte von einem Mädchen, dessen Schlafzimmer von Bienen bewohnt wird. Von ihrem Kindermädchen Rosaleen, das Kautabak in eine Tasse spuckt. Und es war klar, dass im Laufe der Erzählung Lily Bienen einfangen und in ein Glas sperren würde, und dass dieses Glas ein Symbol für ihr eigenes Leben darstellen würde. Und ich wusste, Rosaleen würde ein schreckliches, rassistisch motiviertes Unrecht widerfahren, das sie dazu veranlassen würde, sich zu rächen, indem sie ihre Spucke über die Schuhe eines Mannes gießen würde.

Dass die Bienen einfach so herumflogen, ohne nach einer einzigen Blume zu suchen, allein, um den Wind unter den Flügeln zu spüren, das hat mich bis in die Tiefe meines Herzens berührt.

Aus dem Buch »Die Bienenhüterin«

DIE BIENEN:

Als ich mich seinerzeit entschied, aus Augusta eine Bienenzüchterin zu machen, hatte ich nicht gerade viel Ahnung von Bienen, Imkerei oder Honigproduktion. Ich musste sehr viele Bücher zu Rate ziehen. Aber Bienen hatten von jeher für mich etwas Mystisches, Geheimnisvolles, und je mehr ich las, umso mehr erlag ich ihrem Zauber.

Viele Legenden und Überlieferungen, die sich um Bienen ranken, sind sehr alten Ursprungs, sie stammen aus Zeiten, in denen Bienen als Symbol der Seele, von Tod und Wiedergeburt angesehen wurden. Ich stieß auf mittelalterliche Hymnen, in denen die Jungfrau Maria mit einem Bienenkorb verglichen wird und Christus mit dem Honig, der aus ihr geflossen ist. In einigen Überlieferungen wurde die Jungfrau Maria als Bienenkönigin angesprochen, und im antiken Griechenland wurde die Göttin Demeter mit einer Bienenkönigin verglichen und ihre Priesterinnen mit den Arbeiterinnen, die sie umsorgen.

Wie aus den Zitaten am Eingang eines jeden Kapitels deutlich wird, habe ich mir das rosa Haus als eine Art Bienengemeinschaft vorgestellt. Wer darin die Bienenkönigin darstellt, das zu entscheiden überlasse ich der Phantasie meiner Leser. Bemerkenswert ist – und das hat mich zum Beispiel völlig überrascht – dass Imker lange Zeit davon ausgegangen sind, die Bienenkönigin wäre ein König. Erst 1609 wurde die Existenz der Bienenkönige ernsthaft bezweifelt, und das Verdienst gebührt Charles Butler, der in jenem Jahr sein bis heute anerkanntes Werk »The Feminine Monarchie« (Die weibliche Monarchie) schrieb.

In alten Zeiten galt Honig als magische, heilige Substanz. Tote wurden mit Honig eingerieben, nicht nur, weil Honig konserviert, sondern weil »Bienenbalsam«, wie Honig genannt wurde, die Kraft zugeschrieben wurde, Tote zum Leben erwecken zu können. Honig gehörte zu den Opfergaben, die den Göttern im alten Griechenland dargebracht wurden, und er galt als Nahrung der Dichter und Musen. Ich selber bin während der Arbeit an »Die Bienenhüterin« dem Honig vollkommen verfallen. Die ganze Zeit über stand ein Glas Honig auf meinem Schreibtisch.

Alle Theorie ist grau. Und so war es dann eines Tages an der Zeit, ein Bienenhaus zu besuchen, das ist eine Gruppe von Stöcken. Ich lernte zwei wunderbare Imker aus South Carolina kennen, die mich unter ihre Fittiche nahmen. Was immer ich in ihrem Bienenhaus anfasste, auf allem schien eine hauchdünne Schicht Honig zu liegen. Selbst meine Schuhe klebten leicht, wenn ich durch das Haus ging – das hätte ich niemals aus einem Buch lernen können. Und wo sonst, wenn nicht bei jemandem, der sich mit Leib und Seele der Imkerei verschrieben hat, hätte ich erfahren können, dass eine Mischung aus Bienenpollen und Olivenöl eine heilende »Bienentinktur« gegen Stiche ergibt.

Und so wurde ich dann schließlich selbst in die Imkermontur gehüllt – von den Handschuhen bis zum Helm mit Schleier –, und los ging es, raus zu den Stöcken. Ich war nicht darauf gefasst gewesen, von so viel Angst, aber auch so viel Glück überwältigt zu werden, als der Deckel des ersten Stocks angehoben wurde und Tausende von Bienen ins Freie drängten. Es war unheimlich und phantastisch zugleich – inmitten einer wirbelnden Woge von Bienen zu stehen, eingehüllt in den unglaublich intensiven Geruch von Honig, umgeben von einem Summen, wie ich es noch niemals gehört habe, dazu umweht von Wolken beißenden Rauchs, der die Bienen beruhigen sollte. Eines ist mir dabei klar geworden: Die Bienenzucht ist eine überaus sinnliche Angelegenheit, erfordert aber auch recht viel Mut.

WAS VON DIESER GESCHICHTE IST WAHR?

Keine meiner Figuren trägt autobiographische Züge oder basiert auf dem Leben mir bekannter Personen. Nehmen wir zum Beispiel May. Ich kenne niemanden, der ihr auch nur im Entferntesten ähnlich wäre. Und wie mir die Idee mit ihrer Klagemauer gekommen ist – das ist mir selbst bis heute ein Rätsel. Als ich anfing zu schreiben, wusste ich nur, dass May pathologisch übersensibel sein würde, dass ihrer Seele der Schutzmechanismus fehlen würde, der uns alle davor bewahrt, von dem Leid in dieser Welt überwältigt zu werden. Irgendwie musste sie aber mit all dem Leid fertig werden, also gab ich ihr die Klagemauer. Und dann ist da June. Ich habe noch nie von jemandem gehört, der Cello für Menschen spielt, die im Sterben liegen. Aber ich hatte bei einem Parisaufenthalt im Jardin du Luxembourg in Paris ein vollkommen surreales Bild gesehen: Ein Cello, das an einem dieser altmodischen, kuppelförmigen Bienenkörbe lehnte. Das hatte mich nicht mehr losgelassen, und mir war klar, in meinem Buch musste ein Cello vorkommen.

Die meisten Personen und Geschehnisse in meinem Buch entspringen wirklich nur meiner Phantasie. Ich habe sie gleichsam aus dem Nichts heraufbeschworen. Vielen Lesern scheint es schwer zu fallen, das zu glauben. Einmal habe ich bei einer Vortragsreise die Szene vorgelesen, in der Lily von T. Ray, ihrem abscheulichen Vater, gezwungen wird, auf Grießflocken zu knien. Danach hat mich dann jemand gefragt, ob ich so etwas als Kind mit meinem Vater erlebt hätte. Ich kann zwar verstehen, dass sich der Gedanke irgendwie aufdrängt, aber mein Vater ist das absolute Gegenteil von T. Ray. Vielleicht sehen wir alle deshalb in den Figuren und Ereignissen aus Büchern einen Spiegel der Biographie des Autors, weil wir einfach nicht an die Macht der Phantasie glauben. Weil wir die Wahrheit des Mythos geringer schätzen als die Wahrheit von Fakten.

Aber zu guter Letzt – und selbst auf die Gefahr hin, mir jetzt zu widersprechen – muss ich gestehen, dass ein paar kleine Episoden und Begebenheiten aus meinem Leben dann doch hin und wieder in das Buch eingeflossen sind. Wie etwa der Benimmkurs. Oder die Rettungshandschuhe für die Katholiken. Oder eben die Bienen, die im Haus meiner Eltern lebten, als ich Kind war. Und auch ich hatte, wie Lily, ein Kindermädchen. Aber wurde sie jemals ins Gefängnis gesteckt? Habe ich sie befreit? Sind wir dann zusammen ausgerissen? Natürlich nicht. Die kleinen Details aus meinem Leben, die sich in das Buch hineingeschmuggelt haben, waren nur die Reibeflächen, an denen sich die eigentlichen Ideen und Visionen des Buches entzündeten.

Aber selbst wenn die Geschichte und ihre Protagonisten nicht auf Tatsachen aus meinem eigenen Leben beruhen, so spiegelt das Buch doch viele meiner ureigensten und tiefsten Überzeugungen. Es ist geprägt von meiner Lebenserfahrung und stark beeinflusst von meiner Identität als Südstaatlerin. Aber in dem Roman hat sich auch meine Spiritualität niedergeschlagen, die geprägt ist von meiner eigenen Verbundenheit mit der Mutter Gottes, von meiner Kraft, die ich aus der Solidarität und dem Band zwischen uns Frauen beziehe. Vor allem aber ist das Buch Ausdruck der unergründlichen Macht der Phantasie, die von einem Strom von Bildern genährt wird, die aus unserem Unbewussten aufsteigen. Die Aufgabe eines jeden Autors besteht für mich darin, sich diesen Bildern zu öffnen, ihnen Aufmerksamkeit zu schenken.

» Auf dem Foto an meinem Bett lächelt meine Mutter mich unentwegt an. Ich glaube, ich habe uns beiden inzwischen vergeben, obwohl, manchmal bei Nacht bringen mir meine Träume die Traurigkeit zurück, und dann muss ich aufwachen und uns von neuem vergeben. «

Aus dem Buch »Die Bienenhüterin«

WAS TUT MAN, NACHDEM EIN ROMAN BEENDET IST?

Ich habe mir einen Welpen angeschafft und auf den Namen Lily getauft. Es ist zwar irgendwie albern, aber nachdem ich den Roman beendet hatte, habe ich meine Hauptfigur so sehr vermisst, dass ich mir zum Trost dieses unglaublich niedliche, schwarze Schoßhündchen kaufen musste! Es schläft jetzt im-mer, während ich arbeite, zu meinen Füßen unter dem Schreibtisch, aber es wird sehr wach, wenn es der Meinung ist, es wäre Zeit, nach draußen zu gehen und zu spielen. Bisher ist es auch noch nicht gen Tiburon ausgebüxt.

WIRD »DIE BIENENHÜTERIN« EINE FORTSETZUNG HABEN?

Das mag zwar ein wenig verschroben klingen, aber nachdem ich »Die Bienenhüterin« beendet hatte, verspürte ich Sehnsucht nach dem rosa Haus. Ich habe Lily, August, May, June, Rosaleen und die Töchter Mariens sehr vermisst. Ein paar Wochen lang war ich ziemlich geknickt. Aber ich musste die Geschichte ruhen lassen. Ich wollte, dass Lily immer vierzehn Jahre alt bleiben konnte, dass sie von nun an ewig in dem rosa Haus leben würde. Doch dann ging ich auf Lesereise, und ich wurde ständig gefragt: »Wird es denn eine Fortsetzung geben?« Ich war nicht darauf gefasst gewesen, dass meinen Lesern das Schicksal von Lily und den Schwestern so sehr am Herzen liegen würde. Anfangs habe ich die Möglichkeit weit von mir gewiesen. Aber immer musste ich in all die enttäuschten Gesichter sehen, wenn ich verneinte. Also sagte ich irgendwann: »Na ja, sehr wahrscheinlich ist es nicht, aber ich kann ja mal darüber nachdenken.« Und dabei bin ich im Moment. Ich denke darüber nach. **Ernsthaft.**

DAS NÄCHSTE BUCH:

Mein neuer Roman – »The Mermaid Chair«, auf Deutsch »Die Meerfrau« – ist 2005 bei Viking erschienen. Die Handlung des Buches ist in South Carolina im Jahre 1988 angesiedelt. Der Roman erzählt die Geschichte einer Frau im besten Alter, die sich in einen Mönch verliebt, und erzählt vom spirituellen Erwachen, das aus den romantischen Gefühlen dieser Frau erwächst. Die Idee hierzu kam mir einige Monate, nachdem ich die Arbeit an der »Bienenhüterin« beendet hatte. Eine Bekannte erzählte mir damals von ihrer Reise nach Cornwall, wo sie in einer Kirche einen Stuhl mit dem Bildnis einer Meerjungfrau gesehen hatte. Ich wurde sofort hellhörig. »Einen Kirchenstuhl mit einer Meerjungfrau?«

»Ja«, sagte sie, »ein sehr alter Stuhl, in den das Bildnis einer Meerjungfrau eingeschnitzt ist. Der Stuhl selbst steht wohl schon seit Jahrhunderten in dieser Kirche, niemand weiß mehr, warum er dort ist und was er eigentlich bedeutet.« Diese Vorstellung faszinierte mich, und in dem Moment war mir eines klar: Ich würde einen Roman mit dem Titel »The Mermaid Chair« schreiben.

Das Bild ging mir nicht mehr aus dem Kopf, und allmählich entwickelten sich die ersten Fäden eines Erzählstrangs darum. Ich verlegte den Ort der Handlung – nun steht dieser geheimnisvolle Stuhl in einem Kloster auf einer winzigen Insel vor South Carolina. Ich las alles, was ich über Meerjungfrauen finden konnte – jene mystischen, unheilbringenden wie zauberhaften Wesen, die in den

Tiefes des Meeres leben, nicht Mensch, nicht Fisch. Ich war völlig in den Bann geschlagen von all den Legenden und Überlieferungen, während ich mich gleichzeitig mit der Welt des klösterlichen Lebens beschäftigte, das mich ebenso fesselte und faszinierte. In meiner Phantasie tummelten sich Dämonen und Geister, ich stieg hinab mit den Verdammten in die Unterwelt und folgte den Erlösten ins Jenseits, ich wandelte auf den Spuren von Eros und Thanatos. Eine Meerjungfrau und ein Mönch – gab es wohl unterschiedlichere Charaktere? Und dennoch, beide sind Suchende, und so wurden sie die Hauptfiguren meines neuen Buches.

HARUKI MURAKAMI

»In Murakamis Büchern kann man sich wie in wunderbaren Träumen verlieren.«

DER SPIEGEL

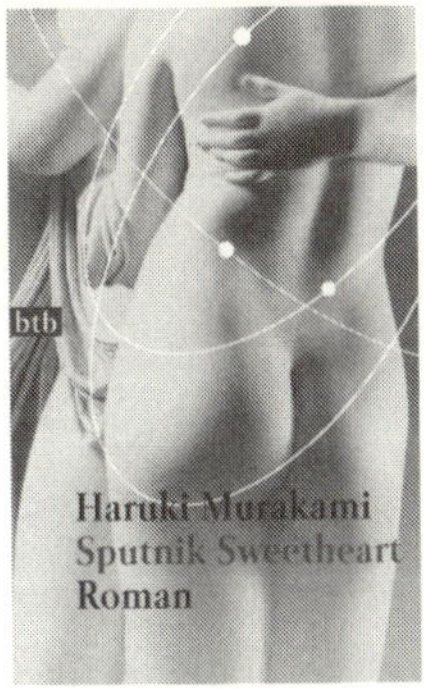

73154 / € 8,50 [D]

Eine Liebesgeschichte und ein Krimi, ein Buch voller Geheimnisse und eine wunderbare Meditation über die menschliche Existenz.

HARUKI MURAKAMI, 1949 in Kyoto geboren, ist mit seinen Romanen und Erzählungen international erfolgreich und wurde mit den höchsten japanischen Literaturpreisen ausgezeichnet. Er lebte über längere Zeit in Europa und in den USA und hat u.a. John Irving, Truman Capote und Raymond Carver ins Japanische übersetzt.

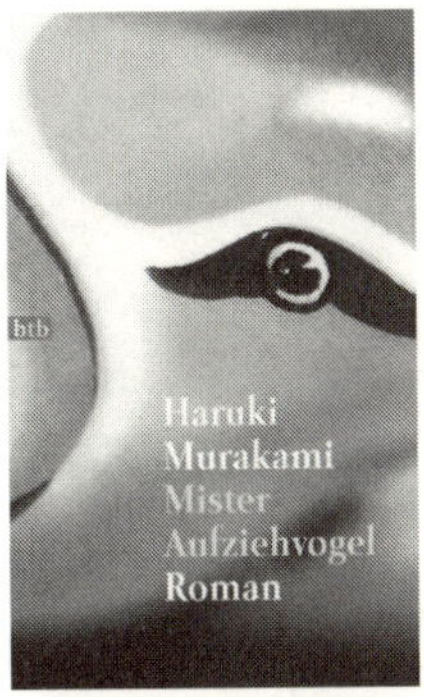

72668 / € 12,50 [D]

»Mr. Aufziehvogel« gilt als Murakamis opus magnum, nicht nur wegen seines Umfangs von fast 700 Seiten. Aus der Beschreibung eines Einzelgängerlebens weitet sich die Erzählung zu einem »unglaublich dichten und dreidimensionalen Bild Japans im späten 20. Jahrhundert«

DER STANDARD

© Jerry Bauer

btb

www.btb-verlag.de